最果ての天使

アイリス・ジョハンセン

矢沢聖子 訳

NIGHT AND DAY

by Iris Johansen

Translation by Seiko Yazawa

mira

Published by K.K. HarperCollins Japan, 2024

最果ての天使

おもな登場人物

イヴ・ダンカン――復顔彫刻家
ジョー・クイン――アトランタ市警の刑事
ジェーン・マグワイア――イヴの養女
セス・ケイレブ――謎の男
カーラ――11歳の少女
ジェニー――カーラの姉。故人
マクダフ卿――ハイランドの城主
ジョック・ギャヴィン――マクダフの使用人
ナタリー――カーラの母親
セルゲイ・カスコフ――ナタリーの父親。ロシアマフィアのボス
イワン・サバク――カスコフの部下

1

スコットランド　ゲールカール

「わたしは負けるのは嫌い。今回はよくやったのに、全面的勝利とはいかなかった」

女性の声がコックピットから聞こえてくる。ヘリコプターの後部座席の床に寝かされているカーラは聞き耳を立てた。

ぞっとするほど冷たい声。クロロホルムを嗅がされ霧がかかったような頭で考えようとした。あんなきつい言い方をするのは、よっぽどイヴに腹を立てているからだろう。意識を失う前、あの声を聞いた。森の小道に倒れているところにイヴが来てくれたときに。あのときも冷たくてきつい声だった。でも、何を言っていたかはよく覚えていない。

わたしがイヴを守らなくちゃ。カーラは自分に言い聞かせた。イヴがこんな恐ろしい人たちと戦うことになったのは、わたしのせいなのだから。イヴならきっと助けに来てくれるとわかっていた。わたしを見捨てるはずがないもの。イヴは子どもたちを助けるために仕事をしているし、子どもをひどい目に遭わせる人間は決して許さない。それでも、わたしを助け出すことはできなかった。銃声や爆音がして、あの女の人が大きな声で命令していた。誰かがイヴを殺そうとして……。

助けなくちゃ。イヴを助けなくちゃ。

カーラは体を起こそうとした。でも、力が入らない。せめて目を開けようとした。二度目にやっと開いた。さっきヘリコプターに押し込まれたときのまま床に転がっていた。どうしてこんなところにいるの？

そんなことはどうでもいいから、イヴを捜そう。

きっと大変なことが起こっているにちがいない。

しっかり目を開けて。

イヴを助けなくちゃ。

またあの冷たい声がした。「最後に何かあっと言わせることをしないと気がすまない」

「やめて！」イヴが悲鳴をあげた。

銃声が響いた。

カーラはぎょっとした。

イヴが撃たれた。悲鳴をあげていた。

イヴも姉さんのジェニーやシッターのエレナのように死んでしまう。

もういやだ。また大切な人がいなくなるなんて耐えられない。

女の人の笑い声が聞こえた。「出発よ、ニコライ。これだけ思い知らせてやったら、さすがのイヴ・ダンカンも骨身にしみたはずよ」

ということは、イヴは死んではいない。カーラはほっとした。それなら、まだ助けられる。でも、ヘリコプターがどんどん上がっていく。どうしよう。地上におりてイヴを助けに行きたいのに。

もう一度体を起こそうとした。体が重くて起き上がれない。

なんとか横向きになれたので、あたりを見回した。何か武器になるものはない？

わたしは何を考えているのだろう。十一歳の子どもが大人を相手に戦おうなんて。

でも、何もしないでいたら、イヴのところに行けない。きっと怪我《けが》をしているだろう。何か探さないと……。

少し先の床の上に懐中電灯と工具箱が置いてある。工具箱の中に何かあるかもしれない。

カーラは床を這《は》い始めた。なかなか進まない。手はなんとか動くけれど、脚に力が入らない。それでも、やっと工具箱までたどり着いて蓋を開けた。

「音がしたみたいだけど。何をしてるの？」

カーラはぎくりとした。顔を上げると、二メートルほど先に女の人が立っていた。

黒い瞳、つややかな黒髪をひとつに編んでいる。映画スターのような華やかな顔立ちだ。笑みを浮かべているが、目は笑っていない。

「いいわ、答えなくても。だいたい想像がつく。イヴ・ダンカンと長くいっしょにいすぎたようね、カーラ。あの女に何を聞かされたの？　わたしのことをもう信じていないのかしら」

イヴに話しかけていた声だが、あのときほど冷ややかではない。カーラはとまどった。やけに甘ったるくて、やさしさと悲しみがこもっていて。

「イヴは……」声がかすれて先が続かなかった。「イヴは……あなたに……撃たれたの？」

黒髪の女性は首を振った。「何を言うのよ。そんなことするはずないでしょう。ひどい目に遭わされたのはわたしのほうよ」そばに膝をついて、カーラの手を取った。「でも、もう終わった。落ち着いたら、ちゃんと話してあげるわ。これからはずっといっしょにいられるから」指先でカーラの頬をそっとつついた。「可愛《かわい》い女の子になったわね、カーラ。わたしに少し似ている。そう思わない？」

カーラはきょとんとして女性を見つめた。「あなたに似ているって、どうして？」

「あたりまえでしょう。お馬鹿さんね」女性は晴れやかな笑い声を立てた。「だって、わたしはナタリー・カスティーノだもの。あなたのお母さんよ、カーラ」

二時間後
ゲールカール湖

「だいじょうぶ、イヴ?」ジェーン・マグワイアが湖の南岸を近づいてきた。「ジョーが地元の警察官と即席爆弾を除去しに出かけたのを見たけれど、いっしょじゃなかったの?」

「ジョーがどんな人か知っているでしょう。何かしていないと落ち着かないのよ。あなたもよくがんばってくれたわね、ジェーン。ナタリーはわたしじゃなくてジョーを撃ったの。幸い、軽傷だった。殺す気はなかったはずよ。いざとなったら、なんでもやれるところを見せつけたかったんだと思う。これでジョーも少しは体を休めてくれればいいんだけれど」

「あなたも少し休んだほうがいいわ」ジェーンは穏やかな声で言った。「あれこれ詮索されたくないだろうけど、あんなふうにカーラをさらわれたんだもの。さぞショックだったでしょう。ジョーに即席爆弾を取り除いてほしいと頼んだの?」

「除去しておけば、湖に出るのも安全でしょう。マクダフは退院したらすぐ宝探しを再開するだろうし」イヴは唇をゆがめた。「それに、カーラの行方がわかるまで、ジョーには何かすることがあったほうがいい。スコットランドヤードの知り合いのバーバンクに頼んで、ナタリーがカーラを連れ去ったヘリコプターを追跡してもらっているけれど、時間がかかりそうだし。何もすることがないと、ひとりででもナタリー・カスティーノを追いかけかねないわ。そういう点では、我慢強いほうじゃないから」

「ジョーのことばかり言える？」ジェーンは言い返した。十歳のときイヴの養女になったジェーンは、イヴの性格をよく知っている。

イヴ・ダンカンは世界的に有名な復顔彫刻家だ。七歳の愛娘《まなむすめ》ボニーが誘拐され殺害されたあと、一念発起して、遺体の頭蓋骨から生前の顔を復元する復顔彫刻家の道を選んだ。以来、身元のわからない子どもの顔を復元して、家族のもとに帰す仕事を長年続けてきた。カーラと出会ったのは、彼女の姉の復顔を引き受けたのがきっかけで、危害の及ばないところに保護するつもりで引き取ったのだが、いつのまにか我が子のような存在になった。ジェーンもそのことは知っていて、妊娠中のイヴがカーラのことで悩むのを心配していた。「大変な一日だったわね。気分はどう？」

「複雑。怒りと恐怖と当惑の入り混じった気分よ」イヴは唇をゆがめた。「ナタリー・カスティーノはカーラを連れ去って、何をするつもりかしら？」

「わたしが訊《き》きたかったのは体調よ」

イヴはジェーンを見つめた。「そっちはだいじょうぶ。元気よ。流産の心配なんかこれっぽっちもない。いくらナタリーでも、そこまで影響力はないわ」

「あなたがタフなのは知っている。ちょっと気になっただけよ」ジェーンは道路で作業中のジョー・クインに目を向けた。「ジョーにも同じことを訊かれたでしょう？」

「ええ、何よりそれを心配していた」

「それなのに、あなたのそばについていないで、即席爆弾の処理なんかしているわけ？」

「何かしないでいられないのよ。警察の専門班に手伝ってもらっているし、ウォータープレード装置を借りたから、安全に作業できるそうよ。わたしだって――」イヴは言いよどんだ。「何か役に立ちたいわ。待っているだけなんて耐えられない」

「気持ちはわかるわ」ジェーンはイヴの腕を取った。「さあ、コーヒーを飲みに行きましょう」先に立って急な坂をおりた。湖のそばにテントが数張り並んでいる。「そんなに待たなくてすむかもしれないわ」焚《た》き火《び》の上にかかっていたコーヒーポットからコーヒーを注《つ》ぎながら言った。「スコットランドヤードもインターポールも、最新式の衛星や機器をそろえている。ヘリコプター一機くらいすぐ見つけてくれる」ジェーンはイヴにカップを渡すと、自分の分を注いだ。「子どもの命がかかっているんだもの。気合いを入れて取り組んでくれるはずよ」

「ナタリー・カスティーノにとって、子どもの命なんてなんでもないのよ」イヴは焚き火のそばに腰かけて、カップを両手で持った。「子どもをないがしろにする血も涙もない人間をさんざん見てきたわたしが、これほどショックを受けたんだから」

「ある意味で、ナタリー・カスティーノは特別というわけね」ジェーンは焚き火をはさんで向かい合って座った。

イヴはぎこちなくうなずいた。「頭が切れて、人を操るのがうまくて、完全なソシオパス。ナタリーに狙われたら、カーラはひとたまりもないわ」

「そうとも限らないんじゃないかしら」ジェーンは言った。「カーラはまだ十一歳だけど、頭のいい子だし、三歳のときから逃亡生活を送ってきたから、並はずれて用心深い。わたしたちが思っているよりうまくナタリーに立ち向かえるかもしれない」

「ナタリー・カスティーノは今日だけで三人あの世に送っているのよ」イヴは身震いした。「ラモン・フランコの心臓をぶち抜くのを目撃したわ。あとで邪魔になるからというだけの理由で、ラモンをあっさり始末した」

「フランコなら自業自得かも」ジェーンが皮肉な声で言った。「アルフレード・サラザールの麻薬カルテルで、さんざんあくどいことをしてきたわけでしょ。それに、あなたがサラザールとナタリーに会った丘でサラザールが死んだのは、ナタリーの思惑どおりだったのよね?」

「ええ、メキシコシティで、夫のカスティーノを愛人のサラザールが殺害したと見せかけたように。ナタリーはそういう女よ」

「それはわかったけど」ジェーンは続けた。「わたしが言いたかったのは、カーラに関わるようになってから、あなたの前にやたらに危ない人間が現れることよ。よく今まで生きていられたと思うくらい」

「カーラのせいじゃないわ。あの子は被害者よ」

それはジェーンにもわかっていた。カーラと関わったせいで悪夢が始まるとはイヴだって知らなかったのだから。カリフォルニア北部の郡保安官から復顔を依頼されて、九歳の女の子の頭蓋骨を届けられたのが事の起こりだった。復顔作業中、イヴは不思議な体験をした。だが、その子の身元が明らかになるのを阻止しようとした人物がいたらしい。できあがった復顔像を保安官に送り出すと、配送中のフェデックスのドライバーが殺害されて、復顔像が盗まれた。イヴは居ても立ってもいられなくなって、ジョーと二人でカリフォルニアに行った。その子が誰なのか、誰に殺害されたか探るためだ。その過程で胸がつぶれるようなつらい思いをしたが、ついに身元を突き止めた。遺体はジェニー・カスティーノという少女で、ファン・カスティーノとナタリー夫妻の長女だった。カスティーノはメキシコシティの麻薬カルテルのボスで、ジェニーは妹のカーラ、姉妹のシッターのエレナとともに誘拐された。八年以上前のことだ。ジェニーは誘拐された直後に殺されたが、カーラは生き延びた。ジェニーを殺したのはウォルシュという殺し屋で、その後も執拗《しつよう》にカーラを追っていた。イヴとジョーはウォルシュを死に追いやって、カーラを救い出した。だが、悪夢はそれで終わらなかった。ウォルシュの雇い主で、カスティーノと敵対するサラザールが、みずから追跡に乗り出してきたのだ。イヴとカーラがスコットランドの高地地方に身を隠すことになったのはそういう事情からだった。

そして、そこへ思いがけず現れたのが、悪魔の化身のようなナタリー・カスティーノだ。

「母親が自分の子どもを殺そうとするなんて、わたしにはどうしても信じられない」ジェーンが言った。

「信じられないのが普通よ」イヴが答えた。「母の愛がなかったら、家庭は崩壊してしまうもの。ジョーが言っていたわ——メキシコシティ警察のマネス刑事も、子どもを誘拐されたナタリーが悲嘆に暮れた母を演じているらしいと疑ってはいたけれど、母親が殺害に加担しているとは夢にも思っていなかったと。無力な子どもを守るべき母親がそんなことをするはずがないと信じ込んでいた」

「母親が我が子を殺した例を知っている？」

「長年この仕事をしているけれど、二度だけ。どちらの母親も裁判で心神耗弱と判定された」イヴは首を振った。「でも、判定は難しい」そう言うと、口元を引き締めた。「ナタリーは心神耗弱ではないけれど、裁判になったら、そう言い抜けるでしょうね。彼女の場合はパーソナリティ障害で、こっちのほうがもっと始末が悪いわ。自分に累が及ばないかぎり、どんなことでもやるわけだから」

「我が子のジェニーとカーラを亡き者にしたかったの？　二人が誘拐される前はやさしいお母さんを演じていたと言っていたわね」

「ある意味、二人は邪魔だったの。夫は跡継ぎの息子をほしがっていて、次々愛人をつくっていたから、そのうちの誰かに男の子ができたら、妻の座を奪われかねない。夫のファン・カスティーノはメキシコシティ最大のカルテルのボスで、ナタリーはその権力を手放したくなかった。娘たちがいなくなって嘆き悲しむ母になれば、カスティーノもあっさり妻を見捨てられないでしょうからね。しかもナタリーはロシアのマフィアのボス、セルゲイ・カスコフの娘で、一方的に離婚したりしたら、カスコフの機嫌を損ねてしまう。だから、カスティーノとしては軽率な行動はとれないわけ」

「ナタリーを疑う人は誰もいなかったの？」

「夫のライバルのカルテルのボス、アルフレード・サラザールを誘惑して、自分は表に立たないように用心していたから。実際に娘二人を誘拐したのは、サラザールが雇ったウォルシュという殺し屋だった」

「ひどい」ジェーンはつぶやいた。「ナタリー・カスティーノのことはジョーからも少しは聞いていたけど、そこまで非情な女だとは知らなかった。あなたがカーラの心配をするのも無理はないわ」

「でも、こっちには切り札がある。わたしたちがシーラの黄金を見つけたと思い込ませたら、ナタリーは飛びついてくるはずよ。シーラの黄金を手に入れたら、富と権力を自分のものにできるから」イヴは震える手でカップを口元に運んだ。「それを切り札にしてカーラを取り戻すの」

「シーラの黄金はこれまでもいろんな目的のために狙われてきたんでしょうね」ジェーン

が言った。ヴェスヴィオ火山が噴火して、古代ローマの都市ヘルクラネウムが消滅して以来、あの財宝の箱は噂《うわさ》を聞いた多くの人間を引き寄せてきた。その噂の中心にいる人物が、奴隷の身から有名な女優になったシーラという女性だ。彼女は噴火から逃れる際、その金貨の箱を携えてきた。そして、最終的にスコットランドに渡って、このゲールカールでマクダフ王朝を開いた。「きっと方法が見つかるわ」

イヴは広い湖を見おろした。湖の北岸はいつも霧に包まれている。「本当に財宝の箱がここに隠されていると思う？」

「そう思うときもあるし、単なる伝説じゃないかと思うときもある。何世紀も見つかっていないし、わたしにとってシーラという女性は永遠の謎だから」

「そんなことを言ったら、マクダフに怒られるわ」イヴは皮肉な口調になった。「あなたがシーラの血を引いていると信じていて、あなたさえいれば財宝を見つけられると思っているのに」

「わたしが十七歳のときに何度もシーラの夢を見たというだけで？　あんなこと、なんの証拠にもならない」だが、当時はそんなふうには考えられなかった。あまりにも鮮明な夢を見続けるので、そのことが頭から離れなくなって、ついにヘルクラネウムまで調べに行ったほどだった。そして、シーラが実在の人物だと突き止め、現地で〈マクダフの走路《ラン》〉という古城の城主、マクダフと知り合った。「今はもうシーラの夢は見ないわ」

「でも、ここでは久しぶりに見たわけでしょう?」イヴが言った。「あなたは財宝の箱が本当にあるかどうかわからないと言うけれど、マクダフはあの霧の中に隠されていると信じているわ」

「これまで誰も見つけられなかったから、藁《わら》にもすがる思いなのよ」ジェーンはほほ笑んだ。「でも、そろそろシーラが秘密を明かしてくれるかもしれない。そして、それは誰よりもカーラのためじゃないかと思う」

「わたしもそう思う」イヴはうなずいた。「最初はカーラのことを何も知らなかった。ただかわいそうな子を助けたいと思っていただけ。でも、あの子が勇敢で正直で、年齢よりずっと大人びているとわかるようになったの。わたしを助けるのが自分の役目だなんて言い出すのよ。ジョック・ギャヴィンの面倒も見なくちゃいけないとも。ジョックはそんなこと望んでもいないのに」

「ジョックはあの子の友達だから」ジェーンが言った。「ほかに友達はいないんでしょう?　大切な人を次々と失ったから、あなたやジョックを失いたくないのよ」

「わたしもあの子を失いたくない」イヴは声を震わせた。「あの子は……大切な存在なの。奪われたくない」

「わかるわ」ジェーンははっと気づいて眉をひそめた。「ナタリーにひどい目に遭わされたりしないといいけど。カーラがあなたのために戦う気でいるなら、ナタリーを怒らせるようなことを口にするかもしれない。その恐れはない？」

「どうかしら」イヴは沈んだ声で答えた。「ナタリーがあの子にどう接するか、何を要求するかによるでしょうね。カーラは三歳で母親と別れたし、カーラを育ててくれたエレナは、メキシコの両親のもとに帰るのは危険だと言い聞かせたそうよ。それはカルテル間の抗争に巻き込まれるという理由からで、エレナはナタリーを疑ったことはなかったはずよ。サラザールがライバルのカスティーノの鼻を明かすために娘たちを誘拐することは思いついたかもしれないけれど、まさか母親が関わっていたなんて考えなかったと思う。わたしたちも、ナタリーがサラザールの愛人だとジョーが突き止めるまで、その可能性を考えたこともなかった」

「カーラにはそのことは教えなかったんでしょう？」

「お姉さんのジェニーが亡くなったのは母親のせいだなんて、子どもに言えることじゃないわ」イヴは苦い口調になった。「わたしといれば安全だと思っていた。守ってあげられると思っていたの。あの子はさんざん苦労してきたから、これからは子どもらしい生活をさせたかった」

ジェーンは無言だった。カーラは今ナタリーといる。事実と向き合うことになったら、適切な判断が下せるだろうか？

「気持ちはわかるわ」イヴはジェーンの表情を読み取った。「でも、今からこんなことを言っても遅いけど、心の準備をさせてあげればよかった。何も知らずに母親に会わせることになるなんて。あの子を信じて、なんとか切り抜けてくれるのを祈るしかない」

まだ十一歳なのにと言い返しそうになって、ジェーンは言葉を呑《の》み込んだ。「カーラは頭のいい子だから。きっと、うまく切り抜けるわ。あの子のことだから――」

「バーバンクから電話があった」ジョー・クインが坂をくだってこちらに向かってくる。「ナタリーのヘリコプターを見つけたそうだ。リヴァプールに向かっているらしい。おそらく、そこでプライベートジェットに乗り換えるんだろう。すぐ出発しよう」

イヴは弾《はじ》かれたように立ち上がった。「スコットランドヤードは阻止してくれないの？これは誘拐事件なのよ」

「そう断定するのは難しいだろう。証拠がないし。親権の問題もある。あれでもナタリーは母親だ」ジョーはイヴの肘を取って道路に向かった。「ぼくたちが阻止するしかなさそうだ」

「わたしはどうすればいいの？」ジェーンが二人に声をかけた。「いっしょに行ったほうがいい？」

「いや、ここに残って、後始末をしてほしい」ジョーが振り返って答えた。「地元の警察は道路に即席爆弾が設置されていたことにきりきりしている。山のように質問してくるだろうが、ぼくには答えている時間がない。最初にテロリストの犯行を疑うだろう。それに、丘の上の爆破跡や遺体を発見したら、大騒ぎするにちがいない」

「リヴァプールまでどうやって行くの？」

「十キロほど先にヘリコプターを待機させている。ここに来たとき乗ってきたが、霧が濃くて近づけなかったんだ。そこまでは車で行く。あとは頼むよ、ジェーン」

「できるだけのことはするわ」ジェーンは急ぎ足で道路に向かう二人を見送った。「本当はいっしょに行きたいけれど。気をつけてね、イヴ……」


ナタリーが離れないうちにリヴァプールに着くことができるだろうか。ジェーンに手を振り返すと、イヴはジョーに顔を向けた。「間に合う可能性はどれぐらい？」

「ナタリーのヘリコプターはぼくたちよりずっと先に着くはずだ。かなり前に出ているからね。ただ向こうですぐプライベートジェットが見つかるとは限らない。バーバンクの話では、どこのレンタル会社にも、ナタリーの名やロシア企業の名で予約は入っていないそうだ。だから、乗り換える前に捕まえられる可能性はある」

「ナタリーらしくないわ」イヴは眉をひそめた。「何事も細部まで計画を立てるのに。飛行機の予約を忘れるなんて」

「忘れたのは彼女じゃないかもしれないよ」ジョーは不思議そうにイヴを眺めた。「やけに断定的な言い方をするね。きみはナタリー・カスティーノと波長が合うようだ」

「やめてよ」イヴは言い返した。「ナタリー・カスティーノに似ているなんて、願い下げだわ」

「だが、彼女の考えていることがわかるんだろう?」

「まあね」ナタリーとは何度か電話で話したが、実際に会ったのは、ナタリーがジョーを撃って軽傷を負わせたうえカーラを連れ去ったときだけだ。それでも、彼女のことは不思議なほどよくわかる。「向こうもわたしの考えを見抜いているみたい」イヴは口元を引き締めた。「わたしを感傷的な女と決めつけて、弱みを突いて財宝の箱を手に入れるつもりでいる」

「リヴァプールで捕まえたら、そんなことはできなくなるさ。そうなったら、こちらの――」道路に出ると、ジョーははっとして立ち止まった。「こんなときに――」

イヴは顔を上げてジョーの視線を追った。黒いリムジンが、地元警察が張った立ち入り禁止の黄色いテープから少し離れたところにとまっている。茶色いスーツを着た、白髪交じりの男が車からおりて、野営地に続く坂をくだっていくのが見えた。「どうしたの? あれは誰?」

「司法省のジェイソン・トラー調査官だ。タイミングが悪いな」

よりによってこんなときに。ジョーに聞いたところでは、トラー調査官は、イヴが復顔した少女がメキシコの麻薬カルテルのボス、ファン・カスティーノの娘ジェニーだという情報を聞き込んで、事件の捜査をしているそうだ。カスティーノのもうひとりの娘カーラをイヴとジョーが保護したのに、メキシコ政府にもアメリカ政府にも連絡しないことに難色を示している。ジョーが安全のためにイヴとカーラをスコットランドに逃れさせ、自分もあとを追った一連の動きを捜査妨害と決めつけて、捜査に協力しないのなら国際移民事件に介入した罪で逮捕すると脅したそうだ。

「どうしたらいいと思う？」ジョーが訊いた。「トラーは悪い人間じゃないが、いたって頑固だ」

「選択の余地はないわ。あなたひとりでナタリーを止めに行って」イヴは踵《きびす》を返して坂をくだりかけた。「きっとトラーはジェーンにしつこく質問するわ。ジェーンは何も知らないのに。わたしが時間稼ぎをするから、見つからないようにして」

ジョーは坂をのぼり始めた。「今から行っても間に合わないかもしれないが」

「可能性はあると言ったじゃないの。電話してね、ジョー」

返事はなかった。

イヴが振り向くと、ジョーの姿は消えていた。

トラー調査官は焚き火のそばにいるジェーンに近づいていく。

イヴは歩調を速めて、もう一度振り返った。

ジョーは影も形もない。よかった。

思慮深いジェーンのことだから、めったなことは口にしないはずだが、ジョーとトラー調査官の間にトラブルがあったことは知らない。早く行ったほうがいいだろう。

　こうしているうちにもジョーは待機させてあるヘリコプターにかなり近づいたはずだ。

　できればいっしょに行きたかった。ナタリーを捕まえたら、うまくやれたような気がする。ジョーが言ったように、彼女の考えていることが手に取るようにわかるから、不意を衝《つ》いて説得できたかもしれない。

　そうすれば、カーラを取り戻せた。

　でも、ここに残ったのは正しい決断だったと思いたい。わたしが相手なら、トラー調査官もジョーに対するような高圧的な態度はとらないだろう。

　何より、ジョーが無事にヘリコプターにたどり着ける。

　あとはジョーに任せよう。

　そして、間に合うようにリヴァプールに着くのを祈ろう。

「あら、戻ってきたのね」イヴを見てジェーンが笑顔になった。「この紳士にあなたの居所は知らないと言ったところ。あなたとジョーを捜しているそうよ」そう言うと、その紳士を身振りで示した。「司法省のジェイソン・トラー調査官」

「初めまして」イヴは言った。「ジョーはそのへんにいるはずよ」

「そのへんとは正確にはどこですか、ミズ・ダンカン」トラーが訊いた。

「さっき湖のそばで見かけたわ」ジェーンがそばから言った。「トラー調査官はうちのカーラのことを訊きにいらしたんじゃないかしら」

「うちのカーラ?」トラーが苦い口調で言い返した。「カーラ・カスティーノをジョー・クインとイヴ・ダンカンが手元に置いているのは不法だと知っているんじゃありませんか、ミズ・マグワイア。知っているなら、あなたも同罪ですよ」

「ジェーンには関係のないことよ」イヴはそっけない口調で言った。「彼女が知っているのは、ジョーとわたしがカーラを養女にすると決める前に、試験的にいっしょに暮らしているということだけ。カーラをここに連れてきたのはジェーンに引き合わせたかったからよ。調べがついているでしょうけど、ジェーンはわたしの養女なの」

「ミズ・マグワイアのことは徹底的に調査しました」トラーもそっけない声で応じた。「〈マクダフの走路〉の城主、ジョン・マクダフの友人で、マクダフ卿《きょう》が失われた家宝を探すため、ミズ・マグワイアのほかに少数の親しい友人をここに招いたことも調べがついている。たしか、ジョック・ギャヴィンとセス・ケイレブだったかな。急に思い立ったように一堂に会してもらって、こちらとしては好都合ですよ。それにしても、こんな山奥で宝探しとはね」トラーは青く澄んだ湖の向こうの険しい山並みに目を向けた。「たしかに宝を隠すにはうってつけの場所かもしれない。マクダフ卿に話を聞きたいものだ」

「無理よ」イヴは言った。「入院中。それも調べたと思っていたけれど。宝探しの最中に負傷して、ドクターヘリで搬送されたの。これだけは言っておくわ、トラー調査官。ジョーやわたしの情報を聞き出すためにマクダフやジェーンをわずらわすのはやめて」イヴはジェーンに顔を向けた。「悪いけど、ちょっとはずしてもらえる?」

「わたしのことなら心配しないで」ジェーンはちらりとトラーを見た。「トラー調査官は脅しをかけたつもりかもしれないけど、わたしは平気だから」

「ええ、それは心配していない。でも、わたしのことでいやな思いをさせたくないから」

ジェーンはほほ笑んだ。「そんなこといいのに」そう言うと、背を向けて湖に向かった。

「用があったら、電話して」

「思いやりのある娘さんだ」トラーが言った。「だが、甘く見ないほうがいいですよ。アメリカ政府を敵に回すことになるかもしれない」

「いくら調べても、ジェーンは政府を敵に回すようなことは何もしていないわ」イヴは言い返した。「わたしとカーラを温かく迎えてくれただけ。それから、マクダフのことだけれど、ここが彼の領地だということを忘れないで。彼はこの一帯ではあなたが思っている以上の勢力を持っているわ。戦争の英雄として崇拝されているの。無謀なことをしたら、しっぺ返しを食らう」一呼吸おいて続けた。「でも、マクダフに脅しをかけるつもりはないでしょう? あなたは有能な調査官で、国際事件を起こすような無謀なまねはしないとジョーから聞いているわ」

トラーはしばらく無言でイヴを見つめていたが、やがて口を開いた。「そのとおりです」

「それなら、なぜあんなことを言ったの？」

「クインがわたしの部下を出し抜いて、まんまと出国したのが許せなかったからです。クインにはちゃんと警告しました。あなたとカーラの居所を明かさないのは許容する。いずれわかることだから。しかし、捜査妨害をしたら刑務所行きだ、と。クインはその警告を無視した」

「カーラとわたしの命を助けるためよ」

「それを証明する方法はありません。クインにはさんざんてこずらされた。さっきも言ったが、警備の裏をかいてこっそりあなたのところに行った。しかも、手がかりをほとんど残さずに」トラーは口元を引き締めた。「わからないことだらけだった。マクダフは骨折して入院しているが、爆発が原因と思われる内臓損傷もあるらしい。実際に何があったか説明してもらえませんか？」

「カーラを助けることになるのなら、話してもいいわ」

「それに、地元の警察官が道路で作業しているが、即席爆弾解除の専門家も交じっているのはなぜです？　この質問にも同じ答えですか？」

「そういうこと」イヴは少し間をおいてから続けた。「そんなことより、なぜ十一歳の女の子が執拗に命を狙われるのか考えてみたことはある？　即席爆弾を仕掛けて逃げ道を断ってまで殺そうとするのはなぜか？」

「だからこそ、あの子の安全を守るためにわれわれに引き渡すべきです」

「引き渡したら、あの子を児童福祉局に預けて、メキシコ政府と交渉するわけでしょう。愛する両親のもとに返すために。違う？」

「法律には従うべきだ」

「知りすぎているあの子が命を奪われる結果になっても？　ジョーもわたしもそんなリスクを冒すつもりはない」

「逃げ続けているかぎり選択の余地はありません」

「なんとか方法を考えるわ」

「ええ、考えてみてください。クインにも言ったが、たとえ善意からだとしても、メキシコ国籍を持つカーラ・カスティーノをアメリカにとどまらせたら、手続き上いろいろ面倒なだけでなく、厄介な外交問題になる。メキシコとアメリカの双方の活動家から突き上げられるでしょう」

「ジョーから聞いたわ」イヴは冷ややかに言った。「手続き上の問題なんてどうだっていい。あの子はメキシコに帰らせない。猛獣の檻《おり》に投げ込むようなまねはできないもの。カーラの父親はたしかにメキシコ人だけど、麻薬カルテルのボスで、メキシコ政府の犯罪者リストの上位に名を連ねる人物だった。〝だった〟と過去形を使ったのに気づいた？カスティーノは今日の早朝、殺害されたそうよ。ご存じでしょうけど」

「知っています。それより、あなたの情報源が気になるな。報道関係者にはまだ発表していないのに。向こうのカルテルは上を下への大騒ぎだそうですよ。噂では、犯人はカスティーノのライバルのサラザールで、八年前にカスティーノの子どもたちを誘拐したのが発覚しそうになったのが原因だとか」トラーはイヴの顔を見つめた。「それに関して何か言うことはありませんか？」

「カスティーノが死んだからには、カーラの安全は確保しやすくなったし、手続き上の問題も大幅に減ったということ」

「必ずしもそうとは言いきれません」トラーは笑みを浮かべた。「カスティーノの妻のナタリーは生きていますからね。おそらく、カルテルの連中はナタリーを担ぎ上げて、行方不明の娘を取り戻そうとさせるでしょう。一方、サラザールは子どもの誘拐にもカスティーノの殺害にも関わっていないと主張するだろうが」

「それはどうかしら。サラザールのことはこの際考えなくてもいいと思うわ」

トラーは疑わしそうにイヴを見つめた。「それはどういう意味です？」

つい二時間ほど前、ジョーが仕掛けた爆弾に吹っ飛ばされて血まみれになったサラザールの死体が目に浮かんだ。ここからあの丘まで歩いて一時間もかからない。イヴは丘に目を向けたくなるのをこらえてトラーを見つめた。「カルテルが大騒ぎしているんでしょう?　サラザールがカスティーノの殺害に関係しているなら、しばらく姿をくらますはずよ」一呼吸おいて続けた。「わたしならもっと身近な人間に注目するわ」

トラーがぎくりとした。「身近な人間というと?」

言うんじゃなかったとイヴは後悔した。証拠もないのにトラーが信じてくれるはずがない。なんとかごまかすしかないだろう。

でも、そんな姑息《こそく》な手は使いたくない。

打ち明けて、トラーがどう出るか確かめたほうがいい。

「ナタリー・カスティーノ」

「えっ?」トラーは信じられないという顔で首を振った。「カーラをメキシコに送還したくない一心でそんなことまで言い出すんですか。ナタリー・カスティーノには夫殺しの嫌疑はかかっていません」

「うまく立ち回ったからよ。ジョーもわたしも、それにメキシコシティ警察のマネス刑事もナタリーを疑っている。ジョーとわたしを信じる気になれないなら、マネス刑事に問い合わせてみたら?」

「証拠はあるんですか?」

「ないわ。ナタリー・カスティーノは証拠をつかまれるようなミスは犯さない。そういう点にかけては完璧主義者よ」

「だが、今はメキシコにいないんですよ。モスクワの父親のところに行っている」

「表向きそういうことになっているだけ」これ以上は打ち明けられない。この司法省の調査官がへたに動き出したら、カーラにどんなとばっちりが及ぶかわからない。「実際はどうかしら？　調べてみることね」

トラーはしばらく無言でイヴを見つめていた。「カスティーノ殺害の調査はわたしの仕事ではありません。カルテル抗争に我が国の政府を巻き込まずに子どもを保護すればいいだけで」

「なぜカーラのことでこれほど大騒ぎしているか考えたことはある？　十一歳の子どものことで」

「子どもといっても」トラーは上着のポケットから携帯電話を取って画面に写真を出した。「一度見たら忘れられないような顔立ちですからね」

イヴは写真に目を向けた。カーラだ。きれいな弓形の眉。とがった顎。緑がかったハシバミ色の瞳がひたむきにこちらを見つめている。イヴがよく知っている表情だ。たしかに、この顔を一度見たら忘れられないだろう。

「バイオリンの才能もあるそうですね」トラーは携帯電話をポケットにしまった。「あの子にバイオリンを教えた教師たちが絶賛していた。これだけ条件がそろえば騒がれないほうがおかしい」

「ええ、愛らしくて才能豊かな子よ。ずっと逃げ続けてきたから、これからは落ち着いた穏やかな生活を送らせたいの。あの子からその可能性を奪わないで、トラー」

「わたしは自分の仕事をしているだけです」トラーは肩をすくめた。「メキシコで穏やかに暮らせるかどうかわからないとしても、少なくとも母親がそばにいる」そう言うと、手を上げて反論しかけたイヴを制した。「八年も母親から引き離されていたわけですから。それに、ナタリー・カスティーノが夫の殺害に関係しているという説は受け入れられないな。理想的な夫婦だったようだ。殺害したとしたら動機は？」

「サラザールとの関係がばれそうになったから。あの女は娘たちを誘拐させるためにサラザールと関係を持ったの」

「まさか」トラーは顔をこわばらせた。「母親が実の娘を誘拐させたというんですか――信じられない」

「信じてほしいと頼んではいないわ。ただ事実を知らせたの。あとはあなた次第よ」イヴはトラーと目を合わせた。「ジョーとわたしはカーラを救おうとしているだけよ。その邪魔をしないで。あなたが干渉したせいであの子が殺されたりしたら、寝覚めが悪いでしょう。あの写真を見るたびに後悔することになるわ」

トラーはしばらく黙っていたが、やがて低い口笛を吹いた。「こうと思い込んだら、ぜったいに諦めないんですね、ミズ・ダンカン。脱帽しますよ」

「わたしたちの邪魔をしないという意味？」

「いや、あなたの説に耳を傾けるのをやめて、仕事を続けます」トラーはイヴから視線をそらさなかった。「悪く思わないでください。あなたには会う前から敬意を抱いていたが、その思いがもっと強くなった」視線をイヴからはずすと、湖に向け、次に道路に向けた。

「ここで何が起こったか話してもらえるとありがたいんですが」

サラザールとナタリーがここまでカーラを追ってきて、ほんの少し前まで命がけの戦いを繰り広げていたと言ったら、トラーはなんと言うだろう？　マクダフは爆発に巻き込まれて、もう少しで死ぬところだったと言ったら。カーラはナタリーに連れ去られたから、戦いは終わったわけではないと言ったら。できることなら教えたいとイヴは思った。トラーは信じてくれそうな気もする。

だが、カーラの安全を考えたら、リスクを冒すことはできなかった。

「調査官なら自分で調べてみたら？　この一帯はマクダフの領地だから、彼の許可が得られたらのことだけど」

トラーの表情が厳しくなった。「わかりました。せめてジョー・クインの居場所を教えてもらえませんか？　それも自分で調べろと言われるのかな？」

「そういうこと」イヴは焚き火に近づいて、カップにコーヒーを注いだ。「コーヒーを飲んでいかない？　湖は濃い霧に閉ざされていても急に寒くなることがあるの」

「遠慮しておきます。敵の家で食事するようなものだから」

「毒を盛ったりしないわ」イヴはコーヒーを一口飲んだ。「まだあなたが敵と決まったわけじゃないし」

「敵と決まったら、ぜったいに許さないわけですね」

イヴはうなずいた。「あの写真を見るたびにあなたは後悔することになると言ったでしょう」

トラーは苦笑した。「写真を見せるんじゃなかった。ずっとあの写真を脅しの道具にするつもりでしょう」

「もちろん。わたしは命がけで戦っているんだから。あなたは手続きのために戦っているんでしょうけど」イヴはカップに残ったコーヒーを焚き火にかけた。薪《まき》がジュッと音を立てる。「わたしはなんだって利用するわ。ジョーもそう」ちらりとトラーを見た。「どこに捜しに行くつもり？」

トラーは小首をかしげて考えた。「まだ決めていません」霧のたちこめる湖に目を向けた。「北岸はまったく見えない。ここに来るときドライバーが話してくれましたよ。地元の人間でね。あの霧が晴れることはないというのは本当ですか？　湖にまつわる伝説がいろいろあるそうですね。世界はここで始まって、ここで終わると言われているとか」

「そのとおりよ」

「まあ、ただの伝説です。だが、身を隠すとしたら最高の場所ですね」

「そうかもしれない」イヴはつぶやいた。霧の中でジョーを捜しても無駄だと教える気はなかった。トラーもすぐに気がつくだろうが、少しでもジョーのために時間稼ぎができる。

「湖を捜すつもり?」

トラーは首を振った。

「じゃあ、どこを?」

トラーはにやりとした。「最初に見たとき、あなたが来た方角を捜すことにします。道路に戻って」

それはまずい。イヴは表情を変えないようにした。「そう。どうして?」

「あなたのような女性がそばにいたら、できるだけ近くにいたいと思いますからね。おそらく、クインも同じでしょう」

「わたしがカーラを連れてここに来てから、彼はずっとアトランタにいたけれど」

「だからこそ、こっちに着いたら、そばを離れたくなかったはずだ」トラーは背を向けて歩き出した。「クインに会ったら確かめておきますよ」

イヴは両手でこぶしを握り締めて、トラーが坂をのぼっていくのを見送った。ジョーはもうヘリコプターの近くまで行っただろうか? 道路で作業中の警察官に訊けば、ジョーが車で出かけたことはすぐわかる。あとはどこに向かったか突き止めればいいだけだ。ここまで追跡してきたのだから、トラーはジョーがヘリコプターをチャーターしたことも知っているはずだ。

トラーに見つかる前にジョーがヘリコプターに乗り込むのを祈るしかなかった。

2

「聞いてるの、カーラ?」ナタリー・カスティーノと名乗った女性はもうほほ笑んでいなかった。「わたしはお母さんだと言ったでしょ。なんとか言ったらどう?」

カーラは返事ができなかった。喉がふさがって、心臓がどきどきして、息ができない。それに、なんと言ったらいいかわからないし、頭が混乱して何も考えられなかった。この人がお母さん? いったい、どうなってるの?

「なんとか言って」女の人がまた言った。「クロロホルムはもう切れかけているはずよ。さっき工具箱まで這っていこうとしていたじゃないの」

クロロホルム。

この女の人はわたしがクロロホルムを嗅がされたことを知っているのだ。答えなくてすむようにカーラは薬がまだ効いているふりをすることにした。「眠くて……」そうつぶやくと、目を閉じた。「だるくて……」

しばらく沈黙があった。再び口を開いたときには、さっきまでのいらだった厳しい口調ではなかった。「無理もないわ。あんな恐ろしい経験をしたんだもの。怖い男たちに捕まったのを覚えてる？　たぶん、覚えてないわね。捕まっていたときは薬で眠らされていたから」そっとカーラの頬に触れた。「もうだいじょうぶよ。わたしが助けてあげたの。怖い男たちに身代金を払って。あなたのおじいさんがお金を出してくれたのよ。だから、無事に戻ってきたと言って元気な顔を見せに行かなくちゃね。おじいさんのこと覚えてる？　会ったのは一度だけだし、あなたはまだとっても小さかったわ、カーラ」

おじいさん？

ぼんやり覚えているような気がする。にこにこ笑っていたような……。

「覚えていないでしょうね」ナタリーは一呼吸おいた。「でも、会ったら覚えているふりをしてあげたほうが喜んでもらえる。いろいろ助けてもらっているし」

嘘をつくの？　この人はわたしに嘘をつかせたがっているの？　思わず〝嘘〟という言葉が口に出たらしい。すぐに言い聞かされた。

「嘘をつくんじゃないわ。ふりをするだけ。この二つは違うの。怖い男たちから助けてもらって、どんなに感謝しているか、おじいさんに伝えなくちゃ。あのままだったら、あなたもお姉さんと同じように殺されていたわ」

ジェニーと同じように殺されていた。

悲しみが込み上げてきた。そして、怖くなった。

今度は心の中で思っただけで言葉にしなかったらしい。女の人はまだ話し続けていた。

「でも、わたしが助けてあげたのよ、カーラ」

「イヴが……」

「違う。あの女は邪魔しただけよ。いっしょにいたら殺されていたわ。友達なんかじゃない。あの女のことは二度と考えないで」また厳しい声になっていた。「わたしを信じて、カーラ。お母さんなんだから。あなたに嘘を吹き込んだ人たちのことは忘れて。誰かわたしのことで嘘を言わなかった？　わたしのこと、何か言ってた？　ちゃんと答えて」

「何も……」

「本当に？」

「本当に……」

「目を開けて、わたしを見て。はっきりさせておかなくちゃ」

カーラはゆっくりと目を開けた。

美しい顔がこわばって、黒い目がぎらぎら輝いている。「誰もわたしのことを言わなかった？」

「ええ、誰も……」

表情がゆるんで笑みが浮かんだ。「そうね。そうに決まってるわ。でも、世の中には嘘つきがいくらでもいるから。でも、こうやってやり直せてうれしい」手を伸ばしてカーラの目を閉じた。「ゆっくりお休みなさい。さんざん怖い思いをしてくたびれたでしょう。助けてあげられて本当によかった。もうすぐこのヘリコプターが着陸したら、飛行機に乗り換えて、おじいさんのところに行くのよ。モスクワに住んでいるの。覚えていないでしょうけど」

カーラは覚えていなかった。

でも、モスクワが遠いところだと知っていた。そんなところに連れていかれたら大変なことになる。

イヴやジョーと会えなくなる。

ジョックとも会えない。

ジョック。

イヴの次に大切な友達だ。

うっとりするほど笑顔がすてきなジョック。

ジョックにはわたしが必要なのだから、そばにいなくては。

「いや！」

「何がいやなの？」母を名乗る女性の声がまたきつくなった。「助けてもらって何が不満だというの？」

「ジョックのこと」カーラはつぶやいた。「わたしの友達。彼のそばにいなくちゃ。ジョックは無事なの？」

「ジョックなんて知らないわ」女性は額に皺《しわ》を寄せた。「たぶん、無事でしょ。どうだっていいじゃないの。あっちに本当の友達なんていなかったんだから。これからはわたしの言うとおりにするのよ。子どもはお母さんの言いつけに従うものなの。いろいろあったから、世間の決まり事を覚える暇がなかっただろうけど。すぐ覚えられるわ。わたしの娘だから、頭がいいはずよ。どう、わかった？」

　そう言われても、カーラにはよくわからなかった。お母さんだという人の話を聞いていると、ますます混乱してくる。もう少し頭がすっきりしてから考えたほうがよさそうだ。

　わたしのお母さん？

　いったい、どういうこと？　あの人は急に機嫌が悪くなったり、妙にやさしくなったり、ころころ気分が変わる。そんな人を信用できる？　でも、本当にお母さんだとしたら、あの人の言っていることは全部本当ということ？

　イヴは友達なんかじゃないと言ったけど、それは嘘だ。それに、ヘリコプターが離陸する直前まで、イヴをひどい目に遭わせようとしていた気がする。

　でも、よく思い出せない。クロロホルムを嗅がされて気を失う前、誰に何を言われたんだっけ？

イヴが見おろしている。「カーラ」顔にかかった髪をそっとかき上げてくれた。「カーラ、イヴよ。聞こえる？」

声は聞こえるけれど、ずっと遠くから呼びかけているようだ。

「イヴ？」カーラはつぶやいた。まぶたが重くて目を開けていられないほどだった。でも、ちゃんと言っておかなければ。「わたしのせいで……ジョックは？」

「無事よ。心配しないで。何もかもうまくいくから」

本当にそうならいいけれど。イヴには逃げるように言おう。ここにいたら危ない。

「無理よ……わたしのせいで……」

次の瞬間、また何もわからなくなった。

爆発が起きたのはそのすぐあとだ。悲鳴がして、煙の匂いがした。寝かされている岩が揺れている。イヴが抱き締めてくれた。もう心配ない。

あの女の人の声がした。「あの子、まだ生きている、イヴ？」

「ええ」

「あなたが協力すれば、死なずにすむかもしれない」

次に気づいたときは、ヘリコプターに押し込まれて、振動する床に転がされていた。

イヴのすがるような声が聞こえた。「カーラを返して、お願いだから」

「ちゃんと答えなさい、カーラ」ナタリーがいらだった声を出した。

この人はわたしを愛していると言った。そう言ってくれる人が現れるのをどんなに待ち望んでいただろう。でも、この女の人は知らないし、知らない人を信用してはいけないと教えられてきた。とてもきれいな人だけど、悪い人間にもきれいな人がいるのをカーラはもう知っていた。

「だんだん腹が立ってきた。わたしを怒らせないほうがいいわよ、カーラ。もう一度訊くわ。わたしの言う決まり事、わかった？」

逆らってはいけない。少なくとも今は。

休んで頭をすっきりさせて。何があったか思い出そう。

戦うとしたら、それからだ。

カーラは目を閉じたまま答えた。「決まり事は……わかったわ」そして、ぎこちなくつけ加えた。「お母さん」

リヴァプール

リヴァプールに降り立つとすぐジョーはイヴに電話した。「ついていたようだ。十分ほど前に調べてみたら、これから二時間以内にリヴァプールを発《た》つチャーター便はなかった。ここ三時間のうちに発った便もない。今頃、ナタリーは必死で探しているんじゃないかな」

「それとも、もうそこにいないか」イヴは言った。「バーバンクの裏をかいたのかもしれない」

「悪いほうにばかり考えるなよ」ジョーはヘリコプターから飛び降りた。「きっとここにいてチャーター便の手配をさせている」

「そうだといいけど。今日のあなたはトラーから逃げきるだけで運を使い果たしたんじゃないかしら」

ジョーもそんな気がしていた。だが、まだチャンスは残っている。「また電話するよ。もう一度調べてみて――」はっとして言葉を切った。小型ジェット機が滑走路を進んでいく。機体に大きなキリル文字で会社名が記されていた。

「そういうことだったのか」

「どうしたの？」

「チャーター機じゃなかった。父親のプライベートジェットが迎えに来た」ジョーは滑走路に近づいた。なんとか阻止できないだろうか。コックピットのパイロットの姿は見えなかったが、隣の副操縦士席についている人物が目に入った。

向こうもジョーに気づいた。

ナタリー・カスティーノがにこやかに会釈してみせる。

そして、指を上げて合図すると、あくびした。

ジョーはこぶしを握って離陸するジェット機を見守っていた。

「ジョー」イヴが呼びかけた。

ジョーは深いため息をついて、携帯電話を耳に当てた。「やられたよ。逃げられた。コックピットにナタリーがいた」

イヴはすぐには答えなかった。「飛行機を止めることはできなかったの?」

「答えはわかっているだろう」

「そうね。なんだか怖くなってきたわ」

「ぼくもだ。だが、先手をとられた以上、対策を考えないと」

「どうするつもり? 向こうが電話してくるのを漫然と待つなんていやよ」

ジョーは小馬鹿にしたようなナタリーのしぐさを思い出した。「もちろんだ。どこまでも追いかける」

「逃げられたって」電話を切ると、イヴはジェーンに顔を向けた。「たぶん、今頃は愛するお父さんのいるモスクワに向かっている」

ジェーンは少しためらってから訊いた。「カーラもいっしょなのね?」

「リヴァプールに着く前に、最後の証人のカーラを殺したかもしれないと思っているの？」イヴはその可能性を考えないようにしていた。「たしかなことは言えない。ジョーはコックピットにいるナタリーを見ただけで、カーラがジェット機に乗っているのは確認していない。でも、あんなに苦労してヘリコプターに乗せたからには、それなりの理由があるはずよ。わたしがカーラを愛しているのを知っているし」イヴは苦い笑みを浮かべた。「実の子でもないのになぜそこまで気にかけるのか、ナタリーには理解できないらしいけれど、わたしのそんな気持ちを利用する気でいる。カーラをおとりにすれば、わたしを思いどおりにできると思っているわ。シーラの財宝がもうすぐ手に入ると吹き込んでおいたから、なんとしても手に入れようとするはずよ」

ジェーンは眉をひそめた。「どういうこと？　シーラの財宝を目の前にぶらさげて、ナタリーからカーラを取り戻そうというわけ？　財宝が見つかる当てなんかないのに」

イヴは首を振った。「ナタリーの思いどおりにはさせない。ナタリーにとって、カーラは目障りな存在なのよ。誘拐されたときのことを何か覚えているかもしれないし、誰かに言われたことを思い出す可能性もある」

「つまり、どっちにしても、カーラは犠牲にされる運命にあるの？」

「そんなことはさせない」イヴはきっぱり言った。「時間稼ぎをして、その間にカーラを取り戻す方法を見つける」

「そんな悠長なことを言っていられるの？」ジェーンが言い返した。「相手はナタリーだけじゃないのよ。ジョックのことはどうするつもり?」

ジョック・ギャヴィンのことを忘れていた。

というか、あのマクダフの親友のことは考えないようにしていた。ハイランド地方に来てから、カーラはジョックにすっかり夢中だ。長年逃亡生活を送っていて、友達もいなかったカーラにとって、ジョックは憧れの人であり、兄のような存在なのだろう。そのジョックは若い頃の壮絶な体験からいまだに立ち直れずにいる。年齢も境遇も異なっても、孤独な二人が惹《ひ》かれ合うのは不思議ではない。ジョックは翼を広げた親鳥のようにカーラを守ろうとしている。カーラは自分がジョックの面倒を見なければいけないと思い込んでいる。そもそも、カーラがサラザールに捕まったのも、野営地から姿を消したジョックを心配して森の中に捜しに行ったからだ。

「ジョックは自分のせいでカーラが連れ去られたと思っているわ」ジェーンが言った。「だから、あなたがカーラを取り戻す方法を見つけるまで待っているはずがない。カーラが連れ去られたと知って、ジョックがサラザールの部下を手当たり次第始末するのを見たでしょう。カーラのこととなると見境がなくなるのよ」

それはイヴにもわかっていた。無謀なまねをしないように釘《くぎ》を刺しておいたほうがいいだろう。「ジョックから電話はあった? まだ病院でマクダフに付き添っているの?」

「さあ。用がないかぎり電話してこないから。マクダフの命に別状がないとわかった以上、もう病院にいないかもしれない。よくふらりといなくなるの」

　イヴはジョックの若い頃のことをジェーンから聞いていた。広い世界を見ようと、十五歳で家出したあと、身を滅ぼすような体験をしたという。トマス・ライリーという犯罪者に捕まって、薬物を使ったマインドコントロールの実験対象にされたのだ。ライリーの狙いは無敵の殺し屋をつくり上げることで、ジョックは彼の一番弟子になった。その後、ジョックがどんな悪行を重ねたかは想像の域を出ないが、自分のしてきたことに気づいたときの彼の苦悩は察するにあまりある。何度も自殺未遂を繰り返したあげく精神科の病院に入院していたジョックを退院させたのはマクダフだ。そして、ジェーンと二人で献身的にジョックを支え、長い時間をかけて立ち直らせた。明るくて魅力的な現在のジョック・ギャヴィンにそんな過去があったことを知る人はほとんどいない。

　マクダフが瀕死《ひんし》の重傷を負わされ、カーラが拉致されたとなると、ジョックは封印してきた能力を発揮しようとするのではないだろうか。

「でも、まだ病院にいるかもしれない」イヴは言った。「ジョックに会って話したいことがあるの」

　ジェーンは携帯電話を取り出した。「電話してみるわ。まだ病院にいたら、あなたが行くまで待つように言う。いなかったら、マクダフから病院に戻るように電話してもらう。ジョックはマクダフの言うことなら聞くから」

「病人のマクダフにそんなことをさせていいの？」

「だいじょうぶ。マクダフもジョックが何かしでかすかもしれないと心配しているはずよ。ジョックのことは誰よりもよく知っているから」そう言うと、電話をかけた。「ああ、ジョック、まだ病院？　よかった。そこで待ってて。イヴが行くから」それだけ言うと電話を切った。「マクダフを巻き込まずにすんだわ」

「ジョックが病院にいなかったら、本当に頼むつもりだったの？」

「電話一本くらい病人でもかけられるし、どうしてもジョックを捕まえなくちゃ」ジェーンはイヴと目を合わせた。「彼と話し合いたいんでしょう？　こんなにいっしょうけんめいカーラを守ろうとしているくせに、ジョックがどんな人間か知りながら、カーラが接近するのを止めなかったのがずっと不思議だったの」

イヴは肩をすくめた。「彼には輝くものがある」

「何、それ？」

「カーラがそう言ったの。ジョックは悪い人じゃないし、悪い人だったはずがない。輝くものを持っているのは、いい人だけだからって」イヴは苦笑した。「そう言われたら、なんて返せばいい？　それに、わたしも彼には輝くものがあると思う」

「並はずれて整った容貌に目がくらんでいるだけじゃないの？」ジェーンがからかった。

「そうじゃないわ」

ジェーンの顔から笑みが消えた。「言いたいことはわかる。わたしだってそう思うもの。初めて見たとき——彼がまだ病気だったときでも、そう思った。でも、本人は自分の素晴らしさに気づいていない。あの悪魔のようなライリーに洗脳されたせいで」

「それなら、なおさらジョックに無謀なまねはさせられない」イヴは道路に向かって坂をのぼり始めた。「そんなことになったら、カーラが許してくれないわ」

「たしかに」ジェーンが言った。「カーラにとってジョックはすべてだから」

「あの子はこれまで友達らしい友達を持ったこともなかった。そこへジョックが現れて、あの笑顔と輝きをふりまいて、きみを守ってあげると言ったのよ。夢中になっても不思議はないわ」イヴは無意識のうちに歩調を速めた。「わたしたちにできるのは、彼にその約束を守らせることだけ。とにかく、まだ態勢が整わないうちにジョックがひとりで猛禽《もうきん》みたいにナタリーに飛びかかっていくことだけは避けたい」

スコットランド　グラスゴー
南グラスゴー大学病院

「帰ろうとしていたら、ジェーンから電話があった」イヴが待合室に入っていくと、窓際で外を眺めていたジョックが顔を向けた。いらだった声だ。「ほんとは早く出たかったんだが」

「それでも、待っていてくれたのね」イヴは自販機に近づいて紅茶を買った。「待たなくてはいけないと判断する冷静さがあったからかしら?」紅茶のカップを口元に運んだ。「それとも、なんらかの情報が得られると思ったから? たぶん、後者ね。あなたは理性より本能に従うタイプだから」

「本能に従うのは必ずしも悪いことじゃない」

「たしかに。ただし、コントロールが利かないと危険なことになる」イヴはジョックに顔を向けた。「それは経験から出た言葉かしら?」また紅茶をすすって時間稼ぎをしながら、改めてジョックを頭のてっぺんから足元まで眺めた。「ひどい格好だわ。シャワーを浴びて少し眠ったほうがいい」そう言ったものの、ひどいという表現はジョックには当てはまらないと気づいた。ジェーンが言ったとおり、これほど整った容貌の持ち主はそういない。金髪が乱れていても、シルバーグレーの目に疲労がにじんでいても、カーラならチャイコフスキーのコンチェルトのように美しいと表現するだろう。さすがに特有の輝きには陰りが見えたけれど。「せめて仮眠でもとったら?」

「そう言うきみは?」ジョックが訊き返した。「最後に眠ったのはいつだ?」

イヴは思い出せなかった。カーラがサラザールに連れ去られてから、神経をすり減らすようなことばかり続いた。「あなたの勝ちね。わたしのほうこそひどい格好。人のことをとやかく言える立場じゃないわ」

「それがどうだっていうんだ?」ジョックは声を荒らげて近づいてくると、両手でイヴの肩をつかんだ。「シャワーや仮眠を勧めるためにわざわざ来たわけじゃないだろう。目的はなんだ?　ぼくに何が言いたい?」

つかまれた肩が痛くて、放してと言おうとしたが、ジョックの顔を見てイヴは言葉を呑んだ。目がやけにぎらついていて、顎に力が入っている。ジョックは怯《おび》えているのだとやっと気づいた。「だいじょうぶだから、ジョック」そっと言ってみた。

「だいじょうぶなわけないだろう。こんなときによくそんなことが言えるな。あの子は生きているのか?」

「わたしたちが知るかぎりでは」ジョックが手に力を込めたので、イヴはあわててつけ加えた。「だいじょうぶだと思う。わたしの肩を砕こうとするのをやめてくれたら、知っていることを話すわ」

ジョックは手を離して一歩しりぞいた。「話してくれたら、すぐにでも捜しに行く」

「ジョーがナタリー・カスティーノをリヴァプールまで追いかけたの。ナタリーはそこでロシアのジェット機に乗り換えた。くわしいことは調査中だけど、彼女の父親のセルゲイ・カスコフが差し向けたらしい。たぶん行き先はモスクワ」

「カーラもジェット機に?」

「おそらく」

「おそらく？」

「ジョーが追いついたときには、ジェット機は滑走路を進んでいて、カーラの姿を確認できなかった。動き出した飛行機を止めることは不可能だから」

「ぼくなら止められた」

ジョックが本来の能力を発揮したら、できなくはないかもしれない。そう思うと、イヴはぞっとした。「そんなことをしたら、機内にいる全員を死なせることになったかもしれない。カーラも含めて」

「ぼくがその場にいたら、方法はあった」

「いくら言ったって、その場にいなかったからしかたないわ。ジョーはできるだけのことをしたし、いい判断を下したと思う。くどくど悔やんでいないで、座って紅茶でも飲んだら？　これからのことを話し合いたいから」

ジョックはしばらく突っ立ってイヴを見つめていたが、やがて自販機に向かった。「知っているのはそれだけ？」

「急《せ》かさないで。さっさと聞き出して、早く捜しに行きたいだろうけど、そうはさせないわ」イヴは椅子に腰かけた。「あなたが心を痛めているのはわかる。でも、それはみんな同じよ」

「同じじゃない。カーラが森に入ってサラザールに捕まったのは、ぼくのせいだ」ジョックはイヴと向かい合って座った。「たしかに、ぼくは心を痛めているし、怒りを感じている。だが、過ちは償わなければならない。だから、カーラを取り戻すために情報がほしい」

「あなたは考え違いをしているわ。人間は罪悪感だけで動けるものじゃない。でも、今はこの話はやめておきましょう」イヴは椅子の背もたれに寄りかかった。「話の続きだけど、ジョーはスコットランドヤードのバーバンクに頼んで、モスクワの仲介者にカーラが無事に到着したかどうか調べてもらうことにした。そのディマ・パリクという仲介者はベテランで頼りになるそうよ。もうすぐ連絡が入ると思う」

「連絡が入ったら？」

「方法を決めるわ。カーラをモスクワから、そして、ナタリー・カスティーノから安全に取り返すにはどうすればいいか」

「それはぼくが決める」

「だめ。あなたは単独行動に慣れているだろうけど、今回はあなたひとりでは無理よ」イヴは紅茶をすすった。「セルゲイ・カスコフはモスクワ最大のマフィアのボスで、しかも、娘のナタリーに甘いと言われている」

「だから？」

「あなたがひとりでカーラを母親から奪おうとしたら、カスコフは自分への攻撃と受け止めて、人員と武器を注ぎ込んであなたをつぶそうとする」

ジョックは無言でイヴを見つめていた。

「あなたは自分の身はどうでもいいと思っているかもしれないけれど、カーラが巻き添えを食う恐れもあるわ。そんな危険を冒したくない」

一瞬、ジョックの表情が揺らいだ。「ぼくがそんな無謀なまねをするとでも？」

「そういうわけじゃないけれど、細心の注意を払わないと何が起こるかわからない」

ジョックは首を振った。「その点に関しては叩《たた》き込まれた。これまで失敗したことはない」

「カーラが失敗第一号にならないことを祈るわ」

ジョックはしばらく黙っていた。やがて「ありえない」とつぶやくと、深く息を吸い込んだ。「ぼくにどうしろと？」

「カーラが連れ去られてからずっと考えていたの。もちろん、あなたの力も借りたい。みんなで協力して、あの子をナタリーから取り戻す。誰かひとりに負担をかけすぎたせいで、カーラを失うようなリスクを冒したくない」

「ぼくはそんなリスクは冒さない」

「それでも、もしもということが……」

ジョックは立ち上がると、窓際に行って街路を見おろした。「なんと言われても、進展があるまで待つ気にはなれないな。あの子の居場所が確認でき次第、モスクワに行く」

「行けばなんとかなると思っているようだけど、向こうでどうするつもり?」

「これまでどおりやるだけだ。状況を分析して、適切な手を打つ。モスクワはよく知っている。働いたことがあるんだ」

「モスクワで?」

「意外だった?」ジョックは唇をゆがめた。「一箇所でしか役に立たないようなら、いくら訓練を受けても一人前とは認められない。ヨーロッパやアメリカのほとんどの都市で働けるよ。ヴェネツィアで人を殺す効率的な方法を教えようか? それとも、警察に捕まらない方法とか——」

「あなたが経験豊富なのはよくわかった」イヴは制した。ジョックの忌まわしい過去はできるだけ考えないようにしていたのに、本人の口から聞かされると、今さらながらに彼が不憫《ふびん》になった。「ちょっと訊いてみただけ」

「だが、答えは知りたくなかったわけか。知りたくなったら、ジェーンに訊くといい。ぼくが狂気の淵《ふち》にいたとき、辛抱強く話を聞いてくれた。何もかも吐き出せば楽になると言って。救われたよ」

「ジェーンに訊くつもりはないけれど」イヴは穏やかな声で言った。「でも、今度のことが終わって、誰かに話したくなったら、いつでも喜んであなたの話を聞くわ」

「きみがぼくの話を?」ジョックは小首をかしげた。「いや、もう救いは求めないことにした。ぼくのことを気にかけてくれる人に負担をかけたくないから。あんな話、一度聞いたら忘れられるものじゃない。結局、ひとりで背負うしかないんだ」

「カーラが知ったら悲しむでしょうね。あなたがひとりぼっちなのを心配していたから」

ジョックはぎくりとした。「カーラからもらった最後のメールにも、ひとりぼっちにさせたくないと書いてあった。ぼくを捜しに来たのも、マクダフを殺そうとした連中をぼくひとりに追いかけさせたくなかったからだ」

「あなたの面倒を見るのが自分の役目と思い込んでいるから。考えたらおかしいわね、まだ子どもなのに」

「本当に」ジョックは目を潤ませた。「自分ではあの子の面倒を見ていると思い込んでいたのに、こんなにぼくのことを考えていてくれたなんて」

「でも、あなたを追いかけるなんて無茶なまねをしてはいけなかった。あの失敗から学ぶとしたら、ひとりで行動するのは危険だということじゃないかしら」イヴは一呼吸おいた。「同じ過ちを犯さないで、ジョック」

ジョックは無言だった。内心の葛藤が顔に表れている。

「どうなの?」

「待ってもいい」ジョックがかすれた声で言った。「状況を分析して、差し迫った危険がないと判断したら、すぐ行動はとらない。ただし、長くは待たない。きみが危険度の低い計画を提案できないなら、ぼくのやり方でやる」

イヴはほっとして深いため息をついた。条件つきだとしてもジョックは譲歩してくれた。

「できるだけ早く決めるわ。わたしだってあなたに劣らずナタリー・カスティーノの動きが心配だから」

「ぼくは心配なんかしていない」ジョックは吐き捨てるように言った。「あの女を殺したいだけだ。森であの連中に追いついたとき、カーラをおとなしくさせるために何度もクロロホルムを嗅がせているのを見た。飛び出して助け出したかった。クロロホルムは使い方を間違えると相手を殺してしまう。あのサラザールの手下のフランコというやつは、適量を知っていたようだが。ナタリー・カスティーノは気にもとめていなかった。横たわっているカーラを眺めて、笑いながら冗談を言っていた」そう言うと、イヴを見た。「あのときもきみはぼくを止めた。言うことを聞くんじゃなかった。危険を承知でカーラを取り戻しに行っていたら、ナタリー・カスティーノに連れ去られずにすんだかもしれない。もう一度だけチャンスをあげよう、イヴ。だが、またあんな結果になりそうなら、これまでの話はなかったことにする」

「わかった」イヴは紅茶を飲み終えて立ち上がった。ジョックを刺激するような出来事がモスクワで起こらないことを祈るばかりだ。カーラの身に何かあったら、ジョックは何をするかわからない。「あなたはそう言うけれど、あのときの選択は間違っていなかったと思う。それに、ナタリーは父親のところに行ったら、カーラに薬物を使うようなまねはしないはずよ。不審がられるだろうから」紙コップをゴミ箱に投げ入れた。「モスクワに着いたら電話で様子を知らせてくれる?」

ジョックはゆっくりうなずいた。「やるべきことはちゃんとやるさ。やっても無駄だとわかるまでは」そう言うと、ドアに向かった。「もう行かないと。マクダフに挨拶していこう」

「わたしもマクダフに話があるの。先に会いに行ってもいいかしら?」

「かまわないが」ジョックはにやりとした。「彼にも当分行動を控えるように言いに行く気かな? マクダフは病人だ」

「マクダフは自分の身は自分で守れるわ」イヴもにやりとした。「守れないようなら、あなたを呼ぶでしょうよ」

「ああ、彼はそういう人間だ」ジョックはまだイヴを見つめていた。「肩はだいじょうぶ? 痛い思いをさせる気はなかったが」

イヴはわたしの肩を砕くつもりかとジョックを責めたのを忘れていた。「痛かったけれど、あなたに悪気がないのはわかっているわ。このところ気の休まるときがないけど、いい方向に進んでいると思う」そこでジョックと目を合わせた。「きっとうまくいくわ」

「それなら、きみを信じることにしよう」ジョックは晴れやかな笑みを浮かべた。カーラがジョックには輝くものがあると言ったが、たしかに、彼の笑顔は相手を温かい気持ちにさせる。「うまくいったら、きみのおかげで、人生には昼もあれば夜もあって、夜は必ず明けると思えるだろうな。楽しみになってきた」

「わたしのおかげじゃないわ。真実よ」イヴはドアに向かった。「世界の明るい面を見ればいいだけ」

「イヴ」

イヴは振り返った。

ジョックはもう笑っていなかった。「いろいろ気をつかわせて申し訳ない。といっても、これが最後とはいかないだろうが。どうか体を大事に。こんな疲れた顔のきみを見たのは初めてだ」

「心配しないで。気をつけているわ。今日は悪夢のような日だったから」イヴはジョックに手を振ると、マクダフの病室に向かった。たしかに、くたくたに疲れて、頭もよく働かない。これからマクダフにどう言えばいいか、考えをまとめなければいけないのに。こんなことなら、このままゲールカールに戻って体を休めてから、明日また出直してこようか。

でも、すでに病院に来ているのだし、明日は何が起こるかわからない。

病室のドアを開けてのぞくと、奥のベッドにマクダフが寝ていたが、部屋中が花だらけで顔がよく見えない。「こんにちは、マクダフ。だいぶよくなったそうね。入っていい？

少し話がしたいんだけど」

「花を持ってきたのか？」不機嫌な声が返ってきた。

「あいにく」

「それなら、入っていい。それから、帰るときに花を少し持っていってくれ。花に埋もれてしまいそうだ」

イヴはベッドに近づいた。「せっかく持ってきてくれたのに。これだけたくさんの人がお見舞いに来てくれたのは、あなたがみんなに敬愛されている証拠よ」

「花だらけで、まるで葬式だ」マクダフが言った。「たしかに、わたしは誰からも敬愛されている。申し分のない領主だからな。だが、どうせ金を使うなら、もっと気の利いたものに使ったほうがいい」

「風船とか、テディベアとか？」

「どうしたんだ？　ジョックから聞いたところでは、軽口をたたいている場合じゃなさそうじゃないか」

「たしかに」イヴは顔をしかめた。「ちょっと調子に乗りすぎた」

「ああ、きみらしくない」マクダフは探るようにイヴを見つめた。「もう少しでカーラを取り戻せるところだったのに、ナタリー・カスティーノに連れ去られたそうだな。さぞ見ものだっただろう。その場に居合わせたかったよ。だが、精根尽きたという顔だな」

「もう少しだったのに」イヴは悔しさを隠せなかった。「そんなことより、具合はどうなの？　ドクターヘリで運ばれたぐらいだから、一時はどうなるかと思った」

「病院にも花束にもうんざりしている。早く普通の生活に戻りたいよ」また探るようにイヴを眺めた。「きみのほうはどうなんだ？　その後カーラのことは何かわかったのか？」

「まだ。ナタリーはモスクワに向かっているらしい」イヴは一呼吸おいた。「きっと何か言ってくるはずよ。シーラの黄金のことで取り引きしたいと言ってきたから」

「気の早いことだ。まだ見つかってもいないのに」

「必ず見つかると信じている。そして、自分こそ持ち主にふさわしいと」

「どこからそんなことを思いついたんだろうな。シーラの黄金の持ち主はわたしだ」マクダフは笑みを浮かべた。「わたしの先祖の財宝で、代々受け継がれてきた」

「ええ、知っている。だから、お願いに来たの」イヴは慎重な言い方をした。「あなたにしてもらいたいことがあって。といっても、あの財宝の箱を見つけて自分のものにするチャンスをだいなしにさせる気はないわ。しばらくの間、調子を合わせてもらいたいだけ」

「どういうことだ？」

「ついにシーラの黄金を見つけたふりをしてほしいの」イヴはためらいながら言った。

「そして、カーラと交換してもいいとナタリーに言ってもらえないかしら。もちろん、実際に渡す必要なんかない」

マクダフはしばらく無言だった。「ナタリーがきみの思っているような利口な女なら、それは危険だな。わたしは少年時代から探し続けてきた財宝を失うはめになるかもしれない」

「ジョーとわたしがそんなことはさせない。実際に財宝を渡したら、カーラはナタリーにとって価値がなくなるわけだし」

マクダフはうなずいた。「そうだな」そう言うと、急に笑顔になった。「ジョックと二人で一芝居打つのも悪くないな。いったんあの女に渡して、また取り返したほうが、ずっと面白い。骨折も傷ついたプライドも癒やされそうだ」

「ジョックは当てにできないの。そのことも伝えておかなくては。ジョックはすぐにでもモスクワに向かう気でいる。わたしたちが計画を進めるまで動かないでほしいと釘を刺した。へたしたら、彼もカーラも殺されてしまうから。しばらく待つと約束してくれたけれど、それほど長く待ってくれるとは思えない」

「わたしもそう思う」マクダフは深刻な声で言った。「彼にとってカーラは大切な存在だ。もともとジョックは心の狭い人間じゃないが、最近はやけに用心深くなった。カーラが彼の心に入り込んでしまったんだろうな」

カーラは人の心に入り込むのが得意だとイヴは思った。ひたむきで、どこか悲しげで、美しい音楽を奏でて、静かに相手の心に入っていく。イヴとジョーも最初は同情から救いの手を差し伸べようとしたが、いつのまにかカーラを愛《いと》しく思うようになった。

「きみもジョックと同じか？」マクダフはイヴの顔を見つめた。「それなら、なんとかするしかないだろう」ベッドの上で体を起こした。「とにかく、こんなところにいたら何もできない。ジョックはまだここにいるんだな？」

「いるにはいるけど、出発したくてうずうずしている」

「長くはかからない。退院の手続きをさせるだけだ」

「でも、病院側が許可してくれるかしら。あなたほどの有力者なら、万が一のことを考えて大事をとらせたがると思う」

「そのへんはジョックに任せればいい」マクダフは意に介さなかった。「気づいていないようなら言っておくが、あいつは持ち前の魅力を発揮して要求を通す一方で、いざとなったら思いきった手段に訴える。どっちにしても思いどおりにするわけだ。きっと数時間以内に退院できるだろう」

「退院してどうするの？」

「できるだけジョックを引き留める。といっても、それほど長い間じゃない。わたしをゲールカールまで送り届けたら、モスクワに向かえばいい」

「ゲールカールに戻るつもり？」

「ほかにどこに行くんだ？　財宝を見つけなければならないんだからね」マクダフは笑みを浮かべた。「そのためにジェーンを借りることになるが」

「手伝うかどうかはジェーンが自分で決めることよ」

「それはそうだが、説得してみせる」マクダフは自信満々だ。「なんでもできそうな気がしてきたぞ。いったん他人を意のままに動かす面白さを知ったら、病みつきになるんだ。ジョックを呼んできてくれないか」

　イヴはドアに向かった。

「ジョックには定期的に連絡させる」マクダフは言った。「あいつも気が向いたら、わたしの言うことを聞くから」

「そうしてもらえると助かるわ」

「喜んでもらえてうれしい。そうと決まったら、体を休めて、出番が来るのを待つことだな」

　マクダフは常に自分が中心でいたい人で、見下したような言い方をするし、つき合いやすい人ではないが、味方に引き込むことができたら、これほど頼りになる男はいない。ここまで疲れ果てていなかったら、ちゃんと感謝の意を伝えるところなのだけれど。でも、今はまともに考えられないし、なんの感情もわいてこない。イヴは会釈しただけで病室を出た。

ジョックは廊下で待っていた。待合室まで呼びに行かずにすんでイヴはほっとした。

「マクダフが呼んでいるわ」

ジョックは眉をひそめた。「具合は?」

「心配ない。すっかり本来のマクダフに戻った」イヴはジョックから離れて廊下を進もうとした。足を一歩前に出すだけでもつらい。

どうしてこんなに疲れているのだろう。

気力も出ない。

あんな経験をしたのだから、これが普通なのかもしれないけれど。

でも、こんなに頭がくらくらするなんて普通じゃない。

エレベーターに向かおうとして、足を止めた。

いつもと違う。

なんとかしなくては。無理をしたら、もっと悪くなりそうな気がする。

踵《きびす》を返してナースステーションに向かった。

深呼吸しながら、一歩一歩進む。

やっとたどり着いた。

赤毛の若い看護師が不思議そうに顔を向けた。「どうしました?」

「気分が悪いんです。体力も気力も使い果たしたみたいで。ふらふらするの」携帯電話を差し出した。「申し訳ないんですが、ジェーン・マグワイアに電話して、迎えに来るように言ってもらえますか？　でも、あまり心配しないでと伝えて。それから、たいしたことじゃないから、ジョーには知らせないでほしいと言ってほしいんです」

看護師は眉をひそめた。「わかりました。向こうのベンチでお迎えが来るまで待っているといいわ。電話をかけたら、すぐ行きます。救急外来で診てもらったほうがいいかもしれない」

「その必要はないと思うけど」イヴはベンチに腰かけて壁に頭を預けた。「この病院には産婦人科はあるかしら？」

「ええ、南棟に。妊娠しているんですか？」

「そうなんです」イヴは目を閉じた。めまいがひどくなってきた。「六週目に入ったくらい。今日まで気がつかなかったけれど、わたしがやたらに動き回るから、胎内環境に文句をつけているらしいの。産婦人科の先生の診察が受けられるように手配してもらえるとありがたいわ」

「どうしたの？　ここで何をしてるのよ？」一時間半後、ジェーンはドクター・ギル・ランプフェルの診察室に入ってくるなり言った。「看護師さんから電話をもらって死ぬほど心配したわ」イヴが横になっている診察台に近づいて、手を握った。「赤ちゃんはだめだったの？」

「まさか」イヴは苦笑した。「あまり心配しないでと伝えてもらったでしょ。念のために診てもらったの。こんなに疲れるなんてこれまでなかったから。体力には自信があったのに」

「しかたないわ。この二十四時間に海軍特殊部隊の隊員でも音を上げるような体験をしたんだから」ジェーンは言った。「心配しないでと言われたって無理よ。自立心の強いあなたが助けを求めてくるなんて、覚えているかぎり一度もなかったから、よほどのことにちがいないと思って。助けを求めるのはいつもわたしのほうだったのに」

「自立心にこだわっている余裕がなくて」イヴは首を振った。「特に今は。助けを求めたのは、お腹の中の赤ちゃんかもしれない。ジョーに言ったことがあるけれど、ボニーを妊娠したときは力がみなぎっていて、なんでもできそうな気がした。この子ができたときもそんな気がしていた。でも、今日、思い知らされたの。物事には限度がある。その範囲でいっしょにがんばろうと、赤ちゃんが伝えようとしているって」イヴはジェーンの手を握り締めた。「だから、いちばんの親友のあなたに迎えに来てもらうことにした。そうしてよかったと、この子も思っているはずよ」

「ジョーじゃなくてわたしに？」

「ジョーはカーラのことでそれどころじゃないから」イヴは肩をすくめた。「それに、看護師さんからあんな電話をもらったら、どんな反応を示すかわかるから」

「きっと大騒ぎしたでしょうね。ショックで倒れたかもしれない」

「そんなところよ。きっと、わたしに絶対安静を命じたわ。でも、この子はジョーとわたしの子だけど、今だけはわたしのもの」

「絶対安静？」ジェーンがぎくりとした。「診察の結果はどうだったの？　ドクターはなんて？」

「いろいろ検査した結果、特に悪いところはないし、赤ちゃんも順調に育っていると言ってくれた」イヴは一呼吸おいた。「妊婦用ビタミン剤を処方してもらったわ。過労が原因なのは明らかだから、今後は気をつけるようにって。八時間寝て、バランスのいい食事をして、やきもきしないこと」

ジェーンは首を振った。「素晴らしいアドバイスだけど、時期が悪いわね」

「できることをするしかないわ」イヴはほほ笑んだ。「赤ちゃんと相談しながら。ちょっと負担をかけるかもしれないけれど我慢してもらうことにして。今はカーラのためにがんばらなくてはいけないと説明してみる」

「赤ちゃんといっしょにがんばるわけね」ジェーンがほほ笑み返した。「もうすっかり親子の絆《きずな》ができあがっているみたい」

「そうなの」イヴは体を起こして、足を床につけた。「でも、赤ちゃんに気づかされるばかりで、どっちが親かわからないくらいだけど。子どもはどんどん成長して変わっていくから、これからどうなるか。ボニーがお腹にいたときはこんなことは考えなかった。新しい生命を授かってうれしかったのは覚えているけど、あのときとは違うの」

「子どもは一人ひとり違うから」ジェーンはイヴを助け起こしながら言った。「生まれる前から個性がはっきりしているのかもしれない。それで、これからどうするつもり？」

「ゲールカールに戻る。向こうに着いたら、ジョーに電話して進展を聞くわ。それから、少し眠る。みんなにさんざんせっつかれたから」

「それがいいわ」ジェーンはドアに向かった。「会計をすませてくるから、ここで待ってて」

「いっしょに行くわ」イヴは手を上げて、何か言いかけたジェーンを制した。「もうだいじょうぶ。二時間ずっと横になってつつかれていただけだから」

「あまり休養にはならなかったみたいね」

「それがそうでもないの。この子のおかげで」イヴは下腹部に手を当てた。「心音を感じるの。なんというか……崇高な気持ちがする」

ジェーンはイヴの晴れやかな顔を見ながらうなずいた。「わかるような気がする。どうなることかと思ったけれど、元気になってよかった。ゲールカールを出たときはやつれた顔をしていたもの」

イヴはうなずいた。「精神的にまいっていたから。これからどうなるかわからないし、どうしていいかわからなくて。被害を最小限に抑えることしか思いつかなかった」

「心境が変わったの？」

「ええ」イヴはドアに向かった。「気持ちの整理がついて、希望と呼べそうなものを見つけた」

「お腹の赤ちゃんからの贈り物かしら？」

「そうよ。だって、赤ちゃんはそういうものだもの」イヴはドアを開けた。「赤ちゃんは希望そのもの」

3

モスクワ

丘をくだると、前方に錬鉄製のフェンスに囲まれた広大な石造りの建物が見えた。お城みたいだけど、スコットランドで見たお城とはぜんぜん違う。

「みごとでしょう？」ナタリーはカーラに言った。「わたしはここで育ったのよ。しばらく滞在できるなんて、あなたも運がいいわ」

「とてもきれい」カーラは礼儀正しく答えた。ナタリーの顔は見なかったが、狭い後部座席に香水の甘ったるいバニラの香りが漂っている。空港で待機していたロールス・ロイスに乗る前にナタリーは着替えをしていた。クリーム色のシルクのドレスにブロンズ色のハイヒールを履いたナタリーは、たしかにきれいだった。それでも、カーラにはきれいな人と思えなかった。何か違う。きれいな曲なのに、音符が半分なくなっているみたいな感じ。

そう、ナタリーには何かが足りない。

「感想はそれだけ？」ナタリーは不満そうだった。「どうかしてるんじゃないの？　あなたのお父さんと住んでいたメキシコシティの家よりずっと立派なのに。あなたも小さいときにそこに住んでいたのよ。結婚したときは、もっと明るい感じのモダンな家がいいと思っていたけど、今になってみると、ここのほうがずっといい。何よりも権力の象徴という感じがたまらないわ。ファンと結婚して家を出たときは、そのことに気づいていなかった」

「メキシコシティの家のことは覚えていない」

「そうでしょうね。まだ三歳だったもの。あなたにはかわいそうなことをしたわ。でも、もうそんな思いはさせないから」

カーラは黙っていた。

ナタリーにはそれが気に入らなかったようだ。「ヘリコプターの中で意識が戻ってから、ろくろくしゃべらないわね。それってわたしに失礼だと思わない？」

「そんなつもりじゃない。なんて言えばいいのかわからないだけ。頭が混乱してるの。わけのわからないことばっかり起こるから」本当に何がなんだかわからない。リヴァプールからモスクワまでの長いフライト中、自分の気持ちを整理して、何が本当で何が嘘か考えてみたけれど、ナタリーと最初に話したときに出した結論以上のものは引き出せなかった。あれだって結論と言えるかどうかはわからない。それでも、話すたびに、あのときの印象は強くなる一方だった。「それに、なぜわたしはここにいるの？」

「わたしがあなたを連れ戻したからよ。わたしの娘だから、わたしの言うとおりにして」

ナタリーは冷ややかにカーラを見つめた。「わたしに言わせれば、あなたのお姉さんが殺されたあと、あの裏切り者のエレナと姿をくらましたりしなかったら、わたしをこんなに悲しませなくてすんだのよ。その埋め合わせはしてもらわなくちゃ」

「エレナは裏切り者なんかじゃない。わたしを育ててくれたし、いつも助けてくれた」

「使用人なら預かった子どもを親に返すのが当然よ」

「エレナはわたしを助けようとして死んだわ」カーラは小声で言った。

ナタリーは首を振った。「何もかも嘘よ、カーラ。わたしの言うこと以外信じないで」

「嘘なんかじゃない。イヴは嘘なんかつかない」

ナタリーは怒りに顔をこわばらせた。「あなたは騙《だま》されているのよ。今後、あの女のことは口にしないで」

「どうして?」カーラはヘリコプターの中で意識を取り戻したときから訊きたかったことを口にした。「これだけは教えて。あのとき銃声が聞こえた。イヴを撃ったの?」

「わたしがそんなことするはずないでしょう。何度言ったら――」ナタリーはため息をついた。「わかったわ。どちらにしても、父に会う前に話しておくつもりだった。でも、今はイヴの話はしない。あなたがいい子になって、おとなしくわたしの言うことを聞くとわかってからにする」

「どうして銃声がしたの？　イヴを撃ったんでしょう？」

ナタリーはカーラの顔を平手で打った。

刺すような痛みが走った。

思いきりぶたれて、カーラはのけぞった。

痛みとショックで一瞬目の前が暗くなった。

「その話はだめと言ったでしょう」ナタリーはシートに寄りかかった。「これから言うことをよく聞いて。父にはわたしがロシア語で説明する。身代金を払ってあなたを救い出したこと、あなたを人質にとった悪いやつらを何人か殺したことを。あなたはロシア語がわからないから何も言わなくていい。わたしが話し終わったら、うなずくだけでいい。わかった？」

それでもカーラは黙っていられなかった。イヴの名を出しただけでナタリーがこんなに怒ると、ますます不安になってくる。どこまでが本当で、どこからが嘘かわからないけれど、だんだんはっきりするだろう。またぶたれるのを覚悟のうえでゆっくりと言った。

「イヴを撃ったの？」

「そんなことするはずないと言ったでしょ。何度同じことを訊くつもり？　イヴのことでは計画があるから、始末したりしない。でも、いつまでもあなたが言うことを聞かないのなら、イヴに危害を加える方法を考えるかもしれない。父の前ではにこにこして、わたしを怒らせるようなまねはしないで。あなたのおじいさんはとても偉い人なの。あなたのお父さんがいくら憧れても足元にも及ばないくらい」

「お父さんは殺し屋で麻薬ディーラーだとエレナが言っていた。だから、わたしを家に連れて帰れないって。偉い人ってそういう意味？　おじいさんもそんなことをしてるの？」

「エレナの言うことなんかでたらめよ。それに、何をしてたってかまわないじゃないの。問題は権力を握っているかどうか。わたしの父はあなたなんかには想像もつかないくらいの権力者なんだから」ナタリーはちょっと言葉を切った。「邪魔する人間は容赦しない。わたしの邪魔をする人間にも手加減しない。だから、父を心配させるようなことを言わないほうがいいわ。敵討ちしようとするから」

イヴのことを言っているのだ。カーラは背筋がぞっとした。ナタリーは笑みを浮かべている。美しい顔は穏やかな表情だ。でも、ただの脅しでないことはよくわかった。

「わかったみたいね」ナタリーが言った。「あなたならわかってくれると思った。なんといっても、わたしの娘だもの」

「ええ」カーラは目をそらせた。「心配させるようなことは言わない」

「わたしは父に怒られたことは一度もないの。怒らせないように気をつけてきたから。でも、心配させたくないの。わたしの言うとおりにして、わたしの味方になってちょうだい。これからはずっとそうするのよ、カーラ。そうしていれば何も問題はない」ナタリーはまた一呼吸おいた。「あなたが友達だと思っている人たちに危害が及ぶこともないわ」

　またイヴのことだ。ジョックのことも言っているのかもしれない。カーラはぎょっとした。今頃、どうなっているだろう？　イヴもジョックも無事なの？　早く戻って二人を守らなくては。「言うとおりにしたら、帰らせてくれる？」

「どうしてそんなことを言うの？　お互いのことがもっとわかったら、きっとそんなこと言い出さなくなるわ」車が錬鉄製の門をくぐって、長い私道を進み始めた。「これから新しい生活が始まるの。わたしの言うようにしていれば、いいことが……」

　正面玄関の前に、背の高いがっしりした男性が立っていた。鉄灰色の髪をして、黒に近いグレーのスーツを着ている。いかつい顔立ちで、鼻は折れた跡があって、青い目は鋭い。それでも、車が止まると、満面の笑みを浮かべた。「お帰り、ナタリー」

「お父さま」ナタリーは車から飛び降りて父に抱きついた。ロシア語で何か言っているが、言葉はとぎれがちで、目に涙を浮かべている。長い間抱き合ってから、ようやく体を離した。「娘を連れてきたわ」カーラにうなずいてみせると、手を差し出した。「やっと取り戻したの。長い間つらい思いをさせたけれど、やっと帰ってきた。カーラ……」

　カーラは車からおりた。「初めまして」堅苦しい挨拶をした。

「ロシア語はしゃべれないの」ナタリーが英語で言った。「わたしと引き離されたあと何もかも忘れてしまって。サラザールに復讐《ふくしゅう》したのは、それもひとつの理由だった」父に近づいて声を落とした。「ニコライから聞いたでしょう、あの男を殺したことは――」

「ああ、聞いた」カスコフは手を伸ばして娘の頬を撫《な》でた。

「わたしに言ってくれたら、代わりに始末してやったのに」

「そのつもりだったけど、うまくいかなくて」ナタリーはまたロシア語に切り替えた。どうせ作り話をしているのだろう。カーラはカスコフの反応をうかがった。ほとんど無表情だが、相変わらず娘の頬を撫でている。

ナタリーを愛しているのだ。信用しているかどうかはわからないけれど、愛しているのは間違いない。これだけ愛していたら、娘を喜ばせるためになんでもするだろう。

イヴのことも……。

ナタリーがカーラに顔を向けた。「おじいさまがお金を出してくださったおかげで助かったのよ。お礼を言って」

ナタリーが言わせたがっていることを言えばいいのだ。カーラは腹をくくった。「とても感謝しています」

「他人行儀だな」カスコフはロシア語訛《なま》りの英語で言うと、笑いかけた。「まだ実感がわかないかもしれないが、無事にここに来られてよかった。おまえのお母さんからこっちに向かっていると電話があったあと、アメリカの知り合いに頼んで、おまえのことを調べさせたんだよ。だから、おまえはわたしのことを知らなくても、わたしはおまえのことをよく知っている」

どう答えたらいいのだろう？「わたしに関心を持っていただいてうれしいです」

「ほら、また他人行儀な言い方をする。昔はおじいさんと呼んでくれたのに」

「おじいさん」カーラはつぶやいた。失礼なまねをしてはいけない。この人の機嫌を損ねたら、ナタリーを怒らせることになる。イヴのところに戻るためにここを抜け出す方法を見つけるまで、ナタリーを怒らせてはいけない。

「気の利かない子でごめんなさいね」ナタリーが取りなした。「急に環境が変わってとまどっているの。わたしのことも当分ナタリーと呼ばせるつもり。わたしが若すぎて、とても母親と思えないらしいの」そう言うと、にっこりした。「そのうちきっと慣れるわ、カーラ」

また嘘をついた。口を開けば嘘をつく人なのだ。カーラにもだんだんわかってきた。

「そうね、ナタリー」と調子を合わせた。「でも、お母さんというより映画スターみたいなんだもの」

「うれしいことを言ってくれるのね」ナタリーはあでやかにほほ笑んだ。「今は友達だと思ってくれればいいの、少しずつ時間をかけて……」ナタリーは父親に顔を向けた。「とにかく、入りましょう。話したいことがいっぱいあるの。かわいそうなファンのことは聞いた？　カーラに会う前にサラザールに殺されてしまったの。身代金を受け取ってカーラを解放すれば、サラザールに復讐されると恐れたのよ」

「カスティーノはやられる前に手を打っておくべきだった」カスコフが言った。「少し考えたら、娘たちを誘拐した犯人ぐらいわかりそうなものなのに」

「お父さまほど頭の切れる人じゃないから。気づいたときは手遅れだった。でも、娘たちを可愛がっていたわ」ナタリーの目に涙が盛り上がった。「わたしにもやさしくしてくれた。そのことは忘れないようにするつもり」

「そうだな。だが、わたしとしてはおまえを苦しめたのが許せない。黙って見ていられなかった。いつ出ていこうかと、やきもきしていたところだ」カスコフはカーラに視線を戻した。「どうした、びっくりしたように目を見開いて。これが本当の話なんだよ。おまえのお母さんは、おまえたちを見つけられなくてずっとつらい思いをしてきた。これ以上状況を悪化させないために思いきった手段に訴えたほうがいい場合もあるんだ。わかるかな？」

　カーラはうなずいた。「わかるような気がする。わたしのお父さんが死んだのは悪いことじゃないと言っているんでしょう？　いないほうがナタリーは楽になるから。わたしはお父さんを知らないから、本当にそうなのかわからない」

　カスコフは驚いてカーラを見つめた。それから、頭をのけぞらせて笑い出した。「そのとおりだ。ナタリーはおまえぐらいの年齢のときにはもっとやさしい子だったから、父親を始末しなければいけないと言われたら悲しんだだろう。だが、おまえの率直なところが気に入ったよ、カーラ」

「なんて子でしょうね」ナタリーは引きつった笑みを浮かべた。「でも、お父さまに気に入ってもらえてよかった」カーラを家の中に入れた。「何か食べたいし、電話でこの子の着るものを注文しなくちゃ。取り戻すだけで精いっぱいで、着替えも何も用意してこなかったの」そう言うと、身震いした。「誘拐犯たちはこの子にクロロホルムを嗅がせたのよ。だから、ほとんど何も覚えていないと思う」

「クロロホルムだと」カスコフは眉をひそめた。「なんということをするんだ」表情が険しくなった。「サラザールとフランコのことは聞いたが、ほかにも敵がいたのか？　なんなら、腕利きの連中をゲールカールに送り込んで始末をつけさせてもいいが」

「本当に生きた心地もしなかった」ナタリーが小声で言った。「カーラを無事に連れ戻せないかもしれないと思ったぐらい。だから、よく覚えていないの」カーラに目を向けた。「ほかにも何人かいたような気がするけれど。たしか、女がひとりいた。名前は思い出せそうで思い出せない」

イヴのことだ。カーラは心臓が止まりそうになった。わたしが言うことを聞かなかったから、ナタリーはイヴを殺させる気でいる。

「カーラ、あの女の声を覚えてる？」ナタリーが訊いた。

「覚えてない」カーラはかすれた声で答えた。

「クロロホルムで眠らされていたものね」ナタリーはため息をついた。「真相を知っているのはわたしだけというわけね」そう言うと、父親に顔を向けた。「誰かがカーラを奪いに来そうで、今でも心配でたまらない。この子にあの番小屋を使わせてもいいかしら？あそこなら、いつも守衛がそばにいるから、どこよりも安全でしょう」

「かまわないが」カスコフは表情をゆるめた。「ここに来たからには、もう恐ろしいことなど起こらない」娘の頬にキスした。「カーラの着るものをそろえるなら、おまえも新しい服を買ったらいい。最近はこっちの寒さに慣れていないだろうからね。もともと寒いのは苦手だったし」

「ありがとう。そうさせてもらう。やっぱり実家はいいわね」ナタリーはカーラをじろりと見た。「きっとカーラもそう感じているはずよ。ここにいる間、邪魔をしないようにおとなしくしていると思う」

カスコフは笑みを浮かべた。「バタバタ走り回ったりしないのは助かるよ」そう言うと、ナタリーから離れてカーラに近づいた。「アメリカからの報告書によると、バイオリンが弾けるそうだな。腕前はどうなんだ？　うまく弾けるのかな、それとも、まあまあというところか」

カーラはナタリーには目を向けなかった。祖父がどういうつもりで訊いたのかはわからなかったが、いちいちナタリーの許しを求めることなんかない。「とてもうまく弾けます」落ち着いた声で言った。

「そうだろうと思っていたよ」カスコフはカーラと目を合わせた。「わたしの母方の血筋だ。わたしはシベリア育ちでね。あそこには音楽くらいしか楽しみがなかった。母もバイオリンが上手だった。夏にここに来たとき、おまえはまだ三つくらいだったが、姉のジェニーがピアノを弾くのを食い入るように見つめていたよ」

「才能があるのはジェニーのほうよ」ナタリーが言った。「メキシコシティにいた頃、わたしの友達の前でよく演奏していたもの」

「音楽の才能に恵まれた家系なんだ」カスコフはナタリーのほうを見ずに言った。「ジェニーのピアノのレッスン代を出してやったとき、そう言っただろう。カーラはまだ小さかったからな。もう少し大きかったら、何か楽器を習わせたのに」そう言うと、にっこりした。「だが、自分で道を見つけたんだね。なぜバイオリンを？　姉さんみたいにピアノを習おうと思わなかったのか？」

「しょっちゅう引っ越していたから。バイオリンなら持っていけると思って」カーラは笑みを返した。「でも、どっちにしても音楽はいつもそばにあるから」

カスコフはうなずいた。「ああ、ナタリーにもそれを教えたかったんだ。わたしは娘にどんなものでも与えられたが、たとえすべてを奪われたとしても、音楽は残るということを」そう言うと、肩をすくめた。「だが、ナタリーは根気がなくてレッスンを続けられなかった」

「お父さまを喜ばせるためなら、今から習ってもいいわ」ナタリーが言った。

「今さらおまえががんばらなくても、孫娘が才能を受け継いでくれれば満足だよ」カスコフはカーラの髪に触れた。「聞かせてくれるね？」

カーラはうなずいた。「でも、バイオリンを持ってこなかった。ゲールカールに置いてきたの」

「なんとかしよう。今夜、夕食のあとどうだ？」

カーラはまたうなずいた。「音楽が好きなのね。あなたはどんな楽器を演奏するの？」

「何もできない」

カーラはきょとんとして祖父を見上げた。「どうして？」

カスコフは両手を差し出した。両手とも四本の指が折れて、ひどく変形している。「シベリアの作業刑務所の看守に生意気なやつと目をつけられたんだ。それで、別の道を進むことにした」

「かわいそう」カーラはつぶやいた。それ以上つらいことは想像できなかった。いったん音楽を諦めてしまったら、二度と取り戻すことはできない。

「わたしのために悲しんでくれるんだね」カスコフはカーラの頰をそっと撫でた。「この年になって、理解してくれる相手にめぐり合えるとはな」笑みが消えた。「息子のアレックスはわたしを理解してくれたよ、音楽を理解するように。ピアノが上手で、わたしの〝別の道〟を一通り経験したら、音楽院に入れてやろうと思っていた」

「でも、お父さまを裏切った」ナタリーが言った。「胸が張り裂けそうだったわ、まさか兄さんがそんなまねをするなんて」

「本人は誤解だと言い続けていたが」カスコフは悲しそうに言った。「だが、証拠があった以上、掟《おきて》に従わなければならない。息子だからといって特別扱いはできなかった。そんなことをしたら示しがつかない」またカーラに目を向けた。「だが、本当に理解してくれる人間を失うのは寂しいものだ。おまえが来てくれてよかったよ、カーラ」

「お話はまたあとで」ナタリーが言った。「カーラに演奏させたいのなら、部屋に落ち着いて、少し休ませてあげなくちゃ」父の頬にキスした。「じゃあ、夕食のときに。わたしはカーラを番小屋に連れていくわ。イワン・サバクをカーラにつけてもらえる？　とても優秀なボディガードだったわね」

カスコフは眉をひそめた。「ニコライをつけるつもりだったが。たしかに、サバクは最高の部下だがね。本当に連中がここまで追いかけてくると心配しているのか？」

「さあ、女のわたしにはそこまでわからない。でも、念のためにそうしてもらえば安心だから」ナタリーはにこやかに笑いかけた。「いいでしょう？」

「おまえがそう言うなら」カスコフは背を向けた。「サバクを行かせる。さあ、少しひとりにしてくれないか。何本か電話をかけなければならない」そう言うと、振り返ってカーラを見た。「よく来てくれたね、カーラ」

「ありがとう、おじいさん。じゃあ、夕食のときに」

ナタリーがカーラを玄関から押し出した。「あんな返事の仕方はないでしょう」ヒールの音を響かせ、私道の石畳を足早に進みながらカーラをなじった。「とてもうまく弾けるなんて自慢したりして。わたしの立場がないじゃないの」

「あなたのことは何も言わなかった。話題にしたのはおじいさんよ。それに、わたしは本当のことを言っただけ」

「本当のことなんか言う必要ないわ」ナタリーはしばらく黙っていたが、たまりかねたように一気に言った。「音楽が何よ。こんなことになるんじゃないかと思っていた。音楽の話になるといつもこうよ。だから、わたしは黙っていたのに」

「おじいさんの手、かわいそう」

「かわいそうなんかじゃないわ。どうせたいした音楽家になれたとは思えないし、今のほうがずっといい人生を送っているわ」

カーラはまじまじとナタリーを見つめた。この人は何もわかっていない。娘に理解してもらえない父親の気持ちなど想像もつかないのだろう。

「そんな目でわたしを見ないで」ナタリーが鋭い声で言った。「アレックスがよくそんな目でわたしを見ていたわ。そのあと父と目を見合わせたりして。わたしを締め出そうとしたのよ。そんなことできっこないのに」

「二人はそんなつもりじゃなかったと思う。おじいさんはあなたをとても愛しているみたいだもの」

「それはそうよ。そうなるように仕向けたから。アレックスに負けないように先手を打って。でも、音楽だけはだめだった。兄のことはなんとかするしかなかった」ナタリーはため息をついた。「でも、もう終わったこと。父は今日みたいなことがないかぎり兄のことは思い出さないはずよ」

〝なんとかするしかなかった〟

父親の関心がアレックスに向かないようにするためにナタリーは何をしたのだろう？

カーラは想像がつくような気がした。

「それなら、今夜、わたしにバイオリンを弾かせたくないの？」

「わたしがどう思おうと関係ない。バイオリンが弾けることがわかった以上、弾くしかないわ」ナタリーは肩をすくめた。「こうなったら、あなたのバイオリンを利用する方法を考えてみる」番小屋に着くと、カーラに顔を向けた。「でも、バイオリンが弾けるからといって、いい気にならないで。特技を利用してわたしを出し抜こうなんて思わないことね。

許さないから。もしそんなことをしたら、あなたが大切にしているものを失うことになるわ」

イヴのことだ。そんなに何度も言わなくていいのに。ただの脅しじゃなくて、本気で言っているのはよくわかっている。「おじいさんが音楽が大好きだなんて知らなかった。それに、あなたを出し抜こうなんて思っていない」

「わたしの娘だから」ナタリーは番小屋のドアを開けた。「音楽以外に受け継いでいるものがあるはずよ。わたしがそれに気づいていないと思う？　どっちにしても、わたしより上だなんて思わないことね」

わたしは娘だからナタリーに似ているということ？　一刻も早くイヴのところに戻りたくてナタリーを観察していたけれど、そんなことは一度も思いつかなかった。でも、何よりも好きな音楽の才能が受け継がれたものだとしたら、ナタリーの言うことは当たっているのかもしれない。わたしの中にはナタリーの悪い血が流れているわけだ。

そうだとしたら、音楽を続けていけるの？

どうか、ナタリーの言うことが当たっていませんように。

ゲールカール湖

「何も言うことはないわ、ヘイスティングズ刑事」ジェーンは坂をくだって事情聴取に来た若い警察官にきっぱり言った。「何があったのか、なぜ道路に即席爆弾が埋まっているかなんて知らない。テロリストの犯行じゃないかしら。そんな感じがしない？　マクダフ卿は大地主だから、テロリストに狙われても不思議じゃないわ。ハリー王子もアフガニスタン従軍中、テロリストの標的にされないように保護されていたというじゃないの。マクダフ卿がドクターヘリで搬送されたときは、正直、ほっとしたわ。そういえば、管理人が最近、不審な男が二人、敷地をうろついているのを見たと言っていた。遠くから見ただけで、人相はわからないけど」

「何か隠しているんじゃありませんか？　些細《ささい》なことでもいいんです。ヒントになるかもしれませんから」

「わたしは宝探しに誘われてここに来ただけだから。くわしいことはマクダフ卿に訊いてちょうだい。わたしの口からよけいなことは言いたくない」ジェーンは警察官の目を見つめた。「わかってもらえるわね」

若い警察官は困惑していた。「あなたの言い分はもっともですが、上司は納得してくれませんからね。具体的な証言を――」

「だったら、上司に自分でマクダフ卿に話を聞きに行けばいいと進言したら？　さっき電話があって、退院して戻ってくるそうだから。でも、今日はやめておいたほうがいい。明日以降にして」そう言ってから、ジェーンはすかさずつけ加えた。「わかっているでしょうけど、事前に電話でアポをとってね」

「署に戻って、そう報告します」ヘイスティングズ刑事は言った。「マクダフ卿も警部にならなら話してくれるかもしれない。では、これで、ミズ・マグワイア」そう言うと、坂をのぼり始めた。「お邪魔しました」

「ご苦労さま」いつ現れたのか、セス・ケイレブがジェーンの後ろから警察官に声をかけた。「よくやったね。うまく言いくるめたじゃないか」

「追い払いたかっただけよ。向こうは仕事だから、一応訊かないわけにいかなかったんでしょう」ジェーンはケイレブに顔を向けた。ジーンズにブーツ、オリーブ色のセーターを身につけているが、セーターはシミだらけでジーンズはあちこち破けている。そんな格好でも堂々としたオーラを発散している。白い筋の入った黒髪が、日の光を受けてきらきら輝いていた。ほかのみんなと同様、ずっと眠っていないはずなのに、潑溂《はつらつ》として、魅力的な顔の中で黒い目が光っている。「あなたならどうした?」

「どうしたと思う?」ケイレブの目にいたずらっぽい光が浮かんだ。「あの警官を湖に突き落とすとか」一拍おいて続けた。「血を吸うとか」

冗談だろうが、ジェーンは応じる気分ではなかった。「やめてよ。あなたには血流を操る力があるかもしれないけど、吸血鬼じゃないわ」

「そう言いきっていいのかな?」

「ケイレブ」

「わかったよ。悪かった。今どき吸血鬼なんて流行《はや》らないからね」ジェーンが表情を変えないので、ケイレブは首を振った。「ユーモアのセンスのあるきみらしくない」そう言うと、笑みを引っ込めた。「カーラのことで何か悪い知らせでも？　そうじゃないといいが」

「スコットランドヤードのバーバンクの知り合いで、モスクワにいるパリクという人からジョーに連絡が入ることになっているけれど、まだ何も言ってこないそうよ。でも、そろそろ電話があるはず。悪い知らせじゃないなら、あと一時間くらい先のほうがいいのに。少しでもイヴを眠らせてあげたいから」

「病院までイヴを迎えに行ったそうだね」

「なぜ知ってるの？」

「おれはいつもきみから目を離さないようにしている」

ロマンティックな愛情表現のようだが、ケイレブの場合、ジェーンに求めているものはただひとつ。たぎるような欲望の対象にすることだけだ。

「必ずしもそうじゃない」ジェーンの内心を見透かしたようにケイレブが目を合わせて言った。「きみから目を離さないのは、あくまできみの安全を守るためだ」

体の奥から熱く込み上げてくるものを感じて、ジェーンは冷静になろうとした。疲労と心労でくたくたなのに、こんなふうに刺激を受けるなんて自分でも意外だった。でも、ケイレブが近くにいると、いつもこうなる。それだけ彼の惹きつける力が大きいのだろう。だからこそ、用心しなければ。

「罪のない言葉を深読みしないでほしいな」そう言うと、ケイレブはにやりとした。「いや、〝罪のない〟という形容はおれには似合わないな。もっと無難な話題を選んだほうがよさそうだ。なぜ病院までイヴを迎えに行ったのか教えてくれないか？　そんなにイヴの具合が悪かったのか？」

話の流れが変わってジェーンはほっとした。今は微妙な話題になったら、ケイレブをうまくかわすだけの余裕はない。「それほどじゃないけど、大事をとったの。疲れがたまっていたし、お腹の赤ちゃんを危険にさらしたくなかったから」ジェーンとジョー以外にイヴの妊娠を知っているのはケイレブだけだ。ケイレブとはこのことに触れられるのがうれしかった。「ゆっくり体を休めるように病院で言われたけれど、今はそういうわけにもいかないし」ジェーンは顔をしかめた。「イヴの携帯電話を預かっておこうかしら。ジョーからの電話にはわたしが出て、あとでイヴに伝えることにして」

「それはどうかな。イヴが知ったら怒りそうな気がする」ケイレブはジェーンの顔から視線をそらさなかった。「それに、きみはいつ寝るんだ？　ずっとひとりでがんばっているじゃないか」

「カーラの安全を確認したら寝るわ」ジェーンはケイレブを見つめた。「そう言うあなただって寝てないでしょう」

「心配のあまり眠れないんじゃないかって？　意外だな。いつもおれを薄情な人間だと言っているくせに」

「薄情だなんて思わない。あなたは感受性の豊かな人よ。ただ心の働きが独特なだけで」

そこで話題を変えた。「朝からずっと何をしていたの？」

「有用で非合法なことをいろいろと。本当に聞きたい？」

「聞きたいわけじゃないけれど、イヴとジョーに関わることなら、知っておきたい」

「その点が大事なわけだ」ケイレブは笑みを浮かべた。「ジョーと二人で丘を見て回って、最大の問題は死体の処理だという結論に達した。ジョーは大至急ナタリー・カスティーノを追わなければならなかったから、おれが引き受けることにした」

「死体の処理を？」

「ジョーはあの丘の頂上に効率的に即席爆弾を仕掛けた。おかげでサラザールだけではなく、あいつの雇った殺し屋が四人吹っ飛んだ。それに、ナタリーが撃ち殺したフランコの死体もあった。どいつもこいつも自業自得だ。だが、警察は他殺体を見つけたら、うるさく追及してくる」ケイレブはにやりとした。「きみが言ったように、向こうはそれが仕事だから。それで、連中の負担を減らしてやることにしたんだ」

「どうやって？」

「マクダフの部下を駆り出して一帯をかたづけさせた。爆発のあとはひどいありさまだからね」

「どうやってかたづけたの?」

「半時間ほど前にヘリコプターの音がしただろう?」

「ええ。警察のヘリだと思っていた」

「おれの友達のヘリだよ。そいつはおれに借りがあってね。丘の上に着陸してもらって、サラザールの一味を乗せた。北海に投げ込むことにしたんだ。魚の重要な栄養源になる」

問いかけるようにジェーンを見た。「どう、気分が悪くなった? 許せないかな?」

「いいえ。人が死ぬのはいやだけど、サラザールの場合は自業自得よ。それに、イヴやジョーは正しいことをしたのに罪に問われるのはおかしい」

「そう言ってくれてよかった。きみならわかってくれると思っていた。おれを褒めてくれないかな? よくやっただろう。ジョックがいたら、もっと要領よくやれただろうが。あいうことにかけては経験を積んでいるからね。だが、まあまあうまくやれたと自負している」

「なぜわたしがあなたを褒めなければいけないの? 誰かに認めてほしいわけじゃないでしょう」ジェーンは言った。「ジョックを巻き込まなくてすんでよかった。過去の経験がよみがえって大変なことになったかもしれない」

「過去の経験がよみがえるわけじゃない」ケイレブは言った。「おそらく、今も頭から離れないはずだ。今度のカーラのことで自滅しないことを祈るばかりだ」

「それもあって、イヴはジョックとマクダフに話をするために病院に行ったの。なんとか事態をおさめようとして」

「うまくいった？」

ジェーンは首を振った。「イヴもあまり強いことは言えなかった。ジョックはマクダフをここに送ってきたら、すぐモスクワに発つつもりでいる。でも、イヴはひとつだけ条件をつけたの。カーラの安全を確かめるまで行動しないようにと」ジェーンは小首をかしげて、品定めするようにケイレブを見つめた。「あなたがジョックについていって、彼を見張ったらどうかしら」

「何を言い出すんだ？　きみ以外の人間の見張りなんか願い下げだよ。ジョックに興味はない」ケイレブは野営地を見回してから、霧に包まれた湖に視線を向けた。「それに、これからやることはいくらでもありそうじゃないか。ナタリー・カスティーノはシーラの財宝を狙っているんだろう。宝探しの鍵を握っているのはきみだからね、ジェーン。ジョックにはカーラだけでなく自分の身も守ってもらうしかない。おれは行かないよ。ここにいたほうがずっと面白そうだから」

「わたしが宝探しに乗り気になっていると思ってるの？」

「もちろん。十七歳のときから、あの女優の夢を見続けてきたんだろう。マクダフによると、シーラはきみの祖先だというし。ここに来たのもシーラに導かれたからだ。夢の謎を解く絶好のチャンスじゃないか」

「ここに来たのはマクダフに誘われたからよ。何年も前から、いっしょに宝探しをしようとしつこく言われていたの」

「それで、ついに承知したわけか」ケイレブはかすかな笑みを浮かべた。「だが、渡りに船じゃなかったのかな?」

ジェーンにもよくわからなかった。ケイレブが言うように、マクダフの宝探しに関心があるというより、シーラ伝説の結末を見届けたいのかもしれない。「そんなこと、どうだっていいでしょう。シーラの謎を解くより、ナタリーに財宝をちらつかせてカーラを救い出すほうが大切だから」

「たしかに。きみがそう思うなら異議は唱えない」ケイレブは肩をすくめた。「予定をすり合わせておいたほうがよさそうだな。テントに戻って、体を洗って着替えてくるよ。今日は我ながらよく働いたが、この格好では人前に出られない」丘の上の道路をちらりと見て続けた。「だが、マクダフとジョックには目をつぶってもらうしかなさそうだな。二人が戻ってきたみたいだ。ほら、警官たちが車の中の人物にぺこぺこお辞儀しているだろう。領主さまのお帰りだ」ケイレブは歩き出した。「きみは警官たちを助けに行ってやるといい。このままではジョックに蹴散らされる」

ジェーンは車のほうを見た。ちょうどマクダフが車からおりてくるところだった。一群の警察官には目もくれず坂をおりようとしている。ジョックは近づこうとする警察官をどなりつけて道をあけさせていた。何を言っているのかまでは聞こえなかったが、警察官があわててしりぞいた。ジョックはつかず離れず一定の距離を保ちながら、マクダフのあとをついてくる。まるで守護天使だとジェーンは思った。ジョックのような後ろ暗い過去の持ち主を天使と呼ぶのは痛烈な皮肉みたいだけれど。

さっきジェーンに事情聴取をしようとしたヘイスティングズ刑事が道路際に立っていた。マクダフに話を聞くつもりなのか、近づこうとしている。

今はだめ！

ジェーンは走り出した。「お帰りなさい、マクダフ」ヘイスティングズ刑事に聞かせるためにわざと大きな声で続けた。「元気そうでよかった。疲れたでしょう。ゆっくり休んでちょうだい。だいじょうぶよ、誰も邪魔したりしないから。テントまで送るわ」

ヘイスティングズ刑事がはっとした顔になった。それから、諦めたようにうなずくと、来た道を戻っていった。

「やあ、ジェーン」マクダフが笑いかけた。「ひょっとして、わたしをかばおうとしているのかな？」

「ジョックが心配だったから」ジェーンはジョックにうなずいてみせた。「あなたを無事にテントに送り届ける前に誰かがあなたをうるさがらせたら、ジョックは何をするかわからないもの」

「そのとおりだ」ジョックが言った。「早くマクダフを休ませよう。イヴのところにクインから連絡はあった？」

「まだ」

ジョックは舌打ちした。

「困ったものだ」マクダフがつぶやいた。「それでなくてもジョックはいらだっているのに」

「もうすぐあるはずよ」ジェーンは言った。本当に、そろそろ電話があってもいい頃なのに。「とにかく、横になれるところに行きましょう」

「二人とも、わたしを重病人扱いしないでくれ。そんなに甘やかされると、かえって落ち着かない」マクダフが不機嫌な声で言った。「腕の骨を何本か折ったし、コンクリートミキサーに投げ込まれたような気分だが、動けないわけじゃない。気遣いは無用だ」

「わかったわ」ジェーンはジョックを見た。「マクダフをテントまで送っても、まだ行ってはだめよ」

「ぼくにここにいろと言うのか？」ジョックがゆっくりと訊いた。

「マクダフのためならいられるはずよ。顔色が悪いし、足元がふらついている。発つのは落ち着くのを見届けてからにして」

ジョックはジェーンの目を見つめた。やがてゆっくりうなずくと、マクダフに顔を向けた。「マクダフ、まだ本調子じゃないから、無理は禁物だ。動くのはもう一日待ってからにしたほうがいい」そう言うと、テントを指した。「中に入って何か飲もう。ジェーンにはしたいようにさせておこう」

マクダフは反論しかけたが、諦めたようだ。「それなら、ウイスキーがいい」テントに向かって歩き始めた。「どっちにしても、ジェーンはいつもしたいようにしているさ。シーラの遺伝だろう」

「なんとでも言ってちょうだい」ジェーンは焚き火のほうに向かった。「スープとお茶の用意をするわ。病院でもらった薬がアルコールと併用できないようなら、ウイスキーはお預けよ」

4

マクダフがスープを飲み終えて、ウイスキーを飲み干したところにイヴがつかつかと入ってきた。寝乱れた髪をして、シャツは皺だらけだ。「ここにいたの、ジェーン。捜したわ」マクダフとジョックにちらりと目を向けた。「お帰りなさい、マクダフ」またすぐジェーンに視線を戻した。「目を覚ましたら、携帯電話がないの。持っていった？」

「あの人だわ」ジェーンは自分の携帯電話を取り出した。「わたしはそんなことしない」番号を打ち込みながら言った。「ケイレブ、今マクダフのテントにいるの。イヴもいっしょ。すぐに来て」

「どうなってるの？」イヴが髪を整えながら訊いた。「ケイレブがどうかした？」

「ケイレブのしわざよ」ジェーンはテントに入ってきたケイレブに向き直った。「イヴのテントに入って携帯電話を持っていった？」

「ああ」ケイレブはポケットからイヴの携帯電話を取り出した。「イヴには睡眠が必要だときみが言っていたからね」電話をイヴに渡す。「イヴの電話を預かって、代わりにときどきチェックしておこうかと思案していたじゃないか」

「そんなことをしたら、イヴが怒ると言ったのはあなたよ」

「そのとおりだ。きみは思いやりのある人間だから、愛する人を怒らせるようなことをするはずがない」ケイレブはイヴに顔を向けた。「実際の話、怒っているでしょう?」

「当然」イヴは言い返した。「プライバシーの侵害よ。ジョーから連絡があったらどうするのよ」

ケイレブはちらりとジェーンを見た。「ほら、おれのアドバイスに従っておいてよかっただろう」

「わたしにやめさせておいて、代わりに自分で実行したわけ?」

「きみがイヴの体を心配して、少しでも眠らせてあげたいと言っていたからね。きみにはイヴから電話を取り上げることはできなくても、おれがやる分には問題ない。誰からも思いやりのある人間だなんて思われていない」ケイレブはまたイヴに顔を向けた。「ジョーから電話があったら、そのときは起こしに行きましたよ。重要な電話とわかっているから」

「電話はなかったのか?」ジョックが訊いた。

「なかった。メールはこの一時間の間に二通続けて入ったが。二通とも〝何かわかったら電話する〟という内容だった」

「メールを読んだの？」

「すぐ知らせなければならない内容か確認するために」ケイレブはマクダフに視線を向けた。「ウイスキーをもらえないか、マクダフ。それとも、間違った選択をした人間にはご褒美はやれないかな？」

「いい選択だということにしておこう」マクダフが皮肉な口調で言った。

「ほら、聞いただろう」ケイレブはジェーンを見た。「おかげでイヴは一時間よけいに眠れたし、クインからの電話に出られなかったわけでもない。感謝してほしいな」

「よく言うわ」ジェーンはイヴに顔を向けた。「もとはと言えば、わたしが悪いの。ごめんなさい」

「あなたが謝ることないわ」イヴは画面のジョーのメールに目を凝らしていたが、やがて首を振った。「ケイレブの言ったとおりよ。ジョーはバーバンクからの報告を知らせてきただけ。一通目は仲介役が空港に着いたと知らせてきて、二通目はナタリーが乗ったプライベートジェットが到着したけれど、まだ誰もおりてこないという報告だった」

「そんなメールを読んでいたら、その後の進展が気になって眠れなかっただろう」ケイレブが言った。「睡眠時間を確保できてよかったじゃないか」

「ええ、おかげさまで」イヴが皮肉たっぷりに応じた。「でも、それはわたしが決めることよ。二度とこんなまねはしないで。もしまたこんな出過ぎたことを――」電話が鳴った。

イヴは弾かれたように出た。「ジョー?」

「バーバンクが仲介者のディマ・パリクと話をした」

ジョックが近づいてきた。「ぼくも聞きたい。スピーカーフォンに切り替えて」

イヴはスピーカーボタンを押した。「カーラは? カーラを見たって? ナタリーといっしょなの?」

「ああ、ありがたいことに」

安堵《あんど》のあまり体から力が抜けた。「よかった。ナタリーはカーラを利用する気でいるから、めったなまねはしないと思っていたけれど」それでも、ナタリーがいつ気を変えるかわからないし、自分に当てつけるためなら何をするか知れたものではない。ナタリーはとらえどころのない女だが、気まぐれなのはたしかだった。「カーラがナタリーといるのを確認するだけでなぜこんなに時間がかかったの?」

「パリクは慎重なタイプらしい。フリーランスの情報提供者としては、モスクワで五本の指に入るとか。バーバンクと専属契約を結んでいるわけじゃないが、バーバンクは貴重な収入源ということだ。だから、ちゃんと写真も送ってきた。ナタリーの父親のカスコフが空港に迎えの車を寄越《よこ》したのに気づいて、尾行して再会シーンを撮影したんだ。写真を転送するよ」ジョーは一呼吸おいた。「状況は悪くなさそうだ。写真を見たら、きみも納得するだろう。われわれが救い出すまでカーラが無事でいてくれる確率は高いと思う」

「そうだといいけれど」イヴは震える声で言った。ジョーがそう言うなら、少なくとも当面、カーラは無事なのだろう。「ナタリーが妙な気を起こして、ジェット機からカーラを突き落としたりしないかと本気で心配していたの。信じられないようなことをする人間だから」

「ああ、とにかくカーラは無事だし、居所も突き止められた。パリクは今後も調査を続けてくれる」

「情報がほしい。ナタリーは気が長いほうじゃないから、近いうちにわたしに連絡してくるはずよ。でも、今のところはこちらには取り引き材料がない」

「カスコフのことが知りたい」ジョックが言った。「カーラがカスコフといっしょにいるのなら、最低限の知識が必要だ。調べはついているんだろう、クイン？」

「長年マフィアの世界で頂点に立っているくらいだから、相当の切れ者だ。賄賂と脅迫を武器にして、政界でも絶大な力を持っている。厳格な掟を定めていて、逆らった部下は死刑宣告を受ける。主な収入源は麻薬と殺人代行。だが、本人は芸術愛好家を気取っていて、ボリショイ劇場とモスクワ音楽院のシーズンチケットを購入しているだけでなく、まとまった額の寄付もしている。同居している女性はいない。オペラ歌手の愛人はいるが、モスクワの中心街にあるマンションに住まわせている。愛情の対象は娘のナタリーだけらしい。今のところ、わかっているのはこれくらいだ」

「ありがとう。それだけわかれば充分だ。あとは自分で調べる」

「聞いただけでぞっとしてきたわ」イヴは話題を変えた。「いつ会えるの、ジョー？　こっちに来るの？　それとも、わたしが行ったほうがいい？　トラー調査官がまだこのあたりに潜んでいるかもしれないから」

「その件はわたしがかたをつける」マクダフが言った。「湖の北岸の調査をしている間、部外者の立ち入りは禁止してある。入るにはわたしの許可が必要だ。トラー調査官には近くの村で暇つぶしをしてもらうしかないな」

「それなら、ぼくがそっちに行く」ジョーが言った。「調子はどうだ、イヴ？」

「元気よ。というか、それほど元気じゃなかったけれど、カーラが無事だと聞いて元気が出てきた。会いたいわ、ジョー。早く来て」イヴは電話を切った。ジョーがここに来る。彼の顔を見て、彼に触れることができるのだ。

携帯電話が鳴った。写真が送られてきたらしい。

「いいかな？」ジョックが携帯電話を手に取ると、画面をフリックして数枚の写真を次々と出した。カーラの顔を見て、緊張がゆるんでいくのがイヴにもわかった。しばらくすると、電話をイヴに返した。「家族再会の芝居を打っている。少なくともナタリーは演技をしている。だが、カスコフはどうだろう。まあ、どっちにしても、いずれわかることだ」

イヴは写真を見た。ナタリーが美しい顔に笑みを浮かべている。カスコフも笑顔だが、表情は固い。カーラだけが笑っていなかった。「父と娘で再会を喜ぶ演技をしているというの？」

「本当のところはわからないが、カーラは調子を合わせる気はないらしい」ジョックは携帯電話を受け取って、写真を拡大した。「ほら、よく見て。肩を怒らせて、警戒した顔をしている」

「怯えているのかしら？」

「それもあるだろうが、困惑して状況をうかがっているんじゃないかな」

「状況をうかがっている」イヴは繰り返した。「写真を見てほっとしたけれど、あなたの観察が当たっているといいと思う。ナタリーは黒を白と言いくるめるのがうまいから、どんな作り話をしているか知れたものじゃない。カーラが真に受けないといいけれど」

「あの子は騙されたりしない」ジョックは口元を引き締めて、拡大したカーラの顔を見つめた。「ヘリコプターに乗せられたとき、顔はこんなに腫れていた？」

「いいえ」

「だったら、そのあとに誰かに殴られたんだ」ジョックはカーラの頬を指さした。「それで、警戒して、ナタリーを怒らせないようにしているにちがいない」

「ということは、ジョーが思っているほどカーラは安全ではないわけね」イヴは首を振った。

「心配しないで」ジョックはドアに向かった。「向こうに着いたら連絡するよ、イヴ。とにかく、どうやってカーラを救い出すか、早く方法を決めてほしい。二度とあの子をこんな目に遭わせたくない」

次の瞬間、ジョックは出ていった。

「モスクワに向かうのか？」ケイレブがつぶやいた。

「ええ」イヴはカーラの写真を見おろした。まだあどけなくて、頼りなげだ。でも、たしかにジョックが言うとおり、どことなく警戒した表情をしている。無事でいてくれたことに安心してさっきは気づかなかったけれど、言われてみれば、口元が少しこわばった感じだ。追いつめられたと気づいたのだろう。そうだとしたら、ナタリーはまだカーラを手なずけて利用するところまではいっていないのだ。少なくとも、今のところは。

カーラは利口な子だ。きっとナタリーの嘘を見抜くことができる。今頃はナタリーの正体を見破っているにちがいない。

「だいじょうぶ？」ジェーンがそばに立っていた。

「ええ。カーラもきっとだいじょうぶよ。幼いときから逃亡生活を送っていたから、身を守るすべを心得ているわ。うまく乗りきってくれると信じている」

もう一度写真を見た。こんなに愛らしい子どもの頬を叩くなんて。

イヴは胸が苦しくなった。ジョックが早々とモスクワに発ってよかったと思えてきた。

「場所をあけてほしいな」テントの暗がりの中でジョーの声がした。イヴのそばで膝をついている。「寝袋じゃなくてよかった。きみを抱きたくてうずうずしている」

「わたしも」イヴは体の向きを変えてジョーの腕の中に入った。ジョーは服を脱いでいた。イヴは裸の肩をそっと撫でた。「マクダフに感謝しないといけないわね。この野営地には最新機器をそろえているうえに、寝袋は窮屈でいやだと言って、携帯用寝具にしたそうよ。このテントも快適だし」

「知れば知るほどマクダフの偉大さがわかってきた」ジョーはイヴの髪に顔をうずめた。「会いたかったよ」

イヴも同じだった。身を隠すためにカーラを連れてアメリカを離れて以来、ジョーと二人きりで過ごすのは初めてだ。カーラの安全のためにしたこととはいえ、大西洋の向こう側とこちら側に離れ離れになると、自分の体の一部を置き忘れてきたような気がした。

ぬくもりと力強さと愛が伝わってくる。イヴはぴたりと体を寄せた。「あとでマクダフにいい選択をしたって褒めてあげるといいわ。このところ思いどおりにならなくて気落ちしているから」

「無理もないさ。巻き添えを食って、吹っ飛ばされてからまだ何日も経《た》っていないんだから」

「それもあるけれど」イヴはジョーの首にキスした。「もともと世界は自分を中心に回っていると思い込んでいる人だから。あなたも身に覚えがあるんじゃない？」

「そういうきみはどうなんだ？」

「自分の小さな世界で充分よ。今のところは自分の世界に没頭したい」

ジョーはしばらく黙っていた。「早くアトランタの家に帰らせてあげたいが、ひとりにするのは危険だからね。ナタリーは何をするかわからない。当分ぼくのそばを離れないでほしい」

「カーラを取り戻すまで家に帰れないことはわかっている。さっき言ったことは取り消すわ。自分の世界にこだわるなんて、急に巣作り本能に目覚めたのかしら」イヴは肘をついて体を起こすと、ジョーを見おろした。「わたしが可愛らしいエプロンをつけて、掃除したり、料理の勉強をしたりしているところを想像できる？」

ジョーは笑い出した。「そんな姿を見てみたいものだ。だが、きみのことだから、湖畔のコテージに帰ったら、また復顔作業に没頭するだろうな」

「わたしもそう思う。でも、突っ走ってばかりではだめね。仕事と生活のバランスを大切にしないと。最近そのことに気づいたの」

ジョーがぎくりとした顔になった。「体の具合が悪いのか？」

「だいじょうぶと言いたいところだけど、お腹の赤ちゃんのことを考えないといけないから」イヴはジョーの肩にキスした。「というか、赤ちゃんがわたしのことを考えてくれているのかもしれない」

「どういうことだ？」

「うまく説明できないけれど、赤ちゃんと強い絆で結ばれているのを感じるの。気の早い話だけど……赤ちゃんが何か伝えようとしていて……」イヴは首を振った。「何を伝えようとしているのかはわからない。でも、もうすぐわかると思う。わたしの言いたいこと、理解できる？」

「だいたいのところは」ジョーは当惑ぎみだった。「だが、いい話だと思うよ」

「わたしをいたわってくれてるの？」

「そうじゃない。きみたちの絆に敬服しているだけだよ。だが、言いたいことはほかにも何かありそうだね」

「女の子か男の子か知りたくないと言っていたけれど、気が変わったことくらいね」

「なぜ気が変わったんだ？」

「赤ちゃんの存在が身近に感じられるようになったから。不思議なことかもしれないけれど、赤ちゃんの考えていることがわかるの。そうなったら、赤ちゃんのことを何もかも知りたくなって」

「もう少し待ったほうがいいんじゃないか。赤ちゃんの性別検査はまだ早すぎるだろう」

「ええ、それはまだ先よ。知りたくなったと言っておきたかっただけ。びっくりさせるといけないから」

「言っていることがなんだかよくわからないよ」

「知りたいと思っていたら、そのうちわかるはずだと言いたかったの。赤ちゃんがいずれ知らせてくれるって」

ジョーは長い間黙ってイヴを見つめていたが、やがてにっこりした。「そうだね。ぼくはいつもきみの望みどおりにしたいと思っているから、ぼくの子どももそれを受け継いだんだろう」そっとイヴにキスした。「赤ちゃんが知らせてくれたら、ぼくにも教えてくれるね」

「やっぱり、今日のあなたはわたしをいたわることばかり考えている。でも、しかたないわ。わたしの立場にならないと、わかってもらえそうにない」

「きみらしくないことを言うね。わかった。きみが教えてくれるのを待つことにしよう」

「あなたがそばにいて、いっしょに赤ちゃんのことを考えてくれるのが、こんなに心強いことだと思わなかった」イヴは一呼吸おいた。「カーラのこともそう。ジョックはあなたから電話があったあとすぐモスクワに向かったわ」

「そうだろうと思っていた。早く発ってよかったのかもしれない」

「そうね。ジョックは写真のカーラの顔がおかしいと言っていた。片方の頬が腫れているのに気づいた？」

「いや」

「わたしも気づかなかった。ジョックがカーラと波長が合うのは知っていたけれど、よほど相通じるものがあるのね。それがカーラを救い出すのに有利に働くといいわ」

「カーラの頬が腫れているのに気づいて、ジョックは逆上していなかったか？」

「二度とこんな目に遭わせないと言っただけ」イヴはジョーの腕の中に戻った。「本当にそう。あの子はこれまでさんざん……」

「今はその話はやめよう」ジョーが抱き締めた。「明日になったら、また情報が入るだろう。とにかく、今はカーラも無事でいる。何も心配しないで、ぼくに身をゆだねてほしい」

ジョーの言うとおりだ。気がかりなこともつらいことも忘れて、今夜はジョーにすべてをゆだねよう。いっしょに暮らすようになってからずっと、彼はこうしてわたしを支えてくれる。彼に出会えて本当によかった。彼を失わずにすんでいるのはなんと幸運なことだろう。イヴはジョーの顔を引き寄せて、長いキスをした。「愛しているわ、ジョー・クイン」そう言うと、ナイトシャツを脱いで彼の上になった。ジョーの引き締まった胸に触れたとたん、頂がとがった。「あなたには本当に感謝している。だから、ささやかな恩返しをしたいの」彼の腰をはさんでいる両脚に力を入れた。「いいえ、たっぷりと恩返しを……」

モスクワ
カスコフ邸

「おじいさんにずうずうしいことを言ってはだめよ」番小屋から邸宅に向かいながら、ナタリーが釘を刺した。「十五分くらい演奏したら、番小屋に帰るのよ。退屈させたら悪いでしょう」

カーラは黙っていた。

「でも、その前にもういいと言われるかもしれないわね。父は一流のプロの演奏を聞き慣れているから。とてもうまく弾けるなんて自慢するからいけないのよ。がっかりさせるに決まっているわ」

「自慢したわけじゃない。訊かれたから答えただけ」カーラは前を向いたまま言った。

「弾いているときは、うまいとかへただとか考えたこともない。音楽のことで頭がいっぱいで。でも、聴いた人はみんなとてもうまいと言ってくれる」

「うぬぼれが強いこと」ナタリーは玄関のドアを開けた。「世の中には嘘つきがいっぱいいると教えたでしょう」出迎えに来たカスコフを見ると、ナタリーは顔を輝かせた。「カーラを連れてきたわ」近づいて父の頬にキスした。「誰かに連れてこさせてもよかったんだけど、この子の顔が早く見たくて。番小屋は安全だけど、離れ離れになるのは寂しいわ」カーラを前に押し出した。「番小屋は快適だとおじいさまにお礼を言いなさい。この子ったら、お屋敷は立派すぎて落ち着かないなんて言うの」

「すぐ慣れるさ」カスコフはカーラに近づくと、黒いバレエシューズ、濃紺のスカートに白いシルクのブラウスという地味な服装に眉をひそめた。「こういう格好をさせるとは思っていなかったよ、ナタリー。おまえの好みは華やかなレースや、ブランドもののサテンのドレスじゃなかったのか」

「本人の好みよ。目立つ格好はしたくないと言うの。それに、手足がひょろ長いから、華やかなものは似合わないわ」

また嘘をついている。カーラはナタリーの嘘にもう驚かなくなった。

「そんなことはない」カスコフは首をかしげてカーラを眺めた。「だが、それはそれで似合っているよ。清楚《せいそ》でなかなかいい。なぜ目立つ格好はいやなのかな、カーラ?」

「服には興味はないの。面倒だと思うときもある」

カスコフは声をあげて笑った。「聞いたか、ナタリー?　おまえの娘の言葉とは思えないよ」

「かわいそうに、これまですてきな服を着たことがないから。急にブランドものを着てもしっくりこないのよ」

「そうか。まあそんなことより、興味のありそうなものを用意しておいた」カスコフはカーラの手を取って居間に連れていった。「ほら、ソファの上を見てごらん。今日の午後届いたばかりだ」

ソファの上のシルクのクッションに、ケースから出したバイオリンが立てかけてあった。

「気に入ったかな?」

カーラは吸い寄せられるようにバイオリンに近づいた。

磨き込まれたボディが、天井の照明を受けてつやつや光っている。

「すごく……すてき」カーラは手を伸ばしてバイオリンに触れた。「イタリア製? いつの時代のものかしら?」

「いつのものだと思う?」

「エレナが買ってくれた本でこれに似たバイオリンを見たことがあるわ」

「どれくらい古いものだと思う、カーラ?」

「そうね。二百年以上前?」

「つくった人はわかるかな?」

カーラはためらいがちに答えた。「アマティ一族?」

カスコフは含み笑いをした。「正解だ」

カーラはまたバイオリンに触れた。「これを弾いていいの?」

「もちろんだ。苦労して手に入れたんだから、聴かせてもらわないと意味がない」

「苦労して手に入れたって?」ナタリーがそばから言った。「この子に二百年前のバイオリンを買ってやったの?　高かったでしょう?」

「これだけの名品はそうそうないからね」

「名品ですって?」

「ああ、そうだろう、カーラ?」

「ええ、もちろん」カーラは胸がいっぱいになった。「テレビでコンサートを聴いたことがあるの。そのときのバイオリンの音が忘れられなくて……あれと同じ音が出るのかしら」祖父の顔を見上げた。「きっと、あれと同じくらいいいバイオリンだから買ったんでしょう?」

「そんな名前の人がつくったバイオリンなんて、聞いたこともないわ」ナタリーが言った。「ストラディバリウスほどじゃないでしょう?」

「ああ、それは先の楽しみにとっておいた」

「いくらしたのよ、お父さま?」

「掘り出し物でね、千四百万だった」

「嘘でしょ」ナタリーは目を見開いた。「子どもの楽器にそんな大金をかけるなんて、ばかばかしい」

「そうかもしれないが、聴かせてもらうからには、ちゃんとした楽器でなくては」カスコフはカーラに視線を向けた。「だが、ナタリーの言うことにも一理ある。おまえの演奏がこの楽器に見合っていなかったら、それなりの楽器を買ってあげよう。だが、この楽器を弾くのにふさわしいとわかったら、これはおまえのものだ」

「ばかばかしい」ナタリーがまた言った。

「プレッシャーをかけてしまったかな？」カスコフはナタリーに訊いた。「手が汗ばんでいないか？」

カーラは首を振った。「一度弾いただけで取り上げられてもかまわない。こんな楽器が弾けるなんて夢みたいだわ」

カスコフはしばらくカーラを見つめていた。「それはよかった。では、さっそく聴かせてもらおうか。座って演奏したらどうだ？」

「お父さま」

カスコフはナタリーのほうは見ないで言った。「おまえも座ったらどうだ？　早く聴きたい」

ナタリーが何を言おうと、カーラにはもう聞こえなかった。目の前のバイオリンのことで頭がいっぱいだった。これから弾く音楽が頭の中で聞こえる。

ゆっくりとバイオリンを取り上げると、顎の下にはさんだ。

「何が聴きたいか訊いてくれないのか？」カスコフが言った。

「おじいさまはロシア人だから、チャイコフスキーがいいと思って」

カーラは弾き始めた。

あの音がする。

この弦の感触は……。

音があふれ出してくる。荒々しい音も、やさしい音も。

カーラは音楽の世界に浸った。


どれぐらい経っただろう。弾くことの楽しさに夢中になって時間を忘れていた。チャイコフスキーの次にはヴィヴァルディ、そして、メンデルスゾーンと、まるで音楽に導かれるようにのめり込んでいった。

「もういいわ、カーラ」突然、肩をつかまれてはっとした。「くたびれたでしょう。そろそろ寝る時間よ。番小屋まで送っていくわ」甘い声とは裏腹に、肩をつかんだ手には痛いほど力が入っている。「こんなにおじいさまの時間をとってしまって。さあ、バイオリンをお返ししなさい」

カーラは首を振って頭をすっきりさせようとした。それから深呼吸すると、立ち上がった。「くたびれてなんかいない」まだ体中の血管に音楽が流れている。それでも、部屋を横切ってカスコフの椅子に近づいた。「ありがとうございました」と、バイオリンを差し出した。「素晴らしかったです」

「ああ、本当に」カスコフはつぶやいたが、楽器を受け取ろうとはしなかった。「どんな段階でも上達の余地はあるというが、わたしには今のままで充分に思える。そのバイオリンをおまえに預けて、また驚かせてもらうのが楽しみだ」

カーラは目を丸くした。「借りていていいの？」思わずバイオリンを握り締めた。「冗談じゃないのね？」

「冗談は得意じゃない。それに、金と音楽のことでは冗談は言わない」

「もういいでしょう、お父さま」ナタリーが言った。「そんなにこの子を甘やかさないでちょうだい」

「もっと聴いていたい気もするが」カスコフはカーラに視線を向けたまま言った。「甘やかすつもりなんかない。この子にはもっとがんばってもらいたい。わたしが呼んだら、すぐここにバイオリンを持って来て、わたしのために演奏する。そういう約束でどうだね？」

「わかりました」カーラはまだ信じられないという顔でバイオリンを見おろした。「本当にわたしのもの？」

「そういうことだ」カスコフはナタリーに顔を向けた。「おまえはいつもわたしを喜ばせてくれる。この子の姉のジェニーもなかなかのものだったが、また並はずれた才能の持ち主を連れてきてくれた」そう言うと、娘の頬にキスした。「さあ、番小屋に連れて帰って、寝かせてやりなさい」

「そうするわ、お父さま」ナタリーはカーラに顔を向けた。「そのバイオリンをケースにしまって。帰るわよ」

「はい」ナタリーの口調にただならぬものを感じて、カーラは急いでバイオリンをケースにおさめた。ナタリーは怒っている。さっきまでは音楽に夢中で気づかなかった。早くこの信じられないようなプレゼントを持って番小屋に帰りたい。そして、ひとりきりになって、もう一度弾いてみたい。カーラの頭はそのことでいっぱいだった。「ありがとうございました。おやすみなさい」カスコフに挨拶した。

「わたしのプレゼントを喜んでくれたようだが、おじいさんとは呼んでくれないんだな」

カーラは気弱な笑みを浮かべた。「なんだか……失礼な気がして。わたしのことをよく知っているわけじゃないでしょう。それに、バイオリンが弾けなかったら、わたしをもっと知りたいとは思わなかったはずだわ」

「なかなか鋭いな」カスコフは苦笑した。「たしかにそのとおりだ。お互いに相手を知る時間が必要だな。それまでは他人行儀な話し方でもしかたない」

カーラはうなずくと、急いで玄関に向かった。

私道に出るとすぐナタリーが追いかけてきた。「まるでコンサートね」きつい声で言った。「あんなに長々と聴かされて、苦痛でしかなかったわ」

「わたしが弾きたいと言ったわけじゃない」

「そうでしょうとも。弾きたいとも言わなかったし、あのばかばかしいほど高価なバイオリンがほしいとも言わなかった。でも、まんまと手に入れたじゃないの」

「アマティがもらえるなんて夢にも思っていなかったから。息が止まりそうだった」

「父は音楽のことになると見境がなくなるの。うっかりしていたわ。こんなことにならないように手を打つべきだった」

「返してもいいけれど」

「だめよ。そんなことをしたら責められるのはわたしよ。昔、父が兄に高価な楽器を買ってあげて、そのことで喧嘩《けんか》したことがある。それを思い出させるようなまねはしたくない」

「それなら、このバイオリンは持っていていいのね？」

「しかたないわ。でも、いい気にならないで」ナタリーは前方を見据えたまま冷ややかな声で続けた。「そのうちわかるわ。最後に勝つのはわたしよ」

「わたし、勝ちたいなんて思っていない」カーラは急に恐ろしくなった。ここに来てからずっとナタリーをなだめようとしてきたのに、どんどん悪い方向に向かっている。

ナタリーはイヴに勝ちたいのだ。そして、そのための計画を進めている。しかも、これまで聞いた断片をつなぎ合わせると、わたしを利用する気でいるらしい。

その前にここから逃げなくては。

さもないと、ナタリーはわたしを利用してイヴに危害を加えるだろう。

「わたしがホームシックになったからアメリカに帰らせることにしたと言ってみたら？　それなら、もう演奏することも――」

「お黙り！」ナタリーが怒りを爆発させた。「何もかもあなたのせいよ。いまいましい音楽のせい。音楽が何よ？　聞いたでしょう、父はまた新しいペットができて喜んでいた。最初はジェニー、そして、あなた。その前は兄のアレックスに夢中だった。わたしはできることはなんでもやったけれど、いちばんになれなかった。兄がいるかぎり、ずっとナンバーツー」押し殺した声で続けた。「いちばんになるためには兄がいなくなるようにするしかなかった」

それ以上聞きたくなかった。カーラは歩調を速めた。ナタリーの話を聞いてはだめ。声が聞こえないところに行こう。〝兄がいなくなるようにするしかなかった〟というのがどういう意味かわかるような気がしたからだ。「あんなにお父さんに愛されているのに。きっと、お兄さんより愛されていたと思う」

「何もわかっていないのね。問題は音楽よ。アレックスが死んだあとも、父は音楽にこだわっていた」

「ジェニーね」カーラはつぶやいた。

「そして、今度はあなた」ナタリーの声が怒りに震えた。「わたしが子どもを産む機械だとでも思っているの？　自分が手をだいなしにされて楽器が弾けないからといって、音楽の才能のある息子や孫に希望を託そうなんて。ある意味、父は夫に似ている。夫はわたしに跡継ぎの息子を産めと迫った。わたしは産む機械じゃない。なぜわたしがいちばんだと誰もわからないの？」

番小屋のすぐ近くまで来ていた。これ以上ナタリーにしゃべらせてはいけない。それでなくても、危険なほど知りすぎてしまった。

「たぶん、おじいさんはわたしのバイオリンにすぐ飽きるわ」カーラは番小屋のドアを開けた。「一日もしたら、バイオリンを返せと言うかもしれない」

「それはないわ」ナタリーはそっけなく言った。「もしかしたら、滞在を切り上げることになるかもしれない。ここに来たのは父に全面的に協力してもらうためだったのに、あなたのせいでだいなしよ」ナタリーはカーラに続いて番小屋に入った。「これからは言うとおりにして、面倒をかけないでちょうだい」

「どうすればいいか教えて」カーラは穏やかな声で言った。

「いいわ。まず、会ってほしい人がいる」ナタリーは小さな庭に面したフレンチドアを開けた。「イワン！」

「はい」長身で筋骨隆々とした黒髪の男が、さっと現れた。「お呼びですか」

目が死んでいる。カーラはとっさにそう思った。スラブ系の幅の広い顔をしているが、黒い目にはまったく表情がない。

「イワン・サバクよ」ナタリーが言った。「ここにいる間、あなたの専属ボディガードになってくれる。邸内で父の部下を何人も見たと思うけれど、イワンはピカ一よ。あなたがここから逃げようなんて考えただけで、父はとても気を悪くするでしょうね。イワンの役目はそんな事態にならないようにすること。そのためなら、どんなことでもする。あなたを痛い目に遭わせてでも阻止するわ」ナタリーはイワンにほほ笑みかけた。「そうでしょう、イワン」

「それがお望みなら」イワンは答えた。「父上からはなんの指示も受けていません」

「わたしの指図に従えばいいの」ナタリーは背を向けた。「じゃあ、カーラ、また明日。バイオリンを大切にするのよ」玄関のドアを開けた。「借り物だから」

そう言うと、外に出てドアを閉めた。

カーラはイワンに目を向けたが、いつのまにか庭の暗がりに消えていた。

ひとりになった。安堵が込み上げてきた。ナタリーはいない。カスコフもいない。死んだ目をしたイワンもいない。ドアに鍵をかけた。

何をしているんだろう？　自分でもびっくりした。ナタリーやカスコフより危険な存在かもしれないイワンと番小屋に閉じこもるなんて。でも、かまわない。恐怖も脅しも何もかも締め出してしまおう。カーラは階段を駆け上がって自分の部屋に入った。なかなかいい部屋だ。彫刻を施したサクラ材の家具がそろっていて、バスルームもバルコニーもついている。

自分の部屋にも鍵をかけた。

ドアに寄りかかったが、心臓がどきどきして息苦しい。ひとりで部屋にいるのに安全な気がしない。バルコニーに出て、小さなローズガーデンを見おろした。イワンはどこかにいるの？　さっきは裏庭のほうから現れたけれど。でも、バルコニーから飛び降りて逃げるのは無理だろう。少し離れたところに、ジーンズにカジュアルなジャケット姿の男が三人もいる。

それに、ここから逃げ出せたとしても、それからどうすればいいのだろう？　お金もないし、計画があるわけでもない。

だったら、その両方を手に入れればいいのだ。でも、今夜はそのことは考えないようにしよう。それよりもベッドに入って眠ったほうがいい。

でも、ナタリーが言っていたことが気になって眠れないかもしれない。ナタリーのことを知れば知るほど、恐ろしい過去が浮かび上がってきて――

ナタリーのことも考えてはだめ。カーラは持ってきたケースをベッドにのせて、バイオリンを取り出した。

わたしのバイオリン。しばらくはわたしだけのもの。ナタリーもカスコフもわたしから奪うことはできない。今夜、弾いていた間、このバイオリンはわたしだけのものだった。音楽がわたしの一部のように、このバイオリンはわたしの一部だった。すべすべしたローズウッドのボディを撫でてみた。まるで命が宿っているみたい……。

いいえ、命を吹き込むのはわたし。

そう、わたしが命を吹き込むのだ。

バルコニーから飛び降りて逃げなくてもいい。ナタリーもカスコフもイワンも追いかけてこない。恐怖も脅しも締め出すことができる。

音楽という魔法の世界に入ってしまえば……。

二日後
モスクワ

ジョックはテーブルの上の地図を見おろした。「敷地内には何人見張りがいるんだ、パリク？」

「七人だ。カスコフが特別な仕事につくときは八人。聞いたところでは、中国マフィアと麻薬取り引きの交渉をしたときは軍の野営地さながらだったそうだが――」パリクはジョックの表情に気づいて言葉を切った。「いや、中国マフィアに興味はなかったな。八人と思っていれば間違いない。警備を強化した形跡はないから。あの子にはイワン・サバクをつけている」

「どういうやつだ？」

「カスコフのいちばんの用心棒だ」

「武器は？」

「ナイフ。格闘技。銃器はあまり使わない」

ジョックもそうだった。「なぜ番小屋に泊まらせたんだろう？」

パリクは肩をすくめた。「見張りやすいからじゃないか。人の出入りも少ない。カスコフは誰かがあの子を奪いに来ると思っているんだろうか？」

「それはないだろう。ナタリー・カスティーノならその可能性に気づいているかもしれないが」

「きみは白馬の騎士というわけだな」

「なんとでも言ったらいい」

「ぼくにカスコフ邸に侵入して救出を手伝わせる気でいるなら、考え違いだからな。ぼくの仕事は情報収集だけだ。なんなら、人を捜してやってもいいが、高くつくぞ。カスコフを相手にしようとするやつはまずいない。拷問されたあげく殺されるのがおちだからな」

「助けが必要になったら頼む。だが、まず必要ないだろう」ジョックは地図を眺めて、屋敷と番小屋の配置を頭に入れた。「あの子の部屋は？」

パリクは二階の三番目の部屋を指した。「イワンをかたづけないと近づけないぞ」

ジョックはその点には自信があった。「ここから連れ出したあと、国外に出るために飛行機や車を用意してもらえるか？」

「モスクワから出るのは不可能だ。カスコフが追っ手を差し向けたら、逃げきることはできない。飛行機や乗り物を貸そうなんてやつはいないだろう。二十四時間以内に死体になるのがわかっているから」

「そうか」ジョックは納得したわけではなかった。カスコフがそれほど力のある人物なら、イヴの言うとおり、カーラに危害の及ばない方法を考えなくてはならない。がむしゃらに行動したら、カーラを失うはめになりかねない。

「取り引きを持ちかける可能性はないのか？」パリクが言った。

ナタリー・カスティーノはそのつもりでいる。救出計画を立てるまで、イヴにナタリーとの取り引きを先延ばししてもらうしかない。

また実行が遅れる。

ジョックは込み上げる怒りを抑えようとした。ここは冷静になって情報収集して、じっくり計画を練るしかない。テーブルから離れた。「カスコフの屋敷に連れていってくれ。

自分の目で見てみたい」

「地図は持っていかなくていいのか？」

「ああ、頭に入れた」ジョックは出口に向かった。「さっき聞いたことはちゃんと覚えているから」

「さっき聞いたこと？」

「案内してくれるだけでいい。あとはひとりでやる」

パリクは首を振った。「たいした度胸だ。こんな命がけの仕事を引き受けたからには、相当もらったんだろうな」

ゲールカールで石垣に腰かけてバイオリンを弾いているカーラ。

また逃げなければならないとイヴに言われて、涙を浮かべて別れを告げるカーラ。

ジョックをひとりでサラザールに立ち向かわせたくなくて、森まで追いかけてきたカーラ。

「そのとおりだ」ジョックはドアに向かった。「多すぎるほどのものをもらった」

5

　ジョックは赤外線双眼鏡をおろして、オークの木の座りやすい場所を探した。そこからカスコフ邸の門まで五十メートルほど。長い夜になりそうだ。パリクが描いてくれた地図は正確だった。建物の配置も何もかも頭に入れておいたとおりだ。問題は邸内の警備だった。非常時にどう対応するのか、いつ休憩をとるのか、どの警備員が優秀なのか、まだ何もわからない。だが、観察していれば、そのうちわかるだろう。

　それを確かめたうえで、飛び降りる場所を決めて、警備員を始末すればいい。

　また双眼鏡を目に当てて、番小屋を眺めた。カーラの部屋のバルコニーが見える位置まで体をずらす。フレンチドアは閉まっていたが、カーラが部屋にいるのはたしかだ。一時間前にパリクに案内してもらったときにはバイオリンを弾いていた。闇の中でかすかに聞こえる程度だったが、あの音色は聞き間違えようがない。

　今は何も聞こえない。カーラが眠りについていればいいが。睡眠をとって体力をつけてほしい。どんな目に遭っているのかわからないが、突然、環境が変わって、とまどっているにちがいない。不安に怯えているだろう。ナタリー・カスティーノは、カーラをなだめるためにバイオリンを与えたのだろうか。イヴの話では、ナタリーは抜け目のない女で相手を思いどおりに動かすというから、何か交換条件を出したのかもしれない。カーラはバイオリンがほしくてナタリーの言いなりになったのだろうか。自分が知っているカーラなら、そんなことはしないはずだが、そうは言っても、まだ子どもだ。新しい環境でどうすればいいかわからなくなったとしても不思議はない。

一刻も早く救い出したいが、それなりの準備をしないと行動できない。

ということは、二、三日中に状況を見きわめて、計画を立てなければならないわけだ。

ポケットの携帯電話が震えたので、取り出して送信者を確かめた。

イヴからだ。二日前にこちらに着いたあと、パリクを通してジョーにその旨を報告してもらった。その後、イヴから二度電話があったが、まだ状況を観察し始めたばかりだったので、ジョックは誰とも話す気になれなかった。

だが、今回は電話に出た。「やあ、イヴ。マクダフはどうだ？」

「信じられないほどの回復ぶり」イヴはいらだった声で言った。「起き上がれるようになったとたんに精力的に動き回っている。でも、電話したのはマクダフの報告をするためじゃないわ。どうなっているの、もう二日も経つのに」

「いろいろやることがあってね」

「言い訳にならないわ。カーラには会ったの？」

「いや。だが、無事は確かめた。バイオリンを弾いていた。母親が与えたんじゃないかな」

「ナタリーがバイオリンを？　どうして？」

「わからない。それはこれから探る。いずれにしても、カーラがナタリーをどう思っているかわからないと動きにくいから」ジョックは一呼吸おいた。「それでなくても、問題が山積していて。カスコフ邸から救い出せたとしても、モスクワから脱出する方法がない。今、頭を悩ませているところだ」

「今どこにいるの？」

「カーラのすぐそばに」ジョックはバルコニーを眺めた。「カーラは眠っているらしい。心配しなくてだいじょうぶ。ちゃんと見張っているから」

「あんまり連絡がないから、そっちに行こうかと思ったぐらい。今度からちゃんと電話に出てね」

「パリクが定期的にバーバンクに連絡しているでしょう」

「パリクのことは心配していないわ。逆上してカスコフ邸に乗り込んだりしないから」

ジョックは苦笑した。「ぼくもそんな無謀なまねはしない。カーラを安全な場所に連れ出すまで、極力目立たないようにするつもりでいる」

短い沈黙があった。「もう準備を進めているの？」

「ああ」ジョックは二メートルほど下の地面を見おろした。「だが、不確定要素が多すぎて。今なら間に合うよ。きみのほうから安全な方法を提案してくれたら、それに従って行動する。ナタリー・カスティーノからまだ連絡はないのか？」

「ええ、今のところ。こちらからかけたけれど、彼女も電話に出ないの。どうなっているのかとやきもきしているところ」

「ぼくが電話に出なかったのは、報告することが何もなかったから。昔の知り合いに当たってみたが、連中もパリクと同じで、そんな危険な計画に加担できないと言った。だから、ぼくひとりでやるしかない」

「ひとりでやれるわけないわ」

「それなら、カーラを救い出す安全な方法を早く見つけてほしい」ジョックは言った。「方法が決まったら、きみの指示に従おう。もしかしたら、ナタリーもまだきみと話せるような状況ではないのかもしれないな。気が変わって、父親の庇護《ひご》のもとで暮らすことにしたのなら話は別だが。もしそうなったら、カーラを救い出すのはますます困難になる」ジョックは冷ややかな声で続けた。「カーラをここに置いておきたくない。あの子はカスコフやナタリーから見れば人質のようなものだ。どちらかが腹を立てたら、人質はあっさり切り捨てられる」

「そんな恐ろしいことを言わないで。ナタリーに連絡をとってみるから。それはそうと、マクダフとジョーは、赤外線投射装置を借りてきて、北岸の濃霧の中を探ろうとしているの。うまくいったら、シーラの財宝が見つかるかもしれない。ナタリーは財宝を狙っているから、切り札にできるわ」

「その可能性はある。とにかく、こちらも準備を進めるから、早くいい方法を見つけてほしい」ジョックは電話を切った。

イヴの心配やいらだちはもっともだし、同情もするが、心を揺さぶられるほどではなかった。しょせん、住む世界が違うのだ。イヴが住む世界には、道徳的規準やルールがたくさんある。だが、そんなものに縛られていたら、カーラを助けることはできない。それよりも、昔、あのライリーに教え込まれたスキルを活《い》かしたほうがずっと確実だ。

ジョックは枝の上で座り直すと、また双眼鏡を使った。今度はバルコニーではなく、番小屋の東側にいる警備員に焦点を当てた。どんな動きをするか観察して、弱点を探し……始末するタイミングを計るために。

「何よ、あの態度」電話を切ると、イヴはジェーンを振り返った。「怒っているなら、なだめるとか、説得するとか方法はあるけれど。あなたから話してみてくれない？　マクダフを別にすれば、ジョックのことはあなたがいちばん知っているでしょう」

ジェーンはうなずいた。「こんなことになるんじゃないかと思っていたわ。でも、今のところ、状況はそれほど悪くなさそうね」

「ええ、今のところカーラは危害を加えられる心配はなさそう。だから、まあいいとしなければね」

「でも、状況が変わらなかったら、いずれジョックは行動に出るわ」ジェーンは言った。「準備を進めていると言っていたでしょう。早くいい方法を見つけてほしいとも言っていた」

「なぜナタリーは電話してこないのかしら」イヴはいらだった声で言うと、テントを出て湖に向かった。二時間ほど前、ジョーとマクダフとケイレブ、それに、マクダフの部下が数人、さっき電話でジョックに教えた赤外線投射装置を携えて、濃霧の中に入っていった。今度こそ財宝が見つかるといいけれど。「あの財宝を喉から手が出るほどほしがっているはずなのに」

「財宝がたしかに存在するという証拠がほしくなったんじゃないかしら」ジェーンはイヴと並んで湖畔に立った。「カーラを奪い返して、ナタリーは気持ちに余裕ができたのよ」

たしかに、ジェーンの言うとおりだ。今のナタリーは宮殿のような父の家でぬくぬくと過ごしている。焦って取り引きに応じるより、じっくり考えようという気になったとしても不思議はない。

イヴはまた湖に目を向けた。ナタリーがほしがっているものがあそこにあるならばどんなにいいだろう。

「赤外線投射装置でも、あんな濃い霧は見通せないかもしれない」イヴはつぶやいた。「どう思う、ジェーン？」

「もしかしたら、彼女が助けてくれるかもしれない」

イヴは驚いてジェーンを見た。「シーラのこと？　シーラの伝説を信じてないんじゃなかったの？」

ジェーンは肩をすくめた。「信じているわけじゃないけど、決めつけないことにしたの。どんなに非科学的で理屈に合わなくても、受け入れようと思う」そう言うと、かすかな笑みを浮かべた。「結果によっては、ナタリーをおびき寄せてカーラを取り戻せるかもしれないし」

「そうね。わたしもナタリーが出るまで何度でも電話してみる」イヴは湖畔の草の上に腰かけた。「やってみるしかないわ」

またイヴ・ダンカンからだ。ナタリーは満足そうに携帯電話を見おろした。今のところ、何度かけてきても出るつもりはない。無視できるのはこちらが上の証拠だと思うと、いい気分だった。

それにしても、自分の子どもでもないのに、なぜそこまでしてカーラを取り戻したいのだろう? きっと情にもろい女なのだ。そうじゃなかったら、どこの誰ともわからない子どもの頭蓋骨から生前の顔を復元して、親のもとに帰すなどという仕事を何年も続けているはずがない。奇特というか、物好きというか。

でも、あの情のもろさは利用できる。ナタリーはサンルームを出て、居間をのぞいた。カーラはまだバイオリンを弾いている。

カーラを見つめながら一心に耳を傾けている父を見ると、反射的に頭に血がのぼった。父はわたしが居間から出ていったことにも、戻ってきたことにも気づいていない。ここ一週間ほどずっとこの調子だ。そろそろ我慢の限界だった。

実家に戻ってきたのは、行動に出る前に父との関係を揺るぎないものにしておきたかったからだ。カーラを取り戻すための〝身代金〟として父が出してくれたお金には手をつけていない。でも、一年ともたないだろうから、その後はまた父に頼らなければならなくなる。

それに、カーラばかりがちやほやされるのが気に入らない。脚光を浴びるのは常にわたしでなければならない。父の資力は後ろ盾にしておきたいけれど、いつまでも頭を下げて出してもらうのはいやだ。

だから、ほかの収入源を考えたほうがいい。

そして、計画していたよりも早くカーラを始末することも。

その両方を実現するには、どうすればいいだろう？

よく考えれば、きっといい方法があるはずだ。

ゲールカール湖

「うまくいった？」ジェーンは北岸の霧の中から出てきたマクダフに近づいた。だが、答えは聞かなくてもわかった。マクダフは渋い顔をしている。

「うまくいったとも言えるし、いかなかったとも言える」マクダフは肩をすくめた。「最初のうちはかなり見通せたが、半分ぐらい進むと、岩がごろごろしているところがあって、急に何も見えなくなった」

「どうして？」

「わかるわけがないだろう。あの霧がどうなっているかなんて誰にもわからない」マクダフは無念そうな顔になった。「今度こそと期待していたんだが。だが、諦める気はない。次はロープで体をつなぎ合って――」

「そこまでしてなんになるの？　霧の中でうろうろするだけよ」

「うろうろしているうちに目当てのものを探し当てるかもしれない」マクダフはジェーンから離れてテントに向かった。「とにかく、温かいものを飲んで一休みする。研究所に電話して、どうしたらいいか訊いてみるよ」

ジェーンはマクダフがテントに入るまで見送っていた。がっかりして力が抜けてしまった。あれほど張りきっていたマクダフが財宝を見つけていれば、それでナタリーをおびき寄せてカーラを助けることができたのに。

とはいえ、心のどこかでほっとしていた。それだけシーラのことでは矛盾した気持ちを抱いているということなのだろう。シーラが息子を葬った場所を荒らされたくないのかもしれない。それとも、財宝を自分の手で見つけたいのだろうか。

ジェーンは決して消えることのない霧に包まれた湖を眺めた。

シーラ、この霧はあなたが望んだことなの？

もちろん答えは返ってこない。シーラに呼びかけること自体、ふだんの現実的なジェーンには珍しいことだった。

だが、今日はなぜかシーラのことが気になってならなかった。霧が濃くなっている先に何があるのか知りたかった。

ジェーンは北岸に出て霧の中に入った。

思ったより明るい。五、六メートルごとに赤外線ランプをのせた柱が立ててあるからだ。物の形がぼんやり見える程度だが、懐中電灯の光もあるから、歩くのにそれほど不自由はない。普通の霧の中を進んでいる感じで、自分の鼻先も見えない濃霧に分け入った気はしなかった。

だが、マクダフが言っていた岩場に出ると、様相が一変した。そこにも赤外線ランプが置いてあったが、まったく役に立たない。かすかな光が三十センチほど先まで照らしているだけだ。

不思議なことがあるものだ。

でも、なんだかわくわくする。

ジェーンは岩場の先の闇を見つめた。

霧が見えるだけ。

岸に打ち寄せる波の音がする。

でも、波は見えない。

木も岩も何もかも霧に包まれて見えない。

「ここで何をしているんだ?」

はっとして振り向くと、すぐ後ろにケイレブが立っていた。「自分の目で確かめたかったの」ジェーンは言った。「途中まで見通せたのに、岩場に出ると何も見えなくなったとマクダフから聞いて、本当にそんなことがあるのかと思って」

ケイレブは苦笑した。「おれたちが何かヘマをしたと思ったのかな? それとも、シーラが見えない壁をつくったとでも?」

「シーラのことをそんなふうに言わないで」

「悪かった。つい思ったことを口にしてしまって。おれはいろんな意味で衝動に弱い人間なんだ」ケイレブは懐中電灯を前方の霧に向けた。「そろそろ帰らないか？　ここから急に霧が濃くなって、懐中電灯があっても足元も見えない。足をすべらせて湖に落ちたら大変だ」

「泳げるから」

「きみを助けるために冷たい湖に飛び込むのはごめんだよ。それに、おれに助けられるのはいやだろう？」

「ええ」ジェーンも懐中電灯を前方の霧に向けた。不思議な気分になった。霧の中から誰かが呼んでいるような気がする。もしケイレブが現れなかったら、このまま進んでいただろうか？　そうかもしれないし、そうでなかったかもしれない。マクダフと話したあと、なぜここに来たのかジェーンは自分でもよくわからなかった。「助けてもらって、一生恩に着せられるのは願い下げよ」踵《きびす》を返して、湖の南岸に戻り始めた。「あとをつけてきたの？」

「ああ、きみがシーラの世界に行ってしまうと困るからね。放っておけなかった」すぐ後ろを歩いているケイレブの声が霧の中を漂ってくる。「このところ、きみは気落ちしてつらそうだった。だから、何をする気なのか見届けようと思った」

「気落ちしているのは確かだけど、馬鹿なまねはしないわ。イヴもわたしも精神的にぎりぎりの状態」

「イヴには支えてくれる人たちがいるが、きみにはいない。イヴにはきみもクインもいるし、お腹の子どもだって励みになるだろう」

「わたしはイヴがいるわ。昔からずっと支えてくれた」

「それでも、きみは自分から助けを求めたりしない。イヴにできるだけ心配をかけないようにしている。そうじゃないか？」

「わたしはひとりでだいじょうぶ。こんなときにイヴによけいな心配を――この話はしたくないわ」

「わかった。たまったストレスを吐き出したくなったら、おれを相手にするといいと伝えたかっただけだ」

ジェーンは振り返って、驚いた顔でケイレブを見つめた。

ケイレブは黒い目を輝かせながら含み笑いをした。「いや、セックスのことじゃない。言わなくてもわかっているだろうが。びっくりしたみたいだね」

「ぎょっとしたわ」

「きみはおれに先入観を持ちすぎているから、たまには別の視点から見てほしいと思ってね。今のきみはいろんなストレスを抱えているから、話せば楽になるんじゃないかな」

「話すってあなたに？」

ケイレブは苦笑した。「ほら、また先入観にとらわれている。きみだってとっさにセックスのことを考えただろう。それとも、気づかないふりをするのかな」

心の中を見抜かれたような気がして、ジェーンは話題を変えた。「ストレスを抱えているのはわたしだけじゃないわ。みんな同じ思いをしているはずよ、なんとかカーラを取り戻そうとして」

「だが、シーラの財宝のことでは、きみはマクダフとイヴの板挟みになっている」

「なんとかなるわ」

「それはそうだろうが、ひとりで何もかも背負うのはよくないよ」ケイレブは穏やかな口調で続けた。「きみがおれを締め出したいなら、それはそれでかまわない。だが、この湖で起こりつつあることに関しては、おれにもチャンスがあると思う」

「どういう意味？」

「ベッド以外でも役立つと身をもって示してみせる。どう、興味がわいた？」

「なんのためにそんなことを？」

「その答えは自分で見つけてほしい。おれは力を貸すだけだ。見返りは求めない」

「何をしてくれるの？」

「きみの望むことならなんでも」ケイレブは霧を眺めた。「だが、それがなんであれ、ここで起こることは間違いない。そう思わないか？」

ジェーンはケイレブの視線を追った。

霧が見えるだけだ。

渦巻くような霧。

霧の中から誰かが呼んでいるような気がする。

あの霧の中で何が起こるのか知りたくなった。あの中に真実が隠されているような気がする。

「わたしにわかるわけがないでしょう」

「それなら、いっしょに答えを探そう。永遠にいっしょにとは言わない。この瞬間だけでいい。助けが必要なときに、力になりたくてたまらない人間がそばにいるのは悪くないだろう？　きみだけのために尽くしたい人間がいるのは」

ケイレブの言葉は霧の中で待ち受けているものと同じようにジェーンの好奇心をそそった。「口がうまいのね。あなたは人をその気にさせるのが得意だから」

「そのとおり。だから、おれの言うことを聞いていっしょに行こう。だが、その前に教えてほしいことがある。シーラのことだ」

「何が知りたいの？」

「繰り返し見たという夢の話が聞きたい。十七歳のときからシーラのことが頭から離れないそうだね。きみの人生で大きな位置を占めている出来事だから、そのことは知っている。だが、シーラや湖の夢についての具体的な内容は知らない。マクダフには話したんだろう？　それで、彼はこの湖を調べることにしたんじゃないのか？　さらに、イヴも夢のことを知っている」ケイレブは眉をひそめた。「だが、例によって、おれは蚊帳の外だ。なぜこの霧の中を探すのか理由を教えてほしい」

「理由なんてないわ。夢で見ただけのことだもの。マクダフはわたしがシーラの末裔《まつえい》と信じたいだけよ。財宝の箱を見つけたい一心で」

「理由が知りたい」ケイレブは繰り返した。

ジェーンは無言で彼を見つめた。

「なぜためらっているんだ？　夢で見ただけのことなら話してくれたっていいじゃないか。それとも、個人的なことを話したくないとか？　なぜおれには何も教えてくれないんだ？」

ちゃんと説明するまでケイレブは引き下がりそうにない。「夢で見ただけだから」ジェーンは霧を見つめながら、また言った。「話したくないわけじゃないの。ひとつ忘れられないのは、イヴとここに来たとき、前にもここに来たことがあるような気がして……」

「カーラといっしょに？」

「そう、カーラといっしょに……」

「本当にこれでいいのか、シーラ」アントーニオが背後に立った。そっと肩を抱きながら、耳元でささやいた。「ここでお別れを言わなくてもいいんだよ。城に連れて帰って、司祭に神の祝福を与えてもらって、われわれのそばに埋葬しよう」

「いいの」シーラは念入りにつくらせた小さな棺《ひつぎ》を見おろした。「この湖のそばで眠らせてあげたい。マルクスはここが好きだったから」涙が盛り上がってきた。「いつかあの霧の中に入っていって、わたしのために女王にふさわしい黄金や宝石を見つけてくると言っていた。もう望めるかぎりの富を手に入れたから、そんなことはしなくていいと言ったけれど」シーラはアントーニオを振り返った。「本当よ。ここはこんな荒れ地だけど、わたしたちはここに王国を築いた。わたしはヘルクラネウムで奴隷だった頃に夢見たものを全部手に入れたわ。愛する夫、そして、丈夫な五人の息子と、それ以上に丈夫な二人の娘を」

「そう思ってくれているならいいが」アントーニオはシーラのこめかみにキスした。「産みの苦しみに耐えているときは、わたしを愛しているのを忘れていたんじゃないか？」

「あの苦しみに女性だけが耐えなければいけないのは不公平だと思ったけれど。でも、今はなぜ神さまが子どもを産むという仕事を男性に任せなかったのかわかる気がする。

女性のほうがずっとうまくやれるからよ」

「そういうものなのだろうね」

アントーニオの涙がシーラのこめかみを濡《ぬ》らした。彼もマルクスを失った悲しみに耐えているのだ。マルクスは太陽のように明るい八歳の子どもだったが、熱病に罹《かか》って黄泉《よみ》の国に旅立った。

シーラはこれ以上小さな棺を見ていられなくなった。そろそろ別れを告げて、息子を旅立たせたほうがいい。

アントーニオから離れて、シーラは深い霧を見つめた。「わたしたちは運がいいわね。この子とこんなに長くいっしょにいられたし、ほかの子どもたちは神さまに召されなかったし」

「わたしには運がいいとは思えないがね」

「ええ、わたしも最初はどうしてこんなことになったのかと怒りが込み上げてきた。でも、マルクスが大好きだった場所にいられると思うと、ほんの少し心が慰められた。ここに来れば、あの子が洞窟でかくれんぼをしていたと言って霧の中から出てくるところが見えるような気がするの。いろんな冒険をしていたと話してくれそうな気がするの」シーラの頬に涙が伝った。「それに、そろそろあの子をあの霧の中に帰らせて、また冒険ができるようにしてあげたほうがいい。そうすれば、お城に戻って、ほかの子どもたちに嘆いてばかりいないで前を向きなさいと言える。いい考えだと思わない？」

「そうだね」アントーニオは喉にからんだ声で言うと、涙に濡れたシーラの頬に触れた。「とてもいい考えだよ、シーラ……」


柔らかいハンカチが頬に触れた。

「何をしてるの？」ジェーンはケイレブから離れようとした。

「動かないで。泣いているじゃないか」ケイレブはハンカチで涙をぬぐった。「慰めたいと思っても、きみがさせてくれるのはせいぜいこれぐらいだからね」

「どうなってるの？」ジェーンは声を震わせた。「なんだか、とても愚かなまねをしてしまったみたい。でも、あなたに馬鹿にされたくないわ」

「そんな気はないよ」ケイレブはハンカチを差し出した。「きみには素晴らしい贈り物をもらった。馬鹿にするはずがないだろう」

ジェーンはハンカチで目を拭いた。「贈り物？」

「シーラと彼女の世界をおれにも見せてくれた」

「夢のこと？」

「きみにとってはただの夢じゃない。そして、今ではおれにとっても」

ジェーンは霧の向こうの野営地を振り返った。「何か収穫があったということかしら」

「ああ、大いにあった。夢の細部も、きみがどんな気持ちだったかもわかった。この霧の中に入ったらどんな反応が出てくるかわかるような気がする。貴重な経験だったよ」

「そうは思えないけど」

「きみがどう思おうとかまわない」ケイレブはほほ笑んだ。「今度だけはおれに任せてほしい。その時が来たら、必ずきみのそばにいて力になる」

「人に頼るような生き方はしてこなかった」

ケイレブは声をあげて笑った。「知ってるよ。だが、たまには別の生き方をしてもいいんじゃないかな。この霧から出たら、きみが弱気になったことは忘れよう。だが、そんな瞬間があったのは事実で、それが大きな収穫だった」

ジェーンはもう霧から抜け出ていた。振り返ると、ケイレブはまだ淡い灰色の霧の中に立って笑いかけていた。

「ほら、やっぱり馬鹿にしている。弱気になったわけじゃないわ。あれはただの夢だったんだから……」

三日後
モスクワ

ナタリーがイワンにほほ笑みかけながら小声で話していた。さっき庭の塀の近くで摘んだピンクのバラをつややかな黒髪に挿している。

ジョックは眉をひそめた。何をしているんだろう？　今週、夜ナタリーが番小屋に来たのはこれで三回目だ。来ること自体は不思議ではない。娘のカーラが番小屋にいるのだから。だが、カーラに会いに来たわけではない。三十分ほど庭でイワンと話しただけで帰っていく。

そして、ナタリーが屋敷に入るまで、イワンは笑みを浮かべて見送っている。

イワンに誘いをかけているのだろうか？

それとも、仕事を持ちかけているのか？

その両方だろうか？

ナタリーは自分の魅力を最大限に活用して、ほしいものを手に入れる。

だが、今度は父親ではなくイワンから何かを引き出そうとしている。父親の裏をかいて、自分に有利な状況にするためにイワンを利用しようとしているのかもしれない。

イワンはカーラの専属ボディガードだ。ということは、カーラに関わることにちがいない。

なんとかしなければ。ジョックは唇を噛《か》んだ。

二日後

今夜はすごく疲れた。カーラは玄関のドアを開けて番小屋に入った。疲れきって、神経がピリピリしていて、それにちょっと怖い。いつもなら音楽に浸りきった余韻に包まれて戻ってくるのに、今夜は違った。最初のうちは音楽の魔法がかかっていたけれど、部屋の隅から見つめているナタリーの顔を見たら、魔法がすっと消えていった。怖い顔だった。怒りと憎しみがあふれているような……。

憎しみ？

カーラははっとした。

どうしてナタリーに憎まれるの？

わたしが気に入らなくていらだっているのは知っていたけど、憎まれるようなことをしてしまった？

カーラはその夜の出来事を振り返った。最後にコンチェルトを弾いて、カスコフにおやすみなさいと挨拶した。走って帰りたくなるのを我慢したのは、祖父の前でみっともないふるまいをしないようにとナタリーからきつく言われていたからだ。ショックや不安を顔に出さないように精いっぱいがんばった。

体からふっと力が抜けた。カーラは玄関のドアに寄りかかった。

助けて、イヴ。どうしてこんなことになったの？　あの人は何を考えているの？　何もかもわからないから、どうしていいか思いつかない。

でも、イヴは遠く離れたところにいる。ジョックもそう。二人ともわたしがどこにいるか知らないだろう。

ひとりでがんばるしかないのだ。甘ったれるのはやめよう。

わたしは運がいい。音楽があるもの。イヴに迷惑をかけずにここから逃げ出す方法を考えればいいのだ。まわりをよく観察して、チャンスをうかがっていれば、きっと方法が見つかる。

カーラは階段をのぼり始めた。今夜はもう眠ろう。いつも寝る前にバイオリンを弾くけれど、今夜は弾かなくてもいい。早くベッドに入ってシーツに顔をうずめたら、憎しみにゆがんだナタリーの顔が忘れられるかもしれない。もし忘れられなかったら、ナタリーの勝ちというわけ。

そうなったら、音楽に助けを求めよう。そして、イヴやジョックや、あの霧に煙った神秘的な湖のことを思い浮かべればいい。ナタリーに負けてはだめ。ナタリーにイヴを傷つけさせたりしないから……。

突然、口を手でふさがれた。

反射的に足をばたつかせて、膝頭を蹴飛ばした。

「痛い」うめき声がした。「それはないだろう。膝をやられたら、いくらぼくでも戦えないよ」

　ジョックだ。

　カーラは口に当てられた手を振りほどいた。「ジョック！」彼の腕の中に飛び込んで抱き締めた。「だって――まさか――」言葉が続かない。「来てくれたんだ」

「こんなに歓迎してくれるなんて……」ジョックは声を震わせた。「まともに話せる状況じゃなさそうだね。気にしなくていいよ。ぼくもいつもぼくでいられるわけじゃないから」

「だって、誰もわたしがどこにいるかなんて――イヴは無事？　ナタリーは無事だと言ってたけど、あの人、嘘ばっかりつくから。ヘリコプターに乗る前に銃声を聞いたの。イヴが撃たれたと思って――」

「イヴは無事だよ。きみのことを死ぬほど心配しているが」ジョックはカーラを寝室に連れていった。「言っておきたいことがある。寝室を調べて盗聴器がないのは確認したが、バスルームのほうが安全だな。きみのボディガードのイワンは、たいてい向こう側の庭にいるが、ときどきバルコニーの下をパトロールしている」

「知らなかったわ」カーラは見張られていたことに気づいていなかった。「よくわかったわね」

「敵の動きは把握しておかないとね」ジョックはカーラをバスルームに連れていってドア

を閉めた。狭いバスルームを横切ってシャワーの水を出す。「水音で声が消せる。イワンはきみがシャワーを浴びてからバイオリンを弾くと知っているから、こうしていれば疑われない」

「イワンなんかどうだっていいけど。ねえ、電気をつけて。あなたの顔が見たい」待ちきれなくなって、カーラは浴室の電気を自分でつけた。

ジョックの姿が浮かび上がった。黒いタートルネックのセーターにジーンズ。天井の照明を受けて金髪がきらきら光っている。そして、あの輝くような笑顔。カーラは目を離すことができなかった。最後にマクダフのテントで会ったのが、何年も前だったような気がする。「ごめんなさい……ちゃんと伝えようとしたんだけど。フランコに捕まって、あわてしまって。あなたも捕まるんじゃないかと心配だった。でも、わたしの責任よ。しっかり警告しておけば、あんなことには——」

「謝ったりしないで。わかっているから」ジョックはそばに立って、カーラを見おろした。

「じっとしていればだいじょうぶ、とメールで伝えようとしてくれたね」

「でも、手遅れだった？」

「いや。きみには手遅れだったようだが」

「それはいいの。あのときはほかのことを考える余裕がなかった。でも、ナタリーはあなたの存在に気づいていないようだし、イヴのことでも嘘をついている可能性があったから」カーラは目を閉じて大きなため息をついた。「わたし、しゃべりすぎよね」目を開けると、涙を流していることに気づいた。「こんなこと初めてだから。知らない人ばかりに囲まれて」手を伸ばしてジョックの頬に触れた。「会えてうれしいわ、ジョック」

「ぼくも会いたかった」ジョックはそう言うと、カーラの鼻の頭にキスした。「状況は厳しいが、ぼくには強みがある。きみのようにわけのわからない状況で知らない人に囲まれているわけじゃない。こうして居所を突き止めたからには、いつでも連れ出せる」

「だったら、早く連れ出して」カーラはそう言ってから首を振った。「ごめんなさい、よく考えないでこんなことを言って。外から見たら何もないみたいだけど、いろいろ大変な状況だと思う。無理して助けに来てくれなくてもよかったのに。イワンは死んだような目をしているし、カスコフはわたしにはやさしいけれど、わたしを見ていないときは別人みたいな顔になって――」

「もういいよ」ジョックはカーラの唇に手を当てた。「話したいことや訊きたいことがいろいろあるが、焦ることはないからね。だが、ひとつはっきりさせておきたい」ジョックは白いタイルに膝をついてカーラを引き寄せた。「ここに来てから、誰かにひどい目に遭わされなかった？　ぼくが見張っている間はそんなことはないようだったが」

カーラはじれったくなって首を振った。ナタリーに一度ぶたれたけれど、そんなことはどうだっていい。わたしのことよりイヴのことが心配だから。

「カスコフはどうだ?」

「だいじょうぶ。あの人にとってわたしは……ペットみたいなものよ。音楽が大好きで、楽器が演奏できる家族がいるのが自慢なの。自分で弾いているみたいな気がするのかもしれない」これまで無意識のうちに考えていたことを言葉にしようとした。「音楽は自分のものだと信じているみたい。自分が才能を子孫につないだって」

「それはうぬぼれじゃないか?」

カーラはジョックの手を取った。とてもいい感じ。力強くて、温かくて。何も恐れることはないような気がしてくる。「うぬぼれだっていいと思う」

「カスコフやナタリーにも脅されたことはないんだね?」

カーラは一瞬考えた。「カスコフに脅されたことはないわ。ナタリーはここから逃げようとしてもイワンがそうさせないと言っていたけれど、本気じゃなかったのかもしれない」今夜、ナタリーに憎しみを込めた目でにらまれたのが遠い出来事のような気がしてきた。ジョックが来てくれたからだろう。これからは何が起きても、ジョックがついていてくれる。「それに、なぜここに連れてこられたのかよくわからない。ナタリーも好きでここにいるわけじゃないらしいの。お父さんにはそんなところは見せないけど、わたしといるのもいやみたい」

「娘のきみといっしょにいるのがいやだって?」ジョックはカーラを肩に引き寄せた。

「本当にそう思う?」

「ええ」カーラは意気込んで言った。「でも、そんなのはどうだっていいわ。もうすぐここから出ていくんだもの。イヴのことだけが心配だった。ナタリーはイヴをよく話題に出して、わたしが言うことを聞かないと、イヴが危険な目に遭うと言ったわ。ねえ、そんなことできっこないでしょう?」

「ああ」ジョックはカーラの髪を撫でた。「そんなことはさせない」

「よかった。それだけが心配で――」カーラははっとした。「だめよ、こんなことをしていては。ここにいたら危ない。いろいろ大変みたいと言ったでしょう。ここから逃げたほうがいいわ、ジョック」

「何を言うんだ? きみを救い出すために来たんじゃないか」

ジョックの声にいつもと違うものを感じてカーラは顔を上げようとした。だが、ジョックはカーラを離そうとしない。「ジョック!」カーラは体をよじって彼の腕の中から抜け出した。「どうしたの――」

やっと彼の顔が見えた。

相変わらず音楽のように美しい。あの明るいシルバーグレーの目は、一度見たら決して忘れられない。

でも、どこか違う。顎に力が入っているし、ゲールカールにいたときより頬がこけている。

「どうしたの、ジョック？」

「きみのことが心配なんだ。できることなら、何も心配することはないと言いたいよ。魔法の絨毯《じゅうたん》に乗って、きみをここから連れ出すと言ってあげられたら、どんなにいいだろう。だが、ぼくたちはおとぎ話の世界にいるわけじゃない。ぼくは魔法の絨毯なんか持っていないんだ、カーラ。がっかりさせて悪いが」

「がっかりなんかしていない。あなたのことが大好きだもの。友達だから。これまでわたしには本当に友達と呼べる人はいなかったの」カーラの目に涙が盛り上がった。「だから、そんなことを言わないで。ねえ、聞いてる？」

ジョックはしばらく黙っていた。「ああ、聞いてるよ。だが、さっき言ったことは覚えておいてほしい」ジョックは急に笑顔になった。「魔法の絨毯があったらいいのにね」そう言うと、カーラの手を取った。「でも、現実は厳しい。イヴのところにきみを連れて帰るのは大変なことだ。カスコフは絶大な力を持っている。情報網を張りめぐらせているから、モスクワから出るだけでも簡単なことじゃない。ましてやロシアを脱出するとなると……」

「焦らなくていいから」カーラはジョックの手を握り締めた。「わたしがもっと周囲を観察すれば——」

「ぼくがなんのためにモスクワに来たと思う?」ジョックはカーラをさえぎって言った。「きみを助けるためじゃないか」カーラの顔を両手ではさんだ。「だが、それにはきみの協力が必要だ。今言ったように、できるだけ周囲を観察して状況を把握してもらいたい」

「わかったわ」カーラは大きく息をついた。「でも、わたしの話をさえぎらないでくれる? せっかく会えたのに話もできないなんて」

「まいったな」ジョックはカーラの額にキスしてから体を離した。「ぼくが意地悪をしているみたいじゃないか。今夜はこれぐらいにしておこう。これ以上話していたら、二人とも感情が昂《たかぶ》っておかしくなりそうだ。それに、もうあまり時間がない。ずいぶん長いシャワーになったからね。いつもきみはさっとすませて、バイオリンを弾きに行くのに」

カーラはにっこりした。やっといつものジョックらしくなった。「どうして知ってるの?」

「見張っていた」カーラが目を丸くするのを見てジョックは苦笑した。「シャワーをのぞいたりしないよ。きみの様子をうかがっていたという意味だ。門のそばの木の上に陣取って。そこならバルコニーもここの敷地もよく見える。屋敷の様子はわからないが、それはしかたない。きみがカスコフのために弾くバイオリンが聴けないのは残念だが」

カーラは顔をしかめた。「ナタリーは聴きたくないと言っている。わたしがカスコフのために演奏するのもいやがっているの」表情が曇った。「いやがるというより、演奏するわたしを憎んでいる」

「考えすぎじゃないか？」

「違うの」カーラは言葉を探した。「あの人にとって……音楽は武器で、音楽ができる人は敵なの」考えを整理しようとして頭を振った。「今夜それがはっきりわかった。わたしを見る目はまるで――」カーラは笑顔になった。「今はこの話はやめておくわ。あの人はまわりの人の気持ちを暗くさせる毒みたいだから。せっかく会えたのにだいなしにしたくない」カーラは膝立ちになると、意気込んで訊いた。「バルコニーが見えるところにいるのなら、バイオリンを聴いてくれた？　素晴らしかったでしょう？」

ジョックは口元をゆがめた。「きみの演奏はいつも素晴らしいよ」

「そうじゃないの。このバイオリンのこと。カスコフがアマティをくれたの。それはもう――」言葉が出てこなかった。「これまでと音色が違っていたでしょう」

「楽器より弾いている人のことばかり考えていたからね。次はもっと注意して聴くよ」ジョックの顔から笑みが消えた。「きみのバイオリンは引き続き外で聴くことになりそうだな。今すぐ助け出すことはできないから。イヴに約束したんだ。イヴがナタリーと交渉して、きみを安全に救い出す方法を見つけるまで待つ。どうしても方法が見つからなかったら、行動に出るって」

カーラはがっかりした。

でも、待ったほうがいいと自分に言い聞かせた。ジョックを危ない目に遭わせたくないし、さっきのような怖い顔のジョックは見たくないから。「イヴは頭がいいから、きっといい方法を見つけてくれるわ」カーラはジョックの手を握った。「わたしのことは心配しないで。バイオリンがあるし、誰にも何もされない。カスコフとちょっと話をして、演奏したら、あとは放っておいてくれる。それに、あなたが近くにいてくれるとわかったから、これまでより安心。外にいてだいじょうぶ？　危なくない？」

「心配しないで。そばで見ているから」

「ねえ、また来てくれる？」カーラはそう言ってから、あわてて続けた。「馬鹿なことを言っちゃった。だめよね。もうここに来てはいけないわ」

「そうだね」ジョックは無念そうに言った。「今度来るときは、きみを救い出すときだ。ただひとりぼっちじゃないと知らせておきたかった。毎日きみが屋敷まで歩いていって、玄関を入る前に覚悟を決めるみたいに肩にぐっと力を入れるのを見た。だから、ひどい目に遭わされないか心配でたまらなかった」ジョックはカーラの頬に触れた。「二度とナタリーにこんなまねをさせたくない」そう言うと、口調を変えた。「救い出しに来たときのことも言っておきたかった。迅速に動く必要がある。だから、何も訊かないで、言われたとおりにしてほしい。いいね？」

カーラはうなずいた。「ええ、慣れているから。エレナといたとき何度も引っ越したと言ったでしょう。サラザールが近くにいるとわかったとたん、エレナは何も説明せずに逃げ出したわ」

「そうだったね。今夜はこれくらいにしておこう。必ず助けに来るからね」ジョックはさっと立ち上がると、カーラの手も取って立ち上がらせた。「もし何か怖いことがあったら、バルコニーに出て、バイオリンのケースをあの小さいテーブルにのせるんだよ。忘れないで」

「ええ、忘れない」カーラは一呼吸おいた。「そうすれば、助けに来てくれるの？」

「そんなことが起こらないほうがいいが、先は読めないからね」ジョックはシャワーを止めた。「七分待ってから、バイオリンを弾き始めてほしい。いつもパジャマに着替えるのにそれぐらいかかるだろう」ジョックは浴室のドアを開けた。「その間にぼくは門のそばの定位置に戻る」

「ずっとそこにいてだいじょうぶ？」

「慎重にやるよ」ジョックはカーラに笑いかけた。「ぼくは思いどおりに姿を消す訓練を受けた。ぼくのそういうところは嫌いだろうけど」

「あなたのことは何もかも好きよ」カーラはジョックに近づいて抱き締めると、体を離した。「それに、あなたが安全なら、それでいい。無事に門の外に出たって、どうすればわかる？」

ジョックは階段に向かった。「何も起こらなかったら、無事だということだ」階段をおりる前に振り向いて、カーラと目を合わせた。「今後はきみの安全はぼくが守ると前に言ったことがあったね。二度と振り返って安全を確かめたり怖い思いをさせたりしないと。あの約束は守れなかった」喉にからんだ声で続けた。「信じてほしい。また約束を破ったりしないから」

カーラが何も言わないうちにジョックは階段をおりていった。

カーラはその後ろ姿を見送った。つらかった。もっと話がしたかったし、ジョックの力になれたかもしれないのに。ジョックは悲しみに打ちひしがれていた。会った瞬間にわかった。

でも、そのことはあとで考えよう。

彼に言われたとおりにしなくては。時計を見た。七分待ってからと言っていた。あれから四分経っている。カーラは階段に近づいて、突然ジョックが現れたとき、驚いてそこに落としたバイオリンのケースを拾い上げた。ケースを開けてバイオリンを取り出す。バイオリンを弾き始めるまでに門のそばの定位置に戻っていると言っていた。

何も起こらなかったら、無事だという証拠だと。

カーラは目を閉じた。どうか、ジョックが無事に戻れますように。

五分経った。

あと二分。

バルコニーに近づいた。

あと一分。

バルコニーのドアを開けた。

七分経った。

無事だったのだ！

カーラはバイオリンを構えた。

聞こえる、ジョック？　あんなにすぐ行ってしまうなんて。でも、あなたはそばにいてくれる。

チャイコフスキーにしよう。ジョックはチャイコフスキーが好きだ。

彼のために弾こう。喜びと感謝を込めて。

カーラはバイオリンを弾き始めた。

6

ゲールカール湖

「マクダフはご機嫌斜めよ」ジェーンはイヴにささやくと、ケイレブとジョーとともに、その日三度目に霧の中に入っていくマクダフを見送った。「なんでも思いどおりにできるものだと信じている人だから、このいまいましい霧が許せないんでしょうね。ゆうべは遅くまで研究所に電話して、いろいろ相談していたようだけど」

「解決策は見つかったの？」

「飛行場で使う滑走路灯の試作品を送ってもらうことになったそうだけど。今使っている赤外線投射装置より四十パーセント以上性能がいいとか。でも、届くまでに二、三日かかるの」

「期待できないわね」イヴは言った。「うまくいくという保証はない。マクダフの機嫌が悪いのも無理ないわ。今のライトだって最初はうまくいくはずだったでしょう？」

ジェーンはうなずいた。「わたしもマクダフに同じことを言ったわ」ジェーンはイヴの表情を眺めた。「でも、あなたはあまり気にしていないようね。なんだか……とても穏やかな顔をしている」

「そんなわけないでしょう」イヴは首を振った。「宝探しはうまくいかないし、ナタリーには連絡がつかないし、気がかりなことばかりよ。持久戦の様相を呈してきた。でも、少なくともジョックがカーラを見守ってくれているし、今のところは業を煮やして勝手な行動をとる気配もないし」イヴは肩をすくめた。「穏やかな顔をしているのは、赤ちゃんと約束したからかもしれない」

「どういうこと？」

「取り越し苦労しないことにしたの。そのほうがうまくいくようだし、二人とも安定した状態でいられるから」

「なるほどね」ジェーンはほほ笑んだ。「どうやって約束したの？　言葉が通じるわけじゃないでしょう？」

「言葉は通じなくても、つながっているの」イヴは顔をしかめた。「わかってもらえないかもしれないわね。ジョーも理解できないようだった」

「ボニーがお腹にいたときもそうだったの？」

「あのときは生まれたらどうすればいいか、そのことばかり考えていて、今度のように絆を感じたことはなかった。理由はわからない。わたしも年をとったし、それなりに経験も積んだから、赤ちゃんが送ってくる合図に敏感になったのかもしれない」

「いずれにしても、穏やかで幸せなのはいいことよ」

「幸せじゃないわ。カーラを取り戻すまでは幸せにはなれない」イヴはため息をついた。

「それで思い出した。またナタリーに電話しなくちゃ。どうせ無視されるだろうけど。ナタリーのことを考えると、穏やかでいられなくなるの」イヴはテントを出た。「明るい面を見なくてはいけないと頭でわかっていても」

「相手がナタリー・カスティーノなら無理もないわ」

ジェーンの言うとおりだ。ナタリーの傲慢な態度と毒を含んだ話し方を思い浮かべただけで、イヴは怒りと嫌悪感が込み上げてくるのを感じた。

それでも、希望を捨てなければ、いつかは明るい未来がやってくるのだから。

イヴはお腹を見おろした。

あなたのおかげよ。苦難の道をいっしょに進むと決めた以上、あなたにもがんばってもらわなくては。困難を楽しむとまではいかなくても、自分の思った方向に進むことはできそうな気がする。

ナタリーと対決するためにせいぜい希望をつながなければ。

イヴはため息をついて携帯電話を取り出した。

だが、番号を押す前に電話が鳴り始めた。

ナタリー・カスティーノからだ。

どういう風の吹き回しかしら。

イヴは電話に出た。「わたしの電話を無視するのに飽きたの、ナタリー?」

「わたしは何事も自分のペースでやりたいの。その気にならないかぎり、何度かけてきても同じよ。それで、望みはなんなの、イヴ」

「カーラよ」

「あいにくね。長年離れ離れになっていて、ようやく取り戻した我が子をわたしが手放すと思う?」

「カーラに愛情を抱いていないくせに。サラザールと結託して、ジェニーとカーラを殺そうとしたのは知っているわ」

「どこからそんなことを思いついたのかしら?」ナタリーはからかうような声を出した。「仮にそうだとしても、証明できる? 娘たちがいなくなって、わたしがどんなに悲しんでいたか、世間はよく知っているわ。ジェニーはあんな悲しい形で失ったけれど、やっとカーラをこの手で抱くことができたのよ。父は孫娘に会えて有頂天。父からあの子を取り上げられると思う?」

「物は相談だけど、ナタリー」イヴは切り出した。「ゲールカールを離れる前、取り引きしてもいいと言っていたわね。シーラの財宝に興味があるって」

「想像力をかき立てられたのはたしかよ。でも、カーラを取り引きの材料に使うなんて父が許すとは思えないわ。まるで人身売買じゃないの」

「お父さんがその種の取り引きと無縁だと言うの？」イヴは皮肉な声で言った。「麻薬にも殺人にも売春にも。お父さんに聞かせたいわ」

「父が清廉潔白だとは言わないけれど、カーラを可愛がっているし、孫を奪おうとした人間は許さない」

「わたしが取り引きしたいのはカスコフじゃなくてあなたよ」

「娘を引き取りたいと言われても、あの子がわたしといるより幸せになれるという保証がないかぎり渡せない」

「保証？」

「カーラを大切に思っている証拠に例の財宝を渡して。愛情のしるしに」

「そう言うだろうと思っていた。それなら、取り引きに応じるわけね」

「考えてもいいわ。ただし、長くは待てない。父がこれ以上カーラに愛着を抱かないうちに引き離したいから」

「期間は？」

「今日、明日にでも。本当にシーラの財宝を発見したのなら、不可能ではないはずよ」

「財宝は手元にあるわ。取り引きの場所は？」

「本当にあると証明できたら、場所を指定する。この前取り引きを持ちかけてきたとき、あなたは具体的なことは言わなかった。わたしもあのときはほかにいろいろ考えなければいけないことがあったし」

「そうでしょうとも。同じ日に夫と愛人を殺したんだから」

ナタリーはイヴの皮肉を無視した。「とにかく、財宝が実在して、それを差し出せることを証明して。わかった？」

「どうすればいいの？」

「自分で考えたらどう？　どうしてもわたしから可愛い娘を奪いたいんでしょう？　わたしはあの子に幸せな家庭を与えられるという証拠がほしいだけ」

「今日、明日では無理かもしれない」

「つけ上がらないで」ナタリーの声が厳しくなった。「わたしとしては今すぐけりをつけたいくらいだから。最大譲歩して二日。こっちは現状に満足しているわけじゃないの。カーラがいなくなったら、いろんな意味でずいぶん変わると思うわ」ナタリーは急に穏やかな口調になった。「いっそ、あの子を寄宿学校にでも入れようかしら。ちゃんとした大人がついていないと、またどんな災難に巻き込まれるかわからないわ」

イヴは背筋がぞっとした。ナタリーはカーラに利用価値がないと判断したら、わたしの手の届かないところに送り込むつもりだろうか。冷酷で気の強いナタリーのことだから、平然と実行するかもしれない。「わかったわ。できるだけ早く証拠を見せる」

「そう言うと思ったわ。あなたは利口だから、やろうと思えばできるはずよ」ナタリーは電話を切った。

イヴは大きく息を吐いた。いつのまにか息をつめていたのだ。

あと二日。

濃霧に阻まれて右往左往しているだけなのに、二日以内にシーラの財宝を見つけられるだろうか。可能性は限りなくゼロに近い。

ナタリーはやけにいらだっていた。あの感じでは、とんでもないことをやりかねない。

ナタリーのペースに巻き込まれてはいけない。八年前に娘二人を誘拐させ、長女のジェニーを殺させたことは考えないようにしよう。

それよりも、ナタリーを納得させる方法を考えなくては。

そのためにはどんな証拠を見せればいいのだろう。

「証拠がほしいと言われた」イヴは言った。「財宝とカーラを交換するのは先延ばしできるかもしれないけれど、証拠を見せないかぎり、ナタリーは話に乗ってこないと思う」マクダフ、ジョー、ケイレブが北岸の探索から戻ってくるとすぐ、ジェーンも含めて全員にマクダフのテントに集まってもらって今後のことを相談した。「財宝が見つかる確率はどれくらいありそう、マクダフ?」

マクダフは首を振った。「最新機器を早く届けてくれるように研究所を急かしてみるが、届いたところで成功する保証はない。数週間は試行錯誤が続くだろう」

「数週間も待っていられない」イヴは声を震わせた。「期限は二日よ」そう言うと、ジョーに目を向けた。「できることなら、ジョックひとりでカーラを救い出させたくない。でも、ナタリーは……」イヴは首を振った。「妙にきりきりしていて。一触即発という感じだった」

「それなら、ぼくもモスクワに行く」ジョーが言った。「ジョックと二人なら、あの子を助け出せる」

「北岸を捜し続けるべきよ」ジェーンが穏やかな口調で言った。「何世紀も前にシーラたちはあの霧の中に入っていったわけでしょう。同じようにやってみたらどうかしら」

「ずっとそのつもりだったんだね」ケイレブがジェーンに言った。「この前ひとりで湖に行ったときも」

「考えてはいたの」ジェーンはケイレブと目を合わせた。「イヴの話を聞いて、試すなら今だと思った」

「だが、危険を冒してまでやる価値があるかな」ケイレブがそっけない口調で言った。

「あの岩場の先に何があるかわからないんだよ。地面が陥没していたり、川が渦を巻いていたり、流砂に足をとられるかもしれない」

「何もない可能性だってあるわ」ジェーンが言い返した。「大昔に洞穴に埋葬された子どもの亡骸《なきがら》があるだけかも」一呼吸おいた。「シーラの財宝といっしょに。今、何よりも手に入れたいものがそこに眠っているかもしれない」

「賛成できないな」ケイレブはにやりとした。「ほかにも方法があるのに、イチかバチかの賭けに出ることはないだろう。それは最後の手段にとっておこう」

「ほかにも方法があると言ったわね」イヴがケイレブに訊いた。「どんな方法？　わたしには何も思いつかないけれど」

「証拠を見せればいいわけだ」ケイレブが言った。「ナタリーが求めているのは財宝が手元にあるという証拠だが、必ずしも本物である必要はない」

「ナタリーはごまかされないわ」イヴが言った。「偽物を見せたりしたら、取り引きに応じるはずがない」

「だから、本物を見せるんだ」ケイレブはにやりとした。「財宝を手に入れた証拠として、本物のコインを見せればいい。誠意の証《あかし》として」

「そのコインはどこで手に入れるんだ？」ジョーが訊いた。

「さあ。マクダフなら知っているだろう」ケイレブはマクダフに目を向けた。「長年、シーラの財宝を探し続けてきたから、その時代のコインも研究してきたはずだ。推定年代や額面価格もわかるんじゃないか？」

「たしかなことは言えない」マクダフが答えた。

「だいたいでいいんだ」ケイレブが言った。「どうせナタリーだって知らないから。本物のコインを見せて納得させれば、それでいい」

「つまり、しかるべき年代にしかるべき国から発行されたコインを用意すればいいわけだ」マクダフが皮肉な声で言った。「それくらい簡単だと言いたいんだろう？」

「コレクターの知り合いが何人もいるんだろう？　条件に当てはまるコインを持っている人間に心当たりはないか？」

「貴重なコインを手放すコレクターはいない。もともと執着心の強い連中だから」

「それはおれに任せてくれ」ケイレブは言った。「目当てのものを手に入れるのは得意だ。どのコレクターのところに行けばいいか教えてくれさえしたら、あとはやる。ただし、時間はあまりない。イヴはコインを手に入れるまで生きた心地がしないだろうからね」

「そのとおりよ」イヴはそっけなく言った。「あなたがどうやってコインを手に入れるか考えると、それ以上に生きた心地がしないけれど」

「それでも、クインとジョックに危ない橋を渡らせるよりましだろう」ケイレブは肩をすくめた。「何がいちばん大事かは人それぞれだ」ちらりとジェーンに目を向けた。「おれとしてはジェーンをあの霧の中で迷わせたくない。未知の領域に足を踏み込ませたくない。

考えたらおかしな話だがね。おれ自身は未知の世界に触れると、わくわくするのに」

「現実的に考えてどうだろう?」ジョーがマクダフに訊いた。「ナタリーを納得させるようなコインを持っているコレクターはいるのか?」

「二、三心当たりはあるが」マクダフは眉をひそめた。「ケイレブが言ったように、長年その方面の研究を続けてきた。調べてみるよ。だが、候補が見つかったところで、譲ってもらえるとは思えない」そう言うと、苦りきった顔になった。「暴力に訴えたりしたら、致命的なことになる」

「いいから、早く候補を見つけてくれ」ケイレブはテントを出ようとした。「これはという人物が見つかったら知らせてほしい。湖のそばにいるから」そう言うと、ジェーンに目を向けて芝居がかった口調で言った。「いっしょに来て、手を握ってくれないか? 命がけの任務につく若者を励ましてほしい」

「遠慮しておくわ」

「気を悪くしているのか? 霧の中に入ってシーラの足跡をたどろうとしたのを止めたから」ケイレブはそう言うと、テントから出た。

「ケイレブの計画も悪くない気がする」ジョーがジェーンに声をかけた。「うまくいったら、カーラを危険にさらさずにすむ」

「でも、ケイレブを危険にさらすことになるわ」ジェーンは言った。「自分から苦境に飛び込んでいく人だから、本人は気にしないだろうけど」

「ぼくも行ってもいいが」

「ケイレブは断るでしょうね」ジェーンは言った。「危険に立ち向かうのを生きがいにしているから」

「焚き火のところでコーヒーでも飲みましょう」イヴはジェーンを促した。「マクダフに調査は任せることにして。ケイレブが望んでいる候補者が見つかるかもしれない」そう言うと出口に向かった。「マクダフが選ぶ候補者は、白髪の小柄な大学教授じゃないかしら。メタルフレームの眼鏡をかけていて、心の広い人のような気がする」


二時間後、ジェーンはケイレブのいる湖畔に向かった。ケイレブは松の木の下に寝そべって遠くの山並みを眺めていた。こんな状況でも、のんびりくつろいでいられるところが、いかにもケイレブらしい。

ジェーンは横たわったケイレブのお腹の上にメモ用紙を投げた。「コレクターが見つかったわ。白髪の小柄な大学教授でも、心の広い人でもなさそうよ」

「なんの話かな?」ケイレブはきょとんとして起き上がった。「命がけの任務につく若者を励ましに来てくれたんじゃなかったのか?」

「マクダフが調査を終えたから、あなたがどれほど無謀なことをしようとしているか知らせに来たの」

「きみが関心を向けてくれるのはいつだって歓迎だよ、動機はともかくとして」ケイレブはメモに目を向けた。「デレク・ヘルムベルク。ドイツのミュンヘン在住。よかった。アフリカの奥地に行くはめになるんじゃないかと心配していた」

「よかった？　この人、骨董品《こっとうひん》だけじゃなくて銃の密輸業者なのよ。人身売買やコンピューターのハッキングにも手を出している。そのメモによると、金儲《かねもう》け以外の唯一の関心はコインのコレクションで、ミュンヘンの豪邸にそのための部屋があるそうよ」

「おれたちが手に入れたいコインを持っているわけだな」

「ええ、マクダフの話では、市場に出回らないコインを博物館からなんらかの手段で入手したらしいって」ジェーンは一呼吸おいた。「問題はコレクションが厳重に管理されていて、盗み出すのは即、死を意味すること。あなたはますます意欲をそそられるでしょうけど」

「まだ怒っているんだね。おれが殺されたら、悲しんでくれるかな？」

「わたしが怒っているのは、あなたが無謀なことをするからよ。ジョーがいっしょに行ったとしても、成功する見込みはないわ」

「クインといっしょに行くつもりはない」ケイレブは手を上げて、何か言いかけたジェーンを制した。「ひとりでやれる。ヘルムベルクとおれの勝負だから、ほかのやつは邪魔なだけだ。クインがいてくれたら助かることもあるだろうが、二人のほうがリスクは高い。それに、イヴにはクインが必要だ」ケイレブは笑みを浮かべた。「きみもそれは認めてくれるだろう。イヴには子どもの父親が必要だからね。ひょっとしたら、この先クインを巻き込むことになるかもしれないが。今回はひとりでやる」

ジェーンには返す言葉がなかった。

「でも、ジョーはいっしょに行く気でいるわ」

「それなら、気づかれないうちに発つ。おれが頑固で、いくら勧めても連れはいらないと突っぱねたとクインに言ってほしい。その種の説得は得意だろう？」

「まあね。言ってみるわ」

ケイレブは起き上がった。「おれがいない間、どんなに勇敢で、自分を犠牲にすることをいとわなかったか思い出してほしい。いいことばかり考えるんだよ。悪いことは忘れて」

「調子のいいことを言わないで。こんなことで、あなたを見直すとでも思ってるの？」

ケイレブは笑い出した。「どっちが正しいか、そのうちわかるさ。じゃあね」

「待って」

ジェーンはこのままケイレブを行かせたくなかった。

ケイレブが振り向いた。

「手を握ってあげてもいいわ」

ケイレブは満面の笑みを浮かべて戻ってくると、ジェーンの両手をしっかりと握った。

「ありがとう。これを心の糧にして、せいぜい勇ましく戦ってみせるよ」

「調子がいいこと」ジェーンはケイレブを見上げた。「どうやってヘルムベルクから金貨を奪うつもり？」

「いつもどおり、不意を襲って、脅しをかける。筋金入りのコレクターなら、へたに抵抗するより、生きながらえて収集を続けるほうを選ぶかもしれない」

「ひょっとして……血流を操作するつもり？」

「おれの最大の武器だからね。いざとなったら、使わない手はない」ケイレブはジェーンの手首を取って唇に当てた。「本当はこっちのほうに使いたいところだが」

急に体が熱くなった。腕がむずむずする。鼓動が速くなって、心臓がせり上がってきた。乳房が張ってきて、息遣いが荒くなる。ケイレブに近づいて彼に触れて、もっと彼を感じたい……。

その誘惑に打ち勝って、腕を振りほどくと、一歩しりぞいた。まだ呼吸が荒い。「こんなやり方ずるいわ」

「そんなことはない。ちゃんとタイミングを見計らって快感を引き出しただけで、それ以上の誘惑には打ち勝った。むしろ褒めてほしいくらいだ」ケイレブは坂をのぼって道路に向かった。「それに、きみが充分快感を味わえないとしたら、それはいろいろ考えすぎるからだよ。じゃあ、また会おう、ジェーン」

本当にまた会えるのだろうか？

無意識のうちに涙が盛り上がってきた。ジェーンは両手をこぶしに握って、坂をのぼっていくケイレブの後ろ姿を見送った。

坂をのぼりきったところでケイレブが振り向いた。からかうような表情を浮かべて、軽く会釈すると投げキスを送ってきた。

きざな人。

ジェーンの心の中を読んだかのようにケイレブが声をあげて笑った。

そして、くるりと向きを変えて、道路にとめてある車に向かった。

モスクワ

イワン・サバクはその気になっているはずだ。ナタリーは番小屋に向かいながら思った。ここ数日、その準備を進めてきた。でも、油断はできない。イワンは父のカスコフを恐れているから、まず恐怖心を克服させなければ。成功の鍵は、イワンを手なずけて言いなりにさせることだから。

でも、ほしいものは必ず手に入れてみせる。ずっとそうしてきた。ナタリーは庭の門に近づいてくるイワンをひそかに観察した。飢えたような表情をしている。全身の筋肉がかすかにこわばっているようだ。その気になったのだ。

ナタリーはほほ笑みかけた。「やっと会えたわ、イワン。今夜は待ちきれなかった」

イワンは眉をひそめた。「ゆうべは来なかったじゃありませんか」

「なかなか大変なのよ、父がうるさくて……わかるでしょう？　それに、あなたを面倒に巻き込みたくないから」

「カスコフの扱い方は知っています」

「それはそうでしょうけど。あなたにそこまでさせたくないの」ナタリーはイワンに近寄った。「あなたが頭の切れる強い人なのはよく知っている。だからこそ、父は孫娘をあなたに託したのよ。わたしが父に推薦したのは知っていた？　あなたの右に出る人はいないと言ったの」ナタリーはため息をついた。「カーラのような娘を持つと苦労するわ。父はすっかりあの子に夢中。わたしは居場所がなくて。追い出されるのは時間の問題だと思う」そう言うと、体温を感じさせるくらい近づいた。香水の甘い香りがイワンの鼻をくすぐる。「そうなったとき、支えてくれる人がそばにいたら心強いわ。あなたに頼んでいいかしら、イワン？」

イワンはぎくりとした。

まだそこまで心の準備ができていないのだろう。でも、もう一押しすれば。有利な条件がついてくるとわかったら、喜んで話に乗ってくるにちがいない。

「お金がないわけじゃない。でも、もっとほしい。もっとたくさん。それに、守ってくれる人も」ナタリーはイワンの手を取って自分の胸に当てた。「ずっとそばにいてほしい。わたしには強い男の人が必要なの。あなたはわたしの理想だわ」ナタリーは体を押しつけた。「どんなに必要か見せてあげる」

イワンは荒々しく乳房をつかんだ。「からかっているんですか?」

「中に入りましょう。居間のソファで、わたしが本気だと証明してあげる」

イワンはナタリーの手を取って、居間に通じるフレンチドアに向かったが、急に足を止めた。「あの子がいる。聞かれたら……」

ちょうどいい機会だ。それとなく知らせておこう。「聞かれたってかまわない」ナタリーはゆっくりと体を押し当てた。「あの子はどうだっていい。大切なのはあなたよ。あの子は邪魔なだけで……」

ドイツ　ミュンヘン
屋敷に通じる私道にひとり。
敷地と中庭を巡回している警備員がひとり。
もうひとり警備員が巨大なガレージの前にいる。クラシックカーのコレクションを保管してあるのだろう。ヘルムベルクはコインだけでなくいろいろなものを収集しているらしい。敷地を巡回していた見張りを始末してから、ケイレブは中庭を横切って、屋敷に向かった。書斎らしい部屋に煌々《こうこう》と明かりがついている。

ドアに鍵はかかっていなかった。これだけ厳重に警備していれば、ドアに鍵をかける必要はないということか。ヘルムベルクは暖炉の前にある革張りの肘掛椅子に腰かけて、ブランデーのグラスを手にしていた。白髪交じりの髪をきちんと整え、先をとがらせた顎髭《あごひげ》も手入れがゆきとどいている。ブランド物のスモーキングジャケットをはおってくつろいでいる様子は、自分の王国に君臨する国王のようだ。

王国に侵入者が現れたことには気づいていない。

ケイレブは音を立てずにドアを開けたが、風が吹き込んだのだろう。ヘルムベルクがドアのほうを見た。

ケイレブは目にもとまらぬ速さで部屋を横切った。

「誰だ、おまえは――」ヘルムベルクが最後まで言い終わらないうちにケイレブは肘掛椅子のそばに立った。

両手をヘルムベルクの首に回した。「楽に終わらせることも、いっそ殺してくれと頼ませることもできる。どっちがいい?」

「殺してやる――」ケイレブに喉を締め上げられて、ヘルムベルクはあえいだ。「ただですむと思うなよ」

「今にわかるさ」ケイレブはヘルムベルクと目を合わせた。「言うとおりにするんだ。さもないと、朝まで生きていられない。今すぐけりをつけたいところだが、このささやかな会合が思わぬところに波及するとまずいんでね」

「警備員を呼ぶぞ。逃げられっこない」

「それなら、早く本題に入ったほうがよさそうだな。ほかでもない、コインのコレクションだ。金庫から出してもらおう」

ヘルムベルクがぎくりとした。「断る」

「左のこめかみに痛みを感じる。耐えがたい痛みではない。逆らったらどうなるか教えるためだから」

ヘルムベルクが悲鳴をあげた。

「もう一度やってみようか?」

「な、なんなんだ、これは?」ヘルムベルクがあえぎながら訊いた。「おまえはＣＩＡの尋問官か?」

「いや、ただの強盗だ。だが、目当てのものは手に入れる。コインを出せ」

ヘルムベルクは唇を舐《な》めた。「コレクションはここには置いていない。貸金庫に預けてある」

「その答えではだめだな」

ヘルムベルクがまた悲鳴をあげた。顔が苦痛にゆがんでいる。

「大切なコレクションを見ることも触れることもできないところに保管しておくわけがない。見たり触れたりできてこそのコレクションだ。たぶん、あのレンブラントの絵の裏に金庫があるだろう。そこから出してもらおうか」

「わかったから、放せ」

ケイレブはヘルムベルクの首から手を放して、一歩しりぞいた。

ヘルムベルクは立ち上がって、デスクの奥の壁に近づいた。だが、デスクの前で立ち止まると、隅にある、彫刻を施した象牙の小箱に手を伸ばした。そして、叩きつけるようにデスクに置くと、ドイツ製の自動拳銃ルガーが床に転がった。ヘルムベルクがかがんで拾い上げる。

「やっと面白くなってきた」ケイレブが言った。「あっさりいきすぎて退屈してきたところだった」

「座れ」ヘルムベルクは膝をつくと、ケイレブに銃を向けた。「話をしよう」

「時間がないんだ。だが、なかなかやるじゃないか」ケイレブは残念そうに首を振った。

「あいにくだが、武器を捨ててもらうしかない。どうしてもコインが必要なんでね」

「馬鹿なことを言うな。おまえを殺してやる。だが、その前におまえが何者で、誰に送り込まれたか知りたい。わからないまま――」ヘルムベルクがのけぞって、うめき声をあげた。「いったい――」銃を握っている手を見おろした。ふだんの倍に膨れ上がって、爪の付け根から血が噴き出している。

「銃を捨てたほうがいい。このままだと手が破裂するぞ。あと二分くらいだろう」

ヘルムベルクは銃を投げ捨てた。

「それでいい。じゃあ、金庫を開けて、目当てのものを出してもらおう」

「手が使えない」

「なんとか使える。いつものようにはいかないが。だが、金庫を開けるまで、手は腫れ続けるから、そのつもりでいろ」

ヘルムベルクはよろよろ進んで、レンブラントの絵の前に立った。絵をはずすと、金庫が現れた。金庫を眺めながら言った。「金ならいくらでも出す。コインだけは見逃してほしい」

「開けろ。あと一分ももたないぞ。右手が使えなくなったら不自由だろう」

ヘルムベルクはあわててコンビネーションロックを解除して金庫を開けた。

「ケースをデスクの上に置け。中身を調べる」

ヘルムベルクはベルベットの箱を二つ、デスクに置いた。「目当てのものが何かわかっているのか？」

「おれがその道のプロかという意味か？」ケイレブは首を振った。「そうじゃないが、資料を持っている。あんたのコレクションの中にとても貴重なコインが何枚かある。全部そろっているか確かめたいだけだ」ひとつ目の箱をざっと調べてから、もうひとつの箱を開けた。そして、低い口笛を吹いた。「これはすごい。おれのリストには載っていなかったが、お宝中のお宝だな」

「それだけはやめてくれ」ヘルムベルクは懇願した。「それ以外のものならなんでもやるから」

ケイレブは首を振った。「コインの収集はやめたほうがよさそうだな。クラシックカーのコレクションだけでも充分だろう」

「このままではすまさない。逃げられると思ったら大間違いだぞ。おまえは何者なんだ？」

「このままですますしかない。今夜のことは誰にも言うんじゃないぞ。世間には、コレクションはこれまでどおり無事で通せ」ケイレブはヘルムベルクに詰め寄って、目をのぞき込んだ。「内臓が破裂したときの苦しさを知っているか？　最初に肺を狙って、次は心臓だ。ものすごい圧力がかかる。耐えられないくらいの圧力が。血流が回らないとどうしようもないからな。ちょっと下見してみるか？　ほら、圧を感じるだろう？」

ヘルムベルクは胸をかきむしった。顔が真っ赤になって、息も絶え絶えだ。「やめてくれ――」あえぎながら言った。「苦しい」

「おれが本気になったら、こんなもんじゃないぞ。よく覚えておけ」

「やめろ」ヘルムベルクの頬に涙が流れた。「頼むから……」

「軽減してやるが、おれがここを出てから一時間は痛みが続く。床をのたうち回って、助けを呼ぶこともできない。へたに動いたら、痛みが強くなって、心臓にも影響するかもしれない」

　ヘルムベルクは目を剥《む》いた。「わ、わかった」

　ケイレブはヘルムベルクのそばに膝をついて、携帯電話を奪うと、部屋の隅に投げた。

「おれが来たことは誰にも言うんじゃないぞ。一言でも漏らしたら、また来るからな。そして、じわじわと死ぬのがどんなにつらいか味わわせてやろう。苦痛を引き延ばすんだ。おまえを殺してもいいが、有名なコレクターをめぐって妙な噂が立っては困る」

「妙な噂……なんのことかわからない」

「わからなくていい。おれの言うとおりにしていればいいんだ」

　ヘルムベルクが悲鳴をあげて胸を押さえた。

「しまった」ケイレブは立ち上がった。「うっかり感情に流されてしまった。だが、これでわかっただろう？」

「何者だ……おまえは？」

「名前なんかどうだっていい」ケイレブは肩をすくめた。「だが、少なくともこの時点では、おれは気のいい男だ」

「まさか」ヘルムベルクはまだ胸に手を当てていた。「おまえは怪物だ」

「そう言われたことはある」ケイレブは二つの箱を持ってドアに向かった。「だが、あんただって人のことは言えないだろう」

外に出ると、ケイレブは冷たい夜気を吸い込んだ。気持ちのいい夜だ。思ったほどすっきりした気分になれなかった。ヘルムベルクは虫の好かない野郎だ。ひょっとしたら、またここに来ることになるかもしれない。

いや、ヘルムベルクのことは忘れよう。気のいい男を演じるのは少々退屈だが、ジェーンは喜んでくれるだろう。それが何よりだ。ケイレブはきれいに刈り込んだ芝生を足早に横切って門に向かった。少し先にレンタカーがとめてある。三時間以内にゲールカールに帰れるだろう。

「手に入れたの？」イヴはケイレブがマクダフのデスクに置いた二つの箱を見おろした。「大変だった？」

「いや、拍子抜けするほど協力的だった」ケイレブは言った。「頼んだことは全部やってくれた」

「まだ生きているのか？」ジョーがそっけない口調で訊いた。

「もちろん。有名なコレクターが殺されたなんて噂が広がったら厄介だからね。コイン収集はもういいと言っていた。ほかの趣味に目を向けるそうだ」

「報復される心配はないの？」ジェーンが訊いた。

「それはないだろう。といっても、以前そう思い込んでいて、不意を衝かれたことがあるが」ケイレブはコインを調べているマクダフに目を向けた。「ヘルムベルクのところを出る前に一応調べてみたが、教えてもらったコインは全部あった。それに、もうひとつ、そっちの箱にお土産がある。これだけは勘弁してくれと泣きつかれたよ」

マクダフは箱を開けた。「これはすごい」そう言うと、コインを慎重に点検した。「まさかとは思うが、これはドラクマじゃないか」

「ドラクマって？」イヴが訊いた。

「紀元前五世紀ごろにシチリア島で鋳造された銀貨だ。これまでに十二枚見つかっているだけで、すべて博物館か個人が所蔵している。最近、一枚がオークションにかけられて高値で落札された。だが、これはそれ以上の値打ちがありそうだな。こっちのほうが二年早い」

「オークションではいくらで落札されたの？」イヴが訊いた。

「二百万ポンドだ」

ジョーが感心したように低い口笛を吹いた。「ヘルムベルクが泣きついたのも無理はないな」

「実は、説得以外の手段も使った」ケイレブが小声で言った。

「そんなことだろうと思ったわ」ジェーンはデスクに近づいて、戦車と四頭の馬が描かれたコインを眺めた。「きれいね。芸術の域に達している。それほど古いものには見えないけれど」

「ヘルムベルクが収集していたなら、古いものにちがいない」ジョーはマクダフに目を向けた。「本物のように見えるが」

「間違いなく本物だ」マクダフが言った。「紀元七十九年にヘルクラネウムで火山が噴火するより前に鋳造されたものばかりだ。だから、年代は合っている。当時存在していたあちこちの国でつくられて、最終的にシーラの手元に集められたのだろう」

ジェーンは箱に入っていたドラクマコインを手に取った。「これと同じコインがシーラの財宝の箱にもあるのかしら」

「どう思う？」ケイレブが訊いた。

「可能性は高そうね。シーラはお金にかけては抜け目がなかったから」ジェーンはコインを箱に戻した。「いずれわかるでしょうよ」

「とにかく、これでナタリーに証拠が見せられる」イヴは興奮を抑えきれなかった。正直なところ、ケイレブが本当にコインを手に入れられるとは期待していなかったのだ。「どのコインを送ればいいかしら？　三、四枚選ばなければいけないわね」

「できるだけ少ないほうがいい」ジョーが言った。「あの女には何もやりたくない」

「四枚にする」イヴはドラクマコインを取った。「これはどうしても見せないと」

「まさか」ジェーンが言った。「本気で言っているの？」

「本気よ」イヴは答えた。「年代からして、まだ誰もこの一枚のことは知らないはずよ。そこが重要。ナタリーの度肝を抜いて、まだこんなコインがたくさんあると思い込ませるの。お宝扱いしないで、ほかの三枚のコインといっしょに革袋に入れる。そして、ナタリーに直接届ける。値打ちもわからないまま送ってきたと思わせるのが狙いよ。そうすれば、きっと財宝を独り占めしようとするわ」

「言いたいことはわかるけれど」ジェーンはまだ納得がいかないようだ。「わたしもあの女にこんな貴重なものをやりたくない」

「いつでも取り戻せるよ」ケイレブが言った。「言ってくれたら、いつでも奪い返す。実は、おれもこのコインに愛着がわいてきてね」

「その話はあとにして」イヴが言った。「今はナタリーに差し出して、交換条件を決めなければ」そう言うと、デスクの前のスツールに腰かけた。「あと三枚、コインを選ぶわ」

7

「決まった」イヴはスツールに座り直して、一時間かけて選んだ三枚のコインを見おろした。二枚はマケドニアで鋳造された金貨。残る一枚は、古代ローマで鋳造されたデナリウス銀貨だった。「うまく選んだと思わない？　古代ローマ帝国はあちこちに進出して、征服した土地から戦利品として財宝を持ち帰った。だから、さまざまなコインがシーラの手元に集まったとしても不思議はないわ」コインを革袋に入れると、立ち上がって腰を伸ばした。「これからナタリーに電話して、届ける方法を決める」

「一時間だけ待ってくれないか」ジョーがイヴの手を取った。「外の空気を吸いに行こう。ナタリーと交渉する前に、コーヒーでも飲んで気持ちを落ち着けたほうがいい」

イヴは逆らう気になれなかった。ケイレブがミュンヘンからコインを持って戻ってくるまで気の休まるときがなかったし、ナタリーに渡すコイン選びにも神経を使った。一息つくのも悪くない。イヴはコインを入れた革袋を取ると、ジョーのあとからテントを出た。

五分後には、焚き火の前に座って炎を眺めていた。「こんなにコーヒーばかり飲んで、赤ちゃんに悪くないかしら？　ネットで調べてみたほうがよさそう」

「でも今のきみには、少しはカフェインが必要だ」ジョーはにやりとした。「それに、赤ちゃんがなんでも教えてくれるんだろう？」

「からかわないで。なんでも教えてくれるわけじゃないし、わたしが赤ちゃんのために気をつけなければいけないことだから」

「それなら、ぼくがグーグルで調べて、あとできみたち二人に教えるよ」ジョーは焚き火をはさんで座っているイヴを見つめた。「本当なら、今頃は家で静かに過ごして、定期健診を受けたり、産前クラスに出たりしているはずなのに」

「シーラの時代には、出産直前まで馬を乗り回していたのよ」イヴは笑みを浮かべた。「コーヒーの飲みすぎくらいしか心配することがないなんて、ありがたい話だわ」

ジョーは焚き火の周囲を回ってイヴの隣に腰かけた。「睡眠時間も足りていないだろう」

そう言うと、イヴを引き寄せた。「それもよくないよ」

「カーラのためだもの」イヴはジョーに寄りかかった。「それに、少し先が見えてきた。このコインが道を開いてくれるわ。少なくとも、交渉の余地ができた」

「そうだね」ジョーはイヴのこめかみに軽くキスした。「ぼくもケイレブといっしょに行けばよかったよ」

「ケイレブひとりでちゃんとやれたじゃないの。あなたがいっしょに行かなくてよかった。

あなたの心配までするのはいやよ」イヴはジョーを見つめた。「でも、取り残されたような気がするんでしょう？　ジョックもケイレブも自分の能力を発揮しているのに、あなたはここでわたしと待っているだけで」

「そんなことはないよ」

「本当？　ケイレブがいない間ずっとそわそわしていたわ」イヴは顔をしかめた。「でも、それはわたしも同じ。カーラを助ける方法を思いつかなくて、ずっと罪悪感にとらわれていた」イヴはコーヒーカップを地面に置いた。「でも、これでやっとナタリーに証拠を見せられる」

「ぼくが代わりに電話してもいいが」

「それはだめ。これはナタリーとわたしの約束だから」イヴは携帯電話を取り出した。「でも、電話したあと、そばにいてくれたらうれしい。ナタリーと話したあとは、いつもすごく気が滅入《めい》るの」

「お安いご用だ。いつもそばにいるよ」

ジョーの笑顔を見ると、心がほっこりした。いつもそばにいるよ。なんと心強い言葉だろう。

ナタリーはすぐ電話に出た。「何をぐずぐずしていたの？」いらだった口調で言った。

「財宝が手元にあるという証拠を見せると言ったけど、証拠なんかないんじゃないの？

それなら、こっちにも考えがあるわ」

「期限は二日と言ったのはあなたよ」イヴは言い返した。「それに、わたしの一存でシーラの財宝を他人に見せられるわけじゃない。マクダフの了承を得るのに時間がかかったの」

「時間がかかっても、承知させたわけね」ナタリーの口調が変わった。「あなたはなかなか魅力的だから。マクダフと寝たの？　男は寝ておけば手なずけられる。お金も物を言うけど、男の心をつかむにはセックスがいちばんよ」

「あなたといっしょにしないで」イヴは怒りを抑えた。「マクダフが承知してくれたのは善意からよ。カーラを取り戻すため、わたしがあなたと交渉できるように」

「わたしと交渉するつもり？　わたしはほしいものは手に入れるわ」ナタリーは一拍おいた。「それで、その証拠とやらはどこにあるの？」

「わたしの手の中」イヴは革袋を見おろした。「どこに送ればいいかしら？」

短い沈黙があった。「本当に手元にあるのね？」

「あると言ったでしょう。自分の目で確かめたらいい。小さな包みよ。送り先を教えて」

ナタリーは少し考えていた。「直接送らないで、モスクワの郵便局の私書箱に送って。明日着くように。私書箱の名義はイワン・サバク」郵便局の住所を告げた。「聞き取れた？」

「ええ」イヴは答えた。「その人の私書箱に送らせるくらいだから、サバクという人を信用しているわけね」

「わたしは誰も信用しない。でも、彼を意のままに動かせる。あなたがマクダフや周囲の人を動かしているのと同じ」ナタリーはまた一呼吸おいた。「その包みには何が入っているの?」

「それは見てのお楽しみ」

「教えてくれたっていいでしょう」

「取り引きする気になったら知らせて」イヴは電話を切った。

「誰だ、イワン・サバクって?」ジョーが訊いた。

「わからない」イヴはナタリーが告げた住所を書き留めた。「たぶん、危ない仕事をさせるために抱き込んだのよ。ナタリーは目下、当てにできる男がいないから。交尾のあとでオスを食べる毒グモみたいな女よ。サラザールとフランコを殺し、メキシコにいる夫も殺させた。そのあとで欠員を補充したんでしょうね」そう言うと、身震いした。「彼もきっと殺しのプロよ」肩を怒らせて、いやなことは考えないようにした。「ナタリーがその男をどう使うか知らないけれど、こちらとしては、できるだけ早くコインをナタリーに届けて、交換条件を決めればいい。グラスゴーに出て宅配便を手配するわ」イヴは立ち上がった。「そのあとでジョックに電話してサバクのことを訊いてみる」

「イワン・サバク?」ジョックは言った。「ああ、カスコフの手下の中でいちばんの切れ者だよ。殺害した相手は数知れず。今はカーラのボディガードをしている」一呼吸おいて続けた。「二、三日前からは、ナタリーのセックスの相手も」

「カーラのボディガード?」イヴが言った。「いやな予感がするわ」

「たしかに、サバクは誰よりもカーラに近づけるわけだから」ジョックは苦い口調になった。「しかも、最近はカスコフではなくナタリーの指示に従っているようだ」

「それなら、取り引きが成立した場合、サバクはカーラをカスコフ邸から連れ出せるわけね」

「ナタリーがカーラを手放すと思っているのか?」

「可能性はなくはない。ナタリーがそうする価値があると判断すれば」イヴは疲れた声で続けた。「証拠のコインを見せるのはそのためよ。ナタリーとしても、いつまでもカーラをそばに置いておくのは危険だから、自分にもカスコフにも累が及ばない形でカーラが姿を消してくれるのがいちばんいい。わたしたちにカーラを奪うチャンスを与えて、自分は財宝を手に入れようとするでしょうね」

「ということは、ぼくがカーラを救い出すチャンスがあるわけだ」

「もちろんんよ。ナタリーとの間で取り引きが成立したら、どうやってカーラをモスクワから脱出させるかという最大の問題も解決できる」

短い間があった。「なるほど」ジョックがぶっきらぼうな口調で言った。「そのコインが奇跡を起こしてくれるのを祈るよ。明日、郵便局を見張っておく。荷物を受け取った二人がどんな反応を見せるか見届けたい」

「きっとうまくいくわ、ジョック」イヴは言った。「そうなれば、カーラを危険にさらさずに助け出せる」

「それは前にも聞いた。まあたしかに、うまくいけば、そうなる。じゃあ、また」ジョックは電話を切った。

ぼくがしびれを切らして、ひとりでカーラを救い出そうとするのではないかとイヴは心配している。ジョックは闇を眺めながら思った。それも無理はない。毎日こうしてカーラのそばにいるのに、何もできないのは本当につらい。番小屋に押し入りたくなるのをこらえるのが精いっぱいだ。毎晩、警備員の動きを探りながら、どの順番でやつらを倒すか考えている。いずれ実行に移せたら、あんな連中は簡単に……。

音楽が流れてきた。

カーラがバルコニーでバイオリンを弾いている。

またチャイコフスキーだ。カーラに会いに行ったあの夜以来、毎晩、最初にあのコンチェルトを弾く。わたしはだいじょうぶ、心配しないでと伝えようとしているのだろう。

だが、現実は心配なことばかりだ。

ナタリーはカーラを閉じ込めている家で、カーラのボディガードと密会を続けている。いずれ娘を亡き者にする気なのだろう。

激しい怒りが込み上げてきた。いつまで我慢できるか、自信がなかった。現状を打破したい。連中を殺してやりたい。

それでも、イヴに待つと約束した以上、今すぐ行動することはできなかった。カーラを危険な目に遭わせてはならない。その思いだけがジョックを制していた。

モスクワ　ペトロワ通り

「イヴ・ダンカンの言ったことは本当でした」イワン・サバクは車に戻ってくると、私書箱から回収した箱をナタリーに渡しながら言った。「やけに小さいですね。中身がわれわれにとって大きな意味のあるものだといいが」

サバクが〝われわれ〟と言ったのはいい兆候だ。わたしの計画に本気で関わる気になったのだろう。ナタリーはひそかに満足した。「イヴはわたしが結果に満足すると思わなかったら、わざわざこんなことはしないわ」乱暴に箱を開けながら続けた。「だから、きっと――」革袋を見て、はっとした。「イヴが何を送ってくるか、いろいろ考えてみたけれど、これはわたしが思い描いていたリストの最上位に近そう」袋を開けて、コインをそっと手のひらにのせた。

「コインが四枚だけじゃないですか」サバクが言った。「しかも、それほど価値のあるように見えません。古いことは古そうだが」

「たしかに、古いコインよ」ナタリーはじれったそうに言った。「でも、本当に古代のコインか確かめる必要があるわ」

「確かめるって、どうやって？」

「コインの見本を送ってくると思ったから、フョードル・ドストキー教授と今日の午後、面会のアポをとったの。古代史の教授で、コイン研究の第一人者よ。この人ならわたしの知りたいことを教えてくれるわ」ナタリーは携帯電話に手を伸ばした。「確認の電話を入れるから、車を大学に回して」

「コインのことは誰にも知られたくなかったんじゃないんですか？」

「教授から報告を受けてしまえば、知っている人は誰もいなくなるわ」ナタリーは革袋をバッグにしまった。「その場で調査してもらって、知りたいことは全部教えてもらう。大学の授業が終わったあとで面会することにしたのは、そのあと教授がまっすぐ家に帰るからよ」ナタリーはイワンを見た。「あなたといっしょのところを見られたら大変だから、帰りはタクシーで帰るわ。大学から少し離れたところにあるタクシー乗り場まで歩くことにする」

サバクはいぶかしそうにナタリーを眺めた。「わたしに何をさせたいんですか?」

ナタリーは晴れやかな笑顔を向けた。「あなたがいちばん得意なことよ、イワン。事故に見せかけるの。わたしたちに疑いがかかるようなことがないように」そう言うと、サバクの内腿に手を伸ばして、思わせぶりにゆっくりとさすった。「どう? わたしのためにやってくれるわね?」

サバクはうなずいた。「わかりました。カスコフは大学教授の殺害には反対するでしょうね。地元警察がうるさいことを言ってくるのがわかっているから。世間の目を引くようなことをするなというのがカスコフの口癖だ」

「父の教えを守って行動することね」ナタリーはシートに寄りかかった。「今夜のデートが待ちきれないわ」イワンにほほ笑みかけた。「調査結果がよかったら、お祝いしましょう。祝い方を知りたい?」

「いや」イワンは車を出した。「会ってから、たっぷり教えてくれればいい」

「貴重なお時間をいただいて恐縮ですわ、ドストキー教授」ナタリーは研究室のドアを開けると、教授と握手を交わした。「兄もさぞ喜ぶことでしょう。エストニアの農園でたまたま見つけて、本物かどうか半信半疑でしたから」そう言うと、教授に渡された報告書をバッグにしまった。「一生に一度の大発見だったのですね」

「少なくともドラクマコインに関しては、そう言っていいでしょう」ドストキーは眉をひそめた。「そのコインを持ち歩くのは危険ですよ。なんなら、警備の手配をするまで、研究室の金庫にお預かりしましょうか」

「お心遣いありがとうございます。でも、わたしがこれを持っていると知っているのは教授だけですわ」ナタリーは首を振った。「こんな貴重なものだったなんて、まだ信じられません。教授のような専門家以外に真価のわかる人はいないでしょう。本当にお世話になりました。それでは」

「お役に立てて何よりです」

ナタリーははやる心を抑えながら、歩調を速めて大学の外に出た。

二百万ポンド。それ以上かもしれない。オークションに出品したら、どこまで値が上がるか予想がつかないと教授は言っていた。

こんな小さなコイン一枚にそんな価値があるなんて、嘘のような話だ。ほかのコインも貴重なものだったが、なんといっても価値があるのはドラクマコインだ。

イヴはドラクマコインの値打ちを知っているのだろうか？　シーラの財宝の箱には同じようなコインがどれだけあるのだろう？

この小さな革袋に秘められた可能性を考えると、ナタリーは胸がいっぱいになった。舞い上がってはだめ。冷静になって、財宝の箱を自分のものにすることについて考えなければ。財宝の箱を手に入れたら、ほしいものがすべて手に入る。お金、権力、そして、何よりも自由。ほしいもののために男の機嫌をとったり、涙やセックスを武器にしたりせずにすむのだ。これまでの人生では、常に男がそばにいて行動やふるまいを指図された。そんな人生はもうたくさん。これからはわたしがボスになる。財宝の箱があれば、それができるのだ。もう二度と誰の妻にも愛人にも娘にもならなくてすむ。

気をつけなければならないのは、父に知られないようにすること。わたしが何をしようとしているか気づいたら、父は財宝を横取りするか、カーラを取り引きの材料にさせないようにするにちがいない。

誰にも邪魔されずにすべてを手に入れる方法を考えなければ。

カーラは生きているかぎり、わたしにとって脅威となる。イヴにあの子を渡す気などない。それに関してもしっかり計画を立てておかなくては。

なんとしても財宝の箱を手に入れる。

そして、カーラには死んでもらう。

この二つの目的を達成する前にイヴ・ダンカンを始末しなければならない。

しっかり計画を練って、必ず成功させてみせる。

「ナタリーは研究者にコインの鑑定を頼んだようだ」ジョックがイヴに電話してきた。

「研究室を出るときは有頂天だった。食いついてきたな」

「数百万ドルの餌を目の前にぶらさげたんだもの」イヴは皮肉な声で言った。「さすがのナタリーも目がくらんだはずよ。あとはシーラの財宝を手に入れるためにどんな策略をめぐらすか見届ければいい。一日待って、ナタリーが電話してこなかったら、こちらからかけてみる」

「その間にどんな悪巧みをしでかすかわからないぞ」ジョックが言った。「ぼくなら一日待たない」

「じれったいのはわかるわ」イヴはジョックをなだめようとした。「わたしだって同じよ。でも、ナタリーに主導権を握っているのは自分だと思わせたくない」

「主導権を握っているのはぼくだ」ジョックは冷ややかな声を出した。「きみがゴーサインを出してくれたら、すぐに行動する」

「一日だけ待って」イヴは電話を切った。

ジョックは安全な距離を保ちながら、ナタリーの乗ったタクシーがカスコフ邸に向かうのを見守っていた。

表面上はイヴの計画が功を奏して、カーラを安全に助け出すチャンスがめぐってきたように思える。だが、水面下にはとがった岩がごろごろしているのをジョックは知っていた。

カーラが溺れないように、水の深さと岩のある場所を確かめておかなければ。

一日待つ必要はなかった。ナタリー・カスティーノが電話してきたのは六時間後だった。

「こんなに早く電話があると思っていなかった」イヴは言った。「受け取ってくれたのね」

「証拠として受け取れるかどうか迷ったけれど、本物みたいね。少なくとも、誠意を見せようとしたことは認めるわ。わたしを騙してカーラを奪う気がないことはわかった」

二百万ポンドでようやく誠意を認めてくれた。イヴはそっとため息をついた。どうやらナタリーはこちらがコインの価値に気づいていないと思い込んでいて、自分も真価を知らないふりをしたいらしい。「騙すわけがないでしょう。コインは正真正銘本物よ。嘘だと思ったら、専門家に調べてもらうといい」

「そうするつもりよ。そのほうが賢明だから」ナタリーは言った。「電話したのは、取り引きしてもいいと思ったからよ。といっても、いろいろ考えなければならないことが多いけれど。前に言ったように、カーラは父のお気に入りだから、ここから連れ出すにはそれなりの理由が必要よ」

「だったら、理由を見つけて」イヴは言い返した。「わたしもマクダフをなだめるのに苦労している。早く条件をまとめないなら、手を引くと脅されているの。今のところ、山分けでどうかと言っているわ」

「山分けなんてだめ」ナタリーは突っぱねた。「全部わたしのものよ。あなたの手に負えないなら、マクダフはわたしに任せて」

「そんなに簡単にいかないわ。マクダフはカーラに対して特別の感情を抱いているわけじゃないから、財宝を手放してまで助けようとするはずがない。そんなことより早くカーラを引き渡す方法を知らせて」

「考えているところよ」ナタリーはそっけない声で言った。「決まったら電話する」電話が切れた。

イヴはジョーに顔を向けた。「あの声を聞いたでしょう。かなり焦っている。きっとまたすぐかけてくるわ。シーラの財宝のことで頭に血がのぼっているみたいね」

「いい傾向だ」ジョーはイヴを抱き締めた。「焦るとミスを犯す確率が高くなるから」

あるいは、焦って無謀なまねをしたり、非情な手段に訴えたりしないとも限らない。イヴはジョーの体に腕を回して引き寄せた。「向こうから接近してきたわ」小声で言った。

「いよいよ戦闘開始」

戦闘開始。

二時間後、イヴはテントの暗がりの中でその言葉を反芻《はんすう》した。胸騒ぎがする。ナタリーが餌に食いついてきたのだから、あとは罠《わな》を仕掛ければいいだけなのに。

問題はカーラを巻き込まないことだけだ。

そう思ったとたん、動悸《どうき》が激しくなって息苦しくなった。外の空気を吸いに行こう。ジョーを起こさないようにそっとベッドから出た。ナイトシャツの上にセーターをはおって足早にテントを出た。

冷たい夜気を吸い込みながら、湖岸に向かった。霧に包まれていると心が安らぎそうだ。湖岸に出ると、地面に腰をおろした。ひんやりした草の感触が心地よい。イヴは膝を抱えて、湖面を眺めた。

遠い昔、シーラもこうして湖岸に座って、息子のマルクスが霧の中から現れるのを待っていたんじゃないかしら。そう思うと、急に親しみがわいてきた。

シーラ、あなたの財宝を利用させてもらうことになったけれど、気を悪くしないでちょうだい。ナタリー・カスティーノに勝つためだから。

イヴはそっとお腹に触れた。

いよいよ対決が始まる。また眠れない夜を過ごすことになって、赤ちゃんに負担をかけるのが心配だわ。

「そのとおりよ、ママ。夜はちゃんと眠らなくちゃ。あたしたち二人とも、そのことをちょっと心配している」

ボニー！

はっとして振り返ると、少し離れたオークの木の下にボニーが座っていた。連れ去られて殺害された日と同じ七歳のままの姿で。あの日と同じジーンズにバッグス・バニーのTシャツを身につけ、縮れた赤い髪を月光に輝かせている。愛らしい笑顔もあの日のままだ。時折こうして訪ねてくれるボニーの笑顔にどんなに救われてきただろう。「久しぶりね。もう来てくれないかもしれないと思っていた」

「あたしたちに限ってそれはないわ」笑みが深くなった。「ちょっと離れたほうがいいと思っただけよ。いろんな変化が起こってママは忙しいから。いい変化ばっかりね」

「あなたも力を貸してくれたんでしょう?」

「まさか」ボニーは声をあげて笑った。「変化が起こると予言したけど、あたしに変化を起こす力なんかない。ママは長い間みんなのために働いてきたから、何か新しい、いいことが起こればいいのにって思っただけよ」

「赤ちゃんのことね」

「カーラのことも。ジェニーがママのところに送られてきたのはそのためよ。ママをカーラに引き合わせるため」

「それなのにカーラを守れなかった」イヴは声をつまらせた。

「誰よりもカーラによくしてあげたわ。家に連れて帰ったし。今だってカーラのためにがんばっている」

「それはそうだけれど」イヴは一呼吸おいた。「赤ちゃんもカーラもとても大事に思っているわよ。でも、あなたに会えないと寂しい。あなたの代わりはいないの。だから、会わないほうがいいなんて考えないで。ずっとそばにいて」

「わかったわ」ボニーはおかしそうに笑った。「でも、そんなにしょっちゅうは会えなくなるでしょうね。ママも忙しくなるし。でも、目標があるのはいつだっていいことだわ」

「それを言いに来たの？　これからはしょっちゅう会えなくなるって。そんなのいやよ」

「ちゃんと会いに来るから、そんな顔をしないで」

イヴは苦笑した。「これじゃ、どっちが親でどっちが子どもかわからないわね」

「あたしに会えなくてもママは寂しくないわ」ボニーは少し間をおいて穏やかな口調で続けた。「彼と特別な経験ができるから。寂しがっている暇なんかなくなる」

「彼？」

「そのことを言いに来たの。知りたいでしょう？　でも、彼はまだはっきり伝えられないの。だから、あたしが代わりに言いに来た」

「彼？」イヴはまた訊いた。「もしかして、わたしが知りたいことを教えてくれているの？」

「赤ちゃんは男の子よ」ボニーは穏やかな口調で告げた。「そして、自分ではマイケルだと言っているけど、名前はママに任せるって」

「男の子……」イヴはまだぴんとこなかった。「たしかなの？」

「本人が言っているから。ママが知りたがっているから教えてあげたいそうよ。だから、信じて」

「男の子を育てたことはないわ」イヴは唇を舐めた。「あなたが生まれて、次にジェーンが来てくれて。女の子とは違うでしょうね」

「どっちにしても、この子はほかの子と違うから。特別な子だと言ったでしょ」

「あなたも特別な子だわ。そして、ジェーンも」

「でも、彼は違うの」ボニーはオークの木に寄りかかった。「もうすぐわかるわ、彼がもう少し大きくなったら」

「どういう意味かわからない」

「彼がわからせてくれるわ。だいたい、あたしが代わりに教えてきたことだって普通じゃないでしょ」

イヴは眉をひそめた。「何が言いたいの？」

「あたしが言いたいのは、彼がとても強くて、やさしくて、まだお腹にいるくせに保護本能が強いということ。なんていうか……力を持っているの、特別の」

　ボニーに教えられなくても、お腹の赤ちゃんに独特の力があるのはイヴも感じていた。それでも、こうして言葉にされると、当惑と同時に畏怖の念を抱いた。「特別と言われても、どう受け止めればいいか……」

「ママだって特別な人よ。だから、彼もそうなの」ボニーはにっこりした。「よかったわね。それで、名前はどうするの?」

「自分でマイケルだと言っているんでしょ。いい名前だし、自分でそう言うからには何か理由があるはずよ」イヴはお腹に手を当てた。「それでいいわ。マイケル……」

　赤ちゃんが動いたような気がした。それとも、気のせいだろうか。

「その理由はあたしにもわからない」ボニーが言った。「たぶん、もう少し経ったら、マイケルが教えてくれるわ。その頃にはあたしはしばらくいなくなるけど」笑みが消えた。「何かあったら、また来るわ。彼は心配しているの」

「何を?」イヴはぎくりとした。「ドクターは順調に育っていると言ってくれたわ」

「何を心配しているのかはわからない。でも、ママに気をつけてほしいって」

「もちろん、気をつける。赤ちゃんに悪い影響を与えないように注意するわ」

「怖がらせてしまったみたいね、ママ」ボニーが言った。「でも、あたしが来たもうひとつの理由は、彼が心配していると伝えることだったの。彼はまだ自分で知らせられないから」

「伝えてくれてありがとう。赤ちゃんのことも心配だけれど、カーラもジェーンもジョーも心配。それに、あなたも。あなたの心配をするのは見当違いかもしれないけれど」

「そのとおりよ。でも、心配してくれてうれしい。あたしはこっちでちゃんとやっているから、だいじょうぶ」

「よかった」イヴはボニーを見つめた。輝くような笑顔も笑い声も、生きていた頃と同じだ。そんなボニーを見ると、感謝の念と限りない希望がわいてくる。「わたしに伝えることを伝えて役目が終わったのなら、ここに座っていっしょに湖を眺めない？」

「いいけど」ボニーは低い声で笑った。「マイケルがやきもちを焼かないかな。保護本能が強いということは独占欲も強いから」

「それなら、立ち入ってはいけない領域もあると今のうちから教えておいたほうがいいわ」

「そうね」ボニーは霧に煙る湖を眺めた。「この湖のことをよく考えるの？」

「ジェーンほどじゃないけれど。シーラと彼女の息子の夢を見たと聞いてから、どうしても自分の目で見たくなって。シーラの息子のマルクスはこの地で亡くなったの」

イヴはボニーを見た。「わたしもあなたを亡くしたけれど、シーラもわたしのような恩恵を受けられたかしら」

「わからないわ。でも、シーラも特別な人で、今も特別な存在だということはわかる。そして、ここが特別な場所だということも。ここに来てよかったわね、ママ。マイケルのことを知るには理想的な場所よ」

「あまり長くいるつもりはないの。カーラを取り戻したら、アトランタに帰る。仕事があるし」イヴはほほ笑んだ。「赤ちゃんも生まれるし」

「でも、まだ時間はあるわ。ここは特別な場所だから」

イヴは霧を見つめた。「不思議な力が宿っているという意味？」

「そうかもしれない。その気になってよくみたら、そういう力はあたしたちのまわりにいくらでもあるわ」

「わたしの望みは健康な子どもが生まれて、愛する人がみんな無事に過ごせることだけよ」

「それこそ魔法かもしれない」ボニーは言った。「シーラもそれを望んだけど、かなわなかった」

「その話はもうやめましょう」イヴは言った。

「明るい面を見ましょう。最初から望みがかなわないなんて悲観せずに。魔法を信じ

る の」

ボニーは笑顔でうなずいた。「そうね、ママ」

空が白み始めて真珠色になった頃、イヴは湖を離れてテントに戻った。こちらが当惑しているのを感じたのか、ボニーは長い間そばにいてくれた。ナタリー・カスティーノのことも、迫りつつある脅威も話題にならなかった。ただ二人寄り添って、湖面の霧を眺めながら、自分たち親子の愛情も薄れたり消えたりすることはないのだと感じていた。

そう、この霧のように。そっとテントに入りながらイヴはまた思った。シーラの時代から今に至るまで、この霧の中を突き進んで、その奥に何があるか確かめた人間はいないのだ。

ジョーはまだ眠っていた。片腕を頭の後ろに回し、頬を枕にうずめている。

イヴはセーターを脱ぎ捨てると、ベッドに入った。ジョーの腕を自分の体に回す。ジョーが身じろぎして薄目を開けた。「イヴ？」

「もう少し眠っていて。まだ夜明け前よ」

「そうか」目を閉じかけたが、はっとして開けた。「どうしたんだ……脚が冷たい。何かあったのか？」

ジョーはイヴに関することなら、ふだんと少しでも違うと、すぐ気がつく。「ちょっと外に出ていたの。今戻ったところ」

「何かあったわけじゃないんだね？」

「ええ。何もかも順調よ」イヴは体を寄せて、ジョーの耳元でささやいた。「わたしたちに息子ができるの」あらわな温かい肩に唇をつけた。「マイケルという名前で……」

8

「カーラはどうした?」カスコフは書斎から居間に入ってくると、ナタリーに向かって眉をひそめた。「三十分前に呼びにやったのに」

「わたしから知らせがあるまで待たせているの」ナタリーは答えた。「お話があるのよ、お父さま」

「あとにできないのか?」カスコフはじれったそうに言った。

またカーラを優先している。ナタリーは怒りを抑えた。脅威となるカーラを取り除く手はずを進めておいたのは正解だった。「わたしの話はすぐすむわ。お父さまがあの子の演奏を楽しみにしていらっしゃるのは知っているもの」ナタリーは父の腕に手を置いた。「カーラがいないところで話したかったの。このところやっと元気になったのに、恐ろしい経験を思い出させるのはかわいそうだから」そこで一拍おいた。「身代金目的でカーラを誘拐した一味に女がいたと言ったでしょう? 実は、あの女から電話がかかってきたの」ナタリーは身震いした。「恐ろしかったわ。すごく怒っていて、わたしを脅すの。あの女はアルフレード・サラザールの愛人なのよ。わたしがカーラを助けるためにサラザールを殺したことに腹を立てて罪を償わせると言うの。カーラもわたしも死ぬことになるって」ナタリーは声を震わせた。「お父さま、カーラをそんな目に遭わせたりなんて――」

「わかった」カスコフは話をさえぎった。「どういう女だ？」

「イヴ・ダンカンという名前で、特殊な彫刻を仕事にしているらしい」ナタリーの目に涙が盛り上がった。「わたしのことはどうでもいいの。あの女がサラザールのカルテルに命じて、今度こそカーラを殺させるんじゃないかと心配で」

「そんなことはさせない」カスコフはきっぱり言った。「おまえやカーラに近づいたら、その女の命はない」

「そう言ってくださると思っていたわ」ナタリーは父の腕に置いた手をはずした。「ただの脅しかもしれないけれど、お耳に入れておいたほうがいいと思って」そう言うと、父の顔を見上げて涙を流れるままにした。「もしよかったら、あのピョートル・ヤドフをお借りできない？　調査のプロだから、ダンカンのことを調べさせたいの。気休めかもしれないけれど」

「いいに決まっているだろう。ヤドフに電話しておこう」

「そこまでしてくださらなくても、わたしが電話して、あとでご報告するわ。お許しをもらっておこうと思って」ナタリーは震える声で続けた。「お忙しいときに面倒ばかりかけてごめんなさい。二、三日後には北京に出張なさるんでしょう?」

「留守中は警備を強化するようにサバクに指示しておく」

「そうしていただけると助かるわ」ナタリーは父の頬にキスした。「こんなこと、いつまで続くのかしら? あの女はヒステリックにわめき立てるだけで、何もできないような気もするけれど」

「おまえを脅すこと自体が気に入らない。わたしの娘を脅すのは、わたしが自分の娘を守れないと言っているのと同じことだ」カスコフの口調が厳しくなった。「北京から戻ったら、きっぱりけりをつける」

「お父さまに任せれば安心ね」ナタリーはにっこり笑うと父から離れた。「ヤドフに連絡して、結果をご報告します。知は力なりといつも言っていらしたわね。困ったことがあったら、またご相談させてもらうわ」

とりあえず目的は果たした。これ以上言っても無駄だろう。ナタリーは携帯電話を取った。「カーラを呼ぶわ。待っている間に何か飲み物でもいかが?」電話に向かって言った。「カーラ、おじいさまがお呼びよ。すぐ来て」電話を切ると、部屋の隅のミニバーに向かった。「パチンと指を鳴らせば、お父さまのためにカーラが演奏するなんて、すてきじゃない? よかったわ。お父さまにはしていただくばかりだけど、これで少しはご恩返しができて」

「それは本心かな?」カスコフは納得のいかない顔でナタリーを見た。「おまえに恨まれているような気がするときがあるよ」

ナタリーはぎくりとした。何か言ってはいけないことを口にしただろうか? 頭の中でめまぐるしく考えた。「どうしてわたしがお父さまを恨んだりするの?」やさしい声で続けた。「ただカーラの演奏を聴いていると、どうしてもジェニーを思い出してしまって。以前、二人を連れてきたとき、お父さまはあの子のピアノを喜んで聴いてくださったわね」ミニバーを離れて父に近づいた。「ジェニーがもうこの世にいないと思うと、胸が張り裂けそうになる」父にグラスを差し出した。「わかってくださるでしょう。お父さまはわたしのことはお見通しだから」

「ああ」カスコフはグラスを口元に運んだ。「今になっても気づくことがいろいろあるよ。カーラを見ていると、あの子の中におまえが見える。わたしの母が見えることもあるし、わたし自身を見ているような気がするときもある」

「お父さまが喜んでくれさえすれば、それでいいの。あの子はわたしからのプレゼントよ。せいぜい楽しんでちょうだい」

「そうさせてもらおう」カスコフはグラスを掲げてみせた。「これほどうれしいプレゼントはない」いそいそと立ち上がって、小首をかしげた。「カーラが来たぞ」そう言うと、カーラに呼びかけた。「今夜はヴィヴァルディの気分だな。さあ、カーラ、お入り。さっそく始めてくれないか」

もうわたしに用はないのだ。ナタリーは苦々しい思いになった。それでも、微妙な話題は避けることができた。カーラが入ってくると、ナタリーは作り笑いを浮かべた。「カーラ、おじいさまを楽しませてあげて。今夜は特別よくしていただいたの」

とたんにカーラの肩に力が入り、表情がこわばった。この子はわたしを怖がっている。イヴ・ダンカンのことを父に相談したと知ったら、どんな顔をするだろう。

でも、まだ知らせるつもりはなかった。イヴ・ダンカンはカーラに対する最強の切り札だ。ダンカンに危険が及ぶとほのめかしただけで、カーラは急におとなしくなって言うことを聞く。それがただの脅しではないと気づいたときのカーラの反応を見てみたいものだ。カーラは警戒した表情でナタリーを見つめていた。

ナタリーははっとした。この子はわたしに嫌われていることをよく知っている。わたしが父の前では感情を抑えているのも知っているにちがいない。「さあ、カーラ、おじいさまの願いをかなえてあげて」ナタリーはドアに近づいた。「レモネードを持ってきてあげるから、休憩中に飲むといいわ」

ドアの外で立ち止まって、ふっと息をついた。カーラのバイオリンが聞こえてくる。

なんとか切り抜けた。あとはヤドフにイヴ・ダンカンのことを調べさせればいいだけだ。カーラを渡さずに財宝を手に入れるには、うまく立ち回らなければならない。それに、カーラを殺したのはイヴ・ダンカンだと父に納得させるのはそれ以上に難しいだろう。それでも、第一歩は踏み出した。あとは計画を進めながら、修正を加えていけばいい。きっとうまくいく。

父が北京に行っている間なら心置きなく行動できる。あと三日。それまでに準備をすませなければ。万全の用意をしておけば、計画は時計仕掛けのように順調に進むはずだ。

ナタリーはカーラのレモネードを用意させるためにキッチンに向かった。音楽が流れてくる。父がカーラをうっとりと眺めながら聞き惚《ほ》れているところが目に見えるようだ。

でも、時間の問題よ、カーラ。お父さまに注目されて、せいぜい楽しむことね。残された時間は限られているのだから。

「すごいわね、あなたって」ナタリーはネコのようにしなやかにイワンの上にかがみ込んで、裸体を撫でながら言った。「こんなに満足させてくれるなんて……」あらわな肩を舐めた。「あなたも満足してる?」

「見ればわかるでしょう」イワンはまだ息を切らせていた。「知らなかったことばかりで――こんなこと、どこで覚えたんです?」

「結婚したとき、夫がイスタンブールの売春宿に一カ月送り込んで学ばせたの。行くのを承知したのは、わたしもそれが大切なことだと思ったからよ。どう、気に入った?」

「わかっているくせに」イワンはナタリーを見上げた。「だが、見返りを期待せずにこんなことをするはずがない。何をさせたいんです？」

「悩みがあるのは事実だけど。でも、いっしょに寝たから助けてほしいなんて虫がよすぎるわね。どちらもいい思いをしたし」

「金貨をくれると言ったじゃないか」イワンの口調が変わった。「あなたに言われてあの大学教授を殺した。カスコフにばれたら、おれは終わりだ」

もちろん、ナタリーの父が部下に課している厳しい掟は知っていた。実際、それを利用したこともあった。カスコフが部下に求めるのは絶対的服従で、その見返りとして命の保証と、ロシアのマフィア組織の中で最高の報酬を与えられるのだ。「でも、あなたが自分で決めたことでしょう？」

イワンはそれには答えなかった。「金貨はいつもらえるんだ？」

「もうすぐよ。いっしょに手に入れましょう」ナタリーはソファの上に起き上がった。「そろそろ彼に心の準備をさせておいたほうがいい。「あなたにひとつしてもらいたいことがあって……ほかでもない、娘のことよ」

「殺せと言うんだろう」イワンは肩をすくめた。「いつ言い出すのかと思っていたよ。最初にこうなったときから、それとなく匂わせていたからな。だが、カスコフは気に入らないだろう」そう言うと、顔をゆがめた。「まあ、心配したってしかたがない。もう掟を破ってしまったんだ。どっちにしたって、ばれたら、あの世行きだ。いつやればいい？」

「その時が来たら知らせるわ」思っていたよりあっさり話がついてほっとした。イワンはカーラを殺す理由も訊かなかった。筋金入りの犯罪者でも、子どもを殺すとなるとためらうものなのに。だが、イワンは報酬さえもらえれば、どんな仕事もいとわないのだろう。父の組織でトップの座につけたのも不思議はない。いい相手を選んだものだと、ナタリーは今さらながらに自分の判断力に満足した。「前もって知らせるから、心配しないで。父は三日後に会議に出席するために北京に行く予定だから、実行はそのときよ」

「金貨はいつもらえるんだ？」イワンはまた言った。「こっちは命がけだから、ちゃんと約束してほしい」

「約束するわ」イワンのしつこさが鼻についてきた。思った以上に融通の利かない性格らしい。長くつき合うつもりでいたけれど、考え直したほうがいいかもしれない。だが、まだ利用価値はあるし、途中でいくらでも手直しできる。とりあえず、セックスに夢中にさせてほかのことは忘れさせよう。「それに、手に入るのは金貨だけじゃないのよ」ナタリーはまたイワンの上になって、彼の体をまさぐった。「今夜中に金貨よりわたしがほしいと言わせてみせるから……」

ゲールカール湖

「ナタリーはまだ何も言ってこない?」翌朝、イヴがテントを出ると、ジェーンが声をかけてきた。「もう二日よ。この前の電話では、けっこう乗り気だったのに」

「そうなの」イヴは地面に腰をおろして、焚き火にかけてあるポットから紅茶をカップに注いだ。「わたしも昨日からやきもきして何も手につかない。何かあったんじゃないかと心配で。ジョックに電話したら、カーラは無事だということだけれど」イヴは鼻に皺を寄せた。「ナタリーはサバクと密会を続けているそうよ。セックスはナタリーの武器だから。サラザールともそれで続いていて、ジェニーとカーラの誘拐を持ちかけたのもナタリーのほうだったそうよ」

「ええ、聞いたわ」ジェーンは手を伸ばしてイヴの腕に置いた。「きっと、もうすぐ電話がある。もう少しがんばって」

「その言葉をカーラにかけたいわ。今頃、どんな目に遭っているのか……」イヴは紅茶をすすった。「ジョックの話では、わたしたちのことを心配してくれているそうよ。自分のことで精いっぱいなのに――」

「マイケルは元気?」ジェーンが話題を変えた。

イヴは驚いてジェーンを見た。「わたしの気をそらそうとしているの?」

「明るい未来が待っているのに、悪いことばかり考えたってしかたないでしょう。きっとマイケルも同じことを言うと思うわ」

「そうね。あの子はわたしの気持ちを明るい方向へ向けようとしている気がする」イヴはカップの縁越しにジェーンを眺めた。「そういえば、赤ちゃんが男の子だと知らせたとき、あなたはすんなり受け入れたわね。気が早いとたしなめられるかと思っていたのに。あなたは理性的で現実的だし、検査で赤ちゃんの性別が判明するのはまだまだ先とわかっていたのに」

「検査なんてどうだっていい」ジェーンはほほ笑んだ。「あなたが男の子だと言ったら、それを信じる。世の中にはただ信じるしかないこともあるから」笑みが消えた。「わたしがあなたを無条件に信じたように。そして、ボニーのことを信じたように」そこで一呼吸おいた。「長い間、ボニーはあなたの想像の産物だと思っていたの。あなたがボニーの霊が訪ねてきてくれると言っても、聞かなかったことにしようとした。あなたが穏やかな気持ちになれるのなら、幻覚でもなんでもかまわないと思っていた。わたしのことを理性的で現実的だと言ってくれたけれど、その程度のものだったのよ」ジェーンは唇をゆがめた。「でも、大人になるにつれて、現実が必ずしも真実すべてを映し出すものではないと気づいた。そして、わたしも心にぽっかり穴があいたような喪失感を経験して、魂は死なないと悟ったの。トレヴァーはわたしにとって理想の男性だった。やさしくて、心が広くて、思いやりがあって。彼がわたしを守ろうとして命を落としたときには、わたしの人生も終わったと思った。というより、終わらせたいと思った。でも、それがかなえられないとわかってからは、ボニーのようにトレヴァーが会いに来てくれればいいと願った。でも、来てくれなかった。たぶん、来ないほうがわたしのためになると思ったんでしょうね」ジェーンは紅茶をすすった。「でも、ボニーの話を疑ったことは一度もないわ。だから、赤ちゃんが男の子だとボニーが言ったのなら、きっと男の子よ」

「トレヴァーはあなたを愛しているから、会いに来ないのかもしれない」イヴは穏やかな声で続けた。「あなたは若くて洋々たる前途がある。だから、彼はあなたが自分のために生きることを諦めてほしくないのよ。わたしもボニーが来てくれてうれしかったけれど、これからはそんなに来られないと言われたわ」

ジェーンはほほ笑んだ。「その分、マイケルに振り回されそうね。お腹の中にいるときから要求の多い性格だから。わたしを姉と認めてくれるかしら?」

「認めるに決まっているわ。わたしがあなたを選んだんだもの」

「わたしたち、お互いに選び合ったのよ」ジェーンがやんわりと言い返した。「わたしもマイケルに劣らず要求の多い子どもだったわね。あなたに認めてもらいたい一心で――」

「パリクと話した」ジョーがテントから出て、急ぎ足で近づいてきた。「もうすぐナタリーから電話があるぞ、パリクの話では、明日、カスコフが中国のドラッグディーラーに会いに北京に発つそうだ。ナタリーは父親がいない間に決着をつけようとするだろう」

「その可能性は高いわ」イヴは言った。「ナタリーにしてみれば、カスコフは目の上の瘤《こぶ》せっかくだから」ナタリーは交尾のあとオスを食べる毒グモのようだと思ったことがあるが、せっせと巣を張って、獲物を待ち構えているところが目に浮かんだ。時間をかければかけるほど、緻密な巣をつくれるが、それにしても時間がかかりすぎている。イヴは眉をひそめた。

「本当にカスコフがモスクワを離れるのを待っているだけかしら？」

「どうだろう。タイミングを見計らっているのかもしれないが」ジョーはかがんでイヴにキスした。「連絡があったら、すぐ知らせてほしい。昨夜マクダフのところに届いた新しいライトを湖の北岸で試しているから」

「わかった」イヴは霧の中に消えていくジョーの後ろ姿を見送った。「あの霧の向こう側に到達する気でいるわ。マクダフの執念が伝染したみたい。なぜそこまで取りつかれるのかしら？」

「理由はわかるような気がする」ジェーンが霧を眺めながら言った。

「そういえば、あなたもあそこでずいぶん長い時間を過ごしているわね」イヴは興味をそそられた。「でも、高性能のライトをポールの上に設置するのを手伝っているわけじゃないでしょう？」

ジェーンは首を振った。「作業を眺めているときもあるけど、たいていは霧の中をさまよっているだけ」

「なんのために？」

ジェーンは肩をすくめた。「自分でもわからない。なんとなく……そうしていると落ち着くの」

「一寸先も見えない霧の中で？　一歩間違ったら湖に落ちてしまうのに」

「だから、自分でもわからないと言ったでしょ。それに、足を踏みはずして湖に落ちたりしない。耳を澄ませて、草や大地の感触を確かめていれば、どこにいるかはわかる。自然が助けてくれるの」

「普通の感覚じゃないわね」

「たしかに」ジェーンはうなずいた。「でも、それを言うなら、シーラの宝探しそのものが普通の感覚ならできない。こんな霧の中で財宝を探すこと自体、現実離れしているけれど、ここにたどり着く前にもいろいろなことがあったわ。みんな取りつかれたのよ。それがシーラの望むところだったのかもしれない」ジェーンは立ち上がった。「わたしもジョーの後を追って霧の中に行くわ。シーラと彼女の息子のことや、シーラが何をわたしたちに用意してくれたのか考えてみたい」そう言うと、いたずらっぽい笑みを浮かべた。「これでもわたしを理性的で現実的な人間だと思う？」ジェーンは手を振ると、湖岸をゆっくり進んでいった。

　イヴはその姿が見えなくなるまで眺めていた。このところ、思いどおりにいかないことが多いけれど、みんな確実に成長していると改めて感じた。ジェーンはトレヴァーを失った悲しみを乗り越えて、新しい人生を歩み出そうとしている。毎日、自分の心に問いかけながら一歩ずつ進んでいるのだろう。カーラも今はどうしているかわからないが、ジョックという大切な友人を見つけたし、わたしとジョーの家に落ち着くつもりになってくれた。そして、わたしには新しい命が宿った。愛しいボニーを通して、慰めのメッセージを送ってくる息子ができたのだ。

あなたのおかげね、マイケル。この調子ならきっと乗りきれそう――イヴははっとした。急に心が軽くなったのも、あなたのせいなの？

リラックスして、いつのまにかプラス思考になっている。

理屈はわからないけれど。あなたのことはしっかり見張っていないとね。

でも、あなたがいっしょにいてくれると思うだけで、どれだけ慰められるかわからない。わたしを気遣うあまり、考え方まで変えようとするのはどうかと思うけれど。

そのことはまたゆっくり話し合いましょう。わたしは自分の頭で――

電話が鳴り出して、マイケルが与えてくれた安らかな時間が途切れた。

ナタリーからだ。氷水を浴びたように背筋が冷たくなった。

「何をぐずぐずしていたの？」イヴは電話に出るとすぐ言った。「前にも言ったように、これ以上長引いたら、マクダフが手を引くと言い出しかねないから――」

「あいにくね。あなたの都合を考える義理なんかないわ。報告書を読んだあとはなおさら」

「報告書？」イヴは警戒した口調になった。

「あなたのことをもっと知っておく必要があると気づいて、父の部下に調べさせたの。不利になることはあらかじめ把握しておかなければいけないから。あなたの性格はよくわかっているつもりだけど、念には念を入れておかないとね」

「抜かりない人ね」

「わたし、頭はいいの。これまで会った男たちはわたしを軽く見ていたけど」

「それで、その報告書でわたしの何がわかったの？」

「あなたは利口で、強くて頑固。弱みもわかった。情にもろくて流されやすい。それはとっくにわかっていたけど、カーラのこととなると驚くほど弱腰になる。生きているかさえはっきりしない子どものために、あなたのような強い人がこれだけの犠牲を払うなんて信じられない」ナタリーは抑揚のない声で続けた。「結局、あの子はあなたにとってなんの価値もないのに」

「そんなことないわ。あなたには価値がわからないだけ」

「わからなくて幸いよ。あなたみたいに情に流されずにすむ」

「その報告書は取り引きを進めるうえで役に立ったのかしら？　わたしを信頼する気になった？」

「あなたには幻滅したわ。隙を狙ってわたしの黄金を奪う気でいる。わたしを悪人と決め込んで、そうするのが正しいと思っている。あなたには道徳的に正しいかどうかが決め手になるのよ。自分では犯罪すれすれのことをしているくせに。刑事の愛人と暮らしているにしては、ずいぶん大胆ね。でも、カーラを生かしておくためなら、どんなことでもするから、財宝のためにあの子を犠牲にしたりはしないはずよ」ナタリーは一呼吸おいた。「あなたなら、マクダフがわたしの黄金を手放さないと言い張っても、カーラを救い出す邪魔はさせないはず。どう、あなたのことはお見通しでしょう。わたしの裏をかこうとしても無理よ」

「シーラの財宝を〝わたしの黄金〟と呼ぶのはあなたの勝手だけれど、カーラを返してくれないかぎり、あなたのものにはならないわ」

「その話をしようとしていたところよ。明後日。ドロストキー公園のメリーゴーランドの前で午後四時に。そこに届けて」

「モスクワに？　交換場所はスコットランドかと思っていた」

「切り札を握っているのはわたしよ。ドロストキー公園に来れば、カーラはメリーゴーランドに乗っている。箱の中身を確かめたら、カーラを引き渡す。それなら安心でしょう？」

「状況によるわ。公園中にカスコフの部下が張り込んでいるんでしょう？」

「父を当てにしたりしないわ。わたしはそんなみっともないことはしない。だから、子どもが喜びそうな公園を指定したのよ。エカテリーナ二世にちなんだ公園というところも気に入っているけれど。カーラがメリーゴーランドの音楽を聴きたがったと父には言うつもり。でも、父が関与していないからといって、わたしの安全が確保できないわけじゃないわ。あなたの安全はクイン刑事が全力で図ろうとするでしょうね」ナタリーは一呼吸おいた。「あなたが来ることが条件よ。そうでなければ取り引きに応じない」

「異議はないわ。むしろ望むところよ」

「それなら、決まりね。じゃあ、明後日」

イヴは震える手で通話を切った。

明後日。

これは罠に決まっている。わたしたちにとっても、カーラにとっても。

それでも、向こうの罠にかかる前にこちらから罠を仕掛ける方法があるはずだ。あるいは、向こうの罠を利用する方法が。それを考えなければ。

ドロストキー公園。

明後日。

ナタリーに渡す箱の中身はもう準備してある。あとは、ちょっと調べただけでは偽物とばれないように工夫すればいいだけだ。

そして、交換が成立するまで、カーラの安全を守る方法を考えればいい。

イヴはジョーに電話をかけた。

「明後日か」ジョーは言った。「完璧な準備をする時間はないが、なんとかやれるだろう」ジョーがジェーンといっしょに野営地に戻ってからまだ三十分しか経っていないが、計画は着々と進んでいた。「まず、ドロストキー公園全体とメリーゴーランド周辺の見取り図を手に入れよう。それから、ナタリーに渡した箱が偽物だと気づかれた場合にカーラを救い出す方法を考えなければならない」

「問題はそこよ」ジェーンが言った。「でも、公共の場でナタリーが時間をかけて中身を調べるとは思えない。わたしたちがカーラを奪い返すチャンスを狙っているのもわかっているだろうし」

「あなたにはこっちに残ってもらいたいの、ジェーン」イヴが静かに言った。

「いやよ」ジェーンが言い返した。「あなたひとりであの怪物みたいな女と対決させるなんて。わたしがいっしょなら力になれる」

「力になってくれるのはわかっている。ただ、別の場所でそうして」ジェーンが反論するのは予想していたから、どう説得するかも考えてあった。「聞いてちょうだい。ナタリーはわたしのことを調べさせて、あなたに対する私の気持ちも知っている。だから、自分に不利になったら、まっさきにわたしから大切な人を奪おうとするはずよ。あなたを危険な目に遭わせたくない」イヴは一呼吸おいて続けた。「そんなことになったらカーラも悲しむわ」

「でも、わたしは――」ジェーンはイヴの目を見つめた。「わかった。公園には行かない。でも、近くにいてもいいでしょう？　わたしにできることがあるはずよ」

「それはあとで考えるとして」イヴは笑みを浮かべた。「実は、ロシアに行く前にもしてもらいたいことがあるの。シーラの〝財宝〟を入れる本物そっくりの箱がほしい」そう言うと、指を一本立てた。「第一に、何世紀もの間壊れなかったくらいだから、素材はなんらかの金属のはず。第二に、二重底であること。箱いっぱいのコインは用意できないから。ナタリーの目を欺く程度のコインをそろえるのだって大変なことよ。第三に、本物の古代の箱に見えること。あなたは天才的なアーティストだわ。そんな箱がつくれる？」

「つくれるわ」ジェーンはそっけなく答えた。「すぐエディンバラに向かう。わたしは金属を扱わないけれど、金属やほかの素材を組み合わせて制作している知り合いが二人いるから、協力してもらう。基本的なところをやってもらえば、あとはわたしひとりでやれるわ。明後日までに用意するのは大変だろうけど、なんとかがんばってみる」そう言うと、眉をひそめた。「でも、そんな箱をロシアへ無条件に持ち込むことはできないわ。箱を入れる木箱もつくったほうがよさそうね」

「そうだな」ジョーが言った。「だが、まず税関は通過できないだろう。目にもとまらぬ速さでモスクワに入らないかぎり」

「祈るしかなさそうね」イヴが言った。

「どうしてもモスクワに行きたい」ジェーンはまだ納得していなかった。「ほかにもわたしにできることがあるはずよ」

「逃走用の車のドライバーはどうだ?」ジョーが提案した。「車で待機していれば、イヴもそれほど心配しないだろうし、重要な役割だからね」

「ナタリーは本当に交換に応じると思う?」

「おそらく。なんとしてもシーラの財宝を手に入れる気だから」イヴが答えた。「というか、そうであってほしい。いったんカーラを渡して、安全を確かめてから取り戻しに来る気じゃないかしら」そう言ってから首を振った。「必ず取り戻しに来る。ジェニーとカーラを誘拐させて殺させようとしたことをカーラが証言したら困るから、カーラの口をふさごうとするわ」

「そうかもしれないが」ジョーが言った。「財宝のためなら気が変わるかもしれない」

「それはない」イヴが言った。「問題はナタリーがどう考えるかではなくて、カーラを取り戻して、家に連れて帰ることよ」

ジョーは肩をすくめた。「もし思ったようにいかなかった場合、カーラのことはひとまず先送りしてもいいんじゃないかと言いたかっただけだ」ジョーはテントの出口に向かった。「だが、うまくいくと信じることにしよう。乗り物の手配をして、ドロストキー公園の地図を手に入れてくる」

「ドロストキー公園？」ジョックはゆっくりと言った。「交換の現場としては妙な場所を選んだものだ。罠じゃないかな」

「その可能性も考えた」イヴは答えた。「でも、このチャンスをのがすわけにいかない。カーラをカスコフ邸から引き離せば、カスコフの部下も簡単に手出しはできないはずよ。人目の多い公園で乱暴なまねは……」

「いや、その気になったら、いつでも、どこでも人は殺せる。準備すればいいだけだ」

「準備ならわたしたちもしているわ。カーラがあの公園に来たら必ず取り戻す」イヴは言った。「ジョーがモスクワの南側にあるカドザブ空港まで飛行機を手配してくれた。小さな空港で、もっぱら麻薬の密輸業者が使っていて、政府は見て見ぬふりをしているそうよ。カーラを取り戻したら、三十分以内に同じ飛行機で帰る」

「ドロストキー公園から生きて出られたらの話だろう」

「そうできるようにジョーは入念な計画を立てているわ」

「クインを無条件に信じているんだね。すごいな」

「当然でしょう」イヴは一呼吸おいた。「あなたにも無条件で信じてほしいとは言わない。あなたは誰も信じない人だから。でも、ジョーはカーラに危険が及ぶようなことはさせない。これだけは覚えておいて」

「たしかにクインは優秀なファイターだが、こうした状況下ではひとつ弱点がある」

「弱点？」

「目的を果たすために必要な犠牲を払う覚悟がない」

「どういう意味かわからないわ」

「考えればわかるはずだ」ジョックはそう言うと、話題を変えた。「電話してきたのは、飛行機の手配をしたと知らせるためじゃないはず。ぼくに何か言いたいことがあるんじゃないか？」

「ナタリーとの取り引きを棒に振るような行動をとらないでほしい」

「ほかには？」

「公園に来てカーラの安全を確保してほしい」

ジョックは声をあげて笑った。「ぼくが公園に行かないはずがない。頼まれるまでもないよ」

「もうひとつのお願いのほうは？」

「カーラの安全をぼくより確実に守れる方法があるなら反対はしない」

「それでは答えになっていないわ」

「そちらはそちらの計画を進めてくれ。ぼくは成功しなかった場合に備えておく」

「とりあえずわかった」

「よく覚えておいて」ジョックは冷ややかな声で続けた。「ぼくはカーラを見守って、安全を確保する。不穏な動きがあったら、すぐ行動をとる。目にもとまらぬ速さで動くから、きみは気がつかないかもしれない。もし計画どおりいかなかったり、理解できないことが起こったりしても、ぐずぐずしないこと。クインといっしょに公園を出て、空港に向かってほしい」

「カーラを置いて？」

「カーラはぼくが取り戻す」ジョックは声をやわらげた。「きみに危険が迫っているとカーラが気づいたら、どんな反応を示すかわかるだろう」

ジョックが言いたいことはわかったが、それでもイヴは納得できなかった。「でも、わたしたちだけ逃げ出すなんて――」

「カーラをナタリーのもとに残したら、いつまで生きていられるかわからない」ジョックはきつい口調で言うと、しばらく黙り込んで感情を抑えようとした。「クインを信じているように、今回だけはぼくを信じてほしい。ぼくの言うとおりにすれば、カーラを無事に取り戻せる。約束してくれ。何も言わずに、ぼくの言うとおりにする、と。計画どおりいかなかったら、あとはぼくに任せてクインと公園を離れる、と」

　イヴは答えなかった。

「決してカーラを死なせたりしない。誰にもあの子を傷つけさせない。だから、約束してくれ」

　イヴはしばらく黙っていたが、やがて意を決して言った。「約束するわ。でも、ジョーを納得させるのは大変。よくわからないのに信じろと言われて従うような人じゃないから」

「それはきみも同じだろう」ジョックは一呼吸おいて言った。「ありがとう、ぼくを信じてくれて」

「でも、うまくいかないと決まったわけじゃないから」イヴは唇を舐めた。「計画どおり進むことを祈るわ」

「たしかに」ジョックは言った。「だが、ぼくの世界では、物語は〝その後いつまでも幸せに暮らしました〟で終わらない。ナタリーと彼女の新しい愛人が相手ではなおさらだ。この瞬間でも、眺めているだけで手出しできないのがもどかしくてたまらない」

「二人がカーラといっしょにいるところを見るのはつらいでしょうね」

「カーラは純粋で勇敢で、いつも音楽がある。だが、あの子を取り巻く世界は血なまぐさくて薄汚い。その世界がどんどん迫ってくるのを見ているのはつらい」ジョックは大きく息をついた。「早くけりをつけないと、頭がおかしくなりそうだ」

イヴは今さらながらにジョックを受けた。ジョックの苦悩はわかっているつもりだったが、実際には理解していなかった。「もう少しの辛抱よ。あと二日だから」

「あと二日か」ジョックは言った。「ドロストキー公園に下見に行って、クインに教えておいたほうがよさそうなことがあったら電話する。公園の地図や見取り図はもう入手したんだね？」

「今、調べているところ」

「場所の確認もしておこう。それから、パリクに連絡して、知っておいたほうがいいことはないか訊いてみる。彼の情報収集力はたいしたものだ」

「ジョーもパリクと話したと言っていたわ」イヴにはもうひとつ言っておきたいことがあった。「自由に行動したいのに、わたしに邪魔されたと思っているでしょうね、ジョック。でも、それはあなたがひとりでカーラを助けられないと思っているからじゃないの。あの子を大切に思って、ずっと見守ってくれていることにどんなに感謝しているかしれないわ」

「ぼくにとってカーラは大切な存在だ。だから、この先もぼくを信頼してほしい。後悔はさせない」そう言うと、ジョックは電話を切った。

ジョックがカーラを大切に思っているのは間違いないが、やけに力のこもった言い方がイヴは気になった。そして、それ以上に、ジョックが強引に取りつけた約束が気がかりだった。

はっきりとは言わないが、ジョックはこちらの思いどおりには進まないという前提で計画を立てているのだろう。

ジョーになんと説明すればいい？

心配したってしかたがない。話してみるしかない。それに、何もかも計画どおり進んで、ジョックに頼る必要はないかもしれないし。

ジョックの世界と違って、わたしの世界では、物語は〝その後いつまでも幸せに暮らしました〟で終わることもある。ただし、それはごくまれだから、当てにはできない。

とにかく、ジョックにあんな約束をしたのは誠意を示したかったからだとジョーにわかってもらえるように全力を尽くそう。イヴは気を引き締めると、ジョーを捜しに行った。

「ねえ、どうかしら？」ジェーンはブロンズの箱を覆っていた防水布を取ると、一歩近づいた。「古代の箱に見えるでしょう。何時間もかけてやすりをかけたりシミをつけたりしたの。エンブレムを彫るのにも苦労したわ。蓋の中央のエンブレムはヘルクラネウムではよく見られたデザイン。最善を尽くしたつもりよ、イヴ」

「最高よ」イヴはエンブレムを指でなぞった。「本当に古代のものに見える。なぜこのエンブレムを選んだの？」

「なぜって……ぴったりだと思って」ジェーンは蓋を開けた。「外側ほどじゃないけれど、内側も古びた感じに仕上げた。ちゃんと二重底にしてあるわ。黒っぽくてひびが入っているから、ちょっと見ただけではわからないはずよ」

「注文どおりのものをつくってくれたわね」

「あとはコインを入れればいいだけ。でも、箱いっぱいのコインはないでしょう？　またケイレブにコレクターから奪わせたとも聞いていないし」

「その必要はないの。マクダフが役に立ちそうなコインをネットで探してくれている。古代のコインでも、ドラクマのようにコレクションの対象になっていないものは、法外な値段はついていないそうよ。マクダフが集めてくれたコインの上に、ケイレブがヘルムベルクから取ってきたコインをばらまいておけば、ナタリーが箱の中身をじっくり調べたり、専門家に調べさせたりしても、ばれる心配はない。ドラクマ銀貨も何枚か入れるつもりよ。ナタリーに送ったものほど価値はないけれど、同じ銀貨だと勘違いする可能性もある。きっとうまくいくわ」

「二重底にするのはいいアイデアよね。よく思いついたわ」

「いいかどうかはともかく、これでやるしかないの」イヴは疲れた顔でうなじを撫でた。

「みんなのおかげでコインも箱も用意できた。本当にありがとう、ジェーン」

「お礼なんていいの。大変だったけれど、楽しかったわ。シーラの世界にどっぷり浸ることができて」

「それならよかった」イヴはテントの出口に向かった。「ジョーを呼んでくるわ。ずっと公園の地図とにらめっこしているの。早くこの箱を見せてあげなくちゃ」

ジェーンはイヴの後ろ姿を見送ってから、箱に視線を戻した。我ながらいい出来だ。イヴに言ったように、ブロンズの箱に彫刻を施したり、着色したりしている間中、シーラのことを考えていた。蓋に彫った鷹《たか》のエンブレムをそっと撫でてみた。

「どこに行くかくらい教えてくれたっていいじゃないか」気がつくと、ケイレブが隣にいた。「エディンバラに行っていたんだって？　急にいなくなるから心配したよ」

「急いでいたから、知らせる時間がなかったの」ジェーンはそう言ってから、言い訳なんかする必要はないと気づいた。「それに、いつどこにいるか、いちいちあなたに報告する義務はないわ」

「そうかな」ケイレブはにやりとした。「とにかく、帰ってきてくれてよかった。おれが押しかけたら、きみのアーティスト仲間はなんと言っただろうな。ないがしろにされたと感じたら、そうするつもりだった」

「押しかけてきたって、ないがしろにされただけよ」ジェーンは言い返した。「時間がなかったと言ったでしょ。イヴの予定に間に合うように箱がつくれてほっとした」

「素晴らしい作品だ」ケイレブはほれぼれと箱を眺めた。「これならナタリー・カスティーノもころりと騙されるだろう」

「でも、専門家がくわしく調べたら、すぐ偽物とわかる。まさか公園に専門家を連れてこないとは思うけれど」

「そうだね」ケイレブは視線を上げてジェーンを見た。「だが、この箱をつくっているときは偽物だなんて思わなかったんじゃないか？　さっきエンブレムを撫でているところを見たが、愛情がこもっていた」

「それは……自分の作品が愛おしかったから」ケイレブが何も言わないので、ジェーンはそっけない口調で続けた。「どうでもいいことをおおげさに言わないで」

「そんなつもりはないさ。そもそも、どうでもいいことじゃないだろう？」ケイレブは小首をかしげた。「シーラが来てくれたんじゃないか？　ライトを設置していたとき、きみが霧の中をさまよっているのをずっと見ていたんだ。あの場所にいると落ち着くようだね」

「ずっと見ていたって、マクダフを手伝うために行ったんじゃなかったの？」

「それはそうだが、おれの最大の関心事はきみだからね。きみだって知っているはずだ。それに、少しでもきみとシーラの世界を共有していると思うとうれしいんだ」

ジェーンは眉をひそめた。「どういう意味？」

「トレヴァーはきみがシーラの夢を見て、シーラのことを調べようとしたときから、ずっときみのそばにいた。あの頃、きみはまだ十七歳だった」ケイレブは不敵な笑みを浮かべた。「だが、もう十七歳じゃないし、今きみのそばにいるのはおれだ。だから、シーラもおれに興味をそそられて、おれを認めてくれるんじゃないかな。どう思う?」

ジェーンはケイレブをシーラと関連づけて考えたことなどなかった。でも、シーラがケイレブに惹かれたとしても不思議はないだろう。シーラは情熱的で官能的な女性だったし、つき合う相手にもそれを求めた。ケイレブが情熱的で官能的なのは誰の目にも明らかだ。

ケイレブは不思議そうにジェーンを見つめていた。「答えてくれないんだね」

嘘をつくわけにいかない。ケイレブは嘘と見抜いて、からかうだろう。「もちろん想像にすぎないけれど、あなたの言うとおりかもしれない。シーラがあなたに興味をそそられて、いっしょに過ごす可能性はあるわ。でも、シーラはつき合う相手に関しても良識があって現実的だった」ジェーンはケイレブと目を合わせた。「永続的な関係は望めないでしょうね、一夜限りの相手にはなれても」

「そうかな?」ケイレブは視線を合わせたまま、意味ありげな低い声で言った。「ますますその気になってきたよ。一夜でもいっしょに過ごしたら、彼女の良識があって現実的な考えを変えられるかもしれないからね」

ジェーンはケイレブがシーラではなく自分のことを話題にしていることに気づいて、視線をはずした。「シーラの性格なら、わたしのほうがよく知っているわ。そもそも、どこからこんな話になったのかしら」

「シーラの箱だよ」ケイレブはブロンズの箱に視線を向けた。「ひとりになって、おれを警戒しなくてすむようになったら、ほかにもいろいろ思い出すだろうね」視線を上げて、ジェーンに笑いかけた。「さてと、一応文句はつけたから、きみを解放してあげよう。おれもしなければならないことがあるから。次はモスクワで会おう」

ジェーンはぎくりとした。「あなたもいっしょに行くの？」

「いっしょには行かない。いざとなったら、専用の飛行機を手配する。きみはおれを締め出そうとしているが、クインはおれを貴重な人材と認めてくれている。病み上がりのマクダフはこっちに残るが、おれが楽しみに参加できない理由はないからね」

「楽しみだなんて、相手はナタリーよ」

「相手があの女だからこそ面白いんじゃないか」ケイレブの顔から笑みが消えた。「きみはイヴと行くのに、おれは行かないなんて本気で思っていたのか？」

「あなたが行くか行かないかなんて考えもしなかった」

「ほら、またおれをないがしろにしている。きみはいつも自分のまわりに壁をつくって、おれを近づけようとしない」ケイレブの顔が険しくなった。「いいかげん、うんざりだよ」

そう言うと、踵《きびす》を返して離れていった。

ジェーンは後ろ姿を見ないようにした。複雑な気分だった。ケイレブと話すといつものことだが、不安になると同時になぜか欲望をかき立てられる。ケイレブとは近いうちにまた一戦を交えることになるだろう。

わたしはどうかしている。ジェーンは大きく息をついた。カーラを取り戻すために命がけで戦おうとしているときに、こんなことを考えるなんて。

ジョーとイヴが近づいてくるのが見えた。ジェーンは手を振って呼びかけた。「シーラの箱を見に来て、ジョー。これならきっとシーラも満足してくれると思う」

9

はしゃぎ回る子どもたち。

犬を散歩させる人。

我が子を見守りながら雑談している母親たち。

音楽に合わせてゆっくり回転するメリーゴーランド。

明日もまったく同じ光景が繰り広げられるのだろう。だが、明日はここでイヴとナタリーが対決する。

メリーゴーランドが一回転する時間は計ってあったが、誤差があるかもしれないから、ジョックはもう一度確かめることにした。ナタリーはカーラがメリーゴーランドに乗っていると言ったらしい。それなら、鍵はメリーゴーランドだ。だから、二時間かけてメリーゴーランドをじっくり調べた。

次に調べるのは公園全体だ。

公園内の建物からメリーゴーランドまでどれだけあるか歩測しておこう。建物の配置は細かいところまで頭に入れてあるが、実地調査にまさるものはない。

それにしても、なぜナタリーはカーラをメリーゴーランドに乗せるのだろう?

何をするつもりなんだ?

それさえわかれば……。

モスクワ
カスコフ邸の番小屋

カーラはバイオリンをケースにしまうと、丁寧に留め金をかけた。床には置かず、ベッドにのせた。もしかしたら、また弾きたくなるかもしれないから。そわそわして落ち着かなかった。今夜はいつものようにすんなり音楽の世界に入れなかった。それでも、弾き始めると、だんだん引き込まれていった。

カスコフが仕事で遠くに行ったので、今夜は彼のために演奏しなかった。だから、一日中、番小屋にいた。ナタリーにも会っていない。会わなくても寂しくなかった。ナタリーが口にするのは嘘か、心にもないことばかりだ。ナタリーともカスコフとも顔を合わせずにすむなら、二人に調子を合わせる必要もない。

それでも、ひとりぼっちの時間はとても長かった。ついイヴのことを考えてしまう。そして、ジョックのことを。

ジョック。

今夜もわたしのバイオリンを聴いてくれた? もちろん、聴いてくれたはず。いつもそばにいると言ってくれたもの。カーラはジョックを信じていた。

でも、会えないのはつらい。ジョックに会って話がしたい。一度訪ねてきてくれたけど、あれからずいぶん経つ。こうして毎晩、彼のことを考えているのに。

「静かに。何も言うんじゃないよ」

カーラは階段に目を向けた。

ジョックだ!

カーラは一目散に彼の腕の中に飛び込んだ。「ちょうどあなたのことを考えていたところ。あれからずっと会えなくて――」ジョックがカーラの口を手でふさいだ。カーラは息を吸い込みながらささやいた。「これから連れていってくれるの? 一分だけ待って。パジャマを脱いで着替える」

ジョックは首を振った。「今夜は連れていけない。明日のことを知らせに来たんだ。心の準備をしてもらうために」そう言うと、カーラをバスルームに連れていってドアを閉めた。「今夜はナタリーが来ないから、サバクは庭で警備についている。声を聞かれないようにしないと」

「あの二人はしょっちゅう一階の居間にいるわ」

「知っていたのか？」

「いつもセックスに夢中よ。うるさいったらない」

「子どもが聞き耳を立てたりするんじゃない」ジョックは苦い顔になった。「誤った先入観を持つことになる」

なぜジョックがそんなことを気にするのか、カーラにはわからなかった。「なぜ今夜連れていってくれないの？」

「明日、ナタリーがきみをドロストキー公園に連れていくことになっているからだ。そこでイヴに会って、きみをシーラの財宝と交換する」

「だめ、そんなこと」カーラは指が食い込むほどジョックの腕を強く握った。「ナタリーはイヴを騙すに決まっている。ひどい目に遭わされるわ」

「会うのは昼間で、ジョー・クインもいっしょだし、応援も連れてくる。イヴが危ない目に遭う心配はない」

「イヴにやめるように言って」

「もう決まったことだ。うまくやるしかない」

カーラは首を振った。「それよりも、今わたしを連れ出せない？」

「ぼくとしては、ひとりででもきみを連れ出したいが、イヴはナタリーと取り引きしたほうが安全だと言っている。それに、もしイヴの計画どおりいかなくても、少なくともきみはここから無事に出られるわけだからね」

「ナタリーはイヴを殺すチャンスを狙っているわ」

「イヴにはクインがついている」ジョックは一呼吸おいた。「だが、イヴの計画がうまくいかなかったら、そのときはぼくがきみを助け出すから、そのつもりでいてほしい」

カーラは目を丸くした。「あなたもその場にいるの？」

「もちろんだ。だが、姿は見せない。いざとなったら、黙ってぼくの言うとおりにするんだよ。いいね？」

「そんなのいや」カーラはぐっと息を吸い込んだ。「イヴを危険な目に遭わせたくない。それに、わたしを助けようとしたら、あなただって殺されるわ」

「そんな心配はしなくていい。きみはこの屋敷から出られるんだ」ジョックはカーラの頬に触れた。「といっても、そのあとが大変だが」そう言うと、額にすばやくキスした。「バイオリンは？」

「えっ？」

「バイオリンを預かっていくよ。パリクに頼んでスコットランドに送ってもらおう」

「なぜ？」

「きみはよくがんばったから、お土産くらいもらったっていい。そのバイオリンを気に入っているんだろう？」

「でも、わたしのものじゃない」

「きみのものだ」ジョックは唇をゆがめた。「それに、ナタリーがお別れのプレゼントにくれるとは思えない」

「そうね。カスコフはわたしにくれると言ったけど、ナタリーは借りているだけだって」

「借りはもう充分返した。どこにあるんだ？」

「ベッドの上。ケースに入っている。今夜はもう弾かないから」

ジョックはバスルームのドアを開けた。「できるだけいつもどおりにしてほしかったから、演奏が終わるのを待っていたんだ」

「じゃあ、バイオリンを取りに来ただけなのね」

「一晩の辛抱だよ」ジョックはほほ笑みかけると、ベッドの上のバイオリンを取りに行った。「今度このバイオリンを弾くときは、ゲールカール湖にいる」

「わたしに元気を出させるために言っているだけでしょ」

「きみに元気を出させるのがぼくの務めだからね。効果はあった？」

「ぜんぜん。あなたとイヴが無事だとわかるまで元気なんか出ない」カーラはジョックに近づいて、彼の胸に顔をうずめた。「あなたとイヴはわたしが必ず守るから――」

「何も言わないで。きみは充分がんばった。あと一息だよ。心配しないで、ぼくたちに任せてほしい」ジョックはカーラの鼻のてっぺんにキスすると、階段に向かった。「じゃあ、明日、ドロストキー公園で」

次の瞬間、彼の姿は消えた。

七分あれば安全な場所に戻れると、この前会ったときにジョックは言っていた。

カーラはバルコニーに出た。身を切るように寒い。そういえば、今日、空港に向かう前にカスコフが雪になりそうだと言っていた。フェンスの向こうの森を眺めた。体が震えるのは寒さのせいだけではなかった。胃がきりきりする。七分経っても、今夜は安心なんかできないだろう。

何もかも変わった。

三分経過。

カーラはこわばった顔でバルコニーに立ち、時間が過ぎるのを待った。

六分経過。

明日、イヴもジョックも命の危険にさらされる。

七分経過。

それでも、不安は消えなかった。

みんなの無事を祈るしかなかった。

午後三時四十五分
ドロストキー公園

「万事抜かりはないでしょうね」ナタリーはサバクに確かめた。二人の少し前を、光り輝く大きなメリーゴーランドに向かってカーラが歩いている。「彼は所定の位置についた？」

「とっくに」サバクは売店に目を向けた。日よけの下の窓を確認する。「そんなミスは犯さない」サバクはメリーゴーランドの音楽に負けないように声を張り上げた。「万事計画どおり進んでいる」

「雪が降ってきたわ」ナタリーは空を見上げた。白いものがちらちら舞っている。「悪天候のせいでメリーゴーランドが止まったりしないでしょうね？　そんなことになったら、何もかも――」

「これくらいたいしたことはない。本格的に降るのは夜になってからだろう。少々雪が降ったって、公園としては一ルーブルでも売り上げを増やしたいに決まっている」

「あの子につけた見張りはどういう男？」

「ジュードクはフリーで働いているから、あなたの父親とつながりはない。その点はちゃんと調べた。カスコフ邸まで財宝の箱を運ぶ際に警備につく連中もみんなそうだ。万事抜かりはないから、つべこべ言わないでほしい」

サバクのやけに横柄な態度が気に入らなかったが、この期に及んで文句をつけるのは得策ではないだろう。ナタリーはぐっとこらえて、動きを止めたメリーゴーランドに足早に近づいた。「乗って、カーラ」どれに乗せようかと、ぐるりと見回した。馬やライオンやさまざまな動物の乗り物がある。「どれがいいかしら？ ほら、あの両側に白鳥のいる座席がいいわ」

カーラはナタリーを見た。「乗らなくちゃだめ？ なんだか馬鹿みたい。最後にメリーゴーランドに乗ったのは八歳のときだし」

「乗るのよ」ナタリーはほほ笑みかけた。「言われたとおりにして。サプライズが用意してあるから」

カーラは少しためらったが、メリーゴーランドに向かった。そして、指示された白鳥の座席についた。

サバクがカーラに目を向けたまま携帯電話で話している。

慎重にやっている。ナタリーは意地の悪い笑みを浮かべた。あとはあっと驚くような結末を待つだけだ。

よく手入れされた芝生を横切って、この日のために借りた、赤い日よけのある一画に向かった。ここを選んでよかった。ナタリーは満足だった。きらきら輝くメリーゴーランドも、白い縁取りのある真っ赤な日よけも、金色に塗られた馬車も、何もかもおあつらえ向きだ。エカテリーナ二世のかつての華々しさを思い起こさせる。幸先《さいさき》がいい。財宝を手に入れたら、わたしはあの女帝のようになるのだから。

イヴ。

装飾を施した正面ゲートからイヴが入ってくるのに気づいて、ナタリーは身構えた。

箱を持っていない。

ジョー・クインが押している車輪つきのカートに木箱がのっているのを見てほっとした。何を心配しているのだろうと自分でも不思議だった。あれほどカーラに入れ込んでいるイヴが約束を破るはずなどないのに。

ナタリーは赤い日よけの下に置いた椅子に腰をおろして、二人が近づいてくるのを待った。貢ぎ物を献上しに来る臣下を待つエカテリーナ二世の気分。そう、わたしは女帝になりたかったのだ。

あと一息でその夢が実現する。

「まるで女王気取りね」ナタリーに近づきながらイヴがつぶやいた。この前ナタリー・カスティーノを見たときは、埃《ほこり》まみれで服もあちこち破れていた。だが、今日はしゃれた赤いベルベットのロングスカートに黒いスエードのジャケットを合わせ、きちんと髪をセットして、あざけるような視線を向けている。「自信満々みたい。根拠のある自信？」

「パリクが公園を調べてくれたが、カスコフの部下は見当たらなかったそうだ。サバクはメリーゴーランドとナタリーのそばを行ったり来たりしているが」ジョーがナタリーに目を向けたまま言った。「いざというときのためにパリクが手配してくれた応援要員が四人、公園内に待機している」

「ジョックは？　どこにいるのかしら――」そのとき、ゆっくりと回転するメリーゴーランドの白鳥の座席にカーラが乗っているのが見えた。白いブラウスに黒いジャケット、紺色のプリーツスカートという地味な服装のせいか、いつもより痩せて、大人びて見える。青ざめた顔をして、口元を固く結んでいた。「怯えているわ。ナタリーを殺してやりたい」

「まあ、落ち着け」ジョーはカーラから少し離れたところに立って、真鍮《しんちゅう》の柱を握っている黒い革ジャン姿のがっしりした若い男を見つめた。「カーラを見張っているんだ。どう見たってメリーゴーランドに乗るようなタイプじゃない」

イヴはうなずくと、またつぶやいた。「ジョックはどこかしら？」だが、ナタリーのすぐそばまで来たので、注意をそちらに集中した。「約束どおり来たわ」笑みを浮かべているナタリーに言った。「さっさとすませましょう」

「せっかちね。わたしはもう少し楽しみたい気分」ナタリーはそう言うと、木箱に目を向けた。「その箱、値打ちのあるものには見えないけど」

「コインの入った小箱をそのまま持ってくるとでも思った？　人目につきすぎるわ」イヴは木箱の蓋を開けた。「それに、途中で壊れる恐れもある。とても繊細な造りだから」

ナタリーは食い入るようにブロンズの小箱を見つめていた。そして、手を伸ばして、蓋に刻まれた鷹のエンブレムに触れた。「ずいぶん古そう……この箱も価値のあるものなんでしょうね」

ナタリーは本物だと思っている。イヴはほっとした。第一関門は突破した。「さあ、わたしは箱に関心はないから。それより問題は中身よ」イヴはあたりを見回した。「コインを鑑定する専門家を連れてきたんでしょう？　どこにいるの？」

「専門家なんか必要ないわ。あなたを信用しているもの、イヴ」ナタリーはブロンズの小箱の蓋を開けた。「念のためにこの前送ってもらったコインは鑑定してもらった。適正価格だそうよ」

二百万ポンドの価値があるのだから、〝適正価格〟に決まっている。イヴは心の中でつぶやいた。

「きれい」ナタリーはきらきら光るコインを前にして頬を紅潮させた。古代ギリシャのドラクマコインを一枚取ると、手を伸ばしてもう一枚取り上げた。「これと同じようなコインを前に送ってくれたわね」

イヴが期待していたとおりの反応だ。「そうだったかしら？　よく覚えていないわ」イヴは銀貨を一枚取り上げた。「この古代ローマのコインのほうが価値がありそうだけれど」

「どうかしら？」ナタリーはコインの中に手を入れて、そっとかき混ぜた。「やっぱり鑑定してもらわないとだめね」

イヴははらはらした。あんなにかき混ぜたら、二重底だとばれてしまうかもしれない。

「それはあなた次第。わたしたちはシーラの財宝ともう関係がないから」

「そのとおりよ」ナタリーが箱の蓋を閉めたのを見て、イヴは安堵の息をついた。「それでかまわないんでしょう？　あなたの関心はあくまでカーラだから」そう言うと、メリーゴーランドに目を向けた。「あの子に会えなくなったら、父は悲しむでしょうね」

「財宝は渡したわ。約束を守って、ナタリー。早くカーラを返して」

「急かさないでちょうだい。最後にあの子に楽しませてあげたいの。母親なら、そう思うのが当然でしょ」

「心にもないことを言わないで」

「そんなふうにわたしを責めるのはあなただけよ」ナタリーはサバクに合図して箱を取りに来させると、木箱ごと運んでいくのを笑顔で見守っていた。「さて、厄介な仕事はこれで終わり。でも、もう少しカーラを眺めていたいわ。なぜ日中にこんな人目の多い場所で会うことにしたかわかる？」

「わたしを安心させるため？」

「まさか。あなたがどう思おうとわたしには関係ないもの」

「うっかりしてたわ」イヴは皮肉な声で応じた。「あなたが自分のことしか頭にない人だということを忘れていた」

「父はカーラを愛しているわ」ナタリーが言った。

「どこまで本気かしら？」

「孫娘が可愛くてしかたがないの」ナタリーはメリーゴーランドを指さした。「ほら、回ってきたわ。可愛い子でしょう。わたしに似てると思わない？」

「ここに来たのはカーラを眺めるためじゃないわ。早く連れてきて。約束は守って」

「わたしがこの公園を取り引きの場所に選んだ理由をまだ話していなかったわね。父にはカーラを気晴らしに公園に連れてきたと言うつもり。ところが、運の悪いことに尾行された、と」ナタリーはイヴに笑いかけた。「あなたに」

「わたしがカーラを拉致したと言うつもり？」

ナタリーは首を振った。「もっといい筋書を思いついた。あなたが雇った殺し屋があの子を殺したと言うの。わたしがあなたの愛人のサラザールを殺した腹いせに」

一瞬、イヴは唖然《あぜん》とした。「そんな嘘、誰も信じないわ」

「父はわたしの言うことを信じるわ」ナタリーは腕時計を見ると、立ち上がった。「雪が激しくなってきた。早く財宝を持って帰ったほうがよさそう。あとは好きにしてちょうだい」穏やかな声で続けた。「カーラを助けたいなら、ジョー・クインにメリーゴーランドに駆けつけるように言ったほうがいい」そう言うと、急ぎ足で正面ゲートに向かった。

「あと一回転したら、あの子はターゲットになる」

「ジョー」イヴはジョーと目を見合わせた。「聞いたでしょう?」そう言うと、メリーゴーランドに向かって走り出したが、ジョーはすでに駆け出していた。

メリーゴーランドはきしりながら回っている。ライトがまぶしい。

木馬が上下に揺れている。

白鳥の座席が角を回ってくるのが目の隅に見えた。

「やめて!」

次の瞬間、弾丸が白鳥の頭に当たって炸裂《さくれつ》した。

「カーラ!」

メリーゴーランドはまだ回っていて、白鳥が正面に見えた。

また弾丸が飛んだ。

「伏せろ」ジョーが叫んだ。「あそこの売店から狙っている。たぶん、銃はレミントンで……」

「ナタリーは殺し屋を雇ったと言っていた。カーラは……」

「だいじょうぶだ、イヴ」ジョーが振り返った。「カーラはもう白鳥に乗っていない。よかった」ジョーはメリーゴーランドに飛び乗ると、粉々になった白鳥のそばの、真鍮の柱の下に倒れている男に近づいた。

　カーラを見張っていた男だ。黒い革ジャンを着た黒い髪の男で……。

　首が折れていた。

「きみが探していた答えが見つかったね」ジョーが憮然《ぶぜん》とした顔で言った。「ジョックはここにいたんだ」メリーゴーランドの中央にある、保守管理用の小部屋の赤いドアが開け放たれていた。「あそこに隠れて、チャンスをうかがっていたんだろう」

「早く二人を見つけないと――」イヴははっとして言葉を切った。ジョックとの約束を守らなければならない。計画がうまくいかなかったら、あとはジョックに託して、この場を離れると約束した。ジョックはカーラを殺し屋から救ってくれたのだ。カーラを置いて帰るのは心苦しいけれど、ジョックを信じよう。「早くここを離れないと。ナタリーは作戦が失敗したと気づいたら、次にどんな手を使うかわからない。それに、カーラはわたしたちのことを心配して、ジョックが助け出そうとしても、ここから離れないかもしれない」

それでも、ジョーは動こうとしなかった。「ジョックに約束したのよ」イヴは促した。

「ぼくは約束していない」

「ジョー、お願いだから」

「わかったよ」ジョーはイヴの肘を取ると、全速力で側面の出口から出て、ジェーンがレンタカーをとめて待っている場所に向かった。途中で振り返ると、メリーゴーランドに人

だかりができていた。「大騒ぎになっている。ナタリーの計画では、あそこに遺体がある
はずで、実際、遺体はあるにはある。カーラではなく男の遺体だが」
「カーラを奪われたと気づいたら、ナタリーはコインの箱を調べ直すんじゃないかしら。
騙されたとわかったら、全力で反撃してくるわ」
「それは間違いない」
レンタカーにたどり着くと、ジェーンはエンジンをかけて待っていた。「カーラは？
何があったの？」
「ナタリーにしてやられた」ジョーが後部座席に飛び乗ると、イヴもあとに続いた。「想
定外というわけではないが。もっと悪い結果になる可能性もあった」
「カーラを助け出せなかったんでしょ」ジェーンは車を出した。「それだけでも悪い結果
だけど」
「ナタリーに奪われたわけじゃないの」イヴは説明した。「何よりもカーラは生きている。
ナタリーは殺し屋にカーラを始末させて、それをわたしたちのせいにする気でいたけれど、
彼女の思いどおりにはならなかった。ジョックのおかげで」
「ジョック？」ジェーンはバックミラーを見上げた。「ジョックも公園にいたの？」
「ジョックがカーラを助け出してくれた」イヴは言った。「姿は見なかったけれど、突然
カーラが消えたのは、彼が救い出したからよ」

「これからどうするつもり――」そう言いかけたとき、ジェーンの電話が鳴った。「ケイレブからよ」ジェーンは電話に出ると、スピーカーフォンに切り替えた。「思ったようにいかなかった」ケイレブが何も言わないうちにジェーンが話し出した。「でも、カーラはジョックが救い出したそうよ。あとはジョックに任せるしかなさそう」

「それなら、モスクワを離れたほうがいい」ケイレブが言った。「モスクワの北にあるスコフスキー空港にプライベートジェットを待たせてある。そこで落ち合おう」

「だめよ」イヴがきっぱり言った。「カーラを置いて行けない」

「ナタリーは騙されたと気づいたら、きみを捕まえようとする」ケイレブが言った。「モスクワで父親の庇護下にいるかぎり、圧倒的に向こうのほうが有利だ。きみを利用してジョックからカーラを取り戻そうとするにちがいない」

「ジョックがカーラを渡すかしら?」イヴは皮肉な声で言った。「わたしにカーラと交換するほどの価値があるとは思っていないかもしれない」

「いずれにしても、きみが捕まったらおおごとになる。ジョックを信じて、ここを離れよう」

〝ぼくを信じてほしい〟――ジョックはそう言った。

「わかったわ」イヴはジョーを見た。「でも、スコットランドには戻らない」

「それなら、ヘルシンキに行こう」ケイレブが言った。「ヘルシンキならモスクワから一時間だ。そこでジョックからの連絡を待てばいい」

「どう思う?」イヴはまたジョーを見た。

「とにかく、ここを離れるしかないな」ジョーは苦い口調で続けた。「きみと話していたときのナタリーは、さながらネズミをいたぶるネコだった。きみはジョックを信じることに決めたんだろう。だったら、その決意を貫くべきだ」

イヴはめまぐるしく考えた。ケイレブの言うとおり、モスクワにいるかぎり、ナタリーは圧倒的に有利な立場にある。もしわたしが捕まったりしたら、ナタリーの強みをまた増やすことになる。カーラはわたしを守るのが自分の務めだと思い込んでいるから、ジョックの反対を振り切って、わたしを助けようとするだろう。

「いったん離れたほうがいい」ケイレブが言った。「負けるが勝ちというじゃないか。チャンスを見て、また戻ってくればいい」

そんな悠長なことが言えるのは、ケイレブがカーラを見ていないからだ。青ざめた顔をして、プリーツスカートの上に握り締めた両手をのせていた心細そうなカーラを一目でも見たら、そんなことは言えないはずだ。

〝ぼくを信じてほしい〟

わかった、ジョック。あなたのやり方でやってちょうだい。そして、できることなら首尾よく切り抜けて。

「ここからジェット機で一時間なら。一時間でヘルシンキに着けるなら、モスクワを離れてもいい」

「決まりだ」ケイレブは言った。「できるだけ早くここに来い、ジェーン。イワン・サバクはきみたちがカドザブ空港を利用したことを突き止めたら、まずあっちに行くだろうから」

「それで、あなたは専用の飛行機を用意したわけね」ジェーンは言った。「例によって主導権を握りたかっただけだろうけど」

「主導権なんか握っていない。決めるのはイヴだから。こうして平身低頭してお願いしているじゃないか。じゃあ、二十分後に」

ドロストキー公園

「ついてきて」ジョックは小声で言うと、売店の裏の茂みを這って進んだ。「音を立てるんじゃないよ、カーラ」

わざわざ念を押されなくても、カーラは恐怖のあまり声も出なかった。ジョックがメリーゴーランドの保守管理スペースからひょっこり姿を現したとたん、息が止まりそうになった。あんなジョックを見たのは初めてだ。目にもとまらぬ速さで動いたかと思うと、黒い革ジャンを着た男がうめき声をあげて床に倒れた。ジョックが殺したと気づいて呆然《ぼうぜん》とした。鉛筆をぽきんと二つに折るみたいに、あっさり男の首を折った。それから、カーラを保守管理スペースに引き込んで、口をふさいだ。

銃声がした。

また一発。

悲鳴があがった。

ジョックはカーラを保守管理スペースから連れ出すと、メリーゴーランドの木馬や馬車の下の狭い空間を這って進んだ。「行くよ。人が大勢いるが、誰もこっちは見ていないから」メリーゴーランドから地面に転がりおりた。

カーラもジョックにならった。

ジョックがカーラの手をつかんで、茂みの奥へと這っていく。ジョックの言うとおりだ。人がたくさん集まっているけれど、誰ひとりこちらを見ていない。みんな興奮した顔で、ジョックが殺した男を恐ろしそうにのぞき込んでいる。

怖がらないで。

あの男のことは考えてはだめ。

ジョックは簡単に人を殺せるなんて考えてはだめ。

黙ってジョックについていこう。

ジョックを信じよう。

「売店の裏に出た。二階の倉庫に通じる階段がある。ここで待っているんだよ。念のために調べてくる」ジョックは階段をのぼって倉庫に入った。そして、すぐ出てくると、カーラに階段をのぼるよう合図した。

カーラは駆け上がった。ジョックのことが少し怖かったが、離れ離れになったら大変なことになるのはわかっていた。

「今のところ、ここがこの公園でいちばん安全だ」ジョックはカーラを倉庫に引き込むと、唇に手を当てた。「売店は五時に閉まる」小声で言った。「売店のオーナーはたぶんメリーゴーランドの騒ぎを見に行っているだろうが、油断はできない。夕方売店が閉まるまで、ここで静かに待とう。いいね？」

カーラはうなずくと、体を丸めて壁に寄りかかった。窓がひとつあるだけの薄暗い小さな部屋だ。プラスチックカップとビターチョコレートの匂いがする。

左手の下に何かある。

見おろして手を上げてみた。

薬莢《やっきょう》だ。

ぎょっとして、反射的にジョックの顔を見た。

ジョックは眉ひとつ動かさなかった。そして、指を二本立てた。

そういえば、銃声が二度聞こえた。

つまり、この倉庫のどこかに、メリーゴーランドを狙って撃った弾丸の薬莢がもうひとつ残っているということだ。

わたしを狙ったの？

またジョックの顔を見た。

ジョックはゆっくりとうなずいた。

殺そうとした。白鳥の座席に乗っていたわたしを誰かが殺そうとした。

ナタリーだ。

ぎゅっと目をつぶると、体が震えているのがわかった。

「そんな顔をしないで」ジョックがさっと近づいて、カーラの両手を取った。低いきっぱりした声で言った。「嘘はつきたくなかったんだ。さあ、ぼくに寄りかかって。そのうちに気持ちが落ち着いてくるから」

この状況で気持ちが落ち着くなんてありえない。

「ぼくを見て」

カーラは目を開けて、ジョックを見上げた。あのきらきら輝くシルバーグレーの目にとらわれた。なんてきれいな目かしら。これがジョックの目だ。この目をじっと見ていたら、世の中の悪いものは全部消えていきそうな気がする。

カーラは握った手に力を込めた。

悪いものが全部消えていったらいいのに……。

「もういいよ。下で店じまいする音がした」ジョックは握った手を放そうとしたが、カーラはまだしがみついていた。ジョックはしばらく黙っていたが、また小声で話し始めた。

「きみなら切り抜けられる。きみがどんなに勇敢かぼくは知っているからね。怖い思いをしてもいつも前に進もうとする。ぼくにはわかるよ」

「でも、怖くて……」カーラは声を震わせた。「ごめんなさい……こんなに弱虫で――」震えながらため息をついた。「しっかりしなくちゃいけないのに」

「無理もないよ。目の前で人が殺されるのを見たんだから。きみももう少しで殺されるところだった」ジョックは口元を引き締めた。「ゆっくりさせてあげたいが、今はその余裕がない。ぼくの言うとおりにして。ぐずぐずしていられない」

「イヴは？　イヴはナタリーと会ったんでしょう？　無事なの？」

「無事だと思う。ぼくが言ったとおりにしてくれていたら、無事なはずだ。確かめる時間がなかった。ここを出たら、電話してみる」ジョックは窓際に行って、メリーゴーランドを見おろした。「警察が来ている。そろそろ現場検証が始まる。ということは、ここにやってくる」

「なぜここに来るの？」

「きみを見張っていた男を殺したあと、その男の銃をそばに置いておいた」ジョックは抑揚のない声で続けた。「素人が見たら、発砲したのはあの男と勘違いするだろう。だが、警察は弾痕を調べて、弾丸がここから発射されたことを突き止める」

「警察が来るとわかっていたのに、ここに隠れたの？」

「警察から逃げたわけじゃない。きみを撃とうとした連中から隠れたんだ。殺し屋は仕事を終えたら、できるだけ現場から遠ざかりたがる。雇った連中も、殺し屋がしくじって腹を立てたとしても、ここに捜しに来たりしない。きみがいないとわかって連中が公園を捜し回っている間、ここに身を潜めているのがいちばん安全だった」

「わたしを撃とうとした連中って――」カーラは口ごもった。「どうやってここから出るの？」

「殺し屋がここから逃げたのと同じルートで逃げる。売店の裏の茂みの奥に、商品を搬入する通用口がある。そこを通れば、公園を突っ切らなくてすむ」ジョックは立ち上がった。「さあ、行こう。今頃、ナタリーはメリーゴーランドの前で嘆き悲しむ母親を演じているだろう。彼女が警察の注意を引きつけている間に通用口から出よう。一ブロック先にレンタカーをとめてある」ジョックは手を取ってカーラを立ち上がらせた。「覚悟はできているね？」

カーラはうなずいた。

何も考えないで。言われたとおりにすればいい。カーラはジョックに続いて階段をおりた。外は暗くなっていて、雪が降っていたが、メリーゴーランドはまだ動いていて、音楽も聞こえる。どうして止めないのかしら？　人がひとり死んだのに、いつまでも陽気な音楽を流して——

ジョックが殺した。

そのことを考えてはだめ。少なくとも今は考えないようにしよう。カーラは男が床にくずれる光景を目の前から追い払った。今はジョックの安全だけを考えよう。わたしを助けてくれたジョックを危険にさらすようなまねをしてはいけない。

急ごう。

早く彼をこの公園の外に出さなくては。

丈の高い生け垣の前を通り過ぎると、ジョックが通用口を開けた。ついてくるように合図されて、カーラは彼の後ろから街路に出た。

考えてはだめ。

何も考えずに動こう。

ジョックが言うとおりにしよう。

カーラはジョックのあとを小走りに追った。

何も考えないで……。

10

ジョックの車に乗り込んで市内を通過する間、カーラは何も言わなかった。雪が激しくなってきたが、車の中は温かくて安全だ。「どうして……」ようやくカーラが口を開いた。声が震えている。「どうして、わたしを――」

「きみをナタリー・カスティーノが殺そうとしたかって?」ジョックがあとを続けた。「アメリカにいたときに狙われたのと同じ理由からだよ。きみは知りすぎていると思っている」

「サプライズを用意してあると言っていたわ」カーラは唇を震わせた。「あれは……冗談だったの?」

「冗談なんかじゃない」ジョックは怒りを押し殺した口調で続けた。「あの女のことを考えるのはやめろ。考える価値なんかない」

そう言われても、カーラは考えずにいられなかった。「イヴはナタリーにシーラの財宝を渡したの?」

「渡したのはシーラの財宝じゃない。本物に見せかける工夫はしただろうが」

「よかった」カーラはそう言ってから、はっとした。「よくなかったかも。だって、騙されたとわかったら、ナタリーはどんなひどいことをするかわからない」

「そうだろうが、イヴにはクインがついている」ジョックは言った。「それに、イヴならひとりででも、あの悪魔に立ち向かえるよ」

「ひとりで立ち向かわせたりしない。わたしがイヴを助ける。イヴはわたしを助け出そうといろいろやってくれたけど、もう二度と危ないまねはさせたくない」

「そのことはあとで話し合おう」ジョックは前方に目を向けた。「今のきみは動揺していてちゃんと考えられない。ロシアを脱出してから、改めて考えればいい」

「ちゃんと考えられるわ」カーラは言い返した。「イヴもあなたもわたしのために命がけで闘ってくれている。わたしに恩返しをさせて」

ジョックはカーラに目を向けて首を振った。「あとで話し合おうと言ったじゃないか」

カーラはうなずいた。「わかった」

「ほんとかな」ジョックは眉をひそめた。「きみは思い立ったら諦めない性格だから」

「もう言わない」カーラは深刻な顔で言った。「イヴに電話できる？」

「ああ、かけてみよう。イヴの声を聞いたら、少しは安心できるだろう」

メリーゴーランドの床に黒い革ジャンの男が倒れている。首が妙な角度にねじ曲がっている。

「ほら、また思い出している」ジョックは携帯電話を取り出した。「今のきみには気分転換が必要だ」そう言うと、電話のスピーカーのボタンを押した。「イヴ、今どこにいるかカーラに知らせて、安心させてやってほしい」

「ちょうどヘルシンキに着いたところよ。飛行機ならモスクワまで一時間だから、いざとなったらすぐ駆けつけられる」イヴは息せききって続けた。「カーラはいっしょなのね。安全なところにいるの?」

「モスクワを離れたら、安全を確保できる」ジョックはカーラに目を向けた。「道路はどこも封鎖されているだろうから、北の山に向かうつもりだ。そこに迎えに来てもらいたい。向こうに着いたら連絡する」そう言うと、カーラに電話を渡した。「カーラが話したがっているから」

「イヴ」カーラは早口で続けた。「ナタリーに気をつけて。ナタリーはあなたを憎んでいて、ひどい目に遭わせようとしている。前からそうだったけど、今度はものすごく怒っているの」

「あなたもひどい目に遭わされたの?」

「いいえ、だいじょうぶよ。ねえ、気をつけて、これ以上怒らせないで」

「あいにく、もう引き返せない段階なの」イヴは言った。「でも、あなたが無事なら、それだけでいい。ジョックの言うことをよく聞いて、連れて帰ってきてもらうのよ」

「わかってるわ。ジョックにも同じことを言われた。じゃあね」カーラは携帯電話をジョックに返した。

「さっき言ったように、迎えに来てもらう場所が決まり次第知らせる」ジョックは電話を切ると、カーラに視線を向けた。「イヴに言ったように、モスクワから脱出しなくてはいけない。ちょっと山登りしよう」

ジョックが北の山に向かうと言っていたのをカーラは思い出した。「見つからずに山に逃げられる？」

「その保証はないが、少なくとも道路を通るより安全だ。町はずれにスキー場が何箇所かある。モスクワの住人が近場でスキーを楽しめるように観光局がつくったそうだ。そのひとつのラスコビッチ・スキー場に行く。今は閉鎖されているが、山登りや橇《そり》すべりもできる。ヒムキの近くだよ」

「なぜそこに決めたの？」

「行ってみればわかる。ぼくたちがイヴといっしょに脱出したとナタリーが勘違いしてくれるといいが、向こうも必死でぼくたちを捜すだろう。しかも、カスコフは長年かけてあの手この手で政府機関に食い込んでいる。おそらく、あちこちにきみの写真が回っているはずだ」

「あなたの写真も？　前にナタリーにあなたのことを訊いてみたことがあるけど、あなたのことは知らないようだった」

「もうぼくの正体を突き止めただろう。ナタリーはイワン・サバクに調べさせただろうし、昨日、公園でぼくを見たという人間を捜し出したんじゃないかな」

きっとそうだ。ジョックは一目見たら忘れられない。

ということは、ジョックにも危険が迫っている。

「いつ出発するの？」

「今すぐ。車に着替えと旅行に必要なものを用意してある。スキーに行く兄と妹のふりをしても、それほど不自然じゃないだろう」

「でも、あなたも顔を知られているんでしょう？」

「いざとなったら、なんとかする」

メリーゴーランドの床の上――黒い革ジャン姿の男の遺体が目に浮かんだ。

ジョックはカーラの表情に気づいて、うなずいてみせた。「ああするしかなかった。結果を見きわめたうえで行動した」

そう言われてもカーラのショックは消えなかった。

「ああしなかったら、きみを失っていた。そんなリスクは冒せなかった」ジョックは街路に目を向けた。「きみも覚悟を決めてほしい。いっしょに現実に向き合おう。そうするしかない。できることなら、ほかの方法をとりたかったが、現実問題として……」

モスクワ
カスコフ邸

「この男？」ナタリーは込み上げる怒りを抑えながら写真を見おろした。「どういう男？」

「ジョック・ギャヴィンという男です。防犯カメラを設置している売店が公園に二、三軒あって、見せてもらったら、前日うろついているのが写っていた」サバクは荒々しい声で続けた。「この顔をずたずたにしてやりたい」

「なぜ名前がわかったの？」

「イヴ・ダンカンといっしょにマグダフの宝探しに加わっている人間を調べたら、その中にジョック・ギャヴィンがいた。なかなか腕の立つやつらしい」

ナタリーはまた写真を見た。「だから、まんまとしてやられたというわけ？　どうしてあんなことになったの？」ナタリーは怒りを爆発させた。「カーラの見張りは殺されるし、カーラは殺し屋が始末する前に連れ去れるし。万事抜かりはないと言ったくせに」

「やるべきことはちゃんとやった。あんな結果になるとは思ってもいなかった。だが、カーラとジョック・ギャヴィンは、ダンカンと出国したわけではないらしい。空港に張り込ませた情報提供者から報告を受けました。まだモスクワにいるはずです」

「カーラにもイヴ・ダンカンにも逃げられたうえ、わけのわからない死体を残されて。お父さまになんて説明すればいいのよ」

「少なくとも、金貨の箱は手に入れたじゃないですか」

「そうだわ、あの箱を車から持ってきて」ナタリーは玄関に向かった。「調べてみないと。ほかは何もかも失敗だったけど、あれだけは失敗じゃないことを祈るわ」

しばらくすると、サバクが重い木箱を玄関ホールに引きずってきた。そして、木箱を開けてブロンズの小箱を取り出すのを、ナタリーは爪が皮膚に食い込むほどこぶしを握り締めて見守っていた。

「本物のようだ」サバクが言った。「あのドラクマ以外のコインもあると言っていましたね」

「ええ、同じようなコインが――あれほど値打ちはないかもしれないけど。くらべさせようという魂胆よ」ナタリーは小箱の上にかがみ込んで、コインを両手ですくった。「どうせ、わたしには違いなんてわからないだろうと思って――」はっとして手を止めた。指先が二重底にぶつかったのだ。憤慨のあまり一瞬、声が出なかった。「あの女」ナタリーは二重底を見おろした。「今度こそ喉をかき切ってやる。わたしを馬鹿にして。生かしてはおかないから」

「本物じゃなかったのか?」サバクが訊いた。

「馬鹿ね、だから、騙せるのよ」そう言ってから、ナタリーは冷静になろうとした。今、サバクの機嫌を損ねるのは得策ではない。この男はまだ必要だ。「このコインは代用品よ」怒りに震えながらナタリーはコインを見おろした。なぜイヴ・ダンカンにここまで馬鹿にされなければならないのだろう。勝つのはいつもわたしのはずなのに。思い出せるかぎり、いつもトップの座についてきたのに。

でも、今回は勝てなかった。

イヴ・ダンカンに勝てなかった。

「どうするつもりですか？」サバクが訊いた。

「狙ったものは手に入れる。わたしは騙されないと教えてやるわ」ナタリーは荒々しく箱の蓋を閉めた。「それも、考えうるかぎり残酷な方法で」サバクに顔を向けた。「ジョック・ギャヴィンとカーラはまだモスクワにいると言ったわね」

「イヴ・ダンカンが乗った飛行機が離陸したのを確認した情報提供者の話では、乗っていたのはイヴ・ダンカン、ジョー・クイン、ジェーン・マグワイア、セス・ケイレブで、ギャヴィンも子どももいなかったそうです。それを聞いてすぐ、二人を捜すよう手配しておいた」

「必ず見つけて」ナタリーは語気鋭く言った。「カーラを取り返して、イヴに一泡吹かせてやりたい。わたしを騙そうとしても無駄だと思い知らせてやる」

「必ず見つけます」サバクは請け合った。「いくらモスクワが広いといっても、カスコフの息がかかっているから、情報はいくらでも入る。あなたはこれからどうするんですか？」

「念のために、このコインを専門家に鑑定してもらう。それから、お父さまに電話して、この悪夢をどう言い抜けるか、やってみる」

「わたしを巻き込まないでください」サバクが釘を刺した。「カスコフににらまれたら一巻の終わりだ」

「わかってるわ」ナタリーは皮肉な声で続けた。「あなたが無能でも守ってあげる」そう言うと、サバクと目を合わせた。「だから、あなたもわたしを守って。さもないと、父が孫娘を守れなかったボディガードはあなただと偶然知ることになるわ。それは困るでしょう。父はカーラをペットのように可愛がっているから。カーラはイヴ・ダンカンに連れ去られたと言うつもりだけれど、場合によっては、あなたのせいにするかもしれない。わかった？」

サバクは口元をこわばらせた。「ああ」

「それなら、何も問題はないわけね」ナタリーは笑みを浮かべた。「わたしたちが楽しんではいけないという理由はないわ」

「そんな気にはなれない」

サバクは背を向けると玄関から出た。

ナタリーの頭に血がのぼった。こんなふうに男に拒否されたことは一度もなかった。関係の鍵を握っているのはいつもわたしだった。なぜサバクを言いなりにするのにこんなに苦労しなければならないの？

落ち着こう。ナタリーは自分に言い聞かせた。たぶん、サバクのプライドを傷つけたのだろう。あとで会いに行って、関係を修復しておけばいい。

そして、今後は彼をもっと慎重に扱おう。

でも、今はサバクのことを考えている余裕はない。それよりも、世界でいちばん重要な相手に神経を集中しなければ。あっさり釈明できるとは思えないけれど……。

「怒っていらっしゃるでしょうね」ナタリーは電話機を握り締めて涙声で言った。「無理もないわ。お父さまが出張に出かけたあと、カーラがしょんぼりしているから、元気づけようと思って公園に連れていったの」

「そこで待ち伏せされて、ダンカンに連れ去られたのか」カスコフは苦々しい口調で言った。「カーラのことが心配だと口癖のように言っているくせに、不用心なことをしたものだ」

「まさか殺し屋にあの子を撃たせるなんて思わなかったのよ。メリーゴーランドで無心に遊んでいたあの子を――」

「撃たれたわけじゃないんだろう」カスコフがさえぎった。「おまえに見せつけるための威嚇射撃だったのかもしれない」そう言うと、冷ややかな声で続けた。「だが、わたしを威嚇することはできない。ダンカンが脅したり金を請求してきたりしたら、わたしに任せなさい。話をつけてやる」

「でも、これまでお金を請求してきたことはなかった」ナタリーは声を潜めた。「カーラを連れ去ったのは自分の力を見せつけたかったからじゃないかしら。いずれは殺すつもりよ」

「そんなことはさせない」カスコフが鋭い声で言った。「あの女はわたしから大切なものを奪った。このままではすまさない。カーラは必ず取り戻す」

「ありがとう。お父さまならそう言ってくださると思っていた。でも、ひょっとしたら、カーラのことは諦めるしかないかも――」

「わたしは諦めない。長年トップの座にいられるのはどうしてだと思う？　今は交渉の最中だから北京を離れられない。サバクに電話して、できるかぎりのことをするよう指示しておこう。わたしの警戒網を突破してカーラをモスクワから連れ出せる人間などいない」

「サバクにはわたしから指示しておいたわ」

「いや、わたしが直接言う。おまえはわたしの娘というだけだから」

娘というだけ？

「それはそうだけど」ナタリーは怒りを抑えた。「わたしもできるかぎりのことはしておくつもりよ。それで、お帰りはいつになるの？」

「二日後だ。それまでにはサバクがダンカンを捕まえているだろう」そう言うと、カスコフは電話を切った。

娘というだけ。カーラを連れてくる前には、父はこんな見下した言い方はしなかった。だが、今は何を言ってもいらだつばかりで、同情などしてくれない。カーラを奪われたのはわたしのせいだと言わんばかりだ。カーラを取り戻すことで頭がいっぱいなのだろう。わたしのことなど考えていない。

わたしは父にとってどうでもいい存在なのだろうか？

いいえ、そんなはずはない。カーラにわたしの地位を奪われてなるものか。

父がモスクワに戻ってくる前にカーラがこの世から消えればいいのだ。そうすれば、すべては魔法のようにもとどおりになる。

それでも、父の支援が受けられなくなった場合に備えて、本物のシーラの財宝を手に入れる算段もしておかなければ。

わたしを騙したイヴ・ダンカンを罰してやるのだ。どうすればイヴをいちばん苦しめられるか考えて、それを実行すればいい。その方法はもうわかっているような気がする。

ただし期限は二日。父が帰国する前にけりをつけておかなければ。
地盤を固めて迅速に事を運べば不可能ではない。
地盤とはつまりイワン・サバクのこと。思っていたより彼の存在が重要になってきた。
ナタリーはサバクを捜しに行った。

ラスコビッチ山地

「あそこをのぼるの？」目の前にそびえる雪に覆われた断崖を見て、カーラは目を丸くした。くねくねしたハイキング道が見えるが、道幅も狭くて危なそうだ。「ほかにのぼれる道はないの？」

「あるにはあるが、イヴとジョーにヘリコプターで迎えに来てもらえる高原に出る道はほかにないんだ。ここに来るまで幹線道路も脇道も厳重に監視されていただろう。二度も検問所で引っかかりそうになった」ジョックは眉をひそめた。「カスコフはコネを活用してモスクワ警察を動かしただけでなく、ほかの犯罪組織の応援も要請したようだ」苦い口調で続けた。「どうしてもきみを取り戻したいんだろう。よほど気に入られたんだね」

「わたしじゃなくて、わたしのバイオリンが気に入ったの」カーラはまだ呆然と山道を眺めていた。「山登りなんてしたことないのに」

「頂上までのぼらなくていい。道は山を取り巻く形で続いている」ジョックは窓にシャッターをおろした小さな山小屋を指さしてから、その向こう側のゲレンデを示した。「あの山小屋の前を通ってゲレンデをのぼってから、反対側におりる。はっきり言って、きつい行程だ。雪が積もっているうえに道が凍っているからね。町では雪は降り始めたばかりだったが、山ではもう何日も降り続いている」

「のぼれると思う。先に行って」カーラはそう言うと、パーカーのフードを引き上げた。最後に車をとめたガソリンスタンドで、防寒用パンツとパーカーに着替え、スノーブーツを履いていた。「できるだけ遅れないようについていくから」

「遅れてもだいじょうぶ。ちゃんと待っているから」ジョックはそう言うと、雪道を進み始めた。「向こう側におりる前に暗くなりそうだな。道が交差するところに休憩所がある。今夜はそこに泊まろう」

「わたしのためなら泊まらなくていい」

「きみのためじゃない。暗い中で道を踏みはずしたら大変なことになる」

軽やかな足取りで進むジョックが道を踏みはずすなんて想像できない。カーラは息を切らせながらジョックの後を追った。凍った道を踏みはずさないようにするのが精いっぱいだ。

ジョックが振り返った。「だいじょうぶ?」

カーラはうなずいた。「だいじょうぶ」歩くことに神経を集中しよう。転ばないように気をつけて。なるべくジョックに面倒をかけないようにしなくては。

それでも、転んでしまった。しかも二度も。最初に転んだときはジョックが戻ってきて、助け起こしてくれた。でも、二度目は来ないでいいと手を振って合図した。「ひとりで起き上がれる」カーラはそう言うと、なんとか立ち上がった。

「ぼくがそばにいるときは素直に助けを求めればいいのに」ジョックは不満そうだった。

「どうしてもだめなら助けて。これぐらいひとりでやれる」

「きみも頑固だな」

「がんばると決めたの。自分にできることはしなくちゃ」

「好きにするといい」ジョックはくるりと背を向けて歩き出した。

怒らせてしまった。でも、しかたがない。カーラは心の中でつぶやいた。こんなことになったのはわたしのせいなのに、子ども扱いされると、ますます後ろめたい気持ちになる。

それでも、次に転んだときは甘えてみようか。ジョックもそれを望んでいるのだから。

だが、実際に転ぶと、ジョックは振り向きもしなかったし、助けにも来なかった。

それから二時間ほど、道がどんどん険しくなって、それからまたいくらか歩きやすくなるまでにカーラは二度転んだ。くたくたに疲れて、一歩ずつ足を前に出すことしか考えられなかった。

「ほら、着いたよ」突然、ジョックがそばに来て言った。「あそこだ。通り過ぎてしまうところだった」

道沿いに小さな小屋があった。ありがたいことに、小屋までは下り坂だ。「本当に泊まるの？　わたしはまだ歩けるけど――」

「今夜はここに泊まるんだ」ジョックはきっぱり言うと、カーラの腕を取って小屋に向かった。「すぐに体が温まるからね」ジョックがドアを開けた。

あたりはどんどん暗くなってくる。薄闇の中で青みを帯びた雪が舞っていた。日が落ちると、いちだんと寒くなった。

ジョックは押し込むようにしてカーラを小屋に入れると、ドアを閉めた。「隅に毛布が積んであるから、その上に座るといい。今、ストーブをつける」暖炉に薪をくべながら言った。そして、赤々と火が燃えると、石油ストーブもつけた。十分もすると、部屋全体が暖かくなった。「おとなしくしていてくれて助かったよ。また文句をつけられるかと思っていた」

「文句をつけたりしないわ。足手まといになったら悪いと思っただけ」カーラは目をこすった。「何か食べるものはある？　お腹がすいた」

「たいしたものはないが」ジョックは背負っていたバックパックをおろして、食料を取り出した。「ジャーキー、クラッカー、シリアルバー、あとは缶詰のスパムとブリーチーズくらいだな。何がいい？」

「チーズとクラッカー」カーラはパーカーのフードをおろした。「でも、その前に外で手を洗ってくる。すぐ戻るわ」

ジョックは唇をゆがめた。「行儀がいいんだね」

「エレナがいつも言っていたの。清潔にすると健康でいられる。逃げ続けるには健康でいなくちゃいけないから、清潔にすることが大事だって」

「小さな女の子に教える人生の知恵としては夢がないな」

「エレナは生き残るための知恵を教えてくれたの」カーラは生真面目な顔で答えると、ドアを開けた。身を切るような冷たい空気が暖まった小屋に流れ込んでくる。「夢はないかもしれないけど」

外に出て、きれいな雪の中に手を浸した。それから、急いで小屋に戻った。「外は真っ暗だった。たった一日のうちにこんなにたくさんのことが――」

「手を貸してごらん」ドアのそばで待っていたジョックがカーラの手を取って、さっきまでカーラが座っていた毛布の隅でこすり始めた。「この毛布は清潔じゃないが、我慢してもらうしかない。ないよりはましだ」こすり終えると、手を握った。「エレナのことを悪く言うつもりはなかったんだ。きみに生き残る知恵を授けてくれて感謝している」そう言うと、手を離した。「さあ、食べよう。今夜はゆっくり眠ったほうがいい。雪道で苦戦して疲れただろう」

「ええ。転んでぶつけたところがあちこち痛い」

「それは同情する気にはなれないが」

「嘘でしょ」カーラはチーズをクラッカーにのせて食べた。「助けてくれなくていいと言ったら怒ったくせに」

ジョックはスパムの缶を開けた。「そうだったかな」

「そうよ」

「助けようとしたのは、山登りなんかさせて悪いと思ったからだ」

「わたしは平気よ」

ジョックは無言で食べ始めた。

「わたしは平気だから、そんなに気をつかわないで」カーラはまた言った。

「わかったよ」

「もとはといえば、わたしのせいだから。わたしを助け出そうとしなかったら、こんな目に遭うことなんかなかったのに」

「この話はもうやめよう。食べ終えたら、なるべく清潔な毛布を探して寝場所をつくる。それぐらいさせてくれるだろう?」

「ええ」どっと疲れが出て、カーラは逆らう気になれなかった。暖かい部屋にいるのに寒気がする。

ジョックはそんなカーラを心配そうに眺めていた。

すぐ目の前で木製の白鳥のくちばしが吹っ飛んだ。

ジョックが黒い革ジャンの男の首をねじっている。

カーラが薬莢を見おろしていると、ジョックが指を二本立てた。

メリーゴーランドは回り続け、でたらめな音楽が鳴り響いている。

ナタリーが美しい顔に笑みを浮かべて見おろしている。「サプライズを用意してあるわ」

サプライズ。

死のサプライズ。

メリーゴーランドは回り続ける。

「メリーゴーランドに乗って。サプライズを用意してあるから」

寒い。すごく寒い。冷たい目。凍りつくほど冷たい心。

震えが止まらない。すごく寒い。どうしてこんなに寒いの?

「お願いだ」ジョックが荒々しい口調で言った。「目を覚ましてくれ」そばに来てカーラを抱き寄せた。「これ以上耐えられない」

氷のように冷たい世界の中でジョックは温かかった。

カーラは目を開けた。「わたし……夢を見て……」

「うなされていたよ」並んで横になっているジョックは、カーラの頭を自分の胸に押しつけた。「起こさずにいられなかった。あんなきみを見ていると、ぼく自身がどうかなりそうで」

「起こしてくれてよかった。すごく寒かったの。でも、メリーゴーランドが……」

ジョックがぎくりとした。「メリーゴーランド？」

「サプライズが用意してあるって言ったの、あの人が」

「ショックだっただろうね。メリーゴーランドで……」

「そう。世界中が……」

「選択の余地はなかった。早くけりをつけてしまわないと、どうなるかわかっていたから。きみの目の前であんなことをしたくなかったが」

ナタリーの話をしていたのに。カーラはぼんやりした頭で考えた。ジョックが言っているのは、黒い革ジャンの男のことだ。「首が……変な感じだった」

「きみには悪夢のような出来事だったね」ジョックは一呼吸おいた。「前にぼくはいい人間じゃないと言っただろう。だが、ここは夢とは別の世界なんだ。わかってくれるかな？」

ゲールカールの霧に煙った湖が目に浮かんだ。遠くに山並みが見える。鷲《わし》が空高く舞っている。たしかに、ここは別の世界だ。でも、今はそんなことよりも、ジョックが苦しんでいるから慰めてあげなくちゃ。

「あなたは悪い人じゃないわ。あなたには輝くものがあるから……」

「まだそんなことを言っているのか。ぼくが何をしたか見ただろう」ジョックはカーラの頭をそっと揺すった。「まあ、いずれわかるときがくるよ」

カーラはすっかり目が覚めた。ジョックを安心させるようなことを言わなくては。「ジョー・クインがわたしを追いかけていた男からイヴとわたしを救ってくれたとき、たぶん、その男を殺したと思う。それしかわたしたちを救い出す方法がなかったから。ジョー・クインは悪い人なの？」

「あのときとは事情が違う」

「あなたは悪い心を持っていて、ジョーは持っていないという意味？」

ジョックは答えなかった。

カーラもしばらく無言で暖炉の火を見つめていた。「本当のことを言うと……あなたが悪いことをするのを見て……ショックだった。忘れられないと思う。でも、あなたが悪いことをしたとは思わなかった。たしかに、人を殺すのは悪いことよ。ずっと前にジェニーが殺されたとき、そう思った。でも、ジェニーはわたしとエレナのために犠牲になったの。もし逆の立場だったら、わたしはジェニーを守るために人を殺そうとしたかな」カーラは自問してからうなずいた。「たぶん、そうしたと思う」

「きみはまだ子どもだ。そんなことは考えなくていい」

「ジェニーは九歳だった。でも、大切な人は守る方法を知っていた」

「ぼくのようなやり方をする必要はない」

「あなたには人を殺してほしくない。だって、あなたが苦しむのを知っているから。それでも、わたしはあなたを憎んだりしないわ。だって、あなたを憎むのは自分を憎むことだから」口調が激しくなった。「どんなことがあっても、わたしは自分を憎んだりしない。わたしは憎まれるようなことはしていないもの。わたしの言っていることがわかる?」

「いや、わからない」ジョックはぎこちなく答えた。「自分を憎むとか、憎まないとか、こんな話はもうやめよう。雪道で転んだとき頭を打ったんじゃないか?」

「かもしれない」カーラはうなずいて笑みを浮かべようとした。「深刻な話はやめたほうがよさそう。それに、あなたのことを話していたのよ、わたしじゃなくて」

「そうだっけ」ジョックは少し考えていた。「そうだね。いつも話題はぼくのことだ。きみのことは話題にならない。考えてみたら、不思議だよ」

「不思議じゃないわ。あなたのほうがドラマチックな人生を送っているもの」

「そうかな。ぼくに言わせれば、殺し屋に追いかけられたり、誘拐されたりするほうがずっと――」

「話をはぐらかさないで」

「はぐらかしているのはきみのほうだよ。いつも自分のことになると、話題を変えてしまう。でも、今日は聞かせてもらうよ」

「話したくないの」カーラは固い声で言った。「今夜はゆっくり眠ったほうがいいと言ったでしょう？」

「もう手遅れだよ。気になって眠れない。ぼくはきみが苦しむのを見ると、腹が立ってしかたない」

「でも、やっぱり――」

「話してほしい。憎まれるようなことはしていないと言ったとき、きみはやけにむきになっていた。誰かに何か言われたんじゃないか？」

「そうだと言ったら、どうするの？」カーラは肘をついて体を起こすと、ジョックを見おろした。「その人を殴りつけるつもり？」

「そんなことはしない。答えが知りたいだけだ」

カーラは困惑してジョックを見つめた。本当のことを言わないかぎり、諦めてくれそうにない。疲れて、あちこち痛かったし、それ以上抵抗する気力を失ってしまった。カーラはジョックの肩に顔をうずめた。「あの人……わたしを憎んでいる。気づいたのよ。カスコフのために演奏していたとき、顔を上げると、こっちをにらんでいた。どうしていいかわからなかった。理由がわからなくて。わたしを利用するつもりなのは気づいていた。わたしのお母さんなのに、わたしが好きじゃないことも。でも、憎まれているとは思っていなかった。憎まれるようなことをした覚えはないもの。誰かに憎まれるのは、悪い人だからでしょう?」そこで口調がまた激しくなった。「わたしは悪い人じゃない。憎まれるようなことはしていない」

「そのとおりだ」ジョックはカーラの髪に手を入れた。「きみを憎む人なんかいない」

「安心させようとしたって無駄。あの人はわたしを憎んでいる。殺そうとしたわ。にこにこしながら、サプライズを用意してあると言った。殺すという意味だったのに」

「落ち着いて、ぼくの言うことを聞いてほしい。まともな精神の持ち主なら、きみを憎んだりしない」ジョックは一呼吸おいた。「サプライズを用意してあると言ったって?　なんて残酷なことを。それだけでも病んだ心の持ち主だとわかる」

「でも、自分のことしか考えない人がみんな頭がおかしいとは限らないでしょう。ナタリーは頭がおかしいようには見えない。どちらかというと利口なほうよ」

「だが、世の中には――」ジョックははっと思い出した。「そういえばイヴが、ナタリーは典型的なソシオパスだと言っていた。どういう意味かわかる?」

カーラは首を振った。

「他人に共感を持てないのに、持っているふりをする人のことだ。そういう人は良心もない。だが、利口なら、それを隠して周囲の人に溶け込むことができる。自分だけが大事で、他人は利用するために存在すると思っているんだ」

「ナタリーがそうだわ」カーラは言った。「それって頭がおかしいということ？」

「そうとも言える。ほかの人が思いもつかないようなことをする場合があるから」

「ずっと思っていたの……もしかしたら、ナタリーは……お兄さんにとてもひどいことをしたんじゃないかって。そんなはずはないと思おうとしたけど、邪魔になったのかもしれない」カーラは唇を舐めた。「カスコフも同じ目に遭うんじゃないかしら……お兄さんのように消されてしまうかもしれない。でも、お父さんのカスコフを憎んだり、殺したりするなんてありえる？」

「父親だろうが容赦しない。ナタリーは自分だけが重要な人間だと信じている」ジョックは舌打ちした。「きみの気持ちを楽にさせてあげたかったのに、かえって苦しませてしまったね。きみがこんなことを考えているなんて思ってもいなかった」

「いっしょにいたとき、逃げるチャンスをうかがうためにナタリーを観察していたの。ナタリーは本心を隠すときもあったけど、隠さないときもあった。わたしなんかに気づかれたってかまわないと思っていたんでしょうね」カーラはふっと息を呑んだ。「わたしがバイオリンを弾くと、必ず腹を立てた。演奏している間は、わたしも重要な人間に見えたのかもしれない」

「きみの演奏は素晴らしいからね。ナタリーはともかく、誰だって夢中になるさ。でも、演奏していても、いなくても、きみは重要な人間なんだよ。そのことを忘れないでほしい」

カーラはしばらく無言だったが、やがて言い返した。「そんなことないわ。重要なのは音楽で、わたしが重要なのは演奏しているときだけ。でも、わたしは悪い人じゃない」そう言うと、ジョックの手を握った。「わたしはナタリーみたいにならない。ナタリーは血がつながっているから、自分に似ていると言っていた。お母さんだから、わたしのことは何もかもお見通しで――」

「もう何も言わないで」ジョックはカーラを抱き寄せた。「きみを産んだのはナタリーでも、きみはナタリーには似ていない。自分だけの魂を持って生まれて、それは誰にも汚《けが》されない。きみの魂は今でも生まれたときのまま気高くて素晴らしい。そして、きみの魂はきみが選んだもので、一生変わらないんだ。それに、お母さんと呼べるのは、ナタリーではなくて、育ててくれたエレナだろう」ジョックは一呼吸おいた。「お姉さんのジェニーはきみのために命を捧げてくれた。ジェニーがナタリーに似ていたら、そんな犠牲を払ってくれただろうか？　それが答えになっているはずだよ」

わたしの魂はわたしが選んだもの。

カーラは愕然《がくぜん》としてジョックを見つめた。

ジョックに指摘されるまで、ナタリーがどんなに心の負担になっていたか気づかなかった。ずっとナタリーのことが怖かったけれど、何よりも心の中まで入り込んできて、別の人間につくりかえられてしまうのが恐ろしかった。

でも、ジョックの言うことが本当なら、そんな心配はしなくていいのだ。解放された。

安堵のあまり言葉が出てこなかった。カーラは黙って横たわったまま、ジョックを抱き締めていた。

わたしの魂はわたしが選んだもの。

力がわいてきて、強くなった気がした。この力はジョックにもらったのかもしれないけど、自分らしく生きられそうだ。

「どうした？　急に黙り込んで。ぼくの言ったことをわかってくれた？」

「よくわかった」カーラは顔を上げてジョックに笑いかけた。「あなたはすごく頭のいい人だと思うときがあるわ」

「気づいてくれてうれしいよ。でも、こんな深刻な状況でないときに認めてもらいたかった」

「どんな状況でも、あなたの輝きは変わらないわ」カーラは体をずらして自分の寝床に戻った。「こんなことに巻き込んでしまってごめんなさい。二度と迷惑をかけないようにする」

「迷惑をかけ合うのが友達じゃないか。それに十一歳の子どもが大人に向かってそんなことを——」

「十二歳よ」

「えっ？」

「十二歳になったの。モスクワに来てから誕生日を迎えた。大人に近づいたような気はぜんぜんしないけど。エレナは一年一年が人生の道しるべになると言っていたけど、どういう意味かわからない」

「そのときは気づかなくても、どの一年にも意味があるということだよ。これからの一年は、ぼくたち両方にとって特別な意味を持つことになるだろうね」

「友達だから」

「ああ、友達だから」ジョックはやさしい声で続けた。「誕生日おめでとう、カーラ。知らなくて悪かったよ。どこかの町に出たら、誕生日プレゼントをあげるからね」

「ありがとう」カーラは目を閉じると、少しでも暖かくなるように毛布を顎まで引き上げた。「でも、プレゼントはいらないわ」眠そうな声で言った。「プレゼントならもうもらったから……」

11

翌朝、カーラが暖炉に薪を足していると、ジョックが寝床の上で起き上がった。

「よく眠っていたね」穏やかな声で言った。「何度か目を覚まして、きみの様子を見たんだよ。また怖い夢を見てうなされないか心配で」

「いつもわたしの心配ばかりね」カーラは床の上に座った。「このところ、みんなに迷惑ばかりかけているから、無理もないけど。こんなことになったのも、もとはといえば、あなたを連れ戻そうとして追いかけていったからだし」そう言うと、暖炉の火を見つめた。

「でも、同じ状況になったら、また同じことをすると思う。今度はもっと頭を働かせて、悪い人たちに捕まらないように気をつけて」

「きみがナタリーに連れ去られたあと、誰の責任かイヴと話し合った。結局、まわりのみんながもっと気をつければよかったという結論に達したよ。きみひとりが貧乏くじを引いてしまった」ジョックは首を振った。「だが、二度とあんなまねはしないでほしい。またあの思いをすると思っただけで息苦しくなる」ジョックは立ち上がった。「外の様子を見てくるよ。朝食をすませたら出発しよう。天気予報では、朝のうちは晴れているが、午後から天候が急変するらしい。だが、嵐が来る前に待ち合わせの高原に着けると思う」

「どれぐらいかかるの？」

「四、五時間。うまくいけば」

「きっとうまくいくわ」カーラは立ち上がって、ジョックのあとからドアに向かった。

「あんなに悪いことばかり起こったから……きっと、いいこともあるはずよ。あなたならできるわ、ジョック。わたしもがんばる」カーラはドアを開けた。「友達はなんでも分かち合うものでしょう？」

「ぼくたちはどちらも友達を持った経験がほとんどないからね」ジョックはカーラが冷たい雪で顔を洗うのを見守っていた。「今朝のきみはやけに楽天的だね。なんだかちょっと意外だ」

　カーラは振り返った。「小さい頃からずっと逃げ回ってきたわ。いつも何かに怯えて、守ってもらうしかなかった。そんな生活にうんざりしたの。誰かに頼らなくても、わたしにもできることがあるはずよ。それを見つけようと思って」

「殊勝な心がけだが、ぼくはなぜか不安になった」

「どうして？」カーラはほほ笑んだ。「あなたはこれまでどおり、わたしを子ども扱いするでしょうね」

「十二歳になったからといって急に大人になるわけじゃないよ」ジョックは雪道を眺めた。「寒いところに長くいるのは体によくない。今日は長い距離を歩かなければいけないのに、低体温症になったら大変だ」

「ほら、また子ども扱いする」

ジョックは肩をすくめた。「きみが狙われないように見張っているのが、ぼくの役目だ。わかってほしい」

カーラはジョックを見つめた。ジョックを困らせてはいけない。ゆうべ、ジョックがわたしの魂はわたしのものだと言ってくれたおかげで救われた気がした。あの解放感を彼にも味わわせてあげたい。両手が赤くなってじんじんしてきた。頬も真っ赤だ。早く中に入らないと、低体温症になって、だから注意したのにとジョックに言われそうだ。カーラは急いで休憩所に戻った。

「四、五時間で着けそうだ」イヴが電話に出ると、ジョックは言った。「そちらは間に合うかな？　モスクワから一時間といっても、レーダーに探知されないように飛行させるのにケイレブも苦労するだろう。未確認の航空機がレーダーに引っかかったら、ナタリーたちに場所を突き止められてしまう。こちらの天候は大荒れになりそうだが、嵐が来る前に高原に着けるはずだ」

「間に合わせるわ。すぐ準備する」イヴは一呼吸おいて訊いた。「カーラはどう？」

「身体的には、雪道で転んで擦り傷やコブがあるほかは、元気だよ。精神的には、ナタリーに関する新事実に気づいて、ああいう母親との関係をどう考えるか悩んでいる」

「かわいそうに」イヴはつぶやいた。「でも、受け入れていくしかないでしょうね。ナタリーのことは何も教えていなかったの。まだそんな時期じゃないと思ったから。ナタリーといっしょにいて、よく無事でいられたと感心している」

「カーラは強い子だ。傷ついたり当惑したり疑問を抱いたりしながら、なんとかひとりで乗り越えてきた」

「あなたがそばにいてくれたからよ、ジョック。わたしもどれだけ安心できたかわからない。できることなら、わたしがそばにいたかったけれど」

「まあ、褒めてもらってもいいかな」ジョックは一呼吸おいた。「だが、ジェニーやエレナが亡くなったのはナタリーのせいだとはまだ教えていない。いずれ、きみから知らせてほしいが、そのうちあの子が自分で気づくかもしれない。あれでなかなか気丈なところがあるし」

「そうね。折をみて話してみる」イヴは話題を変えた。「ケイレブはヘリコプターの手配をしてくれている。もう切るわ。途中で何かあったら連絡する」

「ぼくもそうするよ」ジョックは通話を終了した。

くねくねと続く雪道を眺めた。雪はまだ降っていないし、道はそれほど険しくはない。それでも、カーラにとっては長く苦しい道のりだろう。

だが、前に進むしかない。カーラに食事をさせて、できるかぎり暖かい服装をさせよう。

ジョックは踵《きびす》を返して休憩所に戻った。

「暖炉の火を消している間にシリアルバーを食べてしまって」ジョックが言った。「食べ終わったら、手袋と靴下がちゃんと乾いているか確かめるんだよ」

「細かいことまで注意するのね」

「途中で手間取らないためだよ。早く向こうに着きたいから」

「今日は手間取らせない」カーラは穏やかな声で言った。「この先の道はそれほど凍っていないんでしょう？　凍った道に慣れていないから、昨日は何度も転んだけど」カーラは笑みを浮かべた。「ずっとカリフォルニアに住んでいたから、山にでも行かないかぎり、道が凍るなんてことはなかった。エレナには山に連れていってくれるほど余裕はなかったし」

「そうだね。ぼくも配慮が足りなかった」

「いいのよ。どんな状況にも対応できるようにしておかなくちゃ」カーラは手袋を調べながら言った。「ねえ、ジョック、あなたのお母さんはどんな人だったの？」

「えっ?」ジョックは振り返ってカーラを見た。

「ゆうべナタリーのことを話したから、あなたのお母さんはどんな人かなと思って。いいお母さんだった? それとも悪いお母さん?」

「ぼくには出来すぎなお母さんだった。そもそも、ナタリーみたいな母親はめったにいない。たいていの母親はやさしくて、子どものことをいちばんに考えている」

「そう聞いているわ。だから、ナタリーに会ってびっくりした」カーラは一呼吸おいて続けた。「出来すぎなお母さんと言ったけど、それは違うわ、ジョック。やさしいお母さんだったのは、あなたがいい子だったからよ」

ジョックは唇をゆがめた。「いや、母には地獄の苦しみを味わわせてしまった。十代の頃のぼくは手のつけられない不良で、ライリーに出会ってからは悪の道にはまった。それでも、母はぼくを見捨てなかった」そう言うと、そっけない口調で続けた。「だが、ぼくは母を見捨てた。ライリーに引きずり込まれた地獄からマクダフが救い出してくれたあと、一度も会わないうちに母は亡くなった」

「そうだったの」カーラはショックを受けた。「かわいそうに」

「ぼくは母が育てた人間ではなくなっていた。道を踏みはずして、別人になった。母はマクダフを通して何度も連絡をくれたよ。会いたいと思ったが、また母を傷つけることになると思うと耐えられなかった。それで、会わないまま時間が過ぎて――」

「あなたに会ってお母さんが傷つくはずなんかない。あなたには輝くものがあるもの。わたしはよく知っている」

ジョックは首を振った。「そんなことを言うのはきみだけだよ。ぼくがどんな人間か、母に知られたくなかった」

「でも、つらかったでしょうね。お母さんを愛していたから」

「だが、母の苦しみを目のあたりにするよりはましだった」ジョックは立ち上がって、カーラのそばに来た。「もうよそう。昔の話だ」そう言うと、カーラの手袋を調べた。「母は最後までぼくを愛してくれた。母親はそういうものだよ。理屈じゃないんだ。考えてみたら、不思議な存在だね」ドアを開けて、カーラをそっと押し出した。「さあ、丘の反対側まで行ったら、大好きなイヴに会えるよ。ぼくが荒っぽい心理療法を施したのを心配している。会ったら、きみの心の傷を調べようとするだろう」

「そんなことしないわ。イヴはいつもありのままのわたしを見てくれる」カーラは歩き出した。「あなたのお母さんもそうだったと思う。もし会っていたら、あなたの心の傷を癒やしてくれたはずよ」

「母の心の傷はもっと深くなったかもしれない」ジョックは首を振った。「いずれにしても、もう終わったことだ」

モスクワ
カスコフ邸

「不審な航空機が三十分前にモスクワ領空に入ったそうです」イワン・サバクが急ぎ足で居間に入ってきた。「小型のプライベートジェットかヘリコプターらしい。おそらく、われわれが捜している機体でしょう」そう言うと、ナタリーにメモを渡した。「もう少し近づいたら、機体番号が判読できる。ダンカンが乗っているとわかったら、着陸時に撃ち落とせばいい」

「焦らないで」ナタリーはいらだたしげに言った。「ダンカンを撃つのは、カーラを連れていこうとしたときよ」メモに目を落とした。「どこに向かっているの？」

「今のところ、北に向かっている。だが、進路を変更するかもしれない。だいたいの見当をつけて、その方面に人員を配置します」

「早く見つけて。明日の夜には父が帰ってくる。父がカーラを取り戻したら、あの子の口から公園で何があったか父にばれてしまう」

「あの女は必ず捕まえる」サバクは請け合った。「そして、カーラを連れ去ろうとしたら、カーラもろとも撃ち殺す。あなたは涙を流し、カスコフは怒り狂う」サバクは冷ややかにナタリーを見つめた。「あなたのためにずいぶん働いたのに、まだ約束の報酬をもらえない。早く財宝を手に入れる算段をしたほうがいい」

「わたしに指図しないで。すべてはカーラを始末してからよ。それから考える」ナタリーはまだメモを見つめていた。「ジョック・ギャヴィンが借りた車は見つかったの？」

「まだです。幹線道路を避けたようだ。ギャヴィンは簡単に尻尾を出すやつじゃありませんからね。警察にギャヴィンとカーラの人相書きを回したが、今のところ目撃情報はない」サバクはメモを指先で叩いた。「だが、これだけわかっていれば、あとは時間の問題だ」

雪が激しくなってきた。

右も左も見えない。

でも、ジョックは見える。

カーラはまっすぐ前を向いて、ジョックの背中を見つめた。

遅れないで。

わたしのせいで高原に着くのが遅くなったら困る。

今日は凍った道で転ばないといいけど。

寒い。吹きつける雪が頬を叩く。

片足をもう片方の足の前に出す。

遅れないで。

いっしょうけんめいがんばったら、間に合うように高原に着ける。

わたしの魂はわたしのものだから。

遅れないで。

カスコフ邸

「レンタカーが見つかった」サバクが報告した。「スキー場のガレージで、除雪車の陰で半ば雪に埋もれていたらしい」ナタリーの前に置いた地図を示した。「ここです。ヒムキの近くのラスコビッチ・スキー場。十八カ月前から補修工事のために閉鎖されている。管理人がひとりいるだけで、レンタカーを発見したのもその男です」

「このスキー場にいるわけ？」ナタリーは意気込んで言った。

「この一帯にいるのは間違いない。あたりを捜索させているから、もうすぐ報告が入るはずだ」サバクは不敵な笑みを浮かべて地図を見おろした。「必ず捕まえると言ったでしょう」そう言うと、携帯電話を取り出した。「例の航空機もスキー場に近づいているにちがいない。確かめてみます」

「急いで」ナタリーは立ち上がった。「わたしは現地に向かうわ。公園のときのような失敗は繰り返さない」ドアに向かいながら、肩越しに振り返った。「ダンカンにカーラは渡さない」

「あとどれくらい、ケイレブ？」ヘリコプターのフロントガラスに吹きつける雪を眺めながらイヴが訊いた。「この雪はやむのかしら？　どんどんひどくなっているけれど」

「かなり近づいているから、順調にいけば間に合う」ケイレブは穏やかな口調で続けた。

「ジョックも予定どおり着くだろう。その自信がなかったら、こんな悪天候の中で決行するはずがない」

「天候だけは読めないからな」ジョーが言った。「最大のリスク要因だ」

「ジョックならなんとかやるだろう」ケイレブはにやりとした。「いざとなったら、思いがけないことをやってのける男だ」

「それは自分のことじゃないか？」

「そんなことはどうだっていいから」イヴがいらだった声で訊いた。「あとどれくらいでその高原に着くの？」

「四十五分というところかな」ケイレブはイヴの表情に気づいて穏やかにつけ加えた。

「嵐が来る前に着けるとジョックが言っているなら、それを信じよう」そう言うと、ヘリコプターを傾けた。「もう少しスピードを上げられないかやってみよう。ジョックのためにこっちもがんばらないと……」

「スキー場にはいません」サバクは車で待機していたナタリーに報告した。「リフトは動いていないが、向こう側の高原に続く山道がある。かなり険しい地形だが、その高原なら、ヘリコプターが着陸できる。そこで落ち合う可能性が高そうだ」

「たしかなの？」

「おそらく」サバクはそっけなく言った。「例の航空機が最後に目撃されたのもあの近くだ。高原に集結するよう指示を出します」そう言うと、雪に閉ざされたスキー場の入口に向かった。「それから、近くのスキー場に電話して、ボブスレーを取り寄せよう。ボブスレーでくだったら高原まですぐ着く。あなたもいっしょに行く気なら、すぐ心構えをしておくことだ」

ずいぶん生意気な口を利くようになったものだ。ナタリーは急いで車からおりながら、声に出さずにつぶやいた。サバクはつけあがる一方だ。分をわきまえさせなければならないが、今はまだそのときではない。ここは冷静にならなくては。

「わかったわ」ナタリーは愛想よく答えた。「わたしたち、これまでも力を合わせてやってきたもの。あなたには感謝している。ダンカンさえ始末すれば、またもとどおりの関係になれるわ」

「どうだろうな」

「わたしを信用できないの？」

「そういうことだ」短い沈黙があった。「だが、あなたは寝るには最高の女だ。約束の報酬さえもらえば、ほかは目をつぶってもいい」

「わたしは女だから、くだらないミスを犯すこともあるけれど」ナタリーはサバクにほほ笑みかけた。「精いっぱいあなたに喜んでもらうようにするわ、イワン」


「ほら、あれが高原だ」ジョックはそう言うと、カーラが追いつくのを待った。くたくたに疲れきったカーラは、ジョックが立ち止まったことにも気づかなかった。

これでもう歩かなくてすむの？

安堵が込み上げてきた。

高原は降りしきる雪の中で、ただ白くかすんでいた。こんなにがんばった結果がこれだけ？

でも、ちゃんとたどり着けた。ジョックをがっかりさせずにすんだ。

それで充分だ。

ジョックが心配そうな顔で近づいてきた。「だいじょうぶ？」

カーラはぎこちなくうなずいた。「疲れた」そう言うと、ジョックの胸に寄りかかった。

「もうくたくた。でも、着けたわ。カリフォルニアの子にしては上出来じゃない？」

ジョックはカーラを抱き寄せた。「よくがんばったね。感想は？　疲れた以外に」

「ちょっぴり強くなった気がする」カーラはぴたりと体を寄せた。「くじけそうになったときは音楽を思い浮かべた」

「きみらしいな」

「それでもだめなときは、あなたの言葉を思い出した。わたしの魂はわたしが選んだもので、誰にも奪われないって」ジョックは力強くて温かくて、いつまでもそのままでいたかったけれど、カーラはそっと体を離した。「イヴたちはいつ来るの？」

「もう来る頃だ。十五分前に近くまで来たとケイレブからメールが届いた。着いたと電話して――」電話が鳴って、ジョックは言葉を切った。「ケイレブ、電話しようと――」

「今どこだ？」ケイレブがさえぎって言った。

「着いた」

「そこにいてくれ。五分以内に着く」ケイレブはきびきびした口調で言った。「先を越されないといいが。スキー場に人が大勢いるのが見えた。警察車両が二台に黒っぽいセダンが二台。それに、ボブスレーが数台、用意されていた。連中はきみたちがそこにいるのを知っている。警告しておこうと思って」

「わかった」ジョックは今来たばかりの道を振り返った。「着いたらすぐカーラを連れていってくれ。ぼくが援護する」そう言うと、電話を切った。「カーラ、あの岩の陰に隠れろ」カーラの手を引いて、道の端の岩場に連れていった。「体を低くして。五分で迎えが来る。ヘリコプターは着陸したら、すぐまた飛び立つ。ドアが開いたら飛び乗るんだよ」

「わたしたち、見つかったの？」カーラは胸をどきどきさせながら、双眼鏡で来た道を眺めているジョックを眺めた。「援護すると言っていたわね。ヘリコプターにわたしだけ乗せるつもりなの？」

ジョックは双眼鏡をおろした。「ぼくたちが今来た道をボブスレーが五、六台くだってくる。ボブスレーは時速百キロ以上、時にはその二倍くらいスピードが出るんだ。すぐ近くまで迫っている」バックパックを開けて、分解した自動小銃を取り出すと、手際よく組み立てていく。「ぼくは自分の身は守れるが、きみは足手まといになる。だから、早くイヴたちに引き取ってもらいたい」

「嘘をつかないで」

「嘘じゃない。本心だよ。ぼくはそういう人間なんだ」ジョックは空を見上げた。「ヘリコプターの音がする。高原の真ん中に出て待っていろ」

カーラはその場を動かなかった。

「早く」ジョックは自動小銃をかついだ。「動かないなら、抱き上げていくぞ」

カーラは首を振った。「これまでもわたしのためにたくさんの人が命がけで闘ってくれた。わたしひとりなら行かない。無理やり行かせようとしたら、わたしを死なせることになるわ。そんなことはしたくないでしょう？」

「今になって何を言い出すんだ？」

カーラは空を見上げた。「ヘリコプターが真上まで来たわ。わたしを連れていって、ジョック」カーラは手を差し出した。「ヘリコプターまで連れていって」

ジョックは苦りきった顔で悪態をついた。そして、カーラの手をつかむと、着陸しようとしているヘリコプターまで走った。ドアを開けると、ジョーが待ち構えていた。

ジョーがカーラに手を差し出した。「早く乗って。ボブスレーが来るぞ」

カーラはジョーの手を取らなかった。「ジョックが先よ」

「なんて子だ」ジョックは舌打ちしながらヘリコプターに乗った。「さあ、カーラ、乗れよ」

カーラはジョーの手を取って、引き上げてもらった。

次の瞬間、ヘリコプターが離陸した。

間一髪だった。

ドアの縁に銃弾が当たった。

ジョックは自動小銃を肩からおろしてドアの縁から狙いを定めた。「ケイレブ、よくやってくれた。次はぼくの番だ。先頭のボブスレーを始末すれば、少し時間稼ぎができるだろう」

ヘリコプターは前後左右に揺れたが、ジョックの手元は狂わなかった。

自動小銃から発射された弾丸はまっすぐに飛んで、先頭のボブスレーに命中した。ガラスやプラスチックや金属が宙に舞った。二発目がガソリンタンクに命中すると、ボブスレーが炎上した。衝撃波がヘリコプターにも伝わってくる。次の瞬間、ボブスレーが爆発した。

「カーラ」

いつのまにかイヴがそばに来ていた。

「早く座って」

「イヴ」カーラはイヴの腕の中に飛び込んだ。

温かいイヴの胸に抱かれると、凍えた心が解けていく。

イヴが体を離した。「さあ、シートベルトを締めなくちゃ」

カーラはぎこちなくうなずいた。「疲れちゃった。ものすごく歩いたから」山道を歩きった達成感がずっと前のことに思えた。「嵐が来るの？　吹雪になったらどうするの？」

「嵐の心配もしなくちゃいけないけれど」イヴはカーラを座席につけると隣に座った。「とりあえずは、あなたを無事に連れ戻せたことに感謝しましょう」

そのとおりだとカーラは思った。危機が去ったわけではなくても、こうして大切な人たちに囲まれて無事でいるだけで今は充分だ。でも、ひとり足りなかった。「ジェーンはどこ？」

「ここから百二十キロほど離れた空港で待っている。飛行機の手配をしてくれているの。このヘリコプターから飛行機に乗り換えてフィンランドに行ったら、ケイレブのプライベートジェットが待機している」イヴはカーラの額にかかった髪をそっとかき上げた。「早く帰りたいでしょう。かわいそうに、こんなに恐ろしい目に遭って」

「わたしのせいよ。イヴ。わたしのせいでこんなことになった」ジョーと話しているジョックに目を向けた。「ジョックにも大変な思いをさせてしまって」

「あなたのせいじゃないわ。みんなそろって生きているんだから、ほかのことはあとで考えましょう」ヘリコプターがガタンと揺れて高度が下がった。「さしあたりはジェーンのところに無事に着けるよう祈ったほうがよさそうね。ついに嵐が来たみたい」


炎が上がっている！

前方で爆発したボブスレーの残骸が発する熱が伝わってきた。ナタリーは雪の中を這って、できるだけ離れようとした。先頭のボブスレーが吹っ飛んだだけでなく、そのはずみでナタリーの乗っていたボブスレーも横転して雪の中に投げ出された。

イヴの乗ったヘリコプターが遠ざかっていく。

なんていまいましい。

怒りの炎が燃え上がった。

もう我慢できない。

「イワン！」

イワンは別のボブスレーに乗った男たちと、遠ざかるヘリコプターを指さしながら話している。

ナタリーには見向きもしない。

いまいましいったらない。

「イワン！」

ちらりとこちらに目を向けたが、話はやめない。

ナタリーは叫びたくなった。

カーラを連れ去って、わたしに恥をかかせた女を呪ってやる。わたしの財宝を奪って、父との関係も危うくさせた女。イワン・サバクのような男に頼るしかないのも、あの女のせいだ。

いくら呪っても呪いきれない。

イヴ・ダンカン。

あの女が憎い。こんなに憎しみを抱いたのは初めてだ。やり場のない怒りがマグマのように噴き上がってくる。

ナタリーは雪の上に座って、燃え上がるボブスレーを眺めながら、周囲の世界から心を閉ざそうとした。今からダンカンを追ってももう手遅れだ。いまいましいけれど、あの女の勝ちだ。

炎を眺めていると、何年も前に父に連れていかれたオペラを思い出した。不死鳥が主人公のオペラだった。死んだ鳥が炎の中からよみがえる。そして、敗北は勝利へ、死は生へと変わるのだった。

安心するのは早いわ、イヴ。警戒を怠らないことね。

わたしは不死鳥のようによみがえるから。


ケイレブがヘリコプターを空港に着陸させたときには、吹雪はいくらかおさまっていた。出迎えたジェーンはカーラを固く抱き締めると、ジョックにほほ笑みかけた。「やったわね。おめでとう」

「まだ危機を脱したわけじゃない」ジョックはそっけなく言うと、待機しているジェット機に急いだ。「まだ向こうの陣地にいるんだ」

ジェーンは不思議そうにジョックの後ろ姿を見送った。「緊張しているのかしら。無理もないけど」

「怒っているの」カーラが言った。「あなたにじゃなくて、わたしに」急いでジョックのあとを追った。「わたしは間違っていなかったわ」せっぱつまった声でジョックに言った。

「間違っていたのはあなたのほうよ。ああするしかなかったの。あなたを犠牲にしたくなかった」

ジョックは肩をすくめてタラップをのぼった。「そんな話をしている場合じゃないだろう。早く乗れ」

カーラはジョックが通路を進んで、ジョーやイヴと並んで座るのを見守っていた。

「そのうち機嫌を直すわ」ジェーンがカーラのそばに来た。「でも、ちょっと驚いた。ジョックはいつもあなたにはやさしかったから」

「わたしが変わったの。ジョックはそれが気に入らないのよ」カーラは席についても、ジョックに視線を向けていた。「助けてもらったのに……いつも励ましてくれて……どんなにうれしかったかわからない。でも、怒らせてしまった。つらいわ、ジェーン」

「気持ちはわかるけど、わたしにはどうしてあげることもできない」ジェーンはカーラの手を取った。「あの短気なスコットランド人とあなたの問題だから、二人で解決するしかないわ。でも、わたしがいつもあなたの味方だということを忘れないで」ジェット機が滑走路を動き出したので、ジェーンはシートベルトを締め、手を伸ばしてカーラのシートベルトも締めた。「今はほかのことを考えたほうがいい。わたしに言えるのはそれぐらいよ。彼はあなたにとってすべてではなくなったのね。今回の経験であなたが変わったとしても不思議はないわ」

今でもジョックはわたしにとってすべてだとカーラは言いたかった。でも、ジェーンの言うとおり、今はほかのことを考えたほうがいい。「まだイヴに行き先を訊いていなかった」

「ゲールカールに戻って、しばらく滞在する予定よ」ジェーンは笑みを浮かべた。「マクダフはとても力になってくれて、そのせいで大怪我をしたでしょう？　だから、今度はマクダフの力になって、あの霧のどこかにシーラの財宝があるか確かめなくては」そう言ってから、つけ加えた。「ゲールカールにいるほうが安全だとジョーも言っている。ナタリーの毒牙から逃れられたことがはっきりするまで、カリフォルニアには帰らないほうがいいだろうって。カリフォルニアに帰ったら、あなたをナタリーに返せと移民局に命じられる恐れがあるし」

「ナタリーのところに帰るなんて、ぜったいにいや」

「そんなことはさせない」ジェーンはやさしく言った。「わたしたちみんなであなたのために闘っているわ。もう気づいたと思うけれど」

ジェーンがドロストキー公園で何があったか教えると、カーラは愕然として聞き入っていた。「そんなに迷惑をかけたなんて……」

「迷惑だなんて誰も思っていない」ジェーンがきっぱり言った。「あなたのためにみんな精いっぱいやったの。その人が好きなら、迷惑だとは思わない。そのことにも気づいたでしょう？」

カーラはゆっくりとうなずいたが、まだ困惑していた。「わたしにはジェニーとエレナしかいなかったのに、二人ともいなくなってしまった。でも、今はこんなにたくさんの人がわたしのために——イヴにはさんざん——」

「迷惑をかけた？」ジェーンが笑顔で言った。「そのうちそんなことは考えなくなるわ。家族になるんだもの」

「あなたも？」カーラはつぶやいた。

「そう、わたしも家族よ。わたしもイヴに受け入れられたから、あなたと立場は同じ。イヴを大事にしてあげてね。今のイヴにはわたしたちが必要だから」

「わたしにできることならなんでも——」ジェーンの深刻そうな表情に気づいて、カーラははっとした。「イヴは病気なの？」

ジェーンはあわてて首を振った。「病気じゃないわ。大事にしてあげてと言っただけ」

ジェーンは座席に寄りかかった。「山道をさんざん歩いて疲れたでしょう。眠れそうなら、少し眠るといいわ」そう言うと、目を閉じた。「ジョックのことは忘れて」

ジェーンにそう言われても、ジョックのことを忘れることはできなかった。それに、イヴは病気なのと訊いたときのジェーンのあわてた様子が気にかかった。カーラは通路の先のイヴの様子をうかがった。疲れているようだけど、顔色もいいし、病気には見えない。

「カーラ」ジェーンが目を閉じたまま言った。「眠ろうとして」

カーラは目を閉じた。眠って体を休めよう。元気になってから、みんなに恩返しする方法を考えればいい。

でも、今はイヴのことだけを考えよう。

12

「涙を見せられても困る」カスコフが冷ややかに言った。「それより質問に答えてほしい」

「もうお話ししたでしょう」ナタリーは父の腕に手を置いた。「もう少しで取り戻せそうだったのに。ダンカンがあの子をどこに連れ去ったか、全力をあげて調べているわ。お父さまが帰ってきてくださって、どんなに心強いかわからない」

カスコフはイワン・サバクに顔を向けた。「なぜ取り戻せなかったんだ？　あらゆる追跡手段を与えたはずだ。買収されたのか？」

「とんでもありません」サバクは即座に否定した。「あなたを裏切るわけがないでしょう。掟に反したらどうなるかよく知っています」

「それなら、なぜだ？」

「向こうはきわめて優秀な人間がいたうえ、連携がうまくいっていました。もう少しで阻止できるところだったのですが」

「結果は結果だ。すでに国外に出たそうじゃないか」

「スコットランドにいます。マクダフという領主の庇護下にいて、マクダフは政府高官とつながっているとか」

「その気になれば、スコットランドだろうがどこだろうが、しかるべき人間と連絡はつく。だが、問題はそこまでやるだけの価値があるかどうかだ」

「そうしていただけるとありがたいけど」ナタリーは言った。「もっと確実で効果的な方法があると思う」

「さっき言っていた物騒な計画か」カスコフは唇をゆがめた。「心根のやさしいおまえが、よくそんな残酷なことを思いついたものだ」

ナタリーはカスコフの言葉に込められた皮肉を無視した。「母親として子どものために闘っているだけよ」引きつった笑みを浮かべて父を見上げた。「綿密な計画を立てたわ。あとはお父さまに少し助けていただければ。とにかく、聞いてちょうだい。細かい点まで説明するから……」

ゲールカール湖

「お帰り、カーラ」マクダフは笑顔でカーラを出迎えた。「ジョックから話を聞いたが、あんな経験をしたにしては元気そうだね」ちらりとジョックに視線を向けたが、ジョックは会釈しただけで、さっさとジェーンやケイレブの後を追って湖に向かった。「ジョックはやけに不機嫌だな。ちゃんと面倒を見てもらえたんだろうね？」

「ええ、モスクワから助け出してくれた」カーラは穏やかな声で続けた。「でも、やり方が気に入らなかったみたいで」そう言うと、マクダフにほほ笑みかけた。「あなたも元気そうね。大怪我したと聞いて心配した」

「わたしたちは二人ともうまく切り抜けたようだね。もう少しで吹っ飛ばされるところだったよ」マクダフがそう言うと、イヴに顔を向けた。「ジョーは？」

「トラー調査官に会いに行ったわ。アメリカに帰ってもカーラを手元に置いておけるよう、交渉するために。あまり期待できないけれど、やるだけのことはやっておこうと言って」イヴはマクダフに笑いかけた。「結果次第では、またしばらくご厄介になるわ。カーラを手放すわけにいかないから」

「好きなだけいてくれていい。歓迎するよ」マクダフは口元を引き締めた。「ただし、カーラの母親とはきっぱり縁を切りたい」

「みんなそう願っているけれど」イヴはカーラの腕に触れた。「とにかく、カーラを取り戻した。これは大きな勝利よ」

「ナタリーが悪いことばかりしてごめんなさい」カーラがぎこちなく謝った。「わたしに償いができるといいんだけど」

「きみが謝ることはない」マクダフが言った。「親子でもきみに責任はないんだから」

「ええ、ジョックもわたしはわたしだと言ってくれたし、そう信じたい。でも、わたしがここに来なかったら、みんなにこんな迷惑をかけずにすんだ」

マクダフは小首をかしげた。「そういうことなら、きみの謝罪を受け入れよう。また出直しだ」そう言うと、イヴに顔を向けた。「きみたちが戻ってきてくれてよかった。これでまたジェーンにシーラの財宝探しを手伝ってもらえる。いつまでもジェーンを当てにしてはいけないんだが」

「あなたにとって大切なことなら、ジェーンはできるかぎり協力しようとするはずよ」

「それはそうだが、ジェーンにはきみがいちばんだからね。最近はとりわけきみを気遣っている。だから、きみがここに残ったら、ジェーンも残る。きみが帰国するなら、ジェーンもここには残らないだろう」

たしかに、イヴがモスクワに行くと知ったとき、ジェーンはどうしても自分も行くと言い張った。「ジェーンとわたしは一心同体じゃないわ。ジェーンは自立した大人よ」

「それはそうだが、きみにここにいてもらったほうが、宝探しはやりやすい。じゃあ、またあとで」マクダフは手を上げて挨拶すると、湖に向かった。

イヴはしばらく後ろ姿を見送っていたが、やがてカーラを連れて歩き出した。「ナタリーのことを言われて傷つかなかった？」穏やかな声で続けた。「マクダフはあなたを責めるつもりはないのよ。ただ、気の回る人じゃないから」

「でも、いい人よ」カーラは言った。「いい人じゃなかったら、ジョックがマクダフを好きなはずがない。それに、ジョックが言ってくれたの。わたしはナタリーの娘だけど、ナタリーとは似ていない。わたしの魂はわたしだけのものだって。そう信じたい」

「そのとおりよ」

「信じられるまでに時間がかかりそうだけど」カーラは、ケイレブと並んで湖岸に立っているジョックを眺めた。「いろんなことが次々起こって、何がなんだかわからない」

「少しずつわかってくるわ」

「そうならないと困る」カーラはイヴを見上げて言った。「ジョックがいないと、わたしは生きられないから」

イヴははっとした。初めて会ったときからカーラはジョックに惹かれていた。そして、今回モスクワで共に困難を乗り越えたことで絆が深くなったのだろう。「どんなに好きでも、いっしょにいられないこともあるのよ」

カーラは首を振った。「わたしには無理。ジョックといっしょにいられる方法を見つけるわ」そう言うと、湖に視線を戻した。「あなたがアメリカに帰ることにしたら、ジェーンもここには残らないとマクダフが言っていたでしょう。あれは当たっている。ジェーンはあなたのことをとても心配しているわ」

イヴはカーラの顔を見た。「ジェーンがわたしを心配しているって？」

「気づいているはずよ。あなたはとても頭がいいし、ジェーンとは強い絆で結ばれているもの」

「なぜジェーンが心配していると思ったの？」イヴは一呼吸おいた。「ジェーンから何か言われたの？」

カーラは湖に目を向けたまま答えた。「あなたにはわたしたちが必要だって。だから、大事にしてあげてって。そう言われて不安になったの。あなたが病気じゃないかと思って」

「病気じゃないから、安心して」

「子どもには知られたくないかもしれないけど、何かあるなら教えて」

「病気じゃないと言ったでしょう」イヴはカーラの肩に手を置いて振り向かせた。「わたしは元気よ」

「だったら、どうして薬を呑んでるの？」

イヴは目を丸くした。「薬？」

「飛行機に乗っていたとき、二度後ろのほうに行って水を飲んでいたわ。薬の瓶を四本も持っていて、二錠ずつ呑んでいたわ」

「観察力が鋭いのね。探偵になれそう」

「病気じゃないのになぜ薬を呑むの？」

「それには理由があるの」

「どんな理由？　わたしはあなたの面倒を見なくちゃいけないの。病気なら、ちゃんと教えて」

イヴは笑い出した。「何度言わせるの。わたしは元気よ、心配することなんて何もない」ハンドバッグの中を捜して、薬瓶を取り出した。「ぎりぎりまで言わないつもりだったけれど」カーラの手に薬瓶をのせた。「そういうわけにいかなくなったみたいね」

カーラは薬瓶を見おろした。「怒った？　しつこく訊いて悪かったわ。いやなら、もう訊かない」

「でも、わたしの面倒を見るのが自分の役目だと思っているんでしょう？」イヴはやさしく笑いかけた。「いいわ、わかった。マイケルもあなたには知っておいてほしいだろうし」

「マイケル？」カーラは薬瓶をひとつひとつ調べていた。眉をひそめてラベルを読んでいる。それから、ほっとしてため息をついた。「全部ビタミン剤だわ」

「ただのビタミン剤じゃないの。もっとよく見て」

カーラは眉根を寄せてラベルに視線を戻した。「妊婦用？　これって――」カーラはイヴの顔を見た。「妊婦って――」

イヴはうなずいた。

カーラはぽかんとした顔で見つめている。

イヴは声をあげて笑った。「わたしは健康だし、赤ちゃんも順調に育っている。マイケルがずっと元気でいられるように、念のためにビタミン剤を呑んでいるだけ」

「マイケルって？」

「生まれるのは男の子。名前はマイケルよ」

「いつ生まれるの？」

「七カ月後」イヴはお腹に触れた。「でも、せっかちな子で、自分の意思を何度も伝えてきたの。わたしを説得して、自分のやり方を通すつもりかもしれない」

「だめよ、そんなこと。ドクターの言うとおりにしなくちゃ」カーラはむきになって言った。「わたしも手伝うわ。そのためにそばにいるんだもの。ジェニーがあなたにはわたしが必要だと言ったのは、そういう意味だったのね」

イヴは笑いを引っ込めた。カーラはジェニーが夢に現れて、イヴの面倒を見るように言ったと何度も言っていたけれど、話がこんな方向に進むとは思っていなかった。「ジェニーが望んでいたのは、わたしたちが助け合って家族になることで、あなたに介助をさせることじゃない。わたしにはあなたもマイケルと同じように大切な子どもだから」

カーラは首を振った。「それなら、なぜ今わたしがここにいるの？　きっと赤ちゃんのためよ」

「そのことで話したいことがあるの」イヴは問いかけるようにカーラを見た。「マイケルのこと、喜んでくれているんでしょう?」

カーラは顔を輝かせた。「もちろんよ。赤ちゃんをこれまで近くで見たことがないの。いっしょうけんめい世話するわ」

「さっき言ったことを聞いてなかったの? あなたは世話係じゃない。それはわたしの仕事よ」

「わたしの役目もあるはずよ」カーラはビタミン剤の瓶をハンドバッグにしまいながら言った。「マイケルとあなたのためにできることが」ハンドバッグをイヴに渡した。「どの瓶もほとんどからっぽだった。買っておかなくていいの?」

「忙しかったから。これから買うわ」

「薬局に電話するなら、わたしがかけてもいい。病院には行っているんでしょう?」

「ええ、グラスゴーで。あなたは心配しなくていいの、カーラ」

カーラはうなずいた。「病院についていってもいい?」

「考えておくわ」イヴは手を上げて、何か言おうとしたカーラを制した。「聞いてちょうだい。あなたはモスクワで殺されかけたし、ナタリーがこのまま諦めるとは思えない。ナタリーから逃れられたと確信できるまで、あなたを危険にさらすようなまねはしたくない」

「あなただって危ないわ」カーラは言い返した。「ナタリーはこれまでもあなたを憎んでいたけど、今はもっと大変」そう言うと、息を吸い込んだ。「あの人、負けるのが大嫌いなの。お兄さんのことを話すのを聞いてわかった。あの人が負けると、誰かが死ぬ。今度はあなたを狙っているわ」

「それなら、わたしたち二人とも気をつけなければいけないわけね」イヴはカーラを抱き締めた。「危ないまねをしないように注意しましょう」

「でも、わたしだけでは無理かもしれない」カーラは言った。「わたしは子どもだから。ねえ、ジョックに赤ちゃんのことを教えてもいい？」

「ジョックとはうまくいっていないんじゃなかった？」

「あなたとマイケルを守らなくちゃいけないから、ほかのことはどうだっていいの。ジョックに話してもいいでしょう？」

イヴは諦めたように首を振った。「ええ。みんな察しているようだし、いつまでも秘密にしておけない」

「ジョックなら……やり方を知っているから……あなたとマイケルを守ってくれるわ」カーラはイヴと目を合わせた。「マイケルを守りたいでしょう？」

「母親が我が子を守るのは当然よ」

カーラはうなずいた。「わたしはあなたを守るわ。そして、ジョックも」そう言うと、笑みを浮かべた。「あなたの言うとおりよ。心配することなんか何もないわ。あなたもマイケルも元気だし、わたしが二人の面倒を見るから」カーラは坂をくだり始めた。「ジェーンに話してくる。赤ちゃんのこと、もうわたしに秘密にしなくてもいいって教えてあげなくちゃ。気にしているはずだから」

「そうでしょうね。ジェーンはあなたを大切に思っているから」

「ええ、そう言ってくれた」カーラは振り向いて笑みを浮かべた。「家族になるからって」

カーラがジェーンに手を振りながら近づいていくのをイヴは眺めていた。二人が仲よくしてくれるのがうれしかった。二人とも幼い頃に親から離されたところは同じだが、生い立ちや性格は明らかに違う。それでも、どちらも自立心が強く、誠実で、思いやりがある。

二人とめぐり合えて本当に幸運だった。

「テントで休んでいるかと思ったのに」振り向くと、ジョーが立っていた。

「カーラと話をしていたから。わたしがビタミン剤を呑むのを見かけて、病気だと思い込んで心配していたの。だから、説明していたわ……何もかも」

「どう受け止めていた?」

「とても喜んでくれた。すごく興奮して」イヴは顔をしかめた。「わたしとマイケルを守るのが自分の役目と信じ込んでいるから、そうじゃないと言い聞かせて」

「カーラは納得していないんじゃないかな」そばに来ると、ジョーはイヴの手を取った。

「だが、みんながぼくたちの息子を守ろうとしてくれるのはうれしいことだよ」そう言うと、唇をゆがめた。「とりわけ、トラー調査官と会ったあとでは」

「うまくいかなかったのね。こんなに早く帰ってきたのは収穫がなかったからでしょう?」

「本国送還は阻止できた。最初トラーはその気でいたが。マクダフが紹介してくれた治安判事が同席してくれたおかげだよ」

「カーラがモスクワであんな目に遭ったことを説明してもだめだったの?」

「ナタリーが母親であることに変わりはないし、娘たちを殺そうとしたという証拠はないからね。トラーはカーラを母親のもとに返して、アメリカ合衆国の管轄外に送り出したがっている」

「ナタリーに返したら、カーラは一日と生きていないわ」イヴはかすれた声で言った。「あんな目に遭ったばかりなのに、そんなことはぜったいにできない」

「まあ、落ち着いて」ジョーは握った手に力を込めた。「ナタリーからあの子を取り戻したんだから、あとは安全を確保する方法を考えればいい」

「でも、ナタリーはきっと何かたくらんでいるわ」

「トラーと会った帰り道で、モスクワのディマ・パリクに電話してみた。カーラを奪われたうえ、黄金の箱をも手に入れそこなったのに、今のところナタリーは鳴りを潜めているそうだ。カスコフが調査に乗り出したが、まだ行動には出ていない」

「どうするつもりかしら?」

「イワン・サバクはまだ生きている。裏切りが明らかになったら、カスコフは生かしておくはずがないのに。おそらく、ナタリーがサバクをうまくかばったんだろう。父親をなだめるために何か手を打ったのかもしれない」

「どんな手を使ったのかしら?」イヴはつぶやいた。

「パリクには調査を続けるように頼んでおいた。鳴りを潜めているのが不気味だ」

たしかに、そのとおりだった。黒い毒グモが巣を張りめぐらせ、カスコフの後ろ盾も得ているのだ。背筋がぞっとしてきた。「カーラはここにいて安全なのね?」

ジョーはうなずいた。「マクダフは警備員を二倍に増やしてくれた。セキュリティはきわめて厳重だ。カーラやきみを連れ去ろうとする人間はいないだろう」一呼吸おいた。「だが、そのほうがよければ、ジョックとケイレブといっしょにモスクワに決着をつけに行ってもいい」

「ますます不安になるだけよ。あなたにはここにいっしょにいてほしい。モスクワに行かれたら、死ぬほど心配だわ」

「ぼくだって行きたいわけじゃない」ジョーはイヴの手を上げて唇を当てた。「だが、その可能性も考えておいてほしい。いつまでもこのままにしておけない」そう言うと、にっこりした。「マイケルだっていやだろう。きみがやきもきしているのを見たくないはずだ」

「でも、あの子はあなたのような考え方はしないわ」

「なぜそう言いきれる？　いろんな可能性があるだろう。生まれ変わりとか、集合的記憶を持っているとか……いずれにしても、ぼくのＤＮＡを受け継いでいるわけだからね」

イヴは首を振った。「それなら、天に祈るしかなさそう」

「ぼくもそう言おうと思っていたところだ。マイケルもぼくも精いっぱい応援している」

ジョーはまたイヴの手にキスした。「きっとなんとかなるよ」

三日後
ゲールカール湖

その朝、カーラが朝食をとるためにテントを出ると、アマティのバイオリンがテントの前に置いてあった。

しばらく眺めてから、近づいてケースを開いてみた。

ドロストキー公園に行く前の夜、番小屋からバイオリンを持っていったときのジョックの笑顔が目に浮かぶ。

〝きみはよくがんばったから、お土産くらいもらったっていい。そのバイオリンを気に入っているんだろう？〟

あのときの約束を守ってくれたのだ。

カーラは固唾を呑んでバイオリンを見つめた。そっと手を伸ばして、サテンのようにすべすべしたボディをやさしく撫でた。

でも、直接手渡してくれなかった。義務を果たすみたいにテントの前に置いていった。お礼も言わせてくれなかった。

やっぱり……つらいし、悲しい。

そのうち機嫌を直してくれるかと思っていたけど、もう何日も経つのにろくろく目も合わせてくれない。そのうち許してもらえることを祈るしかなさそうだ。

バイオリンのこともだけど、ジョックが励ましてくれたのがうれしかった。

〝きみの魂はきみが選んだもので、一生変わらない〟

ジョックが受け入れてくれるかどうかわからないけど、感謝を伝える方法がひとつだけあった。この世には美しいものがあると思い出させる方法が。

カーラはゆっくりとバイオリンを取り上げると、顎の下に当てた。

そして、チャイコフスキーを奏で始めた。

五日後

ゲールカール湖

今朝はいつにもまして霧が濃い。ジェーンは湖の北岸を眺めた。湖岸を照らすライトに対抗しようとしてシーラが霧のローブを広げたかのようだ。

なぜこんな連想をしたのかしら？　我ながら不思議だった。ケイレブにシーラの生まれ変わりだと言われても気にしていないつもりだったけれど、やはりどこかで意識していたのかもしれない。十七歳のときから繰り返しシーラの夢を見てきたせいで、シーラの財宝探しに関してはマクダフから当てにされている。こうして湖岸を歩いていると、ひょっとしたらシーラに会えるのではないかという気がするのは、そのせいだろうか？

「いつ来るかと思っていたよ」突然、ケイレブが目の前の霧の中から現れた。「今日は遅かったね。しびれを切らして、迎えに行こうかと思ったところだ」

ジェーンはぎくりとした。「何かあったの？　何か見つけたの？」

ケイレブは小首をかしげた。「がっかりした言い方だね」そう言うと、にやりとした。

「見つけたのがきみじゃなかったからかな？」

「何か見つけたの？」もう一度訊いた。

ケイレブは首を振った。「いや、それどころか、いつにもまして霧が濃いから、朝早くにマクダフが今日は作業を中止することに決めた」そう言うと、顔をしかめた。「よほど無念だったのか、領主らしくない悪態をついていたよ」

「それなら、今日はここにいてもすることはないわけね。それなら、なぜわたしを迎えに来ようと思ったの？」

「なぜだと思う？　マクダフの手伝いは最優先すべきことじゃない。むしろチャンスがあったら、自分で財宝を手に入れたいくらいだ」ケイレブは不敵な笑みを浮かべた。「きみがチャンスをくれないから、思いきってシーラに助力を頼もうかと思って」

ジェーンは反射的に身構えた。今日のケイレブはいつもと違う。もともと謎めいた男だが、やけに思わせぶりで、思わず怯《ひる》んでしまうほど押しが強い。「シーラに頼んでも無駄でしょうね。周囲の人に自分のことは自分でするようにと言っていたそうだから」

「それもきみと同じだ」ケイレブはうなずいた。「調べたかぎりでは、きみとシーラはとてもよく似ている。きみは愛する人のためなら、利用できる人間は誰でも利用する。シーラもそうだったのかな？」

「たぶん。どうしてシーラの話ばかりするの？」

「最近、彼女のことをよく考える。この二、三日、ほかにすることがなかったし、きみが明らかにおれを避けていたから、落ち着かなくなってね。精神的に不安定になると、抑えが効かなくなるタイプなんだ」ケイレブは手を上げて、何か言いかけたジェーンを制した。

「だから、爆発しないうちに対処しようと思って」

「対処？」ジェーンは不安になった。

「ああ。ここに来てからずっと、自分でも感心するほど高潔な人間を演じてきたが、そろそろ限界だ」ケイレブは一歩近づいた。「きみに無理強いしたことは一度もない。きみもおれと同じ欲望を抱いていると認めてほしいだけだ。きみは亡くなったトレヴァーに義理立てしているが、彼もそんなことは望んでいないはずだ」そう言うと、唇をゆがめた。「おれが怖いのか？」

「怖いわけなんかないでしょう」

「本当に？」ケイレブはまた一歩近づいた。黒い目がぎらぎら輝いている。

ケイレブが言いたいことは察しがついた。彼と二人きりになると、ジェーンは警戒心が先に立って落ち着かない気分になる。それでいて、彼に性的に強く惹かれているのがわかるのだ。「たしかに、わたしたちは異性として惹かれ合っているかもしれない。でも、それ以外の点でわたしに関心がない人とは関わりたくないの」

「きみのことに関心がない?」ケイレブの語気が鋭くなった。「きみはおれのことがぜんぜんわかっていない。おれが純粋な気持ちできみを求めていることがわからないのか？どうあがいたって、きみはおれを受け入れるしかないんだ」

「そのつもりで待ち伏せしていたの？」

「ああ、きみを待っていた」ケイレブはにやりとした。「二人きりになれるチャンスはそうそうないからね」

ジェーンは一歩しりぞいた。「どうしたの、ケイレブ？　いつものあなたと違うわ」

「これでも精いっぱい自制している。こういう状況では歯止めがかからなくなるほうだが、そんなところを見せたことはないはずだよ」ケイレブはため息をついた。「きみの前ではずっと自分を律してきた。だが、少しわがままを通してもいいんじゃないかな？　そうでないと、とてつもない要求をしそうだ」

ジェーンはぎくりとしてケイレブを見つめた。「それは脅し？」

「まさか。許容範囲を超えるつもりはない。きみに見限られたら、関係を修復するのに二倍努力しなければならないから」

「言っていることが支離滅裂よ」ジェーンは唇を舐めた。「野営地に戻る」

ケイレブはまた一歩近づくと、ジェーンの喉に手を当てた。「長い道のりだったよ。きみが思っているよりずっと努力してきた。だから、せめて精神の安定を保たせてほしい」

喉に当てられた手を通して脈拍が伝わってくる。ケイレブの匂いがする。ジェーンは体を預けそうになるのをかろうじて抑えた。「あなたの望みには応じられない。そんな気にはなれないわ」

「そうかな？」ケイレブは頬に息がかかるほど近づくと、ジェーンの喉の窪《くぼ》みに舌をつけた。「ほら、血が騒いでいるのを感じるだろう？」

たしかに、体の奥から込み上げてくるものがあった。息ができない。「こんなことするなんて……フェアじゃないわ」

「何もしていないよ。血流を操作したとでも思っているのか？　きみは自分の欲望と闘っているだけだ」そう言うと、ケイレブはジェーンのシャツのボタンをはずした。「もう抵抗しないほうがいい。忘れられないような唯一無二の経験をさせてあげよう」彼の手が乳房に触れると、ジェーンは思わず背中をそらせた。

快楽の波が次から次へと押し寄せてきて、あえぎ声が漏れた。ケイレブが胸に頬をすり寄せる。頂に触れるちくちくした感触がたまらなかった。ケイレブの髪が触れ、彼の手が腹部を撫でた。

この瞬間をずっと待ち望んでいたような気がする。ジェーンは朦朧《もうろう》とした意識の中で考えた。無意識のうちにケイレブを求めていたのかもしれない。今のジェーンにわかるのは、この欲望が抗《あらが》えないほど強いことだ。

「それでいい」ケイレブはジェーンを地面に横たえた。「怖がらなくていい。きみがしたくないことはしない。簡単なことじゃないが……きみ次第だよ」頂に歯を当ててそっと噛み、引っ張った。「やめたほうがいい？」

ジェーンは欲望に圧倒されそうだった。心臓が破裂しそうだ。

ケイレブはもっと強く噛んだ。「やめようか？」

ジェーンは背中を弓なりにして、彼の体に腕を回した。「わかっているくせに」

「それなら、いいんだね？」

熱狂の渦。

体が燃える。

霧。

霧が二人を包んでいる。

湖岸の湿り気を帯びた柔らかい土の感触。

彼の体は固く、引き締まった筋肉が彼女の上で、そして、彼女の中で躍動する。

ジェーンは声をあげて、ケイレブの背中を両手でつかんだ。

「しーっ」アントーニオが笑顔で見おろしている。「久しぶりにきみに声をあげさせたのはうれしいがね、シーラ」

「うぬぼれやね」彼の肩を噛んだ。「でも、とてもいい」

彼がもっと深く入ると、また声をあげた。

霧。

突き上げてくる欲望。

もっと深く。

熱狂の渦。

熱狂はますます激しくなっていく。

アントーニオ。

ケイレブではない。

欲望の虜《とりこ》になっているのはシーラだ。

ケイレブが憑《つ》かれたように動き続け、ジェーンは官能的な気だるさに包み込まれた。どれくらい時間が経ったのかわからなかった。

周囲は霧だ。

ケイレブの顔を体の上に感じた。

彼に触れられ、彼の息がかかるたびに、下腹部の筋肉が収縮する。

ケイレブの声だ。アントーニオではない。ケイレブの手に触れられている。

「いいね、ジェーン？」

「ええ」

二人は全身を震わせながらクライマックスを迎えた。

互いに荒い息をしていた。

体が燃え上がるように熱くて、溶けてしまいそうだ。

ケイレブが頬に流れる涙をぬぐってくれた。「これでよかったんだ、ジェーン」

苦しいほど胸をはずませながら、ジェーンは彼を見上げた。「わたしに何をしたの？」

「きみ次第だと言っただろう。始めたのはおれだが、あとはきみの幻想に任せた。幻想だけでこんなに気持ちが昂るとは思わなかった」

「あなたが特殊な能力を使ったんでしょう？」ジェーンは体を起こして服を着始めた。二人とも裸体で、ケイレブを見ないようにするのに苦労した。力強くセクシーな彼を見ると、体の上でしなやかに動いていた筋肉を思い出さずにいられなかった。

「無理強いした覚えはないよ」ケイレブは片肘をついて、ジェーンが服を着るのを見守っていた。「二人とも楽しんだじゃないか。共通の時間を楽しめた。おかげで精神の安定を取り戻すことができたよ」

「これが最初で最後よ。このことは忘れない」

「ああ、おれに会うたびに思い出してほしい」ケイレブはにやりとした。

ジェーンは頬が赤くなるのを感じた。「だったら、もう会わない」

「それは無理だ。マクダフを手伝っている間は、いやでも顔を合わせる」

「できるだけ避ける」ジェーンはブーツを履きながらつぶやいた。

「きみの幻想の話を聞かせてほしい」ケイレブが穏やかな声で言った。「だいたい想像はつくが。霧。夢。そのほかには？」

「その話はしたくないわ」

「シーラとアントーニオだね」

ジェーンは答えなかった。

「楽しかった？」

「話したくないと言ったでしょう」

「聞かせてくれたっていいだろう。あれはおれからのプレゼントだったのに」ケイレブは小首をかしげてジェーンを見た。「混乱してしまったかな？　おれなのかアントーニオなのか？　最終的にはどっちだった？」

ジェーンは立ち上がった。「もう戻る。今後はできるだけ顔を合わせないようにするから」

「わかった」ケイレブは動かなかった。「この次はきみのすべてをもらえる方法を考えるよ」

ジェーンはきっぱりと首を振った。

「いくら否定しても、きみもそれを望んでいるはずだ。おれにしてほしいことがあるなら、その対価を払ってもらいたい」ケイレブはジェーンの目を見つめた。

「ずいぶんはっきり言うのね。でも、あいにくそれだけは無理」ジェーンは背を向けると、野営地に向かった。

霧。

体が燃える。

ケイレブ。

思わず肩越しに振り返った。

ケイレブはさっきと同じ姿だった。裸体で横たわっている。日焼けした肌が輝き、体は昂ったままだ。

引き締まった体の感触を思い出すと、乳房が張ってきた。

あれはアントーニオ？　それともケイレブだったの？

ケイレブに分がありそうな気がするけれど、彼が言ったように、シーラとアントーニオの情熱を垣間見《かいまみ》られたのは彼からのプレゼントだったのかもしれない。

でも、感謝する気にはなれなかった。ケイレブは与えただけのものはしっかり奪っていったのだから。

それとも、すべてが幻想だったのかしら？

いずれにしても、ケイレブに感謝すると、このうえなく危険なことになりそうだった。

13

「カーラのこと、なんとかしなくちゃ」午後遅くテントに戻ってくると、イヴはジョーに言った。「そのうちなんとかしようと思っていたけれど、もう限界かもしれない」

「カーラがどうかしたのか?」

「影みたいにくっついて離れないの。バイオリンを弾いているとき以外、ずっとわたしを見張っていて、わたしがしようとしたことを先回りしてやってしまう」イヴは憤慨した口調で続けた。「赤ちゃんができたとわかったときのあなたを思い出すわ。でも、カーラはその倍くらい熱心」そう言うと、ジョーをにらんだ。「にやにやしないで。笑いごとじゃないんだから」

「笑ってなんかいないよ」ジョーは唇をゆがめた。「ぼくはつきまとうなと言われて、すぐやめたじゃないか」

「カーラは子どもだし、ここにいたらすることがないから、ナタリーがわたしを襲うんじゃないかと心配ばかりしている。教科書を取り寄せたし、あの子にはバイオリンもあるけれど、何か集中できることが必要だわ」

「きみの手足になって働く以外の何かが？」

「そう」イヴはため息をついた。「あの子の気持ちを傷つけたくないけれど――」いったん言葉を切った。「明日、病院に健診に行って、ビタミン剤をもらってくる予定なんだけど、カーラはついていくと言って聞かないの。でも、あの子はここを離れたら危険だから」

「はっきりだめだと言えばいい。ぼくがついていく。そう言えば、わかるだろう」

「カーラはわたしの守護天使になることに決めているの。マイケルの守護天使にも」

「それはぼくの役目だと思うがね」

「もちろんよ」イヴはジョーの額に軽くキスした。「やっぱりはっきり言い聞かせるしか――」突然、はっとして言いよどんだ。「見当違いの心配をしていたみたい」そう言うと、足早にテントを出て、マクダフのテントに向かった。今朝は濃霧のために作業を早く切り上げて、北岸に設置するライトの計測をしているはずだ。

そして、誰がマクダフといっしょにいるかイヴは知っていた。

その人物は、ゲールカールに戻ってきてから、毎日ずっとマクダフといっしょにいる。

イヴはテントをのぞき込んで声をかけた。「ジョック、ちょっと出てきて。話があるの」

そう言うと、返事を待たずに湖岸に向かった。

ジョックはすぐ追いついた。「どうしたんです？　何かあったのか？」

「元凶はあなただったのよ。わたしは絆創膏《ばんそうこう》を貼ろうとしたけれど、必要なのは止血帯だった」イヴはジョックに顔を向けた。「カーラとのことをどう考えているか知らないけれど、なんとかしてちょうだい。戻ってきてからずっとあの子を無視しているでしょう。おかげで、わたしは大変よ。カーラがあなたに向けていた愛と献身がそっくりわたしの肩にかかってきて。あの子は気が利くし、役に立ってくれるわ。でも、息がつまりそうになるときがあるの」

ジョックは眉をひそめた。「それだけ大事にされたら本望だろう。あの子の性格は――」

「あなたに教えてもらわなくても知っているわ」イヴはさえぎった。「わたしがグラスゴーに行く用事があると知って、どうしてもいっしょに行くと言っているの。なぜだかわかる？　いい友達がいたのに、その友達が見向きもしてくれなくなったからよ」イヴはジョックと目を合わせた。「ここを離れたら、あの子の安全は保障できない。でも、言い出したら聞かない子だから」

「やめさせないと。どんな危険が待ち構えているか言い聞かせて――」

「やめさせられるのはあなただけよ」

「ぼくは間違っていない。カーラにぼくのやり方に口を出してはいけないと学ばせようとしているだけで――」

「相手が大人なら察するだろうけど、あの子はまだ十二歳よ。しかも、その年齢の子どもには耐えられない経験をしてきた」

「わかっている」

「わかっているなら、許してあげて。あの子はいくらあなたに近づきたくても、求められていると信じられないかぎり近づかない。カーラはそういう子よ。忘れたわけじゃないでしょう?」

「もちろん」ジョックはかすかな笑みを浮かべた。「さんざん思い知らされた」

「それなら、なんとかして。あなたが間違っていても間違っていなくても、そんなことはどうだっていい。わたしは大切な人がみんな安全に安心して暮らせればいいの。そうできるかどうかはあなた次第よ」それだけ言うと、イヴは踵《きびす》を返して自分のテントに向かった。

どう思う、マイケル? ちゃんと伝わったかしら? 自分ではうまく言ったつもりだけれど。

温かくて、ユーモアと愛が感じられた。

不安も?

たしかに、興奮ぎみだった。でも、そんなに悪くないと思う。たまにはアドレナリンを出したほうがいい。

たしかにそうね。

テントに入ると、ジョーが顔を上げた。「なんだか……晴れ晴れした顔をしているね。問題は解決した？」

「解決したわけじゃないけれど、わたしの手を離れた。あとは祈るだけ」イヴはジョーを立ち上がらせると、彼の腕の中に入った。胸に顔をつけて引き寄せる。彼の強さと鼓動と変わることのない愛を感じたかった。「マイケルはわたしが興奮ぎみだと思っているみたい。昼寝したほうがいいかもしれない。いっしょにどう？」

「昼寝だけ？」

「それはやってみてのお楽しみ」イヴはジョーを簡易ベッドに座らせた。「でも、まずアドレナリンの効用を息子に教えなくちゃ。それには実演が何より……」

「出ておいで」声がしゃがれた。「早く！」

ジョックの声だ。カーラは頭の中が真っ白になった。弾《はじ》かれたように立ち上がってテントから出た。「ジョック、どうしたの？　怪我をしたの？　何かわたしに――」

「怪我なんかしていない」ジョックはカーラの手首をつかんで、湖のほうに引っ張っていった。「イヴにこっぴどく叱られたよ。きみが馬鹿なことをしているのは、ぼくの責任だと言われた」

「馬鹿なことなんかしてないわ」カーラは手首を振りほどこうとした。「それに、あなたの責任じゃない。ずっと話もしてないんだから」

「それが問題らしい」ジョックはカーラに顔を向けた。「どういうつもりか知らないが、野営地を離れるんだって？」ジョックは口元を引き締めた。シルバーグレーの目がきらきら輝いている。「それはだめだ」

「イヴ次第よ。連れていってくれるかどうかわからない。イヴの面倒を見るのはわたしの役目だから、そばにいたいのに」

「クインがついているだろう。海軍特殊部隊にいたから、きみなんかよりずっと頼りになる」

「わたしがそばにいなくちゃ。イヴの行くところにはどこにでもついていく」

「きみは勘違いしている。きみにはぼくの面倒を見る責任もイヴの面倒を見る責任もない。自分が無事に生き延びることだけを考えればいいんだ」

カーラは首を振った。

ジョックはカーラの肩を両手でつかんで顔を見おろした。「ぼくの言うことを聞け」

「勘違いしているのはあなたよ。高原にいたときも、言うとおりにしろと命令して、わたしだけヘリコプターに乗せようとした。わたしは邪魔になるからって」

「カスコフ邸にいたときも、いつもきみの安全を確かめていただろう。そして、公園できみをナタリーから奪い返した」カーラの肩をつかんだ手に力が入った。「それなのに、きみが素直にヘリコプターに乗らないから、もう少しで撃墜されるところだった」

「あなたを残して自分だけ逃げたりできなかった」

「それが勘違いだと言うんだ。話したことがあるだろう。ぼくはそういう状況に対処できるように訓練を受けた。黙ってぼくに任せればよかったんだ」

「わたしは訓練を受けていないし、役に立たないかもしれないけど、でも、わたしだってあなたを助けたい」カーラはまばたきして涙をこらえた。「あなたひとりにがんばらせるのはもういや。わたしも手伝いたい。だって、あなたに何かあったら耐えられないもの」

「頼むから、泣かないでくれ」ジョックはおろおろしながら、カーラの肩をさすった。

「泣いてなんかいないわ」

「嘘をついてもだめだ」ジョックはカーラを引き寄せて、自分の胸にもたせかけた。「さあ、もう泣きやんで」

「泣いてなんか――」カーラは抱き寄せられたままじっとしていた。動いたらジョックが離れてしまいそうだったからだ。「ちょっと泣いたかもしれないけど――あなたがわかってくれなくて悔しかったからよ」

「きみも頑固だな」

「自分でもどうしようもないの。わたしは自分の魂を持って生まれてきたと言ってくれたでしょう。わたしはわたしで、ほかの人が望むわたしじゃない」カーラはジョックの体に腕を回した。「ナタリーが望むわたしでも、あなたが望むわたしでもないの。いくらつらくても」

ジョックはしばらく黙っていた。「きみにつらい思いをさせた?」

「させた」

ジョックはまたしばらく黙っていた。「ぼくもつらい思いをしたよ。きみを見ていると、恐ろしくなることが何度もあった」ジョックはカーラを離して、顔を見つめた。「きみはまだ子どもだから、大人のように扱ってはいけないとイヴに注意された。だが、きみはやけに大人びたところがある」そう言うと、視線を合わせた。「これからも仲よくやっていきたいなら、無謀なまねをして、ぼくを怒らせないでほしい」

「あなたも高原で無謀なまねをした。わたしにだけ要求するなんてフェアじゃないわ」

ジョックはため息をついた。「子どものくせに理屈っぽいやつだな。このことはいずれじっくり話し合おう。とりあえずは脅威にさらされる可能性のある場所には行かないと約束してくれればいい」そこで苦笑した。「そのうちきみを警備の厳重な寄宿学校に入れるようイヴに勧めてみるよ。大企業の重役や外交官の子女が入る寄宿学校がいい」

「それは無理よ」カーラはジョックの笑顔を見てほっとした。「わたしはイヴといっしょにいなくちゃいけないから」

「やれやれ。振り出しに戻ってしまったな」ジョックの顔から笑みが消えた。「きみは危険を冒してまでイヴに付き添う必要はない。どうすればそれがわかってもらえるんだろう？　ぼくが代わりに付き添ったら安心かな？」

「あなたに頼もうかとも思ったの」カーラはためらいながら言った。「あなたならやり方を知っているから……相手を守る方法を知っているという意味よ。でも、あのときはまだ怒っていたし、どう言ったらいいかわからなくて——それで、わたしがいっしょに行こうと思ったの」

「それはだめだと言っただろう」ジョックはきっぱり言った。「クインとぼくがついていく。グラスゴーに行くだけだから」

カーラは首を振った。「でも、イヴにとっては大切な用事よ。わたしがこんなに心配するのはちゃんと理由があるの」

「どんな理由が？」

「前に言ったでしょう。ジェニーが夢に出てきて、イヴの面倒を見てあげなくちゃいけないと言ったって。そのときは意味がよくわからなかった。子どものわたしがイヴのような人の面倒を見られると思えなかったし」カーラはぱっと笑顔になった。「でも、わかったの。マイケルのことだったのよ。マイケルの面倒を見なさいということだった」

「マイケル？」ジョックはぽかんとした顔をした。

「イヴのマイケルよ。赤ちゃんが生まれるの。すてきでしょ」

「そういうことだったのか」ジョックは一歩あとずさりした。「それで、グラスゴーへ行くのか？」

「健診を受けて、薬をもらってくるの。ロシアに行く前にビタミン剤がなくなりかけていたけど、わたしのために——」

「ちょっと待って」ジョックが手を上げて制した。「だから、グラスゴーまでついていきたかったわけか」

「そう、マイケルのため。マイケルとイヴの面倒を見るのがわたしの役目だから」

「だが、グラスゴーにはぼくが代わりに行ってもいいんだね？」

「ええ、イヴにも言ったの。あなたはやり方を知っているって」

「そのとおりだ。だから、安心してきみはケイレブやジェーンやマクダフとここに残ってほしい」そう言うと、笑みを浮かべた。「クインと二人でグラスゴーに奇襲攻撃をかけてくるよ」

あの輝くような笑顔。ずっとこの笑顔を見ていなかった。

「ぼくを信じてる？」ジョックが訊いた。

カーラはうなずいた。「ええ、いつだって。あなたも今でもわたしのこと好き？」

「ああ、嫌いにはなれないな。湖のまわりを散歩しようか。マクダフのところに戻って仕事を手伝わなくてはいけないが、三十分くらいならだいじょうぶだろう。マクダフはもともと事務仕事が苦手だし、マクタヴィッシュがいなくなって、やることが増える一方なんだ」ジョックはカーラの手を取った。「だが、明日、ぼくがグラスゴーに行っている間は、きみにも目を配ってくれるはずだ」

ジョックの手は力強くて温かかった。こんなふうに手をつないで、湖のまわりや古城を何度も散歩した。またこうしていっしょに歩けて、どんなにうれしいだろう。カーラは思わず握った手に力を入れた。

ジョックがそれに気づいてカーラを見おろした。「ぼくもうれしいよ」カーラに笑いかけた。「だが、ぼくは間違っていないからね。いずれ、きみにもそれがわかる日が……」

カーラは笑い出した。「その望みはなさそう。それより、わたしもマクダフの手伝いに行こうかな。パソコンは得意だし――」はっとして言葉を切った。「やっぱりやめておく。何かあったときのためにイヴのそばにいなくちゃ」

「どうかな。クインがそばにいれば、きみは必要ないだろう」

カーラはまた笑った。「セックスについて言ってるの？　二人は、ナタリーとイワンとはずいぶん違うわ。そんなにたくさん知っているわけじゃないけど、人によってずいぶん違うみたいね。イヴとジョーは……清々《すがすが》しいというか」

「きみとこういう話はしたくないよ」

「どうして？　あなたもたくさん経験があるでしょう？　あなたを見たら、服を着ていないところを見たいと思う女の人はいくらでもいるはずだもの」

ジョックは苦笑を抑えた。「褒め言葉かもしれないが、イヴならこんな話題は不適切だと言うだろうね」

「あなたはたいていのことにはっきり答えてくれるのに」

「こういうことはイヴに訊いたほうがいいと思う」

「ジョーとイヴは二人だけの世界を大切にしているから、訊いても教えてくれないわ」

「カーラ……」ジョックはあきれた顔をした。「ぼくをからかっているのか。なんなら、これからイヴとクインに訊きに行こうか？」

カーラは頭をのけぞらせて笑った。「ちょっとからかっただけ。このところ気持ちが暗くなることばかりだし、あなたも暗い顔をしていたから。でも、セックスを話題にすると、気持ちが明るくなるなんて知らなかったわ」

「もうやめておこう。またイヴに叱られそうだ。きみの笑顔を見てうれしいよ。もう少しその笑顔を見ていたい」ジョックは湖岸に腰をおろすと、カーラをそばに引き寄せた。

「きみを引き留めておけば、イヴとクインはゆっくり二人だけの時間を楽しめるだろう」

グラスゴー

「順調ですよ、ミズ・ダンカン。検査結果はすべて正常です」ドクター・ランプフェルは眼鏡をかけ直しながら笑顔で言った。「横になってください。ビタミンB12の注射をしましょう。それで診察は終わりです」

「いやだわ」イヴは顔をしかめた。「お尻に注射するなんて、恥ずかしい」

「羞恥心には配慮しますが、筋肉注射には適しているので」ドクターは笑った。「いいでしょう。少し工夫すれば、腰に注射しても同等の効果が得られますから」そう言うと、腰の肉をつまんで注射針を刺してから、イヴの体にシーツをかけた。「これで終わりです。支度なさっていいですよ」

　イヴは体を起こした。「おかげさまで体にも心にもほとんど痛みを感じませんでした」

「それはよかった」ドクターは笑顔を向けると、ドアのそばに立っている看護師に合図した。「お子さんの性別検査をご希望なら、もうできますよ。百パーセント確実なわけではありませんが」

「知りたいんですが」イヴは診察台からおりて、隅のカーテンで仕切られた一角に行った。「ジョーの家系には男の子が多いので」手早く服を着ながら言った。「男の子のような気がするんです」カーテンの外に出て、棚の上の鏡をのぞきながら髪を直した。

「あまり科学的とは言えませんな」

「ええ」イヴはドクターと握手した。「でも、違っていたら、それはそれでサプライズになるし。お世話さまでした。受付で次回の予約をとりますが、もしかしたらキャンセルするかもしれません。こちらでの用がすんだら、アトランタに戻りたいので」

「またお目にかかれるのを期待していますよ」ドクターはいたずらっぽく目を輝かせて診察室のドアを見た。「クイン刑事は二度と来たくないかもしれないが。わたしとしても診察室を徹底的に捜索されるのに慣れていないものですから」

ドクターは鷹揚《おうよう》に構えているが、ジョーに安全確認を申し出られたときには緊張していた。いざとなったら、ジョーは威圧的な態度をとるから、脅威を感じたのだろう。

「彼には神経質なところがあって」イヴは言い訳したが、またこの病院に診察を受けに来たいとは思わなかった。ジョーとジョック・ギャヴィンに付き添われて健診を受けに来るのは、大きな危険はなくても、とても神経を使う仕事なのだ。「それでは、ドクター、お世話になりました」

五分後にはビタミン剤を受け取り、次の予約をとって、廊下に出た。

「ずいぶんかかったね」廊下で待っていたジョーがつぶやいた。

「これでも短いほうよ」イヴは言い返した。「産婦人科をたくさん知っているわけじゃないけれど。緊張しているから長く感じたのかもしれない。ドクターはあなたに怖《お》じ気《け》づいていたわ。ジョックは？」

「駐車場を調べに行った」

「たぶん、そちらも問題なさそうね」イヴは安堵のため息をついてエレベーターに乗り込んだ。「ゲールカールに戻ったら、ほっとするでしょうね。早くマイケルと二人になりたい」

「マイケルのことをドクターに話したのか？」

「まさか。性別検査を勧められたけれど、診断してもらうまでもないとは言えないから、あなたの家系に男の子が多いと言っておいた」

「それは初耳だな」

　エレベーターが止まってドアが開いた。ジョックが待ち構えていた。「異状なし」そう言うと、イヴに笑いかけた。「きみも？」

「ドクターに太鼓判を押された。マイケルもこのうえなく健康みたい」

「カーラが安心するだろう」ジョックはイヴのために助手席側のドアを開けた。「今度はきみの息子の面倒を見るのが自分の役目だと思い込んでいる」ジョックは後部座席についた。「早く戻ろう。今朝、野営地を離れたときから、なんとなく胸騒ぎがする」

「一時間前に電話を入れたが、特段変わったことはなかった」ジョーが言った。

「ぼくも電話しました。ただ……妙な予感が……」

「マイケルはだいじょうぶだった、イヴ？」野営地に着くと、カーラが飛んできた。「ビタミン剤はもらえた？」

「ええ」イヴは笑顔を向けた。「ビタミン注射をしてもらって、赤ちゃんの性別検査を勧められた。マイケルのことは打ち明けられないから、ちょっと嘘をついたの。それでなくても、ドクター・ランプフェルはジョックとジョーの相手をして怖じ気づいていたから、気を悪くさせてはいけないと思って」ジョックとジョーが足早にマクダフのテントに向かうのを眺めながら続けた。「こっちは何もなかった？」

「ええ、何も。マクダフは早く霧の中に戻りたくてじれったがっていたけど、わたしのそばにいるとジョックに約束したから、できるだけ態度に出さないようにしていた」カーラは笑みを浮かべた。「ジェーンと二人で書類をつくったり調査したりして手伝ったの。でも、あなたたちが帰ってきたから、きっとすぐ出かけるわ」そう言うと、話題を変えた。「ランチはすませた？　まだなら、高タンパクで体によさそうなものを――」

「ほら、また世話を焼きたがる」イヴは穏やかな声で続けた。「でも、大目に見るわ。ランチは食べていない。ジョックが早く帰りたがったし、帰ってくれば優秀なシェフが待ち構えているのがわかっていたから」カーラの頬に触れた。「何か軽いものをつくってくれる？」

カーラは張りきってうなずいた。「湖のそばで休んでいて。何もかもわたしが――」はっとして言葉を切った。「デザートはいっしょにつくってもいいけど」

「ありがとう。進歩したわね、いっしょにつくろうなんて」

イヴは湖岸に行って腰をおろした。グラスゴーまで診察を受けに行っただけで疲れてしまった。この神秘的な美しい湖に戻ってくると、家に帰ってきたような気がする。湖にかかる霧を眺めた。シーラの霧、シーラの湖だ。あなたもここに座って霧を眺めながら、息子さんのマルクスのことを考えたの？　現代のように医学が進んでいたら、マルクスを助けることができたかしら？　でも、この世には受け入れるしかないこともあるから――

いや、いやだ。

驚くほど強い感情に打たれて、イヴは息を呑んだ。

マイケル。

いや、いやだ。

怒りが伝わってくる。

ねえ、どうしたの？　わたしの考えていることが気に入らなかった？　だったら、忘れてちょうだい。でも、いつも自分の思いどおりになるわけじゃないのよ、マイケル。

いや、いやだ
また激しい感情が伝わってくる。

どこかおかしい。いつもと違う。急に寒気がして、イヴは両腕で膝を抱えて震えを止めようとした。どうしたのだろう？

いやだ、

わかったわ、マイケル。なんだか怖くなってきた。シーラのこと？　シーラに関係のあることなの？

いや、いやだ。

「イヴ？」カーラがそばに立っていた。不思議そうな顔をしている。「なんだか……変よ。わたしはどうしたらいい？」

「ジョーを呼んできて……様子がおかしいって」

カーラは駆け出した。

怖い。怒っている。いや、いやだ。

だいじょうぶだから、マイケル。落ち着いてちょうだい。わたしがなんとか――

メールだ。携帯電話がメール受信を知らせている。

なぜこんなときに。

ほら、来た、やっぱり。

イヴは受信ボタンを押した。

ニュース動画が貼りつけられている。

「どうした？」ジョーがイヴのそばに膝をついて抱き締めていた。「震えているじゃないか」

「変なのよ」イヴはジョーにしがみついた。「マイケルが……」

「マイケルがどうした？」

「わからない。ここに座って、シーラや息子のマルクスのことを考えていたら、突然――マイケルは気に入らなかったみたいで。急に怒り出して。そうしたら、今度は変なメールが届いて――」

「変なメール？」ジョーはイヴの携帯電話を見おろした。「これは――」イヴの顔を自分の胸に押し当てて、メールを見つめた。「なんてことだ」

「ニュース動画のようだけど」

「ああ。グラスゴーのテレビ局の速報だ。繰り返し再生されるようにセットされている」

「えっ？」イヴはジョーを押しのけて携帯電話を見た。「どんな速報？」

次の瞬間、画面が見えた。「ドクター・ランプフェル？」だが、今朝会ったドクターの顔ではなかった。顔の下半分は同じだが、上半分は吹っ飛ばされてなくなっている。「嘘」

イヴはつぶやいた。「どういうこと？」

「ぼくたちが病院を出た一時間後に射殺されたそうだ」ジョーが言った。「ランチの約束をしていて、建物を出たとたんに撃たれたらしい」

「射殺された？　なぜ？」イヴは人間味にあふれたドクターの顔を思い出した。「ねえ、どうしてなの、ジョー？」

「ぼくも知りたいよ」ジョーは振り向いた。「カーラ、ジョックに〝もう一度グラスゴーまで行ってほしい〟とぼくが言っていると伝えてほしい。ぼくはイヴのそばを離れられないから」

イヴはカーラがジョーといっしょに戻ってきて、後ろに控えていることにも気づいていなかった。カーラはうなずくと、マクダフのテントに向かって走り出した。

「そばにいてくれなくていいから」イヴはジョーの腕から出ようとした。「ただ……やっぱりいてほしい。なんだかわけがわからなくなって」

「ぼくだってそうだよ」ジョーが言い返した。「きみが診察を受けに行くとわかったとき、あのドクターのことを調べた。医者としての評判にはまったく問題がなかった。人柄も申し分ない。なぜきみが診察を受けに行った直後に殺されたんだろう？」

「わたしとは関係がないのかもしれない」

「それならいいが。単なる偶然とは思えないよ」ジョーはまだ繰り返し再生されている動画を見おろした。

イヴは頭が混乱して関連を考えることもできなかったが、そう言われてみれば、この大胆な攻撃が偶然とは思えなかった。「ナタリーのしわざね」

「ああ。なぜナタリーが何も言ってこないのか不思議だった」

「でも、どうしてドクターを？　警告のつもり？　わたしにもカーラにも近づけないから、代わりに罪のない人を殺したの？」

「もうすぐ真相がわかるだろう。ナタリーが計画を実施したのなら、狙いが何か明らかにするのに時間をかけるとは思えない」ジョーは立ち上がった。「だから、きみのそばを離れたくないんだ。きみひとりで立ち向かうことはない。ジョックと話してくるよ。すぐ戻る。いいね？」

イヴはぎこちなくうなずいた。「わたしはだいじょうぶ。ニュースに怖じ気づいたんじゃなくて、マイケルのことが心配なだけ。ナタリーとはいつでも対決できる。ただ、マイケルの様子が……いつもと様子が違うの」

ジョーは小首をかしげた。「気分はよくなった？」

「少しましになった。マイケルはわたしに誰か付き添わせたかったのかしら」

「すぐ戻る」ジョーは坂をくだり始めた。「ジェーンにここに来るように言っておく」

ジョーはみんなに知らせる気だ。あわててカーラにジョーを呼びに行かせなければよかったとイヴは悔やんだ。ひとりでなんとかすればよかった。それでも、マイケルを愛してくれる人にそばにいてもらいたい。弱気になったのはしかたがないと諦めて、結果を受け入れよう。

「イヴ？」カーラが戻ってきて声をかけた。「ジョックもニュースを見て驚いていた。今ジョーと話しているけど、これからグラスゴーに行くって」

「二人にはくれぐれも用心してもらわなくちゃ。なんだか、頭が混乱してきた」イヴはまたメールを見おろした。無慈悲で残忍な犯行だ。マイケルのことで動揺していなかったら、もっと衝撃が大きかっただろう。「今日診察を受けたばかりのドクターが殺害された。それ以外のことは何もわからない」

「ナタリーが殺させたのよ」

「まだそうと決まったわけじゃないわ」

「そうに決まっている」カーラは一呼吸おいた。「ナタリーはあなたを憎んでいると言ったでしょう。ドクターを殺せば、あなたがショックを受けると思ったのよ」

「憶測で物を言ってもしかたがない。もうすぐ真相がわかるとジョーが言っていた」カーラがメールを見ているのに気づいて、イヴは気をそらせようとした。「コーヒーを持ってきてくれる？　頭をすっきりさせたい」

「いいわ」カーラは焚き火に向かった。「温め直すから、ちょっと時間がかかるけど」

「だいじょうぶよ。悪いわね」イヴはカーラの後ろ姿を見守っていた。

ほら、マイケル、あなたが望んでいるように、みんなに支えてもらっている。でも、いったい何からわたしを守ろうとしているの？

携帯電話が鳴った。

画面を見た。

ナタリーからだ。

出たくなかった。今マイケルに投げかけた問いの答えのような気がしたからだ。電話に出たら、ナタリーが何をたくらんでいるか思い知らされるだろう。でも、そんな弱腰ではだめ。イヴは自分を叱った。ナタリーとはいつでも対決できるとジョーに豪語したくせに。

電話に出た。「ナタリー、あのドクターはあなたにはなんの関係もないのに」

「わたしがどう感じているかあなたはわかっていないようだから、教えてあげようと思ったの。あなたに関わる人は、わたしにも関係がある」ナタリーは声をあげて笑った。「あなたのことを調査させたと言ったでしょう。なぜドクター・ランプフェルの診察を受けているのか、わたしが知らないとでも思っているの？」

「ドクターを殺したのは、わたしにショックを与えるため？」

「あのドクターは計画の一部だった。役目を終えたら、消さなければならない」

イヴはぎくりとした。「役目？」

「ある意味では、計画の中心だったとも言えるわ。くわしく聞きたいでしょう？　次はスカイプで話しましょう。事実を知ったときのあなたの顔が見たいから」

「弱みにつけ込むつもり？」

「そういうこと。そういえば、あのドクターの弱みを握るのに苦労したわ。サバクがさんざん調べて突き止めたけれど、ドクターにはコカインやカジノと縁の切れない弟がいるの。

弟を犯罪者にするか、協力するか迫ったら、家族思いのドクターは後者を選んだ」

鼓動が速くなった。胸がむかむかした。「協力するって何に？」

「それはまだ秘密。カーラから聞いたでしょう、わたしはサプライズが好きだって」

「あなたが冷酷なモンスターだとは聞いているわ。ドクターに何をさせたの？」

「クインを犯罪現場に調べに行かせたら？　ランプフェルの上着のポケットにノートが入っているはずよ。そこにあなたが知りたがっている情報が書いてある。わたしを出し抜こうとしても無駄よ。じゃあ、また連絡する」

「狙いはなんなの？」

「シーラの財宝。あなたが公園に持ってきたのはごく一部だった」ナタリーは憎々しげに言った。「あなたがいる湖に取りに行きたいところだけど、警備が厳しくて簡単には近づけない」

「財宝がまだ発見されていない可能性を考えたことはある？」

「それなら、あの二百万ポンドのコインはどこから出てきたわけ？　財宝はマクダフが持っているに決まっているわ。でも、子どもひとりを生かしておくために財宝を差し出せとマクダフを説得することはできない。だから、偽物でわたしを騙して、カーラを取り戻した。うまくいけば、財宝を独り占めしようとたくらんでいるんでしょう？　わたしならそうするわ」

「わたしはあなたとは違う」

「たしかに。あなたの弱みは子どもに甘いこと」ナタリーは低い声で言った。「どうすればあなたを痛めつけられるか考えたとき、そのことを思い出した。あなたの弱みを最大限に利用するために時間をかける価値はあったわ」

イヴの恐怖は極限に達した。「いったい……何をしたの？」

「あなたの苦しむ顔を見るのが楽しみ。次に電話するのが待ちきれない」ナタリーは電話を切った。

なんて悪意に満ちた言葉だろう。さんざん恐怖を植えつけておいて、突き放す。ナタリーが口にするすべてが恐ろしい悪夢のようだ。

そしてそれがナタリーの狙い。

ここに座って恐怖に震えていてもしかたがない。なんとかしなければ。みんなで力を合わせてナタリーに立ち向かうのだ。少なくとも、ナタリーがどんな武器を使おうとしているのか探り出さなければ。

ジョーに相談しよう。

イヴは勢いよく立ち上がると、テントに向かって一歩踏み出した。

14

「ドクターのポケットを調べてくれた?」四時間後、治安判事のオフィスから出てきたジョーにイヴは緊張した声で訊いた。「ノートはあった?」

「ああ、たしかにノートが入っていた」ジョーは車に乗り込みながら言った。「だが、聞き出せたのはそこまでだ。書いてあった内容は教えてくれない。守秘義務があると」

「探り出さなくちゃ」

「もちろんだ。あとはジョックに任せたよ。地元スコットランドの人間だし、あのカリスマ性とマクダフの影響力をほのめかしたら、たいていのことは探り出せるだろう」

「癇癪《かんしゃく》を起こさないかぎり」イヴはこぶしを握り締めた。「カーラの命に関わることだから、慎重にやってもらわないと」

「いや、本命はカーラではないんじゃないかな。きみの話を聞くかぎり、ナタリーの狙いはきみだと思う」

「狙いはシーラの財宝だと言っていた」イヴは息を震わせた。「そのためにわたしの弱みを利用するって」

「はったりかもしれないよ」

「そんなことが言えるのはナタリーの声を聞いていないからよ。勝ち誇った顔が見えるようだったわ」

「震えているじゃないか」ジョーはイヴに自分の上着を着せかけた。「野営地で待っていればよかったのに」

イヴは首を振った。「グラスゴーについてこなかったら、もっと心配したと思う」

「そうだろうね」ジョーはイヴのこめかみにキスした。「こんなきみを見るのはつらいよ」

一瞬、考えてから続けた。「診察中にランプフェルに何かされたんじゃないか?」

「わたしもそう思う」イヴはうなずいた。「そうじゃないと、ナタリーが言っていたことの説明がつかない。診察室にいたときのことを思い出してみたけれど、何かされたとしたら、ビタミン注射を打たれたときだと思う。大学病院に連れていって、ジョー。何をされたか調べてもらわなくちゃ」

「十五分だけジョックを待とう」ジョーが深刻な顔で言った。「できるだけ早く病院に連れていくからね」

「わたしだけのことではすまない。マイケルの命がかかっているのよ。何かあったら、ナタリーの思う壺《つぼ》よ」

ジョーを苦しませるとわかっていたが、イヴは口にせずにいられなかった。「マイケルは精いっぱい闘っている。ナタリーがどんな危害を加えようとしているか、それが何より心配。あの子を助けるためなら、どんなことでもするわ」

「きみが命を落とす可能性もあるんだよ」ジョーが喉にからんだ声で言った。

「今はそのことは考えないで」その可能性があるなら、ジョーにも覚悟を決めてもらわなくては。「マイケルを生かすことだけを考えましょう。あなたのＤＮＡを半分受け継いでいるもの。強い子に決まっているわ」

「ああ」ジョーはイヴを抱き締めた。「そうだね」

ジョックが車に戻ってきたのは一時間後だった。「ザフォンダンというカプセルで、イラン製だそうだ。ドクターのノートに書いてあった。照会番号も記されていたから、ＭＩ・６（イギリス秘密情報部）に検証してもらったらどうだろう？」

「そのザフォンダンというのはどんな薬？」イヴが訊いた。

「囚人の尋問に使われる毒物だ。時限爆弾を抱えているようなもので、不安のあまり自白してしまう。ある意味で革新的な薬だよ」ジョックはイヴを見つめた。「効力は致命的だ。早く病院に行ったほうがいい」

「ええ、そのことはジョーと話し合った」イヴは弱々しい口調で言った。とにかく、震えを止めなくては。とてつもなく危険なものを体内に入れられてしまった。マイケルに影響が及ぶとしたら……。「胎児にも影響するの？　マイケルに悪い影響があるの？」

「わからない」ジョックが言った。「とにかく、一刻も早く診察を――」

「解毒剤はあるの？」

「あるらしい。カプセルを体内に挿入された囚人が生き残った例があるそうだから。しかし、解毒剤があるとしても、イランでしか手に入らないだろうな」

「ナタリーが持っている可能性があるわ」イヴは力なく言った。「その薬のことを教えて、ジョック？」

「マイクロカプセルで、筋肉組織に注射する。砂粒より小さくて、体内でゆっくり吸収される。どれぐらい時間が残っているか知らせることで、きわめて高い確率で自白させられるそうだ。解毒剤はカプセルが効力を発揮する前に使わないと効かない。毒物の回りがとても速いので」

「タイミングさえ間違わなければ、解毒剤は効くわけだな？」ジョーが訊いた。

「あくまで研究室での実験結果だから。解毒剤の分解作用が働いている間に毒物が血流に入ってしまったらアウトだとか」ジョックは顔をゆがめた。「開発したイランの研究者は、本気で囚人を助ける気はなかったんだろう」

イヴは息を呑んだ。「つまり、わたしはいつ爆発するかわからない時限爆弾を抱えているわけね」

「そういうこと」ジョックは言った。「だから、解除する方法を見つけよう」

イヴはうなずいた。「わかったわ」冷静になろうとした。「やっと何に直面しているか、その正体がつかめた」マイケルが直面しているものの正体がわかったのだ。「病院に連れていって、ジョー。そのカプセルがどれぐらいマイケルに影響する可能性があるか確かめたい。ナタリーから次の電話がある前にできるかぎり情報収集しておかなくては」

「入院したほうがいい。アメリカから専門医を呼び寄せよう」

「イランから呼んだほうがよさそうね」イヴが言った。「できれば、ナタリーがモスクワに連れてきてカプセルをつくらせた人物を。カプセルをつくったとき解毒剤もつくった可能性が高いわ」

「調べてみる」ジョーは緊張した声で言うと、車を出した。「きっと助けるからね、イヴ。約束する」

イヴはそれには答えず、シートに寄りかかった。助からなくては困る。わたしは向こうの世界に行ってもかまわないけれど、マイケルにはこちらの世界に素晴らしい未来が待っている。あの子からその未来を奪ってはならない。

聞いていた、マイケル？　きっと方法を見つけるから。

力がわいてきた。愛と励ましを感じる。

もういやだと言わないし、怒ってもいない。あれはわたしへの警告だったのだ。またいつものマイケルに戻ってくれた。思いやりがあって、やさしくて、特別な存在に。

この大切なマイケルをナタリーは殺そうとしているのだろうか？

二日後
南グラスゴー大学病院

「具合はどう？」イヴの病室に入ると、ジェーンは震える声で訊いた。「まさかこんなことになるなんて」ベッドのそばに来て手を握った。「天地がひっくり返ったようだわ」

「ナタリーには負けない」イヴは言った。「とにかく、第一段階は過ぎた。これから計画を練るわ」そこで一呼吸おいた。「カーラはどうしてる？」

「すごくショックを受けて落ち込んでいる」

「ジョックはそばについているの？」

「いいえ、野営地に戻ってきてすぐカーラに状況を説明したあとは、パリクやモスクワの情報提供者に連絡するのに忙しくて」ジェーンは首を振った。「それに、たとえジョックでも、カーラをなだめられないでしょうね。わたしもいろいろ言い聞かせたけれど」

「わたしが話してみる」

「何もかもひとりでやろうとしないで、わたしたちに任せて。ジョーの話では、ドクターたちはあなたとマイケルを救うためにあらゆる可能性を探ってくれているそうよ」ジェーンは少し言葉を切った。「あなたかマイケルか、どちらか選ばなければならなくなる場合も想定しているようね。カプセルが効力を発揮するまでの時間を延ばすために奮闘してくれている」そこでためらいがちな口調になった。「実際問題として、実現できるかどうかわからないようだけど」

「カーラはわたしに会いたがっているでしょうね」

「ええ、いっしょに来たがったけれど、いろいろ検査があるから、面会人は少ないほうがいいと言い聞かせた」ジェーンは息を吸い込んだ。「単なる口実じゃない。わたしだってなかなか面会を許可されなかった。この病院はロボットと最新機器ばかりね。話のわかる看護師さんがいてくれればいいのに。だいじょうぶと請け合ってくれるような頼りになる看護師さんが」

「でも、あのカプセルを見つけてくれたのはロボットよ。右の腰の筋肉に入っていた。ランプフェルはビタミン注射だと嘘を言って、ナタリーから渡された特別の注射器でカプセルを注入したらしい。とても小さいマイクロカプセルで」イヴはジョックが使った譬《たと》えを口にした。「砂粒より小さい」

そんな小さなものにマイケルを殺す力があるのだろうか。注射を打つ前、ドクターと軽口をたたき合ったのを思い出した。あのときは何も気づかなかった。ドクターはごく自然にふるまっていたし。

「わたしは診察台に横になっていたから、ドクターの手元は見えなかった。ドアのそばに控えていた看護師にも見えないようにしていたんでしょうね。カプセルはとても丈夫な保護フィルムに覆われていて、時間がくるまで、挿入した場所にとどまっていて溶けたりしないそうよ」

「手術で除去できないの？」

「できなくはないけれど、カプセルが開いてしまう恐れがある。ジョーがMI‐6に問い合わせたら、イラン側から救出した囚人に手術しようとしたときは、二分で死んでしまったそうよ。まず解毒剤で中和してからでなければ無理らしい」

「ナタリーはよくこんな卑劣なことを思いついたものね」

「ジョーもそう言っている」

「あなたも同じ気持ちでしょう？」

「ええ。カプセルを取り除く簡単な方法があればいいけれど、そんな方法はないの」イヴはジェーンの手を握り締めた。「ナタリーと交渉するしかない。助けてくれるわね、ジェーン」

「もちろんよ。なんでも言ってちょうだい」

「あなたに負担をかけることになるけれど。ジョーはわたしを入院させて、真綿でくるむようにしておいて、奇跡を起こそうと必死になっている」

「それが最善の策だと思う」

「そう言うと思ったわ。でも、そんなことをしていられないの。いずれナタリーが連絡してきたら、それに応じなければいけない」イヴは唇をゆがめた。「少なくとも、応じるふりをしないと。ナタリーと対決するチャンスをのがしたら、とんでもないことになる」

「どうしようというの？　いやな予感がするわ」

「あなたに負担をかけることになると言ったでしょ」

「動き回ったら、カプセルが開いてしまう恐れがある」

「ドクターたちは、今のところ、退院して普通の生活を送るには支障はないだろうと言っている」

「そう言ってもリスクがないわけじゃないでしょう。病院側も大事をとりたいはずよ」

「そうでしょうね。このカプセルは未知の薬剤だから」

「ジョーが無謀なまねをさせるはずがないわ」

イヴは弱々しくほほ笑んだ。「そのとおりよ。だから、あなたに来てもらったの。わたしを退院させてもらうために」

「わたしにそんなことを頼まないで、イヴ」

ジェーンを苦しめたくはなかったが、ほかに方法はなかった。さんざん考えた末に見つけた唯一の解決法だ。「ぎりぎりまで入院して、ジョーたちが奇跡を起こしてくれるのを期待する。でも、近いうちにナタリーが勝利宣言してくるはずよ」

「ジョックがナタリーを捜しているし、ジョーだって。だから、その前に捕まるかも――」

「いずれナタリーと対決するしかない」イヴの表情が険しくなった。「むしろ、対決したいわ。あの女はわたしの息子を殺そうとしているんだから」ジェーンの手を強く握り締めた。「あなたにお願いがあるの。あなたはマイケルがわたしたち家族にとって特別なことを理解してくれている。ナタリーにあの子を殺させたりできないでしょう?」

「もちろんよ。でも、無理やり退院させたりしたら、ジョーは一生わたしを許してくれないし、わたしも自分が許せないと思う」ジェーンは涙をこらえながら体を起こした。「奇跡が起こるまで待てない?」

「できるかぎり待つわ」イヴは咳払《せきばら》いした。「さあ、もう帰って。カーラのそばにいてあげて。わたしよりあなたを必要としているから」

「あなたはわたしたちみんなに必要よ」ジェーンは言った。「そのことを忘れないで」そう言うと、イヴの頬にキスした。「ナタリーから電話があったら知らせてね」

イヴはうなずいた。「ええ。もうすぐあるわ。わたしの苦しむ顔が見たくてうずうずしているはずよ」

「殺してやりたい」ジェーンが激しい口調で言った。「あなたに何かあったら、ナタリーを殺してやる」

「ジェーン」イヴは気を引き締めた。ジェーンにちゃんと伝えておかなければ。「病院側の選択肢の中には、わたしがいなくてもマイケルが育つくらいまでカプセルが開くのを遅らせる方法もあるの。あと三カ月ほどわたしが生きていれば、マイケルが育つ可能性はある」イヴは手を上げて、何か言いかけたジェーンを制した。「なんらかの奇跡が起こってマイケルが助かって、わたしがだめだったら、あの子を育ててくれるわね？　マイケルはあなたの息子になる。わたしも精いっぱい……見守っている」

「イヴ」ジェーンの目から涙があふれ出た。「そんなことぜったいに――」

「ジョーのこともお願い。ジョーはとてもつらい思いをするだろうから」イヴはまばたきして涙をこらえた。「大変なことを押しつけて気の毒だけれど、あなたしか頼める人がいないの」

「気の毒だなんて。光栄よ」ジェーンの声が震えた。「わたしを選んでくれて」ジェーンはドアに向かった。「でも、そうならなくてすむように祈っている」

次の瞬間、ジェーンの姿は見えなくなった。

イヴは涙をぬぐった。ジェーンに重荷を背負わせてしまった。それでも、最悪の事態に備えておかなければならない。希望と決意だけで乗りきれるとは限らないのだから。

泣いてはいられない。電気を消しておかないと、ジョーが戻ってきたら心配させてしまう。それでなくても、ジョーも緊張の連続だから。戻ってきたら、しっかり抱き締めて、サイドテーブルの上のパソコンのことはしばらく忘れるようにしよう。

スカイプ。

ナタリーはわたしの苦しむ顔が見られるようにスカイプ通話したいと言っていた。早く連絡があるといい。ナタリーが何をたくらんでいるか知りたい。

ナタリーがスカイプを使うのは、あのカプセルと同様、わたしを苦しめるためだ。わたしを追いつめて、自分の望む財宝を差し出させるためなのだ。

思いどおりにさせないわ、ナタリー。

わたしにはジョーがいる。そして、マイケルがいる。あなたには本当の宝物がどんなものかなんてわからないでしょうね。

ゲールカール湖

ジョックは忙しそうだから邪魔をしてはいけない。イヴを助けようと必死だ。みんな必死になってイヴを助けようとしている。

わたしだけ何もしていない。

やっぱり、ジョックに話してみよう。

カーラはジョックのテントの前で足を止めた。ジョックはテントの前に座って、電話をかけようとしていた。「ジョック、ちょっとだけいい？　すぐすむから」

「一分だけなら」ジョックは半ばうわの空で答えた。「パリクに電話して、彼の知り合いに――」言葉を切って顔を上げた。そして、携帯電話をおろした。「いくらでも時間をとるよ。今朝、きみに会いに行こうと思ったが、マクダフに伝えなければならないことがあって――」

「忙しいのはわかっているわ」カーラはさえぎった。「イヴを助けるためにがんばっているんだもの。ちょっと話したいことがあるだけ」

「言ってごらん」ジョックはやさしく促した。「きみがつらい思いをしているのはわかっているよ。ゆっくり話せなくて悪いね」

「いいの。ただ、子ども扱いしないでほしい」

「ジェーンはきみがろくろく話をしてくれないと言って心配していたよ」

「わたしのことなんかどうだっていいのに。それよりイヴの心配をしなくちゃ」カーラは一歩進み出た。「そのことを言いに来たの。イヴのことを。カスコフがわたしを取り戻したがっているとナタリーはイヴに言ったんでしょう？　だから、イヴを助けられるなら、わたしは――」

「何を言い出すんだ？」ジョックは語気を荒らげた。「イヴを助けるためにきみを交渉の切り札に使うつもりはない。イヴだってそんなことは望んでいない」

「誰が何を望もうと、どうだっていいの。イヴが必要なものを手に入れられればそれでいい」カーラは唇を舐めた。「ナタリーは財宝をほしがっているけど、財宝はまだ見つかっていない。でも、わたしならすぐ利用できるわ」

「きみをあの悪魔のもとに行かせるというのか？　こんなに苦労して取り戻したのに」

ジョックは怒っている。ここは引いたほうがいいだろうか。それとも、もう一押ししてみようか。またジョックを怒らせるのはいやだけど、やっと決心して言いに来たのだから、最後まで言ってしまおう。「わたしを渡すだけではだめ。ひとつ考えがあるの。ナタリーはわたしを利用しようとしたから、あなたもそうすればいい」

「そんな話は聞きたくない」

「そう言わないで聞いて」カーラは声に熱を込めた。「このままではいや。みんなが命を捧げて、わたしを生かしてくれた。ジェニーもエレナも……わたしはイヴにそんなことをさせたくない。今度はわたしがイヴとマイケルのために命を捧げる番よ。だって、わたしは二人の面倒を見ると約束したもの。わたしならイヴを助けられる」

「きみが命を捧げることはない。イヴと赤ちゃんを助けるのはぼくの役目だ」

「わたしを利用すればいいの。その覚悟で計画を立てた。あなたが手伝ってくれないのなら、わたしひとりでもやるわ」

「ぼくを脅す気か?」

「脅したりしない。大切な友達だもの。あなたに手伝ってもらいたいけど、手伝ってくれないなら、自分でやるしかないと思っただけ」

ジョックは顎に力を入れた。「ナタリーに殺されるぞ」

カーラはうなずいた。「それもわかってる。わたしの魂のことや、ナタリーは本当の意味ではお母さんと言えないって教えてくれたでしょう。あのときはちょっとつらかった。ナタリーのような人を知らなかったから」

「たいていの人はそうだよ。よほどの悪人でないかぎり」

「ナタリーはイヴを憎んでいるし、わたしも憎んでいる。だから、ナタリーとは直接関わらない」

「どういう意味だ?」

「カスコフはわたしを憎んではいない。どう思っているかよくわからないけど、憎まれてはいないと思う。だから、相手にするのはカスコフよ。そのためにわたしを利用して」

「きみを利用するつもりはない」

「でも、これしか方法はないの」カーラはジョックと目を合わせた。「あなたはいつもわたしを危険なことに巻き込まないようにしている」

「今度もそうするつもりだ」

カーラは首を振った。「それなら、わたしひとりでやるしかない。あの高原でヘリコプターを待っていたときも、わたしだけ乗らせて、自分は闘うつもりでいた。でも、今度はいっしょに闘ってほしい」カーラは背筋を伸ばした。「どうしてもいやだと言うなら、カスコフに電話して会う約束をする。カスコフは会ってくれるはずよ」

「あいつを殺してやる」

「カスコフは簡単に殺されたりしない。わたしだってずっと逃げ回ってきたから、身を守る方法は知っている。カスコフに会って、イヴを助けてくれるように頼んでみる」そう言うと、カーラは背を向けた。「ほかにいい方法があったら教えて。でも、長くは待てない。よく考えて――わたしとイヴが二人とも助かるような方法を」

「カスコフと交渉するなんてまともじゃないよ」

カーラは振り返った。「ナタリーがイヴと赤ちゃんの命を脅かしてまで財宝を狙うのも、まともじゃないわ」涙で目が輝いていた。「やめさせなくちゃ」

そう言うと、カーラはその場を離れた。


あの子は本気だ。

ジョックは舌打ちしながら、カーラが自分のテントに入るのを見守っていた。カーラが動揺しているのはわかっていたから、もっといっしょに過ごせばよかった。そうしていたら、自分を追いつめて、カスコフに会いに行くなどという結論は出さなかっただろう。だが、カーラの性格からすれば、いったん結論に達したら、少々のことでは決心を変えることはない。

となると、方法は二つ。

事態が収拾するまでカーラをテントに縛りつけておく。

さもなければ、イヴに説明してカーラを説得してもらう。

ジョックはポケットから携帯電話を取り出して、イヴにかけた。

「長くは話せないの」イヴは電話に出るなり言った。「ナタリーの連絡を待っているところだから」

「手短にすませる」ジョックは言った。「時間がとれたら、カーラに電話して、言い聞かせてほしい。ひとりで考える時間がありすぎたせいか、とんでもないことを言い出した。きみなら現実を教えてやれると思う」

「どういうこと？」

ジョックはカーラとのやりとりを説明した。「あの子は本気だ。それは間違いない。ナタリーがしたようにクロロホルムを嗅がせて眠らせるという手もある。あとで恨まれるだろうが、少なくとも命を助けられる」

「落ち着いて、ジョック。きっと何か方法が――」イヴは一瞬黙った。「たしかに、カーラの言うとおりよ。ナタリーはわたしを憎んでいる。彼女との交渉がなかなか進まないのは、その憎しみのせい。カスコフと交渉するほうがうまくいく確率が高いと思う」

「ぼくもその点ではカーラの判断は正しいと思う。カスコフは理性的で冷徹な男だ。解毒剤を手に入れるにはカスコフと交渉したほうがいいかもしれない。ただ、ナタリーを溺愛しているから」

「ナタリーが十代の頃から、ずっとお気に入りよ」イヴはつぶやいた。「理性的な男なら、娘の嘘に気づきそうなものなのに」

「孫娘のカーラの命を母親のナタリーが狙っているとカスコフに納得させればいいわけだが、その時間があるだろうか？」ジョックは一呼吸おいた。「話は変わるが、ナタリーにあのカプセルを売ったイラン人医師を見つけたとパリクから報告があった。ナシーム・フエローズという男で、数日前にモスクワに来て、市内に滞在しているそうだ。調べてみるよ」

　イヴの胸に希望がわいてきた。「朗報だわ」

「とにかく、名前だけはわかったから、くわしいことを調べる」ジョックは話題を戻した。

「カーラには電話してもらえるね？」

「ええ。明日、ジェーンにカーラを病院に連れてきてもらって、会って話そうと思う。明日まで病院にいればだけれど」

ジョックは一瞬黙っていた。「調子はどうだ?」
「元気よ。もうだいじょうぶ。ドクターにも保証された」
「それはよかった。みんながんばっている。きっと乗りきれるよ」
「ええ、仲間がいてくれて心強い。もう切るわ、ジョック。もし時間があったらカーラに電話する」そう言うと、イヴは電話を切った。

イヴはどことなくうわの空だった。だが、無理もない。こんな形でナタリーに命を狙われたうえ、カーラはカスコフに直訴すると言い出したのだから。

ジョックはカーラのテントに視線を向けた。もう一度話し合ったほうがいいだろうか?いや、カーラが決心を変えるとは思えない。それよりも、目の前の仕事をすませたほうがいい。カーラが来たとき、パリクに電話しようとしていたのだった。

カーラのことはイヴに任せよう。

ジョックとの電話を切ると、イヴはベッドに体を起こして考え込んだ。

カーラがそんなことを思いつくなんて。

自分をチェスの駒として利用するようにジョックに言ったのは、いかにもカーラらしい。

そして、カスコフと交渉しようと思いついたのも。

イヴはサイドテーブルのパソコンに目を向けた。ナタリーはまだ連絡してこない。でも、覚悟しておいたほうがいい。スカイプ通信しようと言うからには、容赦なく憎しみをぶつけてくるだろう。

この前の電話でもそうだった。

でも、なぜわざわざ予告してきたのだろう。

にわかに鼓動が速くなった。カーラではないけれど、これは利用できるかもしれない。うまく誘導して、ナタリーに本心を暴露させることができたら……。

イヴははっと息を呑んだ。そして、ベッドの上で座り直した。

まだ電話してこないで、ナタリー。

もう少しだけ時間をちょうだい。

イヴは電話に手を伸ばした。

急がなくては。

ジョーに知らせなくては。

間に合うように準備できたら、チャンスはある。

スカイプを受信した合図があったのは翌日の午前三時三十分だった。

イヴは眠らずに待っていた。ナタリーがこれだけ時間をくれたことに感謝したいほどだった。合図すると、病室の隅の椅子に座って待機していたジョーが背筋を伸ばした。イヴは深呼吸すると、ベッドからおりて、ノートパソコンを開いた。

ナタリーの美しい笑顔が画面いっぱいに広がった。「起こしてしまったかしら？　ドクターやナースが出入りするから、ろくろく眠れないでしょうね。やつれた顔をしてるわ」

「入院していたら、ふだんより体を休められるわ。今もぐっすり眠っているところをあなたに起こされた」

「嘘でしょ」ナタリーは謎めいた笑みを浮かべた。「死ぬほど怯えながら、わたしの電話を待っていたくせに」

「怯えてなんかいない。怒っているだけ。わたしの息子をこんな目に遭わせたあなたにどんな復讐をしようかずっと考えていた」

「いつも子どものことばかりね」ナタリーは不愉快そうに鼻に皺を寄せた。「だから、こんなことになるのよ。娘のジェニーの復顔をしたりするから厄介なことになったのに、カーラの次は我が子というわけね。子どもたちのせいで、すっかり弱気みたい」

「とんでもない。子どもたちのおかげで強くなったわ。わたしの前で膝をつくのはあなたのほうよ」

ナタリーの取り澄ました表情が少し陰った。「わたしはあなたの命を握っているのよ。気づいていないようだけど」

「わたしはちゃんと生きているわ。脅したってだめ。救済手段を提供する気はあるんでしょう？　あなたの好きなサプライズの用意があるはずだわ」イヴは一呼吸おいた。「このカプセルがわたしの体内で毒素を放出するまでにどれくらい時間があるの？」

「あなたを昆虫みたいにすみずみまで検査したドクターたちが教えてくれなかった？」

「除去するにはリスクが高すぎると言われた。除去しないかぎり、あと四、五日らしい」

「楽観的予測ね。三日よ」

みぞおちに一撃を食らったようだった。「毒物を中和する解毒剤が手元にあるんでしょう？」

「あるわ」

「証拠を見せて」

「そんな必要ない。どうしても解毒剤がほしいんでしょう？　わたしの望みをかなえてくれたら、解毒剤をあげるわ」

「証拠を見せてもらわないうちは何も差し出せない。あのカプセルをあなたに売ったイラン人の名前と、どこに行けば会えるか教えて」

「わたしが約束を破るとでも思っているの？」

「名前が知りたい」

「教えてあげてもいいわ。目当てのものを手に入れたら」

「目当てのものって？」

「言ったでしょう、あの財宝」

「それにカーラ？」

「そっちはそれほど重要じゃない」

「わたしにはとても重要よ。あなたにカーラは渡さない。あなたはモスクワであの子を殺そうとした。それに、あの子の姉のジェニーを殺した」

「あの二人が邪魔だったのよ。カーラは生かしておいたら、わたしに不利な証言をする可能性がある」ナタリーは肩をすくめた。「でも、当分、生かしておくわ。父があの子に執着しているから。あのくだらない音楽に夢中なの。兄が父の注目の的になったときは、案外あっさり始末できたけど、今回は時間がかかるかもしれない」

「でも、あなたには簡単なことでしょうね」イヴは苦い口調で言った。

「まあね」ナタリーは落ち着き払った笑みを浮かべた。「父の扱い方は心得ているから。ずっと思いどおりに動かしてきた」そう言うと、笑みを引っ込めた。「あなたはわたしの望みをかなえるしかない。それにしても不思議よ。なぜカーラを助けるために我が子を生かすチャンスを捨てるのか。結局は誰の命を選ぶかよ。自分か我が子かカーラか。カーラは数年前に死んでいても不思議はなかったの」氷のように冷ややかな声だった。「覚えておいて、わたしは連敗しない。財宝とカーラを差し出さないかぎり、あの解毒剤は渡さない」

イヴは下唇を噛みしめた。「そんなこと言わないで。あの子はあなたの娘よ。わたしに育てさせて」

「あらあら、今度は泣き落とし?」ナタリーは満足そうに笑った。「そうさせたいと思っていたの。いい気分よ」

「お願いだから、カーラを殺さないで」

「選んで」ナタリーは言った。「自分の命か、お腹の赤ちゃんか、カーラか」

イヴはうつむいて黙り込んだ。しばらくすると、顔を上げて震える声で言った。「わかったわ。かわいそうだけれど、カーラのために家族を犠牲にすることはできない」一呼吸おいて言った。「どうすればいいか教えて」

「明日の二十四時に財宝をモスクワに持ってきて。落ち合う場所は、着いてから知らせるわ。ただし、連れてくるのはカーラだけ」ナタリーはからかうように言った。「ジョー・クインはNG。ジョック・ギャヴィンもだめ。さんざんてこずらされたから。ひとりで来て」

「あなたの言うことは信用できない。それも罠なんじゃないの?」

「往生際が悪いわね」

「わかった。ひとりで行くわ、シーラの財宝を持ってモスクワに行く。でも、解毒剤を手に入れて、カプセルをつくった人物の名前と住所を聞くまでは、財宝のありかは教えない。

ちなみに、MI-6からイランのプロジェクトに参加した医者のリストをもらってある」

イヴは顔をしかめた。「偽薬《プラシーボ》を渡す気かもしれないけれど、そんなことをしたら、取り引きは終わりだから」

ナタリーはにっこりした。「わかってもらえてよかったわ」

「モスクワの指定の場所はカスコフの所有地で、警備の男が取り囲んでいるなんてことはないでしょうね？」

「それはないけど、わたしの部下に見張らせる。財宝を父と共有するつもりはないから、最低限のことしか知られないほうがいいの」

「父親から自立したというの？　頼りきっているとばかり思っていた」

「今のわたしにはイワンがいるから。父の顔色をうかがわなくても、したいようにできる」

「たいした自信ね。でも、約束はちゃんと守って。この怪しげなものを体内から出すのが待ち遠しいわ」そう言うと、イヴは通話を切った。

緊張したおももちでパソコンの画面を見つめる。

一分経過。

二分。

画面が揺れて、パチンと音がして、真っ暗になった。

イヴはジョーに顔を向けた。「ナタリーはわたしのパソコンのハードドライブから、さっきの通話がすっかり消えたと思っているわね？」

ジョーはうなずいた。「ああ、ナタリーのパソコンからは消えている。きみのパソコンには残るようにしておいた」

「さっきの通話がそっくり残っていて、いつでも取り出せるわけね」イヴは息を吸い込んだ。「今夜のナタリーは、ふだんなら言わないようなことまで話していたわ。通話が終了したら、自動的に消えるようにしておいたつもりだったんでしょうね。まさか通話を保存するためのソフトを入れたとは思っていないはずよ」

「間に合ってよかったよ」ジョーがそばに来てイヴを抱き締めた。「震えているじゃないか。マイケルがまた騒ぎ出すぞ」

「すぐおさまるわ」イヴはジョーの体に腕を回して胸に顔をうずめた。「ナタリーと話しただけで汚染された気がする。シャワーを浴びたくなったわ。今夜はいつにもまして毒々しかった。今にも襲いかかってきそうなコブラみたいだった」

「もうやめよう」ジョーはイヴの体をそっと揺すった。「きみはよくがんばったよ。あの女のことは忘れよう」

「この通話を利用する方法を考えなくては」イヴは顔を上げた。「カスコフに画像を見せたら、ナタリーに対する考えを改めるんじゃないかしら？　彼と解毒剤の交渉ができるかもしれない」

「きみがうまく誘導して、ジェニーを殺させたことを認めさせたり、カスコフを批判させたりしたからね。たしかに、チャンスはある」そう言うと、ジョーは口元を引き締めた。「だが、きみひとりでナタリーのところに行かせたくない」

「しかたないわ。条件を決めるのはナタリーだから。カスコフを味方につけられるといいけれど」イヴは座り直した。「ジョックに電話して相談するわ。ジョックはカスコフのやり方を誰よりも知っている」

15

「悪くはないが」ジョックはゆっくりと言った。

「リスクが高すぎる」

「この状況では何をしたってリスクは高い」イヴは言い返した。「そして、最大のリスクはナタリーよ。カスコフの屋敷に連れていってくれるでしょう？　敷地まででもいいから」

「わかった。屋敷に入ったことはないが、カーラを見守っていたとき、見取り図は頭に入れておいた。しかし、きみを案内するとなると、改めて確認しておかないと。警備員を始末するはめになったりしたら、ただではすまないだろうし」

「とにかく、連れていって。このままではモスクワから生きて帰ることはできない。ナタリーは自信満々よ」イヴは一拍おいた。「カーラも渡せと言っている。しばらく生かしておくと言っているけれど、わかったものじゃないわ。カスコフがなんと言おうと、さっさと殺すかもしれない」

「カーラをモスクワに連れていく気はないんだろう？」

「もちろんよ。でも、ナタリーの指示に従っていると思わせておかなくては。ナタリーに会う前にカスコフのところに行きたいの」

「やってみよう。最悪の場合の逃げ道も考えておかないと」ジョックは続けた。「クインはいっしょに来ないのか？」

「連れてくるなとナタリーに釘を刺されているから。彼にはフェローズのことを調べてもらうわ。ナタリーが解毒剤を渡さない可能性もあるし、医者のこともどこまで本当かわからない」

「ぼくが調べると言っただろう？」

「何もかもひとりでは無理よ。あなたはカスコフのほうをお願い」

「クインを巻き込みたくないんだな？」

「本人はやる気満々だけれど。お腹の子が無事に生き延びて、わたしがいなくなった場合には、せめて父親にいてもらいたい。あなたにこんな危険な役目を押しつけて、身勝手な言い方だけれど、マイケルを――」

「守らなければならないからな」ジョックがあとを続けた。「きみの気持ちはわかる」そう言うと、苦い口調になった。「きみと赤ちゃんを守るのがぼくの役目だとカーラにも言った。それを証明してみせる時が来た。出発は？」

「遅くても明日の朝には。ナタリーとの約束は明日の夜中だから。彼女によると、わたしにはあまり時間が残されていないらしい。三日ですって」

沈黙が続いた。「ナタリーのことだ。嘘かもしれない」

「あれは嘘じゃないと思う。ナタリーは余裕たっぷりだったわ」

「明日の夜中か」ジョックは頭の中で計画を立てているようだった。「出発が明日なら準備の時間が足りない。これからすぐ向かうつもりだ。きみは明日ケイレブに送ってもらうといい。スコフスキー空港で落ち合おう」

「わたしもすぐ出られるわ。ちょっと待ってくれたら——」

「いや、その必要はない。じゃあ、モスクワで」ジョックは電話を切った。

あと三日。三日後にはイヴは生きていないかもしれない。

ジョックの心に怒りが燃え上がった。これまでは殺害計画を立てても、誰かを気遣って気持ちが揺らいだりしなかった。

だが、今回だけは……。

踵《きびす》を返して、道路にとめてある車に向かい始めた。

「ジョック」

振り返ると、カーラがキャンプファイヤーの炎を背に受けながら向かってくる。

まずいことになった。カーラと顔を合わせないまま野営地を出たかった。ジョックは反射的に身構えたが、それでも、その場でカーラを待った。

「どこに行くの?」カーラが見上げた。「長い電話だったわね。イヴはどう?」

「だいじょうぶ。変わりないよ」

「それなら、どこに——」

「きみには関係のないことだ」

カーラは首を振った。「どこに行くの?」

この調子では、答えるまで諦めそうにない。

「モスクワだ。これからエディンバラに行って飛行機の手配をする」

カーラはぎくりとした。「ナタリーに会うの?」

「ナタリーから電話があって、イヴが会いに行くことになった。解毒剤が手に入るかもしれない」

「イヴについていくの?」

「いや、イヴは明日の朝、ケイレブのプライベートジェットで行く。ぼくは準備があるから一足先に行くことになった」

カーラは目を見開いた。「準備って?」

「くわしいことを話している時間はない」ジョックは近づいて、カーラの薄い肩をつかんだ。「ここに残って、ジェーンとマクダフに面倒を見てもらうんだよ」そう言うと、にやりとした。「それとも、きみが二人の面倒を見るのかな? ここにいれば安全だからね」

「ここに残るなんていや！」

「そうするしかないんだ」ジョックは手を離した。「イヴはナタリーと交渉する前にカスコフに会うらしいから」

「それなら、わたしも行くわ」カーラは意気込んだ。「わたしならカスコフと話せる。きっと役に立つわ」

「カスコフのところに行ったら、そのまま戻れなくなるかもしれないよ」

「そうなったら助けてくれるでしょう？　でも、そうならないように気をつける。イヴにはわたしが必要よ」カーラは訴えるような目でジョックを見た。「マイケルのためにも。お願い、ジョック」

だから、顔を合わせないうちにここを出たかったのだ。ジョックは心の中で舌打ちした。あんな目で見つめられたら、断るのがつらくなる。

「きみを連れていくことはできない」ジョックはかすれた声で言った。「ぼくに任せてほしい」

「わたしが行かなくちゃ。そのためにイヴのところに来たんだもの。イヴとマイケルを助けるために」

それ以上耐えられなくなって、ジョックは坂をのぼり始めた。「ぼくを信じろ」

「役に立てるから」カーラが後ろから必死になって叫んだ。「お願いだから、いっしょに連れていって」

ジョックはそれには答えず歩調を速めた。

道路に出て振り返ると、カーラはまだその場に立っていた。両手をこぶしに握って、ジョックを見上げている。

ジョックは向きを変えると、道路にとめた車に急いだ。

ジェーンの携帯電話が鳴ったのは、翌朝の五時十分だった。イヴからだとわかった瞬間、ジェーンはぎくりとした。「だいじょうぶ？　ちゃんと——」

「生きているかって？」イヴは笑った。「こんな時間に病院から電話したら、心配するのも無理ないわね。これからジョーと空港に行く。ケイレブがプライベートジェットで送ってくれることになったの。それを伝えておこうと思って」

「ええ、ゆうべジョックから聞いた。野営地を出てから電話してきて、カーラのことを頼むと言われたの。カーラはキャンプファイヤーの前から動かなくて。あなたには自分が必要だとずっと言っている。なだめすかしてテントに戻らせたのは明け方近くだった」

「今日は機嫌を直してくれているといいけれど」

「どうかしら。わたしだって見捨てられた気分だもの」ジェーンはそう言わずにいられなかった。「病院から連れ出してほしいという電話があるのを期待していたのに。わたしだって、いっしょに行きたかったわ」

「カーラとマクダフのことを任せられるのはあなたしかいないから」

「わかった。ぼやいていないで自分の役目を果たすことにする。くれぐれも気をつけてね」

「そのつもりよ」イヴは一瞬黙った。「モスクワから戻ってきたときは、これでけりがついたとほっとしたわ。でも、ナタリーは諦めていなかった。こんなこと、いつまで続くのかしら？」

「たぶん、今回で本当にけりがつくと思う」ジェーンは一呼吸おいた。「でも、カスコフは危険な犯罪者よ。娘が自分の思っているような人間ではないと気づいたとしても、娘の肩を持つかもしれない」

「カスコフを説得できるかどうかわからないけれど、マイケルのために試してみたいの」

イヴはまた少し黙った。「家族みんなのために。愛しているわ、ジェーン。カーラとマクダフをお願いね」そう言うと、電話を切った。

ジェーンはまばたきして涙をこらえた。今度こそ本当にお別れかもしれないという思いが胸をよぎった。イヴに元気で戻ってきてほしいし、赤ちゃんも順調に生まれてきてほしい。次にイヴから連絡があるのはかなり先になるだろう。その間、カスコフとの交渉がうまくいくよう祈るしかない。

そばにいてイヴを支えることのできるケイレブがうらやましかった。

ケイレブからはモスクワに行くという知らせはない。あの朝、湖岸の霧の中で過ごしたあと、ケイレブはさりげなくわたしを避けている。それはそれでかまわない。彼と二人きりになると、感情の波に翻弄されてしまうのが怖いから。それにしても、モスクワに行くことくらい知らせてくれてもいいのに。

霧の中に横たわっていたケイレブの裸体が目に浮かんだ。あの朝の彼はいつもと違っていた。威圧的なところがなくて、でも、決然としていて。あの幻想と現実の入り混じった時間が今でも忘れられない。

イヴのそばにいられるケイレブに羨望を感じたのがきっかけで、想像がどんどん広がっていった。彼のことは考えないようにしよう。ここに残った以上、自分にできることを精いっぱいしたほうがいい。マクダフを手伝って、なるべくカーラといっしょに過ごそう。もう少し寝かせておいて、朝食をつくってからカーラを起こして、ゆっくり話をしよう。

ジェーンはもう眠れそうになかった。

どうか、無事でいて、イヴ。

わたしは祈っている。

イヴのことを頼むわ、セス・ケイレブ。無事に連れて帰ってきて。

「コーヒーはどう?」ケイレブがコックピットから出てきて、イヴに声をかけた。「カフエインがほしそうな顔をしているよ。そんなに緊張しないで」

「きみがコックピットに戻って操縦に集中してくれたら、イヴの緊張もほぐれるだろうよ」ジョーが皮肉な口調で言った。

「自動操縦《オートパイロット》にしてあるから心配ない。快適に過ごしてくれているか、のぞきに来ただけだ」ケイレブはいたずらっぽい笑みを浮かべた。「いいホストに徹したいと思ってね」

「お気遣いありがとう、ケイレブ」イヴは言った。「あとどれぐらいでモスクワに着くの?」

「二時間くらいかな。予定より早く着きそうだ」ケイレブはコックピットに向かった。「クインの言うとおり戻ったほうがいいな。オートパイロットは素晴らしい発明だが、山にぶつかる恐れもないわけじゃない」

ジョーが何か言いかけたが、イヴは首を振って制した。「ケイレブがすぐプライベートジェットを出してくれて助かったわ」

「ぼくもその点は感謝している」ジョーはそう言うと顔をしかめた。「ケイレブが優秀なパイロットだと知らなかったら、そして、このガルフストリームG650が最速の航空機でなかったら、自分で操縦したいところだ」革張りのシートにのせられたイヴの指に自分の指をからませた。「コーヒーを持ってこようか?　後ろにドリンクディスペンサーがある」

イヴはまた首を振った。「カフェインはなるべく摂《と》らないようにしているの。マイケルによくないから」そう言うと、悲しそうな笑みを浮かべた。「体の中に毒カプセルを入れられたのに、今さらカフェインの心配をするのも変だけれど」

「マイケルはわかってくれるさ」ジョーはイヴの手を唇に近づけた。「もう少しの辛抱だ。フェローズから解毒剤を手に入れてみせる。ナタリーに会う前にきみに渡すことができたら、あの女の言いなりにならずにすむ」

「あなたが全力を尽くしてくれるのはわかっているわ」イヴは穏やかな口調で続けた。「でも、もし思いどおりの結果が得られなくても、自分を責めないでほしいの。それだけは約束して」イヴはジョーと目を合わせた。「ナタリーに会う前に、わたしたちにはできることが二つあるわけね。あなたはフェローズから解毒剤を手に入れられるかもしれない。わたしはカスコフにナタリーとの通信を録画したディスクを見せて、彼と交渉できるかもしれない。そして、最後の手段としてナタリーと対決する。選択肢が三つもある。この前より成功する確率は高いわけね」

「必ずナシーム・フェローズから解毒剤を手に入れる」ジョーは繰り返した。「それ以外の選択肢は必要ない」

ジョーはその気になったら悪魔でも脅すことができるから、やれるかもしれない。本人は自信満々だ。「でも、あなたが思っているより時間がかかるかもしれないから――」

携帯電話が鳴り出して、イヴはぎくりとした。ナタリーからだろうか？　検査を依頼した専門医から？　それとも、ジョックからかしら？

ジェーンからだった。

イヴはすぐスピーカーに切り替えた。「こっちはだいじょうぶよ、ジェーン。まだ着かないけれど――」

「カーラがいなくなったの」ジェーンがさえぎって言った。「一時間前から捜している。朝食をつくって呼びに行ったら、テントにいなかった」

「カーラがいない？」イヴは電話機を握り締めた。ナタリーはカーラを連れてくるように言ったが、あれはわたしを油断させるための策略で、野営地からカーラを連れ去ったのだろうか？「警備員の誰かが見かけたかも――」

「誰も見ていない」ジェーンが言った。「聞いて回ったけれど、誰ひとり見かけていなかった。ジョックとケイレブが野営地を離れている間、マクダフは警備員を増強したから、セキュリティに問題はないわ」声が震えた。「野営地はくまなく捜したし、霧の中も歩いてみたけど、どこにもいない。心配だわ。カスコフのところに連れていってくれないなら、電話して迎えに来てもらうとジョックに言ったそうだし」

「カーラがひとりでテントにいたのはどれくらい？」

「明け方の四時頃から朝八時頃までだと思う」

カーラは長年逃亡生活を送ってきたから、そっと抜け出すのは得意なのだろう。

「ごめんなさい、こんなことになって」ジェーンはおろおろしていた。「電話を切ったら、車で近くの村を回ってみる。あなたがカスコフに連絡をとる前に伝えておいたほうがいいと思って」

「これから引き返して、いっしょに捜す」

「だめよ。時間がないわ。あと三日もないんでしょう? わたしにできるだけのことはするし、マクダフから地元警察によく頼んでもらう。それに、今から引き返すと言ったって、カーラはカスコフに会うつもりだから、もうそっちに向かっているはずよ」

たしかに、ジェーンの言うとおりだ。それでも、イヴはいてもたってもいられなかった。

「もう切るわ」ジェーンが言った。「何かわかったら、すぐ連絡する」電話が切れた。

ジョーが低い声で悪態をついた。「よりによってこんなときに。カーラに会ったら――」

「会ったらどうするの? あの子もわたしを助けようと必死なのよ。しかも、自分の母親のナタリーから。それに、わたしたちは協力し合っているけれど、あの子はたったひとりでがんばっている。責めるのはかわいそうよ」

「何かあったようだね」ケイレブがまたコックピットから出てきてイヴに言った。「電話があったのか?」

イヴは息を呑んだ。「ジェーンから」

ケイレブはうなずいた。「かかってくると思っていた。さぞ心配したことだろう」

ジョーがはっとして立ち上がった。「ケイレブ――」

「コーヒーを持ってこよう」そう言うと、通路を進んだ。「コックピットで機器を見張っていてくれないか、クイン？　オートパイロットは信用しきれないから」

ジョーは突っ立ったまま無言でケイレブをにらんだ。

ケイレブが肩をすくめた。「わかったよ」

そう言うと、通路の突き当たりのラウンジに通じるドアを開けた。だが、ドリンクディスペンサーの前を通り過ぎて、奥の倉庫の扉を開けた。「音楽の時間だよ、カーラ。バイオリンを持ってくればよかったね」ケイレブは手を伸ばして、カーラを立ち上がらせた。「窮屈だっただろう？　もっと早く出してあげるつもりだったが、きみがいなくなったことをジェーンがなかなか連絡してこなくてね」

「カーラ？」イヴはあっけにとられた。カーラは血の気のないこわばった顔をしている。ジーンズもデニムシャツも皺だらけだ。それでも、ちゃんと生きている。ナタリーにもカスコフにも捕まっていない。無事に目の前にいる。

次の瞬間、怒りが込み上げてきた。「どうしてこんなことをしたの？」

「あなたにはわたしが必要なのよ、イヴ」カーラは唇を舐めた。「そういう運命なの。そうじゃなかったら、ジェニーはわたしをあなたのところに行かせなかった」

「これだけ思い込んでいると、どうしようもないな」ケイレブがつぶやいた。「コックピットに戻ったほうがよさそうだ。何か言いたいことがあったら、いつでも来てくれていいからね、イヴ」

「わかったわ」イヴはむっつりした顔でコックピットのドアが閉まるのを眺めていた。それから、カーラに向き直った。「わたしと息子の命がかかっているのよ。子どものあなたにわたしを助けられるわけがないでしょう。勝手な思い込みは捨てて。みんなが必死になっているというのに――」

「ちゃんと理由があるの」カーラは震える声で言った。「これで全員そろったわけ。ナタリーとカスコフとわたしが」

「何を言い出すの？　あなたをナタリーに返すなんて……」

「イヴ」ジョーが肩に手を置いた。「ケイレブがこのサプライズを披露する直前にきみはなんて言った？　カーラを責めないでほしいとぼくに言ったじゃないか。少なくともカーラはひとりでカスコフのところに行ったわけじゃない」

「カーラをかばうの？　これでナタリーとの対決がもっと大変なことに――」カーラと目が合ったとたん、イヴは黙り込んだ。カーラの目には一途《いちず》さと決意、そして、愛があふれていた。イヴを愛しているからこそ、こんな無謀なまねをしたのだ。「こっちに来て」イヴはカーラを抱き締めた。「あなたのしたことは間違っているわ。でも、修正する方法を見つけられると思う」

「わたしは間違っていない」カーラはつぶやいた。「ジョックにもそう言ったけど、聞いてくれなかった。怖がらないで、イヴ。きっとうまくいくから」

「怖がってなんかいないわ」イヴはカーラを押し戻した。「わたしたちにはわたしたちの計画があるから、それを実行するだけ。あなたにしてもらうことはないの」

カーラは首を振った。「せっかくケイレブに連れてきてもらったのに」

「そうだった。この騒動の張本人はケイレブよ」イヴはコックピットに向かった。「本当に無責任なんだから。なぜ彼に頼もうなんて思いついたの?」

「いくら頼んでもジョックが連れていってくれなかったから。ケイレブなら、ほかの人と考え方が違うんじゃないかと思って」

「たしかに、彼は変わっているわ」

「それに、ケイレブは他人にどう思われても気にしないから。ジェーンは別だけど」

「今度ばかりはジェーンもケイレブを許さないはずよ」イヴはジョーに視線を向けた。

「カーラにソフトドリンクと何か食べるものを持ってきてもらえる? 弱々しくて、今にも消え入りそう。わたしはケイレブに文句をつけてくる」

ジョーは携帯電話に手を伸ばした。「わかった。ジェーンに電話して、カーラがナタリーやカスコフに拉致されたわけではないと伝えたら、何か持ってこよう」

カーラはコックピットのドアを見つめていた。「ケイレブはわたしを助けようとしてくれただけよ。怒らないで、イヴ」

「本当に何を考えているんだか」イヴはドアを開けながら言った。「あなたは子どもだから大目に見るとしても、ケイレブは立派な大人よ」

「聞こえているよ」イヴがドアを閉めると、ケイレブが言った。「おれに腹を立てているらしいが、まあ、座ったら？　相手を叱るときは座ったほうが楽だ」

「口の減らない人ね」イヴは機長席の隣に腰かけた。「なぜカーラをこっそり乗せたりしたの？　あの子を危険な目に遭わせるつもり？　わたしたちが何よりそれを避けようとしていることは知っていたはずよ」

ケイレブはうなずいた。「あの子が自分の立場をはっきり説明したからだ。誰にも認められなくて、孤立無援だと訴えた。その気持ちを尊重した」

「わたしたちの気持ちも尊重してほしかったわ。あの子はまだ十二歳よ」

「年齢なんてただの数字だ」ケイレブはにやりとした。「自分のことを振り返ってみても、十二歳のときと今とはそれほど違わない。それに、カーラが好きなんだ。孤立無援だというなら、話を聞いてやって、おれなりの判断を下そうと思った」

「連れてくる判断を下したのはなぜ？」

「あの子の言うとおりだからだ。この期に及んで、カスコフを動かせる人間がいるとしたら、カーラしかいない。しかも、ナタリーはカーラを連れてくるようにと要求したそうじゃないか。空港で見張っているナタリーの部下は、カーラの姿がなかったら、交渉を打ち切るよう進言するだろう」ケイレブはイヴを見た。「胸に手を当てて考えてみてほしい。もしカーラが子どもじゃなかったら、きみは自分と息子を救ってくれるのはカーラしかいないと気づいたはずだ」

「でも、実際、子どもだもの。しかも、ナタリーに命を狙われている」

「カーラにはきみもクインもジョックもついている。いざとなったら、おれも当てにしてくれていい。しかし、そんな必要はないんじゃないかな。カーラは頭のいい子だから」

イヴはそれには答えなかった。「今、ジョーがジェーンに電話しているわ。ジェーンはあなたを許さないでしょうね」

「おそらく。だが、おれとしては失うものはない。それでなくても、ジェーンはおれを許さないだろうから」

「どういうこと？」

ケイレブは肩をすくめた。「早まったことをしてしまった。ジェーンはそんなおれを受け入れるべきか否か悩んでいる」

「早まったことといえば、カーラを連れてきたこともそうでしょう」

「失うものがあるなら、おれだって直感で判断しなかったかもしれないが」

「あなたの直感は信じられない」

「ひどい言い方だな。おれは他人と違うだけだ」

「カーラもそんな意味のことを言っていたわ」

ケイレブは笑った。「頭のいい子だと言ったでしょう。あの子の願いを断れる大人なんているだろうか？」

「ジョックと空港で落ち合うことになっているから、その質問をジョックにぶつけてみたら？」

「ジョックか」ケイレブはつぶやいた。「たしかに、おれの決断に賛同するとは思えないな。だが、まあ、それも一興だ」

モスクワ
カスコフ邸

「着いたそうです」電話を終えたイワン・サバクがナタリーに報告した。「スコフスキー空港に張り込ませておいた部下から連絡が入った。あなたの指示に逆らってクインを連れてきたが……」そう言うと、にやりとした。「あなたの娘も連れてきた。カスコフがさぞ喜ぶだろう」

「カーラのことを知らせるべきかどうか迷っているの。少し様子を見てからのほうが……」

サバクは首を振った。「あなたが何をたくらんでいるかはわかっている。カスコフがモスクワを離れている間はそれでもよかったが、戻ってきた以上、このままではリスクが高すぎる。カスコフはカーラを取り戻そうと積極的に動いているし、負けることが何より嫌いだ」

ナタリーはにっこりした。「わたしも負けるのは嫌いよ」

「素直にあの子をカスコフに渡したほうがいい。いずれ折を見て連れ出します。そして、事故に見せかけて……」

「その間、あの子が父にわたしのことを告げ口しないか、冷や冷やしながら見守っているわけ？」

「カスコフにばれたら、わたしの命はない」サバクは言った。「掟を破った部下が引導を渡されるところに居合わせたことがあるが、あれはもう一度見たい光景じゃない。安全が確保できるまで、しばらく時間がほしい」

ナタリーは反論しかけたが、思いとどまった。もうすぐ財宝が手に入るのだ。ここはサバクに譲歩して、カーラはほかの方法で始末すればいい。

そして、イワン・サバクも始末しなければ。このところのサバクはわずらわしくてかなわない。これまでのようにセックスを餌にして思いどおりに動かせなくなった。

「わかったわ。早いほうがいいと思っただけ」ナタリーはドアに向かった。「父に、予定どおり、今夜ノバコ・オペラハウスのバイオリンコンサートに行くか確かめてくる。わたしたちが町に借りたアパートに出かけるとき、詮索されたくないから」

「ダンカンにはいつ電話を?」

「会う一時間前」ナタリーは振り返って笑みを浮かべた。「モスクワに着いたのなら、少しくらい待たせてもかまわない」悪意のこもった声で続けた。「彼女の体内に入れさせたカプセルの効力を知ってる? 緊張と恐怖を倍増させるの。ナシーム・フェローズの話では、兵士たちが泣いて慈悲を求めたそうよ。イヴ・ダンカンが泣いて頼むのを見るのが待ちきれない」

スコフスキー空港

ジョックはケイレブのプライベートジェットが入った格納庫のそばで待っていた。

イヴといっしょに飛行機をおりたカーラは、ターミナルビルの窓からジョックの姿を見たとたん、体をこわばらせた。金髪が冬の陽光にきらきら輝いて、いつもながらうっとりするほどきれいだ。でも、まるで氷の彫像そのもの。「怒ってるわ」

「無理もないでしょう」イヴが言った。「わたしが間に入ったほうがいい?」

「だいじょうぶ」カーラは勢いよく立ち上がると、ドアに向かった。「自分のしたことは自分でなんとかする」

そうは言ったものの、近づくにつれて胸がどきどきしてきた。ジョックはピクリともしない。

すぐ近くまで来ると、カーラは身構えた。「こうするしかなかったの」

「そうらしいな」

「ケイレブはわかってくれた。カスコフはわたしを……というか、わたしのバイオリンを気に入っているから、わたしの言うことなら聞いてくれるかもしれない。試してみる価値はあると言ってくれた」

「よけいなことを言ったものだ」

カーラは首を振った。「ケイレブを恨まないで。何もかもわたしのせいだから。お願いだから、カスコフに会わせて」

「だめだ」

「カスコフはわたしの話を冷静に聞いてくれるはずよ。カスコフを味方につければ、イヴはナタリーに勝てるかもしれない」

「カスコフはきみの祖父かもしれないが、マフィアのボスだということを忘れないでほしい。彼に会って何を言うつもりだ？」

カーラは怯んだ。「わからない。でも、会えたら、精いっぱいやる。そうするしかないもの。だから、止めないで。ひとりでもカスコフに会いに行くなんて、偉そうなことを言ったけど、本当はすごく怖い」カーラは込み上げてくるものをこらえた。「二度とひとりにしないって約束してくれたでしょう、ジョック」

ジョックは長い間カーラを見つめていた。「涙は反則だよ、カーラ」

やっとジョックの声がやさしくなって、カーラはほっとした。「ごめんなさい。方法はあなたに任せる。あなたの言うとおりにするから、カスコフに会わせて」

ジョックは無言でカーラを見つめていたが、やがて手を伸ばして髪に触れた。「頑固なやつだな」

「許してくれるの？」

ジョックはうなずいた。「だが、ケイレブは許せない」

カーラはジョックに抱きついてから、一歩下がって、輝くような笑顔になった。「こんなわがままはもう二度と言わない。ほんとよ、ジョック」

「あの高原でぼくを無理やりヘリコプターに乗せたときみたいに？」ジョックは皮肉を言ったが、それでも目は笑っていた。「イヴもほっとしただろう」

「よかった、もう怒っていなくて。さっきは本当に怖かった」

「怒っていたわけじゃない。火の中に飛び込んできたきみを見て、死ぬほど怯えていた。

その違いを見抜けるようになってほしいな」ジョックは唇をゆがめた。「いや、その必要はないか。どっちにしても、きみは言い出したら聞かないから」そう言うと、ターミナルビルから出てきたイヴに顔を向けた。「飛び入りが来たから、計画を手直ししなくては」

「飛び入りって？」イヴは眉をひそめた。「カーラの言いなりになるんじゃないでしょうね？」

「カーラはカスコフを説得する気でいる。ぼくの役目はカーラの安全を確保することだ。その点では、ぼくの言うとおりにすると約束してくれた」ジョックは一呼吸おいた。「カーラをきみといっしょにカスコフに会わせる」

「無理よ、そんなこと」

「いや、やれないことはない」ジョックはターミナルビルから出てくるジョーとケイレブに視線を向けた。「ホテルに部屋をとっておいたから、そこで計画を練ろう。あまり時間がないから急がないと」ジョックは歩き出した。「だが、その前にケイレブにひとこと言ってやらないと腹の虫がおさまらない」

16

午後五時四十五分
バロズ・ホテル

カーラはいっしょにいたいと言ったが、イヴはジョックが打ち合わせ用に用意したホテルの部屋の隣室に閉じ込めた。「ジョックにはわがままを通したけれど、わたしには通じないわ。打ち合わせには参加させない」イヴはきっぱり言い渡した。「あなたの役目はカスコフに話すことだけ」

「だけど、ちゃんと聞いていないと――」カーラはそれ以上言わずにうなずいた。「わかった。あなたがそう言うなら」ドアを開けて、隣の部屋に入った。「言うとおりにするとジョックに約束したから」

「すごい、きみの勝ちだ」ジョックが隣の部屋のドアをロックしながら言った。「たしかに、十二歳の子どもの耳に入れたくないこともあるから」

「ナシーム・フェローズの件だが」ドアが閉まるとジョーが切り出した。「調べはついたのか、ジョック？」

「住所を突き止めた」ジョックは上着のポケットから手帳を取り出した。「モスクワ市内のアラバト区。錬鉄のフェンスのある煉瓦《れんが》の建物です。パリクに偵察してもらったところ、同郷のハッサン・メーナールをボディガードに雇っていると判明した。ナタリーやカスコフから身を守るためかどうかはわからない。パリクの話では、ほかにも二人、カスコフの部下が見張っているそうだ」

「ということは、カスコフはナタリーの計画に全面的に加担しているわけね？」イヴが訊いた。

「少なくとも、あのカプセルをつくったイラン人医師をナタリーに紹介したのはカスコフだよ。部下を二人送り込んだのは、解毒剤を確保しておきたいからじゃないかな？」ジョックは唇をゆがめた。「しかし、ナタリーのほうは父親を全面的に信用していないわけだろう？　シーラの財宝のことは父親に知らせずに独り占めする気だというから」

「解毒剤のことだけど、ジョーがMI‐6から聞いたところでは、普通、複数つくっておくらしい」イヴが言った。「希望者に高値で売ることもあるそうよ」

「ありえるな」ジョックはジョーに顔を向けた。「だが、フェローズが解毒剤を持っていない場合も想定しておいたほうがいい。その場合は、カスコフかナタリーから手に入れるしかないわけだから」

「とにかく当たってみる」ジョーはフェローズの住所を書き留めた。「フェローズから解毒剤を手に入れられたら、ナタリーともカスコフとも関わらずにモスクワをあとにして、イヴをグラスゴーの病院に連れていける」そう言うと、口元を引き締めた。「あまり時間がない」

ジョックはうなずいた。「たしかに、解毒剤が手に入っても、すぐ使わないかぎり――」

「この際、ナタリーはどうだっていいじゃないか」壁にもたれて話を聞いていたケイレブが背筋を伸ばした。「あの女は最後の手段だ。同時にカスコフとフェローズに当たってみればいい。そうすれば、二人が連絡を取り合うのも阻止できる」

「それは無理だ」ジョーが反対した。「イヴがカスコフのところに行くときにはぼくもいっしょに行く」

「あなたは予定どおりフェローズのところに行って」イヴはジョーを思いとどまらせようとした。「カスコフのところに行くのはわたしたちだけでだいじょうぶ」

「きみひとり行かせるわけにいかない」

「ひとりじゃないわ。ジョックがついている」イヴはジョーと目を合わせた。「それに、カーラもいっしょよ。今はわたしの安全よりマイケルを守ることを考えなくては」

「気持ちはわかるが――」ジョーは深いため息をつくと、ジョックに目を向けた。「どこでカスコフに会うつもりだ？　屋敷は市内から離れているから、ぼくがフェローズとの交渉をすませて駆けつけたとしても、間に合うかどうか――」

「屋敷には行かない」ジョックは答えた。「今夜、カスコフはノバコ・オペラハウスで開催されるバイオリンコンサートに行く。だから、ナタリーは今夜決行することにしたんだろう。カスコフに邪魔されずに財宝を手に入れるために」そう言うと、不敵な笑みを浮かべた。「細かい点をつめる必要があるが、今夜カスコフはオペラハウスで音楽鑑賞以外の経験をすることになるだろう」

「カスコフは厳重な警備体制を敷いているはずだ」ジョーが言った。

「複数のボディガードを連れてくるだろうが、屋敷の警備とは桁が違うからね。ぼくひとりで始末できる」ジョックは請け合った。「オペラハウスに着いたら電話する。オペラハウスなら、フェローズの家から三十分とかからない。応援が必要な場合、パリクに手配させよう」

「その必要はない」ケイレブがジョーに代わって答えた。「事情を知らない連中が来ても邪魔になるだけだ。おれが行く。二人なら、なんとかなるだろう」

「いやに協力的だな」ジョーが皮肉な声で言った。

「無断でカーラを連れてきた償いだよ」ケイレブはイヴに笑いかけた。「きみもクインがひとりで乗り込むより安心だろう?」

イヴは否定しなかった。いざとなったらケイレブが頼りになるのはたしかだ。「でも、これであなたを許したわけじゃないわ」

「許してもらえるまで気長に待つしかないか」ケイレブはジョーに顔を向けた。「これでも弁の立つほうだから、おれがいたら話が早い。フェローズとの交渉を早く切り上げられたら、それだけ早くオペラハウスに着ける」

「そんなに売り込まなくてもいい。少しでも早くイヴのそばに行けるなら、悪魔の助けでも借りたい」ジョーはジョックを見た。「決行は何時だ？」

「コンサートの開演が八時だから、幕間《まくあい》の九時半頃にはカスコフに会えるでしょう。あなたとケイレブがフェローズの護衛を始末してくれたら、カスコフに警告を発する人間もいなくなるわけだから、仕事がやりやすい」

「わかった。行くぞ、ケイレブ。まずはフェローズの家の周辺を偵察しよう」ケイレブを促すと、ジョーはイヴを抱き締めてキスした。「離れるのは気が進まないが――」

「何も言わないで」イヴはジョーの唇に指を当てた。「わたしたち、どちらもうまくやれるわ」そう言うと、キスを返した。「くれぐれも気をつけてね」

ジョーはうなずくと背を向けた。「じゃあ、オペラハウスで。できるだけ早く行く」

ジョーとケイレブは部屋を出ていった。

イヴは不安を抑えながら二人の後ろ姿を見送ると、ジョックに視線を向けた。「カーラに計画を説明しなくちゃいけないわね」そう言うと、一瞬、目を閉じた。「この期に及んでも、できることなら、あの子を巻き込まずにすませたいけれど」

「ぼくも同じ気持ちだよ」ジョックは苦い顔になった。「でも、またあの子に言い聞かせるのかと思うと、げんなりする。だいいち、そんな時間はない」

イヴは目を開けると、背筋を伸ばした。「わかったわ。カーラを呼びましょう。やきもきしながら待っているはずよ」

「急ごう」ジョックはイヴの肘を取ってドアに向かった。「カスコフが到着する前にオペラハウスに着いておきたい」

「開演時間までまだ二時間以上あるわ」

ジョックは笑みを浮かべた。「それなりの準備が必要なんだ。場違いな格好では行けないからね。パリクがきみとカーラのためにドレスを用意してくれた。カーラの年齢にふさわしいドレスかどうかは疑問だが」

「フォーマルドレスは苦手よ」イヴは顔をしかめた。

「カジュアルな服装でカスコフ邸に乗り込んで、自動小銃を持った警備員に囲まれるよりましだろう」

「たしかに」イヴはうなずいてドアを開けた。「とにかく、ここを出ましょう」

「すてきだよ」ジョックはブロンズ色のシルクドレスをまとったイヴの全身に目を走らせ

た。スクエアネックの襟元にはシンプルな金のネックレスが輝いている。「パリクはなかなか趣味がいい。魅力的だが、目立ちすぎず、周囲に溶け込める。カーラはどうだった？」

「すぐバスルームに入ってしまったからよく見なかったけれど、不自然な印象は受けなかった」イヴは錦織のパーティーバッグにノートパソコンとディスクを入れると、髪に櫛《くし》を入れた。「このドレス、わたしには少し派手だわ。パリクには若いお嬢さんがいるのかしら？」

「さあ。プライベートな話はしたことがないので」ジョックは腕時計に目をやった。「カーラを呼びに行ったほうがいいな。そろそろ出ないと――」そのとき、カーラがバスルームから出てきた。

「遅くなってごめんなさい」息せききって続けた。「こんなドレス、着たことがないから、後ろのファスナーがなかなか上げられなくて。わたし、変じゃない？」

ジョックは何も言わなかったが、表情がすべてを物語っていた。「どう思う、イヴ？」

『ロミオとジュリエット』のジュリエットを少し幼くしたようだとイヴは思った。象牙色のベルベットのハイウエストドレスは、カーラによく似合っていた。黒髪をひとつにまとめてスパンコールのついたリボンを結び、黒いバレエシューズにもスパンコールが輝いている。

「とてもすてきよ」イヴは言った。「そっくりだわ、あなたの――」イヴは鋭く息を吸い込んだ。記憶がよみがえってきた。

カーラはイヴが何を思い出したか気づいたようだった。「ジェニーに？」カーラは穏やかな声で言った。「わたしも覚えている。ジェニーはこんな白いドレスを着ていた。私を助けようとして、森で死んだ夜」

「ええ、ジェニーもとてもきれいだった。悲しい思いをさせてしまったのなら、ごめんなさい」

「そんなことないわ。わたしもジェニーがそばに立っていて応援してくれているような気がしたの」カーラは笑い出した。「でも、そばにいるなら、ファスナーを上げてくれたらよかったのに」

「ひとりでちゃんとできたじゃないか」ジョックは二人が着る黒いベルベットのコートを手に取った。「さあ、行こう。エレガントなきみたちの姿を見て、カスコフが話し合いに応じてくれることを期待しよう」

午後八時十分
モスクワ
アルバート通り　ナシーム・フェローズの家

「敷地内に警備員が二人いる」ケイレブが言った。「きみが始末するか、それとも、おれが？」

「選択の余地があるのかな」

「一応訊いてみた。きみのほうが賭けているものが大きいし、やりきった満足度だって――」

「ぼくがやる」

「それなら、一足先に中に入って、フェローズの私設ボディガードのハッサン・メーナールをかたづける。きみに異存がなければだが」

「きみに任せる」ジョーは裏庭の錬鉄製のフェンスに近づいた。極度に緊張していた。ケイレブのからかうような言い方は気に障るが、こうした状況で味方につけると、これほど頼もしい相手もいない。

いや、ケイレブのことを考えている場合じゃない。

それより、目の前の男に注意を集中しなくては。

ノバコ・オペラハウス

十九世紀に建てられたオペラハウスの広いロビーに、着飾った観客が次々と集まってくる。

巨大なクリスタルのシャンデリアが、ロビー奥の大階段のレッドカーペットにまろやかな琥珀《こはく》色の光を投げかけていた。

左右にある高い入口の扉の上に設置したスピーカーから、メンデルスゾーンのバイオリンコンチェルトが流れてくる。

「今夜はハンス・フィンスターね」カーラが目を輝かせた。「去年テレビで聴いたことがある。まだ二十二歳だけど、百年に一度の天才と言われているの。彼が弾くなんて、ジョックは教えてくれなかったから——」

「ジョックにはほかに考えなければならないことがたくさんあるもの」イヴがなだめた。

「階段をのぼって」ジョックが小声で命じた。「カスコフはベルベットのクッションつきの広いボックス席を持っていて、周囲からカーテンで仕切られている。ボックス席には専用ラウンジがあって、幕間にはそこで休憩する。最高級のものしか口に入れない男だから……」

「きっと演奏が始まったら、そんなことどうでもよくなるわ」カーラが言った。「カスコフにとって音楽はすべてだから」

「せいぜい音楽に集中してくれることを祈ろう」ジョックがむっつりした顔で言った。

「といっても、ぼくたちに会うまでのことだが」階段をのぼりきると、ジョックは少し離れたところにある金箔《きんぱく》貼りの二つの扉のほうに顎をしゃくった。「あれがカスコフのボックス席だ」そして、そこから数メートル離れた、翡翠《ひすい》色の大きな孔雀《くじゃく》石の柱の陰に二人を案内した。「ここに隠れていれば、カスコフに気づかれることはないだろう」

イヴは周囲を見回した。この階にも美しく着飾った観客があふれていて、その間を縫うようにしてウェイターが豪華な銀のトレイにのせたワイングラスを配っている。「上流階級の社交場ね」

「ああ。カスコフは社交に興味はないから、まっすぐボックス席に入る。演奏が始まって、準備が整ったら、ここに迎えに来る」

「あなたはどこに行くの？」イヴはカーラを柱の陰に押しやりながら訊いた。「オペラハウスなら屋敷より安全だと言っていたけれど、カスコフが連れてきたボディガードの誰かがカーラに気づくかもしれない」

「だから、準備が整うまでボックス席に近づかないでほしい。カスコフがボックス席におさまったら、ボディガードが劇場内をうろつくことはない。連中の関心はあくまでカスコフだから」

「ボディガードはどこに待機しているの？」イヴは訊いた。

「知ってどうするんだ？」ジョックは肩をすくめた。「パリクによると、ひとりは扉の外、ひとりはラウンジにいて、幕間に出てきたカスコフの警備に当たる。カスコフは一階にある一般向けバーには決して行かない。人混みは危険だから。劇場の前にとめた車のそばにもうひとり待機していて、残るひとりは運転手役を務めている」

「ニコライよ」カーラが言った。「ずっといる人で、よくカスコフの車を運転している。ゲールカールから連れてこられたとき、ヘリコプターを運転していたのもニコライだった」

「四人」イヴはつぶやいた。「その四人を始末してから、わたしをカスコフのところに連れていってくれるわけね」

「そういうこと。あとはきみ次第だ」そう言うと、ジョックはカーラに目を向けた。「そして、彼女次第。クインがうまく解毒剤を手に入れて、これまでのぼくの努力が無駄になることを祈ろう」携帯電話が鳴り出した。「パリクからだ」ジョックは電話に出た。「カスコフが着いたそうだ。もうすぐ上がってくる。柱の奥に隠れて」

「一目見ておきたい」イヴは言った。「初対面のカスコフに、自分の娘を見捨てて、わたしを助けてほしいと頼むんだから、少しだけでも顔を見ておきたい」

「見られないように気をつけてくれよ」ジョックはカーラに向かって首を振った。「きみはだめだ。イヴがさっき言っただろう。気づかれる恐れがある」

カーラは何か言いかけたが、背を向けて柱の奥に行った。

「あの子はあなたとの約束は守るわ」イヴは彫刻を施した階段の手すりに近づくと、ワインを飲みながら談笑しているカップルの陰に隠れた。「カスコフが来たら、指さして」

「三十秒だけだよ」ジョックが言った。「見られたら、ぼくも大変なことになる。パリクの話では、カーラを連れ去ったあと、カスコフの部下の間でぼくの写真が回っているそうだ。おそらく、懸賞金がかかっているだろう」

イヴは驚いてジョックを見た。「そんなこと聞いてないわ」

「やるべきことをやるしかない。慎重に迅速にやればいいだけだ」ジョックは正面玄関を見つめながら念を押した。「三十秒だよ」

「そんな危険を冒してまで顔を見なくても――」

「来た」

イヴはジョックが指したほうを見た。

仕立てのいい黒いタキシードに身を包んだ長身のがっしりした男が、やはり正装した男を引き連れて正面玄関から入ってきた。二人とも脇目もふらずに階段に向かっていく。

「隠れて！」ジョックがイヴの手を取ると、階段から離れて孔雀石の柱に向かった。「見上げていなかったから、気づかれなかったはずだ。彼をどう思う？」

「手ごわそう。強くて、パワフル。父娘《おやこ》でも、ナタリーには似ていない。石でできた人間みたい」

「実際、石でできているのかもしれない。会ってみれば、わかるだろう」ジョックは通りがかったウェイターからワイングラスを受け取ってイヴに渡した。「コンサートを楽しんでいるふりをして」そう言うと、柱の陰に行ってカーラを見おろした。「いよいよ決行だ。気は変わらない？　イヴとぼくだけでもいいんだよ」

カーラは首を振った。「がんばる」声が震えていた。「でも、ちょっと怖い。このオペラハウスはとてもきれいだし、きっと演奏も素晴らしいわ。でも、今はそんなことは考えないようにしなくちゃ」

「きっかけをつくってくれたら、あとは引き受ける」ジョックはカーラに笑いかけた。「心配しなくていい。必ず守ってあげるから」そう言うと、今度はイヴに顔を向けた。「幕間の直前にカスコフの専用ラウンジに案内する。それまではここに隠れていて」

「ボディガードは？」

「ここには来ない」ジョックはちらりと振り返った。「カスコフはボックス席に入った。扉の前で待機しているやつはいかにも強そうだ。先に下におりたほうがいいな」

「下でどうするの？」

「車のそばにいるやつと運転手をかたづけてくる。ここを動かないで」

次の瞬間、ジョックの姿は消えた。

後ろ姿を追ってはだめ。イヴは自分に言い聞かせた。ここにカーラと隠れていなくては。あの扉の前にいたボディガードはジョックに気づかなかったかしら？

〝おそらく、懸賞金がかかっているだろう〟

「心配そうね」カーラがイヴの手にそっと手をすべり込ませてきた。「わたしも心配。ジョックにあんなことさせたくない。だけど、あなたのため、マイケルのためよ」

マイケルのため。

イヴの気持ちが温かくなった。恐怖は消えないけれど、少し落ち着いたような気がする。みんなでできるだけのことはするわ、マイケル。ジョックは命がけで闘ってくれている。ボニーはあなたが並はずれた子だと言っていたし、わたしもそう思う。あなたに力があるのなら、ジョックを助ける方法を見つけてくれたらうれしい。

「ええ、マイケルのために」イヴはカーラの手を握り締めた。「罪のない人には守護天使がついてくれるそうよ。ジョックにも守護天使が舞い降りることを祈りましょう」

ナシーム・フェローズの家

ジョーは正面玄関を見張っていた男を草むらに引きずっていくと、手早く草で覆った。とりあえずはこれでいい。

カスコフがフェローズのために送り込んだもうひとりの男はすでに始末した。あとは図書室に行って、フェローズの私設ガードマンをケイレブがかたづけたか確かめればいい。

図書室は暗かった。ジョーはそっと窓から入ると、暗がりに身を潜めた。

「けっこう時間がかかったな」部屋の隅の闇からケイレブの声がした。「相手が二人とはいえ」

「メーナールは？」

「きみのそばに転がっている。運悪く、転んで首が折れた。つまずかないように気をつけて、こっちに来てくれ」

「わかった」ジョーは用心しながら進んだ。「そっちに何があるんだ？」

「こっちのドアから廊下に出ると研究室に通じている。フェローズはそこにいる」

「たしかなんだな？」

「おそらく。メーナールが転んで首を折る前にそう言った」

「解毒剤のことは訊いたか？」

「何も知らなかった。警備のために雇われただけで、研究を手伝ったことはないそうだ」

ケイレブはドアを開けた。「直接訊くしかないな。たぶん、フェローズは何に使うか承知のうえでカスコフに解毒剤を売ったんだろう。卑劣なやつだ。そんなやつにはどんな卑劣な手を使ったって――」

「解毒剤が手元にあるかどうか確かめるまで、手を出さないでほしい」ジョーは足音をしのばせて廊下を進んだ。「もしないようなら、どのくらいの時間でつくれるか訊いてみる。そのあとはきみに任せて、ぼくはオペラハウスに急行する」研究室の少し前で足を止めた。

「やけに静かだ。ひょっとして――」

「何もしていない」ケイレブがさえぎって言った。「隙を衝いてやろうかとも思ったが、きみを待っていた」

そのとき、研究室のドアがさっと開いて、AK‐47突撃銃が目に飛び込んできた。ジョーは反射的に身を低くした。「伏せろ！」

床を転がってフェローズの膝をつかんで押し倒したとたん、立て続けに弾丸が飛んできて、すぐそばの壁に当たった。

ケイレブが銃を構えてフェローズに近づくのが見えた。「撃つな。まず話を聞かないと――」

ジョーは銃を握っているフェローズの手首をひねると、みぞおちに頭突きして、銃を奪った。そして、銃床でフェローズの顎を打ちつけた。フェローズはちらりとジョーの顔を見ると、すぐ抵抗をやめた。黒い目に恐怖が浮かんでいる。「助けてくれ。金なら持っている。いくらでも出すから――」

「その金はどこから手に入れた？」ケイレブが訊いた。「英語は話せるか？　おれたちが来るのを予想していたのか？」

「ああ」フェローズは唇を舐めた。「来客があるかもしれないと彼女が言っていた」

「ナタリーが？」

「名前は知らない」

「嘘だろう」

「本当だ。ろくろく顔を合わせたこともない」

「だが、銃を用意しておけと忠告してくれたのか？」

「わたしがどんな人間か知っているのか？」フェローズは急に攻撃的になった。「有力な知人がいくらでもいる。妙なまねをしたら、命はないぞ。この家は厳重に警備されている。もうすぐ警備員が駆けつけるはずだ」

「それは期待しないほうがいい」ジョーが言った。

「誰がこの銃をくれたと思う？　わたしは重要人物だ。おまえたちの指図は受けない」

「あいにくだが、そういうわけにいかない」ケイレブは穏やかな声で言うと、ジョーに顔を向けた。「こいつ、少々気骨のあるやつらしい。聞き出すのに時間がかかりそうだ」

「任せてくれ」ジョーは言った。

「いや、おれのほうが手っ取り早い」ケイレブは値踏みするようにフェローズの顔を眺めた。「五分。せいぜい十分で聞き出してみせる」

ジョーはフェローズを見おろした。激しい怒りが込み上げてくる。この男がつくったカプセルのせいで、イヴとお腹の子どもの命が危なくなっている。もともと囚人を拷問するために発明した毒物だ。それを平気で金のために売った。

これほど強い殺意を感じたのは初めてだった。

「時間がないんだろう?」ケイレブが促した。

ジョーは立ち上がって、フェローズの銃を拾い上げた。

「五分以内に質問に答えさせてほしい」ジョーはむっつりした顔で言った。

「こいつが被害者にしたように恐怖の時間を引き延ばしてやりたいところだが、時間がないからな」ケイレブはフェローズのそばに膝をつくと、彼の胸に手をのせた。「かなり緊張しているようだな。鼓動が速くなっている」

「手を放せ」フェローズは目を見開いて、口元をゆがめた。「何をする気だ?」

「質問するから、答えろ……本当のことを言ったら、苦痛は感じないはずだ……まあ、個人差があるが。だが、嘘をついたら、苦しむことになる。まず、解毒剤のことを話そうか」

午後九時二十分
ノバコ・オペラハウス

「あと五分で休憩だ」ジョックがイヴとカーラが隠れている柱のそばに来た。「カスコフがボックス席を出てくる前にラウンジの控え室に行こう」カーラの手を取ると、レッドカーペットを踏んでボックス席のドアに向かった。「休憩時間は二十分。カスコフに会ってから、無事にここを出るには、席に戻る観客にまぎれるしかない。一階のバーから脱出する。二十分以内にカスコフを説得できるかどうかが鍵になる」

「プレッシャーをかけないで」イヴは言った。「まだジョーから連絡はないの?」

「まだだ。ぼくも手いっぱいで電話できなかった」

イヴはぎくりとした。カスコフのボックス席を見張っていた男の姿はない。「あそこにいたボディガードは?」

「男子トイレの個室にいる。急に気分が悪くなったから、連れていってやった」

「控え室にいたボディガードは?」

「ラウンジのバーだ」ジョックは驚いて見守っているカーラにちらりと目を向けた。「眠っているだけだよ。こんな近くで物騒なまねはできない」そう言うと、ドアを開けた。

「さあ、ここに座っていて。きみたちのホストを案内してくる」

イヴはカーラの肩を抱いて、ベージュのベルベットのソファ——優雅な彫刻が施されている——に座らせた。「うまくいくわ、カーラ。それに、どんな結果になったとしても、あなたに責任はないのよ」

「責任はある」カーラは少し息を切らせながら言った。「わたしが選んだことだから。ジョックに言われたの。わたしの魂はわたしのもので、ナタリーとは関係がない。自分で選んだことには責任を持たなくてはいけないって。だから……これはわたしにとって大きな選択」そう言うと、小首をかしげて拍手が静まるのを待った。「休憩に入ったみたいね。

もうすぐカスコフが来るわ。顔を合わせるのがちょっと怖い」カーラはイヴの手を取った。「バイオリンを弾くときと同じよ。音を出すまでは怖いけど、弾き始めると落ち着く」「わたしも少し怖いわ」イヴはほほ笑んだ。「でも、マイケルのためだから、落ち着いてがんばらないと――」

「イヴ・ダンカンだな」セルゲイ・カスコフがボックス席の扉から出てきた。銃を構えたジョックがぴたりと後ろについている。カスコフはかすかに頬を紅潮させ、目を輝かせていた。「わたしの娘がこんなシナリオを思いつかなかったとしても、自分の命がそれほど長くないことはわかっていたんじゃないか」そう言うと、カーラに視線を向けた。「それとも、カーラと自分の命を交換するつもりかな？　だが、もう手遅れだ。あんたはわたしにもナタリーにも面倒をかけすぎた。わたしから大切なものを奪おうとした人間はただではすまさない」そう言うと、肩越しにジョックを振り返った。「きみがジョック・ギャヴィンか。まんまとボディガードを始末して、わたしを追いつめるとは、よほど腕が立つんだろう。いくらもらっているか知らないが、その銃をイヴ・ダンカンに向けて引き金を引いたら、その二倍の金を出そう」

「断る」ジョックはカスコフにラウンジに入るよう合図した。「イヴがあんたに話があるそうだ、解毒剤のことで」

「その話とやらに興味はない」カスコフはそっけなかった。「あのカプセルを使ったら、ダンカンからカーラを取り戻せるとナタリーは言っていたが、そのとおりだったようだ」カーラに視線を戻した。「もうだいじょうぶだよ。ダンカンにおまえをひどい目に遭わさせたりしないからね」

「イヴはひどい目に遭わせたりしない」カーラがきっぱりと言った。「ナタリーからわたしを守ろうとしてくれているだけよ」

カスコフは眉を上げて、イヴを見た。「うまく洗脳したものだな。だが、解毒剤のことを話す気はない。カーラがモスクワに戻ってきたからには、圧倒的にわたしのほうが有利だ。あんたに勝ち目はない」

「カーラをナタリーに殺させたくないの、姉のジェニーのように」

「何を言い出すんだ？」

「事実だと証明できるわ。わたしの話を聞いて。そして、カーラの言うことを聞いて」

「口裏を合わせて、わたしを騙そうとしても無駄だ。わたしの家族の名誉を汚す人間は許さない」

「あなたが家族を守ろうとするのは当然よ」イヴは言った。「わたしだって同じ。お腹の子どもを守らなければならない」そう言うと、カスコフと視線を合わせた。「お願い、ディスクを見てくれるだけでいい」

カスコフはすぐには答えなかった。「なかなか弁が立つな。利口な女だとナタリーも言っていた」そう言うと、首を振った。「だが、そんなものを見たって、時間を無駄にするだけだ。モスクワにいると娘に電話して、娘と交渉すればいい」

「ナタリーはわたしがモスクワにいることをもう知っている。何も知らなかったのはあなただけよ」イヴは言った。「その理由を考えてみて」

「嘘ばかりつくな」カスコフは口元を引き締めた。「話は終わりだ。わたしに勝てると思っているのか？　たしかにジョック・ギャヴィンは優秀だが、公共の場に出るときにはそれなりの警備体制を敷いている。わたしのボディガードから三十分ごとに連絡が入らないと、地元警察が駆けつけてくることになっている。それに、わたしを殺したら、解毒剤は手に入らない。さて、孫娘を連れて帰ることにしようか」カスコフは冷ややかにイヴに笑いかけた。「残された時間はあとどれぐらいだ？」

「お願い！」突然、カーラがカスコフに駆け寄った。「イヴの言うとおりにして」両手をこぶしに握って、目をぎらぎらさせている。「ディスクを見たらわかるわ。あなたはナタリーの本性を知らないのよ」

「なんということを言うんだ？」カスコフは眉をひそめた。「仮にも母親だぞ」

「でも、ジェニーを殺した。わたしの命も狙っている」

「そこまで洗脳されてしまったのか」

「違うわ」カーラはカスコフを見上げながら続けた。「あなたがナタリーに洗脳されたのよ。自分でもわかっているはず。でも、あなたにはナタリーしか血のつながった人間がいないから、利用されているのを認めようとしない。それがナタリーの狙いよ。息子のアレックスも、孫のジェニーもナタリーに殺された。わたしだっていつまで生きていられるかわからない」

カスコフはしばらく黙っていた。「おまえがこんなに口が達者だとは知らなかったよ、カーラ。屋敷にいたときは、ほとんどしゃべらなかったのに」

「よけいなことをしゃべったら、イヴに危害を加えるとナタリーに言われていたからよ」カーラはカスコフに一歩近づいた。「わたしはバイオリンが弾けるから、ナタリーにとって邪魔な人間だった。ナタリーにとってアレックスが邪魔だったのと同じ。ナタリーはあなたの注目を独り占めするためにお兄さんのアレックスを殺した。わたしも公園に行った日に命を狙われた」カーラは唇を舐めた。「でも、ジョックとイヴが助けてくれた」

カスコフは首を振った。「おまえは勘違いをしている。ナタリーはわたしを愛しているし、大切な家族だ」

「家族じゃない。ナタリーは……普通の人とは違うの。家族がほしいなら、わたしが家族になる。音楽を通して、わたしに何か感じてくれているんでしょう。あなたの望むようにするから、イヴのディスクを見て」

ジョックが一歩進み出た。「話が複雑になってきたようだ」

「いや、興味がわいてきた」カスコフはカーラに視線を向けたまま言った。「どうせでたらめだろうが、わたしはリスクを分散する主義でね」

カーラはうなずいた。「看守に手を砕かれたとき、音楽以外の道をめざしたように？」

「よく覚えているね。おまえにはバイオリン以外にも才能がある」

「お願い」カーラは哀願した。「ディスクを見て。ナタリーが何を言っているか、自分で確かめて」

カスコフは答えなかった。だが、やがてゆっくりうなずいた。「わかった」手を伸ばして、ノートパソコンとディスクをイヴから受け取ったが、視線はカーラに向けたままだった。「またあとで話そう、カーラ」そう言うと、バーに行ってノートパソコンのプラグをさした。バーの後ろに倒れているボディガードに気づいて、眉をひそめた。「殺したのか、ギャヴィン？」

「いいえ。カーラにショックを与えたくなかったから」

「あの子に配慮してくれたのはうれしいが、どうやら、わたしたちが思っているよりずっと強くなったようだ。わたしの遺伝子を受け継いだんだろう」

「遺伝子は関係ないの」カーラが言った。「わたしはわたしよ」振り返ってイヴを見た。「ねえ、そうでしょう？」

「そうね」イヴはほほ笑んだ。「自分で考えて決めたことで――」

携帯電話が鳴り出して、ジョックがちらりとＩＤを見た。「クインからだ。いい知らせだといいが」しばらく無言で耳を傾けていた。「ああ、待っている」そう言うと、カスコフに視線を向けた。「ディスクが偽物だなどと文句をつけないほうがいい。二十分後には、頼もしい応援が来る」

「ジョーはなんて？」

「フェローズは、解毒剤をつくるには最低四日かかると言ったそうだ」ジョックはカスコフの目を見つめた。「だが、前につくった解毒剤はナタリーに渡したわけではなかった。フェローズにカプセルや解毒剤をつくらせたのは彼女じゃない。ナタリーがほしかったのはあのカプセルだけだ。最初からイヴにチャンスを与える気などなかったから」

「カプセルを使うと言い出したのはナタリーだ」カスコフが言った。「だが、話を聞いて、わたしも納得した」

「それでも解毒剤はつくらせておいたんだな」ジョックは言った。「フェローズはカスコフから依頼されたと言っている」

カスコフは肩をすくめた。「さっきも言ったが、リスクを分散させる主義だからな。どれほど綿密な計画を立てても、変更を余儀なくされる可能性がある」

「それで、一応、解毒剤をつくらせておいたわけか」

「そういうことだ」

「解毒剤はどこにあるの?」イヴが訊いた。

「カーラを取り戻せないかぎり、あんたの目に触れることはないだろう」

「解毒剤を渡せ」ジョックが言った。「二十分以内にクインが来たら――」

「それよりも、早くディスクを見てもらって」カーラがそばから言った。「脅したって無駄よ。脅しの通じるような人じゃない」

「おまえは利口な子だね」カスコフが言った。「ますます興味がわいてきた。ナタリーのせいで何も言えなかったのが残念だ」

「今、わたしが言ったことは全部本当だから」

カスコフはしばらくカーラを見つめていた。「それなら、このディスクを見て、自分で判断を下したほうがよさそうだな」スツールに腰かけて、再生ボタンを押した。

ナタリーとのスカイプ通話を収録したディスクを眺めるカスコフの顔を、イヴはそっと観察した。ナタリーが激しい言葉で自分の犯した悪事を暴露している。それでも、カスコフは顔色ひとつ変えずに画面を見つめていた。強い人間だ。ナタリーが奸計《かんけい》をめぐらせて息子のアレックスを死に追いやったと打ち明けたときも、怒りも苦悩もあらわさなかった。

やがて、ノートパソコンのスイッチを切ると、カスコフは暗い画面を見つめたまま座っていた。「なかなか興味深かった」

「本物よ」イヴは言った。「偽造じゃない」

「ああ、それぐらいわかる」カスコフはまたしばらく黙っていた。「まさかこんな決断を迫られるとは思っていなかった」ノートパソコンを閉じた。「子どものときから、ずっとこんな人生を送ってきて、いいかげん慣れたはずだが、人生はわからないものだ。ナタリーだけは別だと思っていたよ」

突然、カーラがカスコフの前に進み出た。「ナタリーのことは忘れて」激しい口調で言った。「どういう人かわかったでしょう。イヴは悪くない。解毒剤を持っているなら、イヴにあげて。今夜中に」

カスコフは小首をかしげた。「なぜそうしなければならないんだ?」

「イヴは生きていなくちゃいけない。赤ちゃんも。あなたは二人を生かしておくことができる。だから、そうして」

「わたしに命令する気か?」カスコフは唇をゆがめた。「わたしは子どもの命令に従うような人間ではない」

「カーラ」イヴが言った。「もういいわ。どんな結果になっても、あなたの責任じゃないと言ったでしょう。ほかの方法を――」

「解毒剤をあげて」カーラが言った。「ナタリーに騙されて腹が立つでしょう? それなら、ほしがっているものを奪って罰してやればいい」

「いい考えだ。だが、わたしがほしいものはどうなる? おまえを手放したくない。またわたしのために演奏してほしい」

「やめろ、カスコフ」ジョックが言った。「話は終わりだ」

「そうかな?」カスコフはカーラの顔を見つめたまま言った。「わたしは寛大なほうじゃないが、約束は守る。交渉次第では合意に達することができると思う」

「イヴに解毒剤をあげて」カーラは繰り返した。「イヴは生きなくちゃ。イヴの息子も生きなくちゃ」

カスコフはしばらくカーラを眺めながら考え込んでいた。そして、やがて肩をすくめた。

「交渉の余地はなさそうだな。それに、いつまでもこんなことをしていられない」そう言うと、イヴに視線を向けた。「ついていたな。わたしの孫娘は言い出したら聞かない。この子をがっかりさせるのは忍びないよ。不思議な気持ちだ」バーから離れると、ジョックに顔を向けた。「解毒剤は屋敷の図書室の金庫に入っている。これからいっしょに取りに行こう。そのあと空港まで送って、仲間と合流させてやろう」

「行かないで、ジョック」イヴが言った。「罠かもしれない。みすみす危険に飛び込むことはないわ」

ジョックはカスコフの顔を眺めていた。「だいじょうぶ。あの屋敷はよく知っている」

「ジョックも生きていなくちゃ」カーラはカスコフに言った。「彼を殺さないで」

「要求の多いやつだな」カスコフはそう言うと、ジョックを見た。「わたしにはまだ運転手とボディガードはいるのかな?」

「ボディガードは路地でのびている。運転手はトランクの中で気絶しているから、自分で運転するしかない。解毒剤を受け取るまで運転手にはトランクにいてもらう」

「ニコライまで始末されなくて助かったよ。あの男とは長いつき合いだから、いなくなると寂しい」

「ああ、カーラからニコライのことを聞いた」

「きみは噂どおりの切れ者だな」カスコフは薄い笑みを浮かべた。「わたしのところで働く気はないか?」

「いや、遠慮しておく」

「残念だな」カスコフは出口に向かった。「腕も立つし、タキシード姿も悪くない。わたしのライフスタイルにぴったりだ。気が変わったら、いつでも連絡をくれ」そう言うと、肩越しにカーラを振り返った。「心配しなくていい。合意に達することができると言っただろう。おまえはイヴと子どもを生かしておきたいと言った。そうなるように努力しよう。あとは細かいことを決めればいいだけだ」イヴにうなずいてみせた。「これから四時間以内にモスクワを離れてもらいたい。わたしにはしなければならないことがあって、あんたは邪魔になる。ぐずぐずしていると元も子もなくなるぞ。そんなことになったら、カーラが悲しむ」

「ご配慮に感謝します」イヴは皮肉な口調で続けた。「解毒剤をもらったら、有効に利用すると約束するわ」そこで一呼吸おいた。「お礼を言うのが本当でしょうけれど、なんだかぴんとこない。あなたにはあなたの目的があってしてくれたことでしょうから」

「そのとおりだ」カスコフは言った。「では、空港で」もう一度立ち止まって、カーラに言った。「ちなみに、今夜のコンサートは衝撃的な出来事で最後まで聴けなくなったが、それほど残念だとは思わない。おまえのほうが上手だよ、カーラ」そう言うと、ジョックを従えてラウンジから出ていった。

イヴは安堵のあまり頭がくらくらした。これで終わり？　わたしは勝ったのだろうか？　カスコフは謎めいた男だから心の中は読めない。「もしかしたら、ジョックを……」

「ジョックはきっとだいじょうぶ」カーラは二人が出ていった扉を見つめていた。「カスコフが解毒剤を持っているなら、ジョックは何もしなくても――」そこでぐっと息を吸い込んだ。「やっぱり、わからない。わたしの考えが甘いのかも。でも、カスコフはあなたに解毒剤をくれるような気がする」

「解毒剤を手に入れたら、すぐモスクワから出ていけと言っていたわ」イヴは携帯電話に手を伸ばした。「さあ、正面玄関に行って、ジョーとケイレブを待ちましょう。ジョーに電話して、今どこにいるか訊いてみる」

17

「もう二時間近く経つのに」カーラはベルベットのショールを巻きつけて震えを止めようとしながら、格納庫のそばに立っているイヴに近づいた。風は冷たかったが、震えているのは風のせいではなかった。

ジョックは何をしているのかしら？

イヴが言ったように、みすみす危険に飛び込んでいったということ？

あのときはカスコフがわたしの言うことを聞いてくれると思った。わたしにそんな力があるなんて、なぜ思い込んだのだろう？

でも、わたしはイヴとマイケルを助けるためにジェニーに送り込まれたのだから。カーラは頭の中でめまぐるしく考えた。

言われたとおりにしたわ、ジェニー。だから、ジョックを無事に帰して。カスコフが約束を守ってジョックに解毒剤を渡すようにして。それだけでいい。あとはわたしがやるから。

イヴがカーラの腕に触れた。「飛行機に乗りましょう、カーラ。寒いところに立っていることはないわ」

「もう来る頃だから」

「もう少し待って、それでも来なかったら、捜しに行く」ジョーがむっつりした顔で言った。

「それがいいかもしれないわね」イヴが言った。

そのとき、ヘッドライトが闇を貫いた。

黒いリムジンが近づいてくる。

カーラは喜んで近づこうとした。「ジョック!」

イヴがカーラの腕をつかんだ。「待って。まだジョックと決まったわけじゃない」

リムジンは少し離れたところで止まって、カスコフが運転席からおりてきた。「やあ、イヴ。いささか心配になったんじゃないか?」

「心配しないわけがないでしょう。あなたが約束を守る保証はどこにも――」ジョックが助手席からおりてきたので、イヴはほっとした。「ジョック――」

「解毒剤はもらった」ジョックは小さな黒いシリンダーをイヴに渡した。「カスコフは協力的だった」

「それなのに、わたしにドライバー役までさせた」カスコフは苦笑した。「立場が逆だったら、わたしも同じことをしただろうがね」それから、ジョーに顔を向けた。「きみがクインか？　解毒剤の投与には優秀なドクターを選んだほうがいいぞ。フェローズはわたしの指示どおり解毒剤をつくりはしたが、実際に使うことは想定していなかっただろう。カプセルをつくったときほど細心の注意を払ったとは思えない」

「イヴには優秀な医師団がついている」ジョーは言った。「解毒剤さえあれば、問題はないはずだ。万一、不都合があったら、また戻ってくるまでだ」

「約束は守ったからね」カスコフはジョックのそばにいるカーラに目を向けた。「おまえがあんなに彼を守ろうとしたわけがわかったような気がする。好きな人といられて幸せだな」

ジョックはぎくりとした顔をすると、カーラを促した。「早く飛行機に乗って」

カーラはカスコフと目を合わせたまま首を振った。「彼は友達よ。ここにいる人はみんな友達で、いつも助け合っている」一呼吸おいて続けた。「家族みたいに」

「家族か」カスコフはカーラを見つめた。「家族がどういうものかわかっていたつもりだが、必ずしも忠実で愛情深いとは限らないらしいな」そう言うと、その場を離れた。「また連絡するよ、カーラ」

「ええ、待ってるわ」カーラは穏やかな声で答えた。

ジョックがカーラの肘を取って飛行機のほうに押しやった。「家族がどうのこうのと言っていたが、あれはどういう意味だろう?」

カーラは振り返って、カスコフが車を出すのを見守っていた。「カスコフはイヴとマイケルに必要なものをくれたわ。条件もつけずにあっさり」

「答えになっていないよ」

「カスコフの世界では、ただで手に入るものはないの。必ず対価を払わなければいけない。でも、今回対価を払うのはイヴじゃないし、マイケルでもない」

「そして、きみでもない」ジョックが強い口調で言った。

「たぶん。とにかく、イヴがよくなるのを見届ける時間はあるわ」

「きみが対価を払うことはない」ジョックが繰り返した。

カーラはジョックにほほ笑みかけると、イヴとジョーの後ろからタラップをのぼり始めた。月光がジョックの金髪と彫りの深い顔を照らし出している。彼は無事に帰ってきた。いっしょにいられる時間を存分に楽しもう。「そうね。カスコフはしなければならないことがあるから、イヴがいると邪魔だと言っていた。子どものわたしがいたら、もっと邪魔かもしれない」カーラは通路を進んだ。「早く来て、ジョック。グラスゴーの病院にイヴを送っていきましょう。退院するときには元気になって、シーラの黄金みたいに輝いているわ」

午後十一時二十五分

イヴの携帯電話が鳴ったのは、ケイレブがコックピットに入ろうとしたときだった。

「ナタリーよ」イヴはちらりとＩＤを見て、ジョーに告げた。「どうしたのかしら？　まだ約束の時間じゃないのに」

「ああ、まだ三十分ある」ジョーが言った。

電話は鳴り続けている。

「出ないのか？」

イヴは考えていた。解毒剤を手に入れた以上、じらしてやってもいいような気がする。ナタリーにはこの数週間さんざん苦しめられてきたのだから。

それに、まだマイケルの安全が保証されたわけではないのだから、ナタリーとやり合っている場合ではない。それよりも、カプセルが体内で無事に分解されるよう祈ったほうがいい。

イヴは電話を切った。「今はナタリーのことは考えたくない」そう言うと、ジョーの肩に寄りかかった。「きっと、マイケルが助けてくれるわ。カプセルを入れられたときは動揺していたけれど、ふだんは穏やかで機嫌のいい子なの」

「動揺したのはマイケルだけじゃないよ」ジョーは携帯電話を取り出した。「病院に電話して、着いたらすぐ取りかかってもらえるように頼んでおこう」

「そうね」イヴはジョーの肩に頭を預けたまま、彼が電話するのを聞いていた。希望がどんどん膨らんでくる。それでも、まだ一抹《いちまつ》の不安が消えない。

あと少しの辛抱よ、マイケル。きっと、ドクターたちが助けてくれる。

膝にのせた携帯電話が振動している。

ナタリーがまたかけてきたのだ。

「出ない」ナタリーは信じられない思いで言った。「あの女、わたしを無視している」怒りに声が震えた。「こんなことをして、ただですむと思ってるの？　あの女は死ぬのよ。わたしの勝ち。本当なら、解毒剤がほしいと泣きつくはずなのに」もう一度、乱暴に電話機の数字を押した。「聞いてる、イワン？　あの女に泣いて頼ませてやるわ」

「聞こえてますよ」イワン・サバクは自分の携帯電話の通話を切った。「ダンカンから財宝を受け取る気なら、急いだほうがいいかもしれない。電話に出ないというから気になって、ナシーム・フェローズにかけてみたが、こちらも出ない。おそらく、ダンカンは目当てのものを手に入れたんだろう」

ナタリーは首を振った。「解毒剤はつくらなくていいと彼に言っておいた」

「だが、高値で売るつもりでつくったかもしれない」電話が鳴り出したので、サバクは応答して耳を傾けた。「すぐ空港へ行け。なぜ止められなかったんだ？」悪態をつきながら電話を切った。「フェローズは死んだ。ダンカンは財宝を渡す気なんかなかったんだ」そう言うと、部屋を出ようとした。「だが、うまくいったら、空港で止められる。交渉のために財宝は持ってきたはずだし、たぶん飛行機に置いてあるんだろう。いっしょに行きますか？」

「もちろんよ。あなたに財宝を独り占めさせるわけにいかない」ナタリーはサバクに続いてアパートの階段を駆けおりた。「まだチャンスはあるわ。車からお父さまに電話して、政府に掛け合ってもらって、離陸を阻止させる」ナタリーは父を納得させられる口実を考えた。カーラを切り札にしたらどうかしら……それなら、なんとかできそう。「空港のそばに誰かいないの？　電話して、ダンカンを飛行機に乗せないようにして」

「やってみてもいいが、カスコフに頼んだほうが効果的だ」サバクは建物の前にとめてあった黒いメルセデスの運転席に乗り込んだ。「早く乗って」

ナタリーは助手席側のドアのハンドルに手をかけた。

「そこではなく後部座席に」サバクが言った。

「えっ？」

「わたしの隣に座れ」カスコフが後部座席から身を乗り出した。

ナタリーはぎくりとした。「お父さま」

カスコフが手を伸ばして、後部座席のドアを開けた。「さあ、早く」

どうなっているのかわからないが、好ましい状況でないことはたしかだ。「これはどういうこと？」

「乗りなさい、ナタリー」

冷ややかな声だった。何か面倒なことになったのだろうが、よりによって、こんなときに。ナタリーは車に乗り込むと、断片的な情報をつなぎ合わせようとした。「なぜここにいらっしゃるの？　わたしたち、ちょっと問題が――」そう言ってから、はっと気づいた。サバクに一杯食わされたにちがいない。なんらかの形で父と結託したのだろう。「でも、来ていただいてよかったわ。イワンはお父さまが思うほど忠実な部下じゃないのよ」

「ああ、気づいていた。だが、償うチャンスを与えた」カスコフはバックミラーに映るイワン・サバクの顔を眺めた。「この男は自分の最大の利益が何か知っている。今夜わたしが電話すると、自分の一存で行動するのは得策ではないとすぐ気づいた。車を出せ、サバク」

サバクは車を発進させた。

サバクに裏切られた。ナタリーはあわてて言った。「彼の言うことなんか信じないで。ダンカンが見つけた財宝のことを聞いたでしょう？　お父さまに知らせるつもりだったけど、あれは作り話だったの。カーラを奪い返すための口実にすぎなかった」ナタリーは父の腕に手を置いて、ほほ笑みかけた。「でも、財宝はどこかにあるはずだから、いっしょに手に入れましょう」

「財宝には興味はない」カスコフはほほ笑み返した。「ほしいものを手に入れるだけの金は稼いだ。今のわたしにあるのは支配欲だけだ」

父がこんなことを言い出すとは予想していなかった。「でも、財宝を手に入れたら、支配欲も満たされるわ」ナタリーは穏やかに続けた。「もちろん、そんなことおわかりでしょうけど」

「ああ、裏の世界をさんざん見てきたからな」カスコフはシートに寄りかかった。「しかし、あえて見ないようにしてきたものもある。認めたくなかったからだ」そう言うと、ナタリーの手を取って見おろした。「こんなに美しい手が……。おまえは昔からとても美しかった。わたしの母によく似ている。母の顔は奏でる音楽と同じように美しかった」

「おばあさまのことはあまり話してもらった記憶がないわ」

「おまえは関心を示さなかったからね。おまえの兄のアレックスは、家族にもっと関心を向けていた」カスコフは一呼吸おいた。「おまえにも愛情を抱いていたよ」

「でも、お父さまを裏切った」

「それは違う」カスコフは声色を変えないまま否定した。「アレックスはわたしに背いたりしなかった。おまえが邪魔な兄を破滅させたんだ」

ナタリーは息を呑んだ。なぜ父はそのことを――「嘘よ、そんなこと」涙だ。ここは泣いてみせなければ。だが、なぜか涙が出てこない。「どうしてわたしがそんな恐ろしいことをしなければいけないの？」

「自分で言ったじゃないか」カスコフはナタリーの手を離した。「アレックスがわたしの注目を独り占めしたから、邪魔になったと。ジェニーやカーラと同じように」

「わたしがそんなことを言うはずないでしょう？　イワンね？　彼がそう言ったの？」

「あいつも一枚噛んでいたが、おまえがイヴ・ダンカンにはっきりそう言っているのを聞いた」

「あの女」ナタリーは歯ぎしりして悔しがった。「お父さまは騙されたのよ。何もかもでたらめ」

「嘘と真実の見分けくらいつく。家族に関することだったから、認めるのに時間がかかっただけだ」カスコフは窓の外に目を向けた。「家族なら裏切らないはずだという願望がどこかにあったんだろう。人生の大半をひとりで生きてきたから、よけいそう思うのかもしれない」

「お父さまにはわたしという家族がいるわ」

「家族は助け合うものだと最近聞いたばかりだ。残念だが、ナタリー、おまえは家族とは呼べない。そして、当然掟も適用される。不運なことに、おまえは掟をいくつか破った」

カスコフは身を乗り出した。「どこか止められるところで止めろ、サバク」

「承知しました」

ナタリーの鼓動が激しくなった。「お父さま、あんな女に惑わされないで」弱々しい笑みを浮かべた。「わたしを愛しているでしょう。それなら、信じてちょうだい」

「おまえを信じるほどわたしは愚かではない」カスコフはナタリーを眺めた。「それに、おまえを愛しているのか、おまえの幻影を愛しているのか、自分でもわからない。おそらく、永遠にわからないだろう」ぞっとするほど断定的な口調だった。

「わたしが何か悪いことをしたのなら、どうか許して。時間をかけて話し合いましょう。償いはするわ」

カスコフはしばらく考えていた。「わたしの母は、作業刑務所の看守がわたしの両手の骨を砕いたとき、助けてくれなかった。恐ろしさのあまり立ちすくんでいた」そう言うと、唇をゆがめた。「だが、わたしは母を許した。母には死ぬまで何不自由のない暮らしをさせた」

「それなら、わたしも許して」ナタリーがカスコフの腕をつかんだとき、車が道路際に止まった。「お願い、お父さま」

カスコフは首を振った。「おまえのせいでアレックスは死んだ。そして、ジェニーも。今はカーラの命を狙っている。眉ひとつ動かさずに家族を殺させた」そう言うと、車のドアを開けた。「許すことはできない」

「頭がどうかしてる。あの三人がなんだって言うの？　わたしのしたことは間違っていない。もう一度チャンスをくれたら、わたしが正しいことを証明してみせる」

「さようなら、ナタリー」カスコフは車のドアを閉めると、通りを歩き出した。振り返って、イワン・サバクに呼びかけた。「じっくり楽しみたいかもしれないが、手早くすませろ」

「承知しました」サバクは運転席をおりて後部座席に回ってきた。

チャンスはまだある。ハンドバッグに銃が――

ナタリーはあわててバッグを探った。

ない。

ちゃんと入れておいたはずなのに。

サバクがドアを開けた。「カスコフから銃を処分しておけと電話があった」そう言うと、マグナム銃を取り出した。「楽しむ時間をとれないのは残念だ。あんたにはさんざん振り回されたからな。だが、ああ言われたからには、さっさとかたづけるしかないだろう」

「やめて」ナタリーは悲鳴をあげた。「あの財宝！　財宝のことを考えて。全部あげるわ。だから、わたしを――」

サバクはナタリーの頭を撃ち抜いた。

ニコライが運転するリムジンがカスコフのそばで止まった。ニコライは運転席からおりると、カスコフのために後部座席のドアを開けた。「まっすぐ屋敷に帰られますか？」

カスコフはうなずいてリムジンに乗り込んだ。「長い夜だったな、ニコライ」

ニコライは数百メートル離れたところにまだとまっているメルセデスに視線を向けた。

「イワン・サバクですか？　あの男は掟を破った」

「ああ。もういい。今は考えたくない」銃声が耳について離れなかった。永遠に消えることはないかもしれない。いや、わたしはそんな弱い人間ではないはずだ。「近いうちに決着をつける」

ニコライはうなずくと、運転席に戻った。そして、一瞬ためらってから車を出した。

「僭越《せんえつ》ながら……お嬢さんのことは残念でした」

「お嬢さん？」カスコフは疲れた顔でシートに寄りかかった。「わたしに娘はいないよ、ニコライ」

南グラスゴー大学病院

「どう？　カスコフがくれた解毒剤は本物だった？」ジェーンはジョーに駆け寄りながら訊いた。「ドクターたちは効力があると言っていた？」ジョーの前で立ち止まると、彼の表情を読もうとした。「ここまでがんばったんだもの。いい返事を聞かせて」

「ああ、効力はありそうだ。しかし、いくつか問題がある。もっとくわしくテストしたいところだが、なにせ時間がない。これから六時間以内に解毒剤を投与しないと、体内でカプセルが毒素を放出し始めるそうだ」ジョーの顎に力が入った。「それだけじゃない。カプセルが溶けると、微量な毒素が重要な臓器に運ばれてしまうから、血流から毒素を採取する必要がある」一呼吸おいて続けた。「それに、マイケルの安全も考慮しなければならない。全血交換をすれば安全だろうが、血流をコントロールしながら毒素を分離するのは至難の業だそうだ」

「六時間？　それなら、まだテストする時間はあるでしょう？　こんなに優秀なドクターや専門医がそろっているから、安全な方法が見つかるはずよ」

「イヴの意向もあるからね」ジョーが喉にからんだ声で言った。「どちらか選ばなければならなくなった場合、マイケルを優先してほしいとすでに病院側に伝えている」

ジェーンはぐっと息を吸い込んで目を閉じた。そのことはイヴ自身から聞いている。イヴにしてみれば、当然の選択だろう。ジェーンは目を開けると、ジョーを抱き締めた。彼の苦悩が痛いほどわかる。

病院に見舞いに行った日、イヴは自分にもしものことがあったら、マイケルを育ててほしいとわたしに頼んだ。そして、失意のジョーを支えてほしいと言った。

でも、イヴが生きてさえいれば、誰も悲しい思いをせずにすむのだ。

イヴは生きていなければいけない。ぜったいに。

ジェーンはジョーの頬にキスした。「二人とも死なせない。必ず生かしてみせる」そう言うと、その場を離れた。「もう一度ドクターに確かめてみて。きっと方法があるはずよ」

ジェーンは廊下を進んだ。

ジェーンも自分にできることをするつもりだった。

ゲールカール湖

「話があるの、ケイレブ」ジェーンは湖の対岸にいたケイレブに声をかけた。「みんなといっしょに病院に残ってくれていたら、ここまで捜しに来なくてすんだのに」

「家族の再会を邪魔したくなかった。おれが帰ったことなんか気づかないと思っていたよ」ケイレブは小首をかしげた。「狙いはなんだ？　わざわざ捜しに来るなんて」

「狙い？」

「おれはここでは部外者だ。頼みでもないかぎり、誰も会いに来ない」

言われてみれば、そのとおりだ。ケイレブはどことなく危険だし、扱いにくくて、近づきたい相手ではない。「でも、あなたから手助けを申し出てくれたこともあったわ。古代のコインを手に入れるときもそうだった」

「気が向いたときだけだ」ケイレブは不審そうにジェーンを見つめた。「いったい、何があったんだ?」

「解毒剤を投与しても、イヴに危険が及ぶ可能性が出てきた。毒物が血流に運ばれて、重要な臓器や胎児に影響する可能性があるそうよ」ジェーンは唇を舐めた。「あなたは血流のエキスパートだから、全血交換ができるまで、なんとかしてもらえるんじゃないかと思って」

「不可能とは言わないが」ケイレブは考えていた。「難しいな。血流を調節して、濾過《ろか》して、遮断する。それを同時に行わなければならない。バランスが重要だ。だが、きみの頼みだ。なんとかやってみよう」

ジェーンはほっとした。さすがにケイレブもそこまではできないのではないかという懸念が払拭できなかったのだ。「成功する確率はどれくらい?」

「約束はできない。難しいと言っただろう」

「二人を死なせないと約束してほしい」ジェーンは迫った。「約束してくれたら、あなたが望むものをなんでも差し出す」

ケイレブはぎくりとして突っ立ったままジェーンを見つめていた。「モチベーションを提供するつもりなのか? おれが無条件でイヴを助けるとは思わなかったのか?」唇をゆがめて、不敵な笑みを浮かべた。「いや、思うわけはないな。そんな奇特なことをするのはトレヴァーのような男だけだ」

ケイレブの表情が微妙なものに変わり、かえって傷つけてしまったのかとジェーンは心配になった。

「わかった。最高のモチベーションになる」ケイレブは背を向けて、道路に通じる坂をのぼり始めた。「イヴと子どもを助けるために全力を尽くすと約束する。クインに電話して、おれが手術に立ち会えるように病院側の承諾を取りつけておいてほしい。ドクターたちがおれのような人間をあっさり手術室に入れてくれるとは思えないが」振り返って続けた。「しばらく近づかないでもらいたい。きみがそばにいると気が散る。せっかく高まったモチベーションを維持したいからね」

南グラスゴー大学病院

輸血後、イヴが目を覚ますと、まっさきに目に飛び込んできたのは、ジョーの顔だった。青ざめているが、つらそうではない。「マイケルは?」

「ドクターたちの話では、二人とも薬物の影響を受けずにすんだそうだ」ジョーはイヴの手を取った。「長期的なことはまだはっきりしないから、マイケルが生まれてみないと、確かなところはわからないらしい」

「まだ七カ月ある……長いわ」イヴは固い笑みを浮かべた。「でも、たぶん、その前にマイケルが知らせてくれるような気がする。心配はしていないわ」

「ぼくもだ」ジョーはかがんでイヴの頬にキスした。ジョーが顔を上げると、頬骨がかすかに湿っていた。「ジェーンとカーラとジョックが待合室で待っている。きみが目を覚ましたと知らせて、安心させてやろう」

「本当はわたしも不安だった」輸血の間中、ケイレブが座っていた部屋の隅の椅子に目を向けた。「でも、ケイレブが来てくれたから。ケイレブは？」

「少し前に出ていった。またあとで様子を見に来ると言っていたよ」

「マイケルは彼に大きな借りができたわね」

ジョーは握った手に力を込めた。「ぼくも彼に借りができたよ。きみが落ち着いたら、そろそろ家に帰らないか？　そこでマイケルの誕生を待とう」

家に帰る。湖畔のコテージに。また仕事ができる。生活を再開できる。

「夢のようだけど」イヴは眉をひそめた。「アメリカに帰ったら、トラー調査官にカーラを取り上げられない？」

「粘り強く交渉するしかない」ジョーは一呼吸おいた。「さっきパリクと話したが、昨日からナタリーはまったく姿を見せないそうだ。噂にものぼらない。まるで存在しないみたいに。ひょっとしたら、カーラは司法省が法定後見人と認める人間を失ったのかもしれない。カスコフでは代理はできないだろうし」

マイケルのことで頭がいっぱいで、イヴはナタリーのことを忘れていた。「ナタリーがわたしたちの前からあっさり姿を消すとは思えないわ。カスコフがナタリーを許すかどうかはわからないけれど、なんといっても父と娘だもの。ナタリーはそのうち姿を現すわ」

「いや、その可能性はきわめて低そうだ。二、三時間前に踏切で大破した車の中から、イワン・サバクが遺体で見つかったとパリクが言っていた」ジョーはもう一度イヴにキスすると、ドアに向かった。「ナタリーのことは考えないようにしよう。おそらく、彼女はもう過去の人間だ」

イヴは病室を出ていくジョーの後ろ姿を眺めていた。

ナタリーのことはもう考えなくていい。

ゆっくりと体から力が抜けていくのがわかった。

家に帰る。

そして、マイケルの誕生を待つ。

家に帰るのよ、マイケル。きっと湖畔のコテージが気に入るわ。ジョーもカーラもいるし、ジェーンもときどき来る。そして、わたしがいつもいっしょ。家族になるの。もう命の心配をすることもないはず。何もかもうまくいくから。

温かくて。力があふれて。愛しい。

笑っている。マイケルが笑っている。何もかもうまくいくはずなんかないと言っているようだ。まったく刺激がないのは物足りないのかしら?

「そのうちわかるわ」イヴは目を閉じた。「今は体力を回復して、体の中に残った毒素を排出することだけを考えましょう。ほかのことは帰ってから考えれば……」

「終わったよ」ケイレブが待合室に入ってきてジェーンの前で足を止めた。「くわしいことはクインが説明するだろうが、おれは自分の役割を果たした。出産時にマイケルの状態を調べないとはっきりしたことは言えないが、母子ともに悪影響を受けていない確率は高そうだ」

「よかった」ジェーンはほっとした。「あなたのおかげよ、ケイレブ」

ケイレブは肩をすくめた。「礼を言うには及ばない。単なる好意でしたことじゃない。おれは約束を守ったから、きみも守ってくれるだろうね」そう言うと、にっこりした。「望むものをなんでも差し出すと言ったはず。期待しているよ」

ジェーンは顔をこわばらせた。「もちろん、約束は守るわ。いつがいい?」

ケイレブは首を振った。「想像しただけでわくわくするのに、焦って実行するのはもったいない。いつでも償還を求められる借用書の形にしておこう。マイケルの無事が確かめられたときがいいだろう」ケイレブはまた笑みを浮かべた。「だが、その前になるか、後になるか。決めるのはおれだ」

「ケイレブ」

「きみもだんだん楽しみになってくるだろう。うんと魅力的なものにしたい」ケイレブは背を向けて廊下を進み始めた。「イヴの様子を見てくる。じゃあ、また」

ジェーンはケイレブの後ろ姿を見送った。身のこなしが優雅でセクシーで、危険な香りを発散させている。それにしても、わたしに何を求めているのだろう？

もちろん、想像はつくし、いずれにしても、そのうちわかることだ。

「ジェーン」カーラがジョックのそばを離れて、ジェーンの前に来た。「イヴはだいじょうぶだって？」

「心配ないわ」ジェーンは立ち上がって、カーラを抱き寄せた。「母子ともに異常ないそうよ。マイケルが生まれたら改めて検査することになるけど、ケイレブはだいじょうぶだと言っている。輸血とかそういうことにかけては、ケイレブはドクター以上だから、信用していいと思う」

「よかった。みんなで助け合ったから、何もかもうまくいったのね」カーラはジェーンを抱き締めた。「ケイレブはどこにいるの？　お礼を言わなくちゃ」

「イヴのところ」

「それなら、あとにするわ」カーラはジェーンを見つめた。「彼にはもうお礼を言ったんでしょう？」

〝単なる好意でしたことじゃない〟

「ええ、もちろん」

「それならいいの。あなたは彼が好きじゃないように見えるときがあるから。ケイレブはイヴが好きだから、助けてくれた。わたしたちみんなを助けてくれたわ」

「あなたはケイレブの肩を持つけど、こっそり飛行機に乗せて、カスコフに直訴するなんて危険な目に遭わせた」

「頼んだのはわたしよ。ケイレブはほかの人みたいな考え方をしないの。なぜだかわからないけど。あなたは理由がわかる？　彼から聞いたことがある？　訊いてみたことはないの？」

ジェーンは首を振った。「わたしとケイレブはそういう関係じゃないから」

「だったら、そのうちわたしが訊いてみる」カーラは廊下を眺めた。「あ、ジョーが来た。うれしそうな顔をしているわ」カーラはジョーに駆け寄った。「ねえ、何もかもうまくいったでしょう？　みんなで助け合ったから――」

「イヴを助けられたと言いたいんだろうね」ジョックがジェーンのそばに来て、ジョーにほほ笑みかけているカーラを眺めた。「カーラは、イヴとマイケルには自分が必要だと言い続けていたが、実際、役に立ってくれた」

「あなたはあまりうれしそうじゃないわね」

「イヴのためには喜んでいるよ。ただ、カーラが必要以上にイヴの世話を焼きたがらないか心配なんだ」ジョックは肩をすくめた。「今後もなるべくそばにいて、イヴやジョーと無事にアトランタに落ち着くまで見届けるつもりだ」

「そのあとはどうするつもり？」

「ここに戻って、マクダフの財宝探しを手伝う」ジョックは唇をゆがめた。「カーラはぼくと離れたほうがいい。新しい家族ができたし、そのうち同年代の友達もできるだろう。もうぼくは必要ない。ぼくのことを忘れるのがいちばんだ」

「でも、あなたが絆を断ち切ろうとしたら、カーラはあなたを心配して、こっちに来たがるんじゃないかしら」

「絆を断ち切るつもりはない」

「それなら、カーラを心配させるようなことは言わないで。離れていても、心はつながっていると信じさせてあげて」

ジョックはしばらく黙っていた。「きみは冷静な判断ができる人だと以前から思っていたよ」

「人のことは冷静に見られるだけ。自分のことになると、感情的になって過ちばかり犯している」ジェーンは苦笑した。「産後の手伝いが終わったら、ゲールカールに戻ってきてあなたやマクダフと働くわ。古代の財宝に関わっているほうが、わたしには向いているみたい」ジェーンは深呼吸すると、肩を怒らせた。「先のことを心配してもしかたないわ。

マイケルが無事に生まれるまで、イヴのことだけを考えることにする」そう言うと、廊下の先にいるジョーとカーラを眺めた。「カーラを見習ったほうがいいかもしれないわね。みんなで助け合ったら、何もかもうまくいくと信じるほうが……」

エピローグ

七カ月後
ジョージア州アトランタ
エモリー病院

「イヴはどう?」ジョックは待合室に入ってくると、カーラに訊いた。「クインは?」

「イヴに付き添っている。陣痛が始まってから、つきっきり。わたしはそばにいさせてもらえないの」カーラは勢いよく立ち上がると、待合室を出て、廊下の奥の分娩室《ぶんべんしつ》に目を向けた。「子どもはだめだって」

「しかたないよ」ジョックは言った。「赤ちゃんの誕生を二人で見届けたいんだろう」

カーラはうなずいた。「わたしもそれは考えた。でも、わたしが必要になったとき、イヴのそばにいなかったら大変なことになる」

「この数カ月、いつ訪ねてきてもイヴは元気だったし、きみは献身的に世話していたね。だが、ここからはジョーとイヴだけでやれるだろう」

「イヴはあまり手伝わせてくれないでしょうね」カーラは分娩室から視線をはずした。「早かったわね、ジョック。二時間ほど前、コテージを出る直前にあなたとジェーンに電話したけど、ジェーンは病院に着くのは六、七時間後になると言っていた」

「近くにいたんだ。この前会いに来たとき、近いうちにまた来ると思ったから」

「近くって？」

「三週間前にアトランタ市内のホテルに部屋をとった」

「それなのに会いに来てくれなかったの？」

「きみは学校やバイオリンの練習やイヴの世話で忙しいだろうから」

「会えないくらい忙しくなんかない。わたしに会いたいと思わなかったの？」

ジョックはカーラの髪に触れた。「そりゃあ、会いたかったさ。だが、ずっといっしょにいられるわけではないと前に言っただろう」

「言われたけど、本気にしなかった」

ジョックは苦笑した。「きみらしいな。きみは特殊な環境で育ったから、これまでできなかったことをいろいろ経験しなければいけない。それでも、ぼくは必要なときには必ずそばにいるよ」

カーラはジョックを見つめた。「今みたいに？」

「ああ、今みたいに」ジョックは笑顔になった。「冷たい飲み物とサンドイッチでも買ってこようか？」

カーラは首を振った。「いっしょにいてくれるだけでいい」そう言うと、椅子に腰かけた。「マイケルはどこも悪くなく生まれてくると信じているけど、それでもちょっと心配」

「ぼくは心配していない」ジョックはカーラの手を取った。「何もかもうまくいくと言ったのはきみじゃないか」

カーラはジョックを見た。「そういう楽天的なところがあなたの強みね。いっしょにいると安心できるわ」

「それはよかった」

カーラはまたそわそわと立ち上がった。「もう生まれていいはずなのに。マイケルは何をぐずぐずしているのかしら？」

「出てきたら訊いてみるといい」

「マイペースな性格らしいから。でも、長引くとイヴに負担が――」携帯電話が鳴り出して、カーラはじれったそうに発信者に目を向けた。一瞬ためらったあとで応答する。「まだ」開口一番に言った。「もうすぐだと思う。生まれたら電話する」そう言うと、電話を切った。

「誰から？」ジョックはカーラの顔を見た。「ずいぶんそっけなかったね」

「今は考えたくなかっただけ」

「考えるって何を？　誰からの電話だったんだ？」

この調子ではごまかせそうにない。かわそうとしても、ジョックは追及してくるだろう。

カーラは覚悟を決めた。「カスコフ」

ジョックはぎょっとした。「なぜカスコフが電話してくるんだ？」

「マイケルとイヴの無事を確かめようとして」

「陣痛が始まったのを知っているのか？　彼に電話した？」

「しなかったけど、たぶん監視させていると思う」

「なんのために？」

「解毒剤の効力を知りたくて。ちゃんと効いたかどうか」

「カスコフがそう言ったのか？　電話してきたんだね？」

「二度だけ。今のが三度目」

「イヴとクインはそのことを知っているのか？」

「話してない。心配させるだけだから」

「そうだろうな」ジョックはむっつりした顔で言った。「ぼくも心配だ。カスコフとどんなやりとりがあったか教えてもらえるかな？」

カーラはできることなら打ち明けたくなかった。「カスコフはただで何か手に入れることはできないと思っているって、前に言ったでしょう。解毒剤をくれてイヴとマイケルを助けてくれたから、その代価を払わなくちゃ」

「きみが払う必要はない」

「そういうわけにはいかない。わたしはイヴとマイケルを助けるために送られてきて、それを実行できたのはカスコフが助けてくれたからよ。カスコフはわたしをそばに置きたがっている。望みをかなえてあげるしかない」

「カスコフと暮らすなんてとんでもない。そんなことはさせない」

「わたしには魂があって、自分の生き方を選べると言ってくれたでしょう。これがわたしの選択」カーラは弱々しい笑みを浮かべた。「ずっとカスコフと暮らすわけじゃないの。彼と話し合って、いっしょに過ごすのは一年に一カ月だけということになった、場所はわたしが選んでいいって。それ以外のことはこれから交渉するの」

「彼が約束を守ると信じているのか?」

「わたしが約束を守ったら、彼も守る」

「カスコフがどれほどの人物か知っているだろう?」

カーラはそれには答えなかった。「わたしに危害を加えたりしないわ。価値を認めたものは大切にする人よ。わたしといたいと言うんだから、わたしの価値を認めてくれたのよ」そう言うと、一歩ジョックに近づいた。「カスコフから解毒剤がもらえなかったら、イヴもマイケルも生きていなかったかもしれない。だから、カスコフの望みはかなえてあげなくちゃ」

「そんな義理なんかない。ぼくが行かせない。イヴだって行かせたくないはずだ」

「行くことに決めたの。たった一カ月よ」カーラは笑みを浮かべようとした。「学校の友達の中には、一カ月サマーキャンプに行く子もいたわ」

「サマーキャンプとは違う」

「言ったでしょう、もう決まったことなの」カーラは穏やかな声で言った。

「行ってはだめだ」

「すぐ行くわけじゃない。しばらくイヴのそばにいたいと言えば、カスコフもわかってくれるわ。わたしが約束を守るとわかっているから、待ってくれる」

「考え直してほしい」シルバーグレーの目に真剣さが浮かび、顎に力が入った。「ここにいれば、イヴやクインやマイケルと幸せに暮らしていられる。あえて困難な道を選ぶことはないだろう」

「わたしの好きなようにさせて」カーラは手を伸ばして、反論しかけたジョックの唇に当てた。「この話はもうおしまい。今日は特別の日だもの。だいなしにしたくない」

ジョックは長い間カーラの目を見つめていた。それから、手を伸ばして、唇からカーラの手をはずした。「わかったよ」そう言うと、カーラの手を取って唇をつけた。「きみは言い出したら聞かないからね。それに、今日はみんなが待ちかねた日だ。なんとかイヴを巻き込まずに対処する方法を考えよう」ジョックはにっこりした。「マイケルへのバースデープレゼントだ」

ジョックは納得したわけではないが、もう怒っていなかった。カーラはほっとした。

「きっと気に入ってくれるわ。マイケルはイヴのこととなると過保護なくらいだから」カーラはジョックの手を握ると、長い廊下を眺めた。「まだかな？　早くマイケルに会いたい」

「あの子はどこ？」イヴはうろたえてジョーに手を伸ばした。「どこに連れていったの？」

「落ち着いて、イヴ。万事順調だ」

「でも、あの子がいないもの」マイケルが無事に生まれたのに、イヴはひどい喪失感にとらわれていた。できることなら、もう一度お腹の中に戻したい。

「疲れ果てて、頭がぼんやりしているんだろう。陣痛が長かったからね。出てくるまで時間がかかった理由をマイケルに訊いてみたらいい」ジョーはほほ笑みかけた。「ドクターたちの話では、赤ちゃんは元気だが、念のためにどこかに異常がないか調べるそうだ」

イヴは事前にそう言われていたのを思い出したが、それでも気分が晴れなかった。「いつ戻ってくるの？」

「十五分ほどだそうだ。もう少しの辛抱だよ」

「ろくろく顔も見ないうちに連れ去られたわ」

「なかなかハンサムだよ。よくがんばったね、イヴ」

「マイケルはそう思わないでしょうね」イヴは喉につまった塊を呑み込んだ。「自分が主役だと信じている。わたしは伴走者のようなもので」

「親に敬意を払うことを教えたほうがいいな。きみは伴走者じゃないよ」ジョーはかがんで、ゆっくりとイヴにキスした。「ぼくの息子を産んでくれてありがとう」腕を回して固く抱き締めた。「なんて言ったらいいだろう……最高の気分だ。奇跡だよ」

「わたしひとりの手柄じゃないわ」イヴは笑いながらジョーを抱き締めた。「お礼を言うのはわたしのほうよ」この幸せな瞬間を心ゆくまで味わいたかった。ボニーを産んだときはひとりぼっちだった。今のように幸せな時間を分かち合う相手はいなかった。

でも、まだ足りない。マイケルがそばにいない。

ジョーが体を離して、いぶかしそうな目を向けた。「急かしてこようか？　早く顔が見たいからと言って」

「そうして」

ジョーは笑いながら体を起こした。「わかった。カーラに生まれたと知らせなくては」

ジョーは病室から出ていった。

そう、いちばんに知らせなければ。この数カ月、カーラは家族の一員として重要な役割を果たしてくれた。

そして、ジェーンにも知らせなければ。マイケルがせっかちで、ジェーンの到着を待ちきれなかったと言おう。

みんなやさしくて思いやりがあってユニークな人ばかり。イヴはそういう人たちに囲まれている幸せを噛みしめた。あの恐ろしい経験を切り抜けられたのもみんなのおかげだ。

それにしても、マイケルはどうしたんだろう？　だんだん不安が募ってきた。ひょっとしたら、なんらかの異常が見つかったとか？

でも、ケイレブはだいじょうぶだと請け合ってくれた。ケイレブを信じよう。

早くマイケルが戻ってくればいいのに。

息子の顔を見て、元気だと確かめたいだけなのに。ジョーがぐずぐずしているはずはないけれど、戻ってこなかったら、ナースコールをしてみようか。それより、起き上がってマイケルを捜しに行ったほうがいいだろうか？　いくらなんでも時間がかかりすぎている。

「ほら、連れてきたよ」ジョーはドアを開けると、青い毛布にくるんだ赤ちゃんを抱いた看護師のためにドアを押さえた。「看護師を拉致してきた」

看護師は笑顔で、毛布にくるまれた赤ちゃんをそっとイヴに抱かせた。「可愛くて、みんなで見とれていたんですよ」

ほんの少し前までお腹の中にいたマイケルを抱いているのが不思議だった。無事に生まれてくれた。顔を見るのはもう少し先にしよう。この奇跡のような瞬間を引き延ばして、永遠に記憶にとどめたい。イヴはジョーに顔を向けた。「ドクターたちはどう言っていたの?」

「八ポンド二オンス（三六八四グラム）、二十一インチ（五三・三センチ）」ジョーがベッドのそばに立った。

「健康な赤ちゃんだ」

イヴは目を閉じてその言葉を味わった。「よかった。カプセルの影響はないのね?」

「輸血の間に毒素が触れた形跡はない。ケイレブに足を向けて寝られないな」

イヴは目を開けた。「たしかなのね?」

「ああ」

「さあ、赤ちゃんを見てあげて」看護師が毛布をそっとずらした。「きれいな赤ちゃん。大きくなったら、女性たちが放っておかないでしょうね。産声をあげないから、体を洗いながら背中を叩くと、急にこっちを見て笑いかけたの。本当に笑ったんですよ。赤ちゃんが笑うのは六週過ぎてからだというけれど――」看護師は肩をすくめた。「あの笑顔を見て、みんなファンになったんです」

イヴはジョーが肩に手を置くのを感じながら、息子の顔から毛布をどけた。「わたしがとても愛している相手が、この子は特別だと言ってくれたの」

ようやく顔が見えた。とても小さくて……明るい青い目をしていて、白いすべすべした肌、小さな頭には黒っぽい髪。一心にイヴを見上げている。

「初めまして」イヴは呼びかけた。「ご機嫌いかが？　やっと会えた。わたしたち、よくがんばったわね。これからはいいことがたくさんあるから」手を伸ばして、指先で頬に触れた。

マイケルがぴくんと動いた。イヴの言うことに耳を傾けて理解しようとしているかのようだ。

感動して、涙があふれ出てきた。

特別な子だと言ったでしょう、ママ。

ボニー。

イヴは顔を上げた。でも、ボニーの姿は見えなかった。

今はこの子の時間。ちょっといっしょにいたかっただけ。

それでも、ボニーも来てくれたのだ。イヴは胸がいっぱいになった。

ボニー、マイケル……わたしの子どもたち。

これ以上望むことがあるだろうか。

イヴはマイケルの明るい青い瞳から視線をはずすことができなかった。その瞳はイヴの視線をとらえて、この世の秘密を教えてくれているかのようだ。

「きれいな子ね。誰かに似ているわ」イヴは小声でジョーに言った。「でも、それが誰かわからない」

「ぼくじゃないのはたしかだな。ぼくはこんなにハンサムじゃない」

「あなたはハンサムよ」イヴはそう言ったが、赤ちゃんはジョーに似てはいなかった。イヴにも似ていない。「ひょっとしたら先祖返りかしら?」マイケルを見つめていると、純粋な愛情が胸いっぱいに広がるのを感じた。「生まれてきてくれてありがとう、マイケル」

温かくて。気持ちが安らいで。愛にあふれていて。

この小さな存在から、温かさと安らぎと愛が永遠の流れとなって向かってくる。

そのとき、マイケルがイヴに笑いかけた。

訳者あとがき

本書『最果ての天使』は、アイリス・ジョハンセン著『あどけない復讐』、『霧に眠る殺意』につづく〈カーラ三部作〉の最後の作品です。

第一作では、身元不明の少女の復顔を引き受けたことがきっかけとなって、その少女の妹カーラをメキシコから送り込まれたマフィアから救うべく、イヴはジョーとともに奮闘します。紆《う》余《よ》曲《きよく》折《せつ》の末、カーラを捜し当て、マフィアを追いつめて救出に成功。追跡中に負傷して入院したイヴが、思いがけず妊娠を告げられるというシーンでジ・エンドでした。

第二作では、執拗に追ってくるマフィアからイヴとカーラを守るために、スコットランドの霧深い湖で古代の財宝探しをしている養女ジェーンのもとにジョーが二人を送り込みます。その地でカーラは壮絶な過去を持つジョックという若者に出会い、たちまち心を惹かれます。しかし、激しい攻防の末、カーラは母親のナタリーに捕まって、ロシアのマフィアのボスである祖父のもとに連れ去られることに。実は、ナタリーはカーラの姉を殺害させた張本人で、カーラの命も狙っていたのです。

第三作では、カーラを取り戻すためにイヴがナタリーと渡り合うなか、驚くような出来事が次々と起こります。舞台もスコットランドからモスクワに移って、カーラが慕うジョック、ジェーンに心を寄せる謎の男セス・ケイレブが、それぞれ能力を発揮して活躍します。何よりも、ナタリーの卑劣な策略からイヴを救うために果敢に立ち向かうカーラの姿が印象的です。

最終的には、アトランタに落ち着くのですが、カーラがこのあとどんな成長ぶりを見せるのか、ジェーンとケイレブとの関係はどうなるのか等々、興味は尽きません。アイリス・ジョハンセンの世界はまだまだ続きます。ご期待ください。

二〇二四年十一月

矢沢聖子

訳者紹介　矢沢聖子

英米文学翻訳家。津田塾大学卒業。幅広いジャンルの翻訳を手がける。主な訳書に、アイリス・ジョハンセン『死線のヴィーナス』『あどけない復讐』『霧に眠る殺意』(以上mirabooks)、ティム・ブレイディ『ナチスを撃った少女たち：スパイ、破壊工作、暗殺者として戦った三人』(原書房)、アガサ・クリスティー『ミス・マープルの名推理 火曜クラブ』『スタイルズ荘の怪事件』(ともに早川書房)など多数。

mira

最果《さいは》ての天使《てんし》

2024年11月15日発行　第1刷

著　者　アイリス・ジョハンセン

訳　者　矢沢聖子《やざわせいこ》

発行人　鈴木幸辰

発行所　株式会社ハーパーコリンズ・ジャパン
東京都千代田区大手町1-5-1
04-2951-2000 (注文)
0570-008091 (読者サービス係)

印刷・製本　中央精版印刷株式会社

定価はカバーに表示してあります。

ISBN978-4-596-71881-5

mirabooks

霧に眠る殺意
アイリス・ジョハンセン
矢沢聖子 訳
組織から追われる少女とお腹に宿った命を守るためハイランドへ飛んだ復顔彫刻家イヴ。数奇な運命がうごめく荒野で彼女たちを待ち受けていた黒幕の正体とは…。

あどけない復讐
アイリス・ジョハンセン
矢沢聖子 訳
復顔彫刻家イヴ・ダンカンのもとに届いた、少女の頭蓋骨。8年前に殺された少女の無念が、闇に葬られた真実と新たな陰謀、運命の出会いを呼び寄せる…。

囚われのイヴ
アイリス・ジョハンセン
矢沢聖子 訳
死者の骨から生前の姿を蘇らせる復顔彫刻家イヴ・ダンカン。ある青年の死に秘められた真実が、新たな事件を呼びよせ…。著者の代表的シリーズ、新章開幕!

慟哭のイヴ
アイリス・ジョハンセン
矢沢聖子 訳
殺人鬼だった息子の顔を取り戻そうとする男に追われ、極寒の冬山に逃げ込んだ復顔彫刻家イヴ。満身創痍の彼女に手を差し伸べたのは、思いもよらぬ人物で…。

弔いのイヴ
アイリス・ジョハンセン
矢沢聖子 訳
殺人鬼だった息子の顔を取り戻すためイヴを拉致した男は、ついに最後の計画を開始した。決死の覚悟で挑む闘いの行方は…? イヴ・ダンカン三部作、完結篇!

死線のヴィーナス
アイリス・ジョハンセン
矢沢聖子 訳
任務のためには手段を選ばない孤高のCIA局員アリサ。モロッコで起きた女学生集団誘拐事件を追い、手がかりを求め大富豪コーガンに接触を図るが…。